古莲项链

刘德进 —— 著

百花洲文艺出版社
BAIHUAZHOU LITERATURE AND ART PRESS

图书在版编目（CIP）数据

古莲项链 / 刘德进著. –– 南昌：百花洲文艺出版社, 2023.5
ISBN 978-7-5500-4896-6

Ⅰ.①古… Ⅱ.①刘… Ⅲ.①长篇小说–中国–当代 Ⅳ.①I247.5

中国国家版本馆CIP数据核字(2023)第003374号

古莲项链
GULIAN XIANGLIAN

刘德进　著

出 版 人	陈　波	
责任编辑	胡青松	
书籍设计	黄敏俊	
制　　作	何　丹	
出版发行	百花洲文艺出版社	
社　　址	南昌市红谷滩世贸路898号博能中心一期A座20楼	
邮　　编	330038	
经　　销	全国新华书店	
印　　刷	江西千叶彩印有限公司	
开　　本	710mm×1000mm 1/16	印张 22.5
版　　次	2023年5月第1版第1次印刷	
字　　数	250千字	
书　　号	ISBN 978-7-5500-4896-6	
定　　价	52.00元	

赣版权登字　05-2023-64
版权所有，盗版必究
邮购联系　0791-86895108
网　　址　http://www.bhzwy.com
图书若有印装错误，影响阅读，可向承印厂联系调换。

序

张国擎

收到这部书的电子稿，我随即开读。随着作者的故事情节的进展，我很快断定：这是一部可读性很强的小说。而且题材很别致，跨度大，虽适合各个年龄层面的读者群，但对于今天的年轻人来说未必能一览而尽兴；七老八十的长者，那个年代过来的人，倒是容易入戏。因为生活的经历使得这群人中又有几个不在曾经当事中？自然会引发共鸣，"回首不堪明月照今影"！我问起作者的创作动机。回答竟是想了却年少时的文学梦想。有这样的想法者，在我身边不乏其人。想当年，千百万知青上山下乡，八亿人民八个样板戏、一个作家。各行各业凋零，唯有文学能够做到千百万人共同艰难攀登一条羊肠小道。然而，又有几人能够真正成功的？若不是粉碎"四人帮"造就的新局面，羊肠小道哪有"金光大道""文学的春天"。从那个年代过来的我，深有感触。虽然我借改革春风开始发表一些作品，但对于还在文学"崎岖山路"上攀登的后进者，我俨然成了"老师"。围在我周围的业余作者像刘德进这样的人不算少，但随着文学这门学问的要求越来越"精""刻""尖"，同时社会各门类大门敞开，文学之途上的攀登者渐渐稀薄。但是，转一圈几十年后，回过头来还这么执着地追求圆却当年的文学梦者，甚少也！年少的一个梦，到了花甲之年还没有放弃。可见刘德进的纯真折射出的是他的人品。这样的人，当今少之又少矣！

随后，他发了一些作品给我看看，有散文、随笔、诗歌，以短篇小说为多，产量还挺高，可见此君才艺多多。这使我想知道他是怎么支配时间的。他告诉我，他从部队转业后在体制内工作，不能马虎，但心里总是痒痒的，像丢了件什么东西，他知道，是写作。到了退休，轻松了，拿起笔（应该是电脑），创作的闸门打开，往日构思的作品如瀑布喷泻而出，于是就有了大量的作品……

他说得很对，从他的这些作品都可以看出，大量的生活素材积累，丰富得不得了。如果搁在契诃夫、海明威、马克·吐温、屠格涅夫、列夫·托尔斯泰这些名家手里一定会成就不朽名著。但出自今天的刘德进之手，就存在着问题。其实这也不是问题，大堆做佳肴的原料，看在谁的手里处理。刚才说了那些名家，那就轻松多了。在刘德进手里，因为内功不足，一时很难整理出高档"成品"！好在他不气馁，而且很谦虚，广泛听取别人的意见，反复修改。他还说了一句话：我把别人打牌、钓鱼的时间用来写作，作为业余爱好，作为生活的一部分，打发生命中最后宝贵的时光，不也乐乎！

一般来说，第一部长篇小说总是积累作者多年的心血，是最好的小说。这是古今中外历史所证实的，然而在今天的社会潮流涌动中，我的这一老经验过时了。当今的网络写手，是从量上求"精"的。如果按网络写家的质量来衡量刘德进这部处女长篇的话，当属精品了。

这是他的第一部长篇小说。

他展示出来的布局与起点，都比当今的网络小说高上千百倍。我相信下一部出自刘德进的长篇小说一定是在精品门槛里面，或者起码也是骑到了"门槛"上。

我期待着，我相信着，我等待着……

《百花洲》是七十年代末创刊的文学杂志，当年的声誉极高，要不然，怎么会由一个杂志演变成今天的出版社？

《百花洲》是我敬仰的文学杂志，在八十年代文学大潮中，这一佼佼者与国内几个名刊一起引领了那个时代的文学，无数的文学弄潮儿都在《百花洲》得到了"牛奶与面包"。在这里，我说说自己与"她"的交往吧。当年我在一家地方报社任职，接到家乡浙江杭州"初阳台文学笔会"邀请书。这在当时（1985年），可是全国首个私人创办的有特色的笔会。通过电话，主办方坚持要我去几天，参加开幕式，我只好将手里的工作简单交接几天，赶到杭州。这个笔会有许多来头大的人物，包括毕朔望在内，时间计划是一个月。但我因为工作关系，只能待三天。事后，我接到了《百花洲》杂志邹镇的来信，这个年轻人热情洋溢的约稿信我并没当回事，搁一边就忙自己的工作了。不到几天，连续接到三封来信，我才不得不认真对待，将我创作的《吴越后裔》系列小说前三篇《二先生》《原配》《葱花》寄给了他。没几天，大概就是邮路的时间，我收到了邹镇的来信，表示《百花洲》会挤出版面全部刊用，请勿再投他刊（当年抢稿之风甚烈）。接着没多久，邹镇来信说他离开南昌到广州，小说已交给社长蓝力生。大约是1987年下半年，我收到蓝力生的来信与电话，他很诚恳地向我道歉，表示一直想全部一起发表，但怎么排都挤不出那么大的版面，经编辑部商量后，先发表《二先生》。于是，《百花洲》1988年2期发表了我创作生涯中最重要的一部中篇小说《二先生》。蓝力生退休后，朱焕添任社长，我们关系渐渐更紧密了。

这里要提到我曾经奉有关部门指示，于1992年夏去深圳采访邓小平南方谈话后的深圳变化，数月采访过程中，碰到深圳发放股票认购券一事。一件在今天看来很正常的事，在当时的深圳恰恰形成了风潮，惊动当时国务院两位副总理朱镕基、邹家华。凭着记者的条件，我介入采访，完成了18万言的内参稿。经有关部门审查后，同意公开刊登一次，我选择了《百花洲》，并向洪亮同志作了介绍。有一天，朱焕添给我电话，说到一个情况：深圳股票事件中，市长被平调江西省任分管农业副省长，得知这部"内参"被准允公开在他任职的江西发表，赶紧调去看看。结果，这位副省长也不得不承认稿子反映的情况都属实。1993年1期《百花洲》发表了18万言的《最后的晚宴》（几乎整本，占用一期篇幅）。

朱焕添经常打电话与我谈稿源情况，有一次，他在电话里说到有部《吕凤子传》，编辑部审稿通过了，等了几年，都没有版面安排。我听了记在心里，特别想到自己从文学少年，经过20年的勤奋创作，人到中年才由《百花洲》发表《二先生》而一举成名，深感一般作者，特别是名不见经传初入文坛的作者之苦恼。当朱焕添又一次电话里告诉我将发表我的小长篇《煮火》，我想起了《吕凤子传》，便问此稿如何了。他说还没有排上，我立刻告诉他，请将我的《煮火》暂时拿下，上《吕凤子传》。为了守信，我写了信，以文字为据。我此举一时在《百花洲》成为美谈。一年后的1994年5期《百花洲》还是发表了《煮火》（后来在远流出版社出单行本）。那篇《葱花》没有能在内地发表，却在马来西亚《星洲日报》1993年12月23日—30日连载，获当年马来西亚首届世界华文小说奖。后来国内众多刊物纷纷发表《葱花》全本、短篇本、中篇本……

这样一个杂志，我在他们这里经历的还真不算什么。但能让人惦记着曾经有过这样的杂志，是中国文坛的美事，是中国文学史上不可漏掉的一个细节。正是这些无数的细节，才使得中华民族的文学变得丰满妖娆，有勇气立足于世界文学之林的前列！

借刘德进的"地盘"，一吐几十年没有机会说的话，深感快哉！

2022年12月28日于南京市卫岗五十五号前线大院

（作者系国家一级作家、书法家、教授）

位于中国河北保定与沧州交界处，有一个由一百四十多个明连暗通、大小不一的淀泊构成的水面。这水壮观，水泽连天，汪洋浩渺，气势磅礴，绵延三百六十多平方公里，史称白洋淀。白洋淀的荷田，数十万亩连成一片，一眼望不到边，风起之处，荷叶如碧波，绿浪滔滔。荷花绽放，宛如天仙笑脸。荷田自古不绝，名扬天下。相传观音老母是将这里的荷叶和莲花点化成仙，成为自己的莲花宝座。

　　然而在很久很久之前的一天，煞是奇怪，七八米深的淀水一夜之间陡然来无影，去无踪，枯淀了。我们连家的一位老祖先，斗胆下到淀底，竟然发现了十分稀少的千年不腐的古莲子。这些莲子历经千年，黝黑发亮，个大饱满。他趴在淀底，找呀找呀，好不容易挑齐了九十九颗古莲子，穿成一串项链。从此这串古莲项链，就成了连家的传家之宝，无论战乱与灾害，保佑连家，香火延续，代代相传。然而传到了我爷爷这一代，已经是单传，家族香火岌岌可危。

上篇

SHANGPIAN

01

1944年是民国三十三年，伪满洲国康德十一年，日本昭和十九年。那一年是甲申年，猴年，很不安分，世界上发生了许多后来写入历史的重大事件。

尽管死了很多人，但盟军还是在法国诺曼底登陆了；日本从南京向重庆国民政府再次发出诱降广播，日本人攻破洛阳城；福州地区第二次沦陷；日军包围桂林，直逼柳州；蒋介石发起十万知识青年从军运动；到了快年底，美国总统特使赫尔利飞到了延安。

然而对于生活在最底层的小老百姓来说，他们依旧忙碌着想方设法填饱肚子，躲避战乱，传宗接代。他们在有限的抗争中，祈祷命运的改变。

我奶奶说，她是在1944春夏之间，在广州被一个男人摸回去，保了一命。具体哪一天她也记不清了，只记得那一年她不到二十岁。

我奶奶的爸爸妈妈原先从老家保定府，受聘来广州一所中学里教国学，1938年10月，日本人攻陷广州，沦陷后学校关门，外迁到顺德乡下，我奶奶的爸爸妈妈留下来看守校舍。1942年日本人来霸占校舍，征作兵营。日本鬼子杀来时，我奶奶的爸爸让我奶奶的妈妈，带着我奶奶赶紧跑走，可我奶奶的妈妈看见自己的丈夫和日本人扭打，让我奶奶躲在矮墙后，自己跑回去想救丈夫，可出身书香门第的这一对哪是日本人的对手。我奶奶看着自己的爸妈双双倒在日本人的刺刀下，那个恨呀，那个愤呀，她真想冲过去和日本人也拼一死。但看到爸妈临死之前朝她挥手，我奶奶强压下内心的悲愤，嘴唇都被自己咬下了一块肉。

父母遇难后，我奶奶在广州一家纱厂里做工，也参加了抵抗日本人的共产党外围活动。

1944年日本占领下的广州物价飞涨，民不聊生，共产党组织广州各行各界进行抗日活动。广州市民对汪伪政府发行的中储券不信任，经常借故拒收。于是日伪省财政厅四下张贴布告，严禁市民"歧视中储券"。而共产党地下党组织则散发标语号召抵制中储券。

那天晚上，天阴沉沉的，那雨说下就要下的样子，时不时地闪个电，炸个雷。那天纱厂组织了许多女工小组，上街张贴标语。他们三个人一组，一个人望风，我奶奶负责刷糨糊，怀里抱着糨糊桶，"唰唰"在墙上、柱上刷上两道，另一个人从怀里抽出一张标语啪地一拍一抹，三人随即就转移，动作麻溜快。可那天不知什么地方走漏了风声，才贴了没几处，就遭到日伪警察全城抓捕。那些警察仿佛是从地底下冒出来一样，立刻就撒满了几条街面，有好几个贴标语的小组都被抓住了。情急之中，我奶奶和工友跑散了，慌不择路地跑进一个巷子里，找到一个堆放杂物的黑暗墙角旮旯躲藏起来。

我奶奶还没有藏好身子，只见一个高个子男人，扛了一个大布口袋，急匆匆走来，走到我奶奶跟前，不知脚下被什么东西绊了一下，一个跟头摔倒在她面前。我奶奶想上前搀扶一下，但听到街上让人紧张的警察尖锐的哨子声，赶紧又躲了回去。

那个男人是个高度近视，被绊倒后，趴在地上四处摸眼镜，摸着摸着就摸到了我奶奶的脚。那个男人显然也发现摸到的似乎是人脚，本能地顺着脚向上摸，摸摸还捏捏，嘴里还念叨："这个是活人还是死人呀？"日本人占领广州后，烧杀抢掠，杀人如同碾死一只蚂蚁，街头出现无人收的尸体，在那个时候也是见怪不怪的。

这时几步远的地方，不时有警察跑过，我奶奶大气都不敢出。那个男人摸到了她的脚，又往上摸她的腿，我奶奶紧张极了，一个陌生男人在摸她的腿，她又不敢出声，只能把腿抖一下。

"啊，是个活的？！"那个男人吓得赶紧收回手，连忙站起身，把脸靠近我奶奶，"呀，还是女人！"那个男人吃惊地说。

我奶奶赶紧用手堵住那个男人的嘴。

又有警察跑过，用电筒朝着这边照过来，大声喊着："那个，谁？你干什么呢？"

那个男人立刻明白了，迅速用自己高大的身躯挡住了我奶奶，大声说："撒尿呢！"

"有没有看见一个女的跑过去？"警察大声呵斥。

"没有看见。"那个男人回。

"莫看见你尿呢？"那警察用电筒朝着地上照着晃着。

"你吓到我了，卡住了。"那个男人一只手撑着墙护着我奶奶，一只手挥挥，"我胆小，你又喊又照的，我撒不出来。"

"走吧，走吧，都说了，咱们要抓的是几个女的，你跟这男的这泡臭尿较个屁劲！"另外一个警察不耐烦地嚷嚷，他们骂骂咧咧地跑开了。

再看我奶奶，用屁股顶着墙，两脚踩在那个男人的大腿上，瘦小的身体缩成一团，也顾不得害羞，躲在那个男人高大的身躯里。见警察跑开了，她才一把推开那个男人，轻声说了声"大哥，谢谢啦"，转身就要跑。

那个男人一把抓住了她："往哪里跑？这四处都是警察，跑出去，就被抓了，现在跑，你就是去送死。"

我奶奶收住了脚，一时没了主张。

那个男人说："我家就在前面，不如先跟我回去躲一躲，过了风头再走。"

别无他法，我奶奶只能点头同意。

"先帮我找一下眼镜，没有眼镜我是睁眼瞎。"那个男人说。

我奶奶一抬脚，发现眼镜被她踩在脚底下，完全碎了。我奶奶捡起眼镜碎片，满脸愧疚："哎呀，碎了，过一天我赔你。"

那个男人说："我家里还有备用的，不过现在你得做我的眼睛，先扶我回家。"那个男人摸索着扛起布口袋，对我奶奶说，"这条巷子走到头向右转，然后走五十步再向左转，然后再走八十步，向右转，然后再走三十步向左转，然后右手边第三个门就是我家的院门了。院子里面左手边住一户人家，右手住边一户人家，我是住在对面那户。"

"哎呀，这么复杂，记不住，记不住，我就扶着你走吧。"我奶奶扶着那个男人，七拐八拐地，终于走到了一个小院的门口。

那个男人喊："葛爷，开门。"

"哎，来了来了，是老连回来了？"里面有一个声音很粗的男人应着，"哎呀，今天外面不太平啊，日本人又抓人了吧？你再不回来我就担心了。"开门的葛爷见到那个男人带着我奶奶，警觉地问，"老连，这，这个生客熟客？这个时候不好随便带人来的。"说着话还用身体挡着门。

我奶奶说那个被称为葛爷的男人个儿不高，但极为壮实，溜光的脑袋，上身没穿衣服，即使在昏暗的灯光下也能看出那块块肌肉鼓鼓包包的，还有文身，也看不出来是什么图案，说话也是凶里凶气的。

那个男人回话："是前头巷子口墙角摸来的，在躲警察呢。"

葛爷"哦"了一声，赶紧把我奶奶和那个男人让进院门，随即把门插上，招呼他们快进去。

当时日本人十分猖狂，大肆捕杀抗日人士。他们可以随意进入民宅，杀人放火，奸淫妇女，稍有不顺眼就抓人回去坐牢。户口管制更是严格，每个院子住几户人家，每户人家有几个人领了良民证，要把名册挂在院子大门口，宪兵、警察不定什么时候就会拿着这个花名册进来，挨个人头对照检查。但凡发现没有良民证就在这儿居住的，那可是杀头之罪。即使是有良民证的，没有申报就在这儿居住的，也会被抓回去毒打审讯。所以在那种环境下，那个男人能领我奶奶回家，葛爷能放"生客"进来，也确实是豁出命去的。

"你们赶紧进去，不要再出门了，今天外面风声很紧。"葛爷的口气温和了许多，他一边关照着，一边又在门上支了一根棍子，把门顶牢。

我奶奶扶着那个男人进了屋，一盏忽明忽暗的昏暗灯光下，我奶奶看见这是一个小裁缝铺子。铺子长估摸不到二十步，宽估摸也就是七八步。满屋挂的都是布匹以及成品和半成品的衣服。靠角落，搁着一张不足五尺宽的竹床，床上也都堆满了乱七八糟的东西。屋子中间摆着一个裁衣服和熨衣服的大案板，占据了屋子大部分的空间。

我奶奶定神细看四下问："就你一个人？"

"对，没有别人了。"那个男人四处摸索着找眼镜。

"你的家人呢？"我奶奶看见那个大案桌上有一副眼镜，便拿起来递给那个男人。

"死了。"那个男人接过眼镜戴上，跟着就很仔细地打量着我奶奶，见我奶奶满脸都是灰，脏兮兮的，一边抓起一块布递给我奶奶擦脸，一边很平静地说，"1938年日本人连着轰炸了广州好多天，我们家的铺子全没了，爹妈也都没了，我是下乡买料子躲过去了。"他一边说着一边从带回来的那个布袋子往外掏东西，全是一些收来的旧衣服和零头布料。

我奶奶听了他的话，身子立刻就颤抖起来："我爸妈也死了，是被日本人用刺刀……太惨了。"我奶奶双手捂着脸哭起来。

那个男人默默走近我奶奶，拍着她的背，喃喃地说："现在死的人太多了，苦命，苦命啊。怎么办呢？可日子还得过，还得过呀。"忽然他像发现宝贝一样，对我奶奶惊呼，"哎呀，你是大美女呀，"这个男人退后几步，扶着眼镜，仔细上下打量了我奶奶，"脸模子好，身材也好，穿旗袍，美死啦。"

"去去去，现在这日子能活下来就是美了。"我奶奶背过身子。

那个男人还要说什么，忽然院门又被乒乒乓乓砸响："开门开门，查良民证。"是日伪警察来查户了。看起来今天日本人是抓不到漏网的抗日分子决不罢休了。

我奶奶一听上门来查良民证，大惊失色，惊恐地望望那个男人，又望望这个无处可躲的房子。

葛爷快速走过来，在那个男人的窗户上敲几下，提醒屋里注意，然后朝着大门喊："来啦来啦，不要敲啦，下午不是才来查过吗？"

那个男人迅速把我奶奶塞到那张硕大的裁缝案桌底下，又扯下一些衣物布料堆满。然后跑出门去和葛爷一道开门。

葛爷打开院门："哎呀，还是你呀，二少爷，下午不是来过了吗？来来，抽烟抽烟。"葛爷给吴家二少爷和身后两个跟班警察递上烟。

"葛爷好，有生客吗？"显然那个吴家二少爷还挺给葛爷面子。

"这不，这个院子三户人家，东头那户是房东，丢下房子给我们看，一家去了番禺老家，就没再回来。西头我住着，老婆孩子也都回四川老家了，中间是裁缝老连，没别人。"

"啊，是啊是啊，这个院里现在就我们两个大老爷们。"那个男人也附和着，和葛爷一道用身体挡着门，不想让他们进来。

"葛爷，今晚有令查抗日分子，例行公事，你要让我进去看一下。"吴家二少爷用枪拨开葛爷和那个男人，走进院内，先用电筒照了照东头那户没有人住的屋子，又进到葛爷的房内扫了一眼，最后推开那个男人的房门，一进门就用鼻子使劲嗅了几下。

"闻啥？跟狗似的。"葛爷大大咧咧地说，"日子好时裁缝铺香气扑鼻，现在他这个小铺子就是酸臭味了。"

那个男人听到葛爷的话，赶紧从地上抓起一把刚刚才从外面带回来的几件旧衣服，放到吴家二少爷面前："是啊，是啊，你闻闻，这都是刚刚才从外面收回来的。"

那两个跟班警察想要用枪去挑那张大案桌底下的那堆布，那个男人赶紧拦住："哎哎，两位哥，手下留情，手下留情，布弄坏了，就不好用了，现在东西贵。"

吴家二少爷皱了皱眉头，眼光扫了一眼那张大案桌下，拨开了那个男人的手，转身出了屋子，边走边说："葛爷，你的拳馆何时再开呀，我爸让我拜你学咏春呢。"说着用脚踢了踢院子里竖着的练咏春拳用的木桩。

"好说好说，拳馆再开了，还要靠吴保长和二少爷照应哪。"葛爷抱拳作揖。

吴家二少爷带着两个警察走了。

那个男人长吁一口气："哎呀，好悬呀，吓死我了。"

那个男人把我奶奶从桌子底下拉出来，我奶奶先朝那个男人鞠个躬，又朝葛爷鞠个躬，嘴里连声感谢："多谢救命，多谢救命。"

葛爷双手抱拳还礼："他奶奶的，这年头日本人比豺狼虎豹都凶，咱老百姓只能搀扶着，能挨一天算一天吧。好在吴保长还给我点面子，他是做药材生意的，有时候进点货也请我去帮他当个镖师。他这个鬼仔儿子，看他老子的面子，也好歹给我点好脸。"

此刻外头已经起风，突然间就是一道闪电，接下去"咔嚓"就是一个炸雷，随即就是蚕豆般大的雨点。

葛爷大声喊："下雨了，下雨了，快回屋！"他对我奶奶说，"今晚就不要走了，宽心在老连这里，天亮了再见机行事。"

很快电闪雷鸣，雨大如珠，广州的暴雨总是这样说来就来，天井里很快就积了水，硕大的雨珠在积水上跳着蹦着，砸出一个一个小水坑，发出啾啾的声音。

那个男人把墙角那竹床腾出来，让我奶奶睡，自己则睡在了那张大案桌上。

　　我奶奶说那一天本来非常闷热，下了雨之后空气里有了几分凉爽，这一晚上她也折腾得够累的了。可是她当时六神无主，十分慌张，更不知道厂里面那些出来的工友是不是都被抓住了，哪里能睡得着。

　　那个男人见我奶奶翻来覆去地睡不着，便说："索性就别睡了，我陪你说说话吧。"他递给我奶奶一把芭蕉扇，拉过两张小竹椅子，两个人就守在门框两边，看着外面的雨，伴着不时的闪电和雷声，有一句没一句地聊起来。

　　那个男人问："妹子你叫啥名啊？"

　　我奶奶本不敢说实情，可见那个男人也十分憨厚老实，也就实话实说了："我姓连，叫连妹。"

　　"啥啥？姓啥？年？什么年？过年的年？"那个男人一听说我奶奶姓连就有几分激动。

　　"不是过年的年，是连接的连，啊，也就是烽火连三月的那个连。"

　　"啊啊！妹子是哪里人呀？"那个男人追问。

　　"老家是河北的。"我奶奶看那个男人十分激动，还觉得有点奇怪。

　　那个男人一听，腾地站起来，一巴掌拍在芭蕉扇上，说："哪能这么巧，我也是姓那个连，祖上也是河北的。"那个男人说着就站起来冲着葛爷的房子大声喊，"葛爷，葛爷，你别睡了，快起来。你知道吧，天下有这样的巧事，我摸了一个本家回来，五百年前是一家人，是我老连家的，还是老乡。"

　　那个院子很小，约莫也就有个三十平方米吧，那个男人一声喊，葛爷也不睡了，拖了一把小竹椅子，拿了一把芭蕉扇坐在自己家的屋檐下，三个人越聊越起劲。

　　那个男人和我奶奶越说越近，他们的祖上竟然都是河北保定府的，那个男人是出生在那个"图穷匕首见，荆轲刺秦王"出发的地方，燕赵人士。自古燕赵多侠士，他爷爷的爷爷在当地是有名的拳师，行侠仗义，远近闻名。传到他父辈时，拳脚还会几下，但已经是以裁缝为生计了。那时候南洋的布料比较多，全家就追着布料一路南下，落脚在了广州。

　　我奶奶家则是一脉书香相承，祖上曾经掌管过保定莲花池的书院，而那个男人的爷爷竟然在书院当过护院。我奶奶的爸妈在当地那也算是才高八斗的人，是受聘到了广州著名的广雅中学教授国学。

最巧的是他们都是姓连，我奶奶叫连妹，那个男人叫连根。是命中注定，还是前世有缘，或者是前生那个男人欠我奶奶的，这辈子要救我奶奶一命。反正，两个五百年前是一家的连家后裔，在远离家乡的广州，在那个动荡的岁月里，就这么相遇了。

难道真是那串古莲项链在显灵吗？那个男人当时是心中甚感惊奇，便问我奶奶："连妹属啥的？"

"我是属鼠的，大哥是属啥呀？"我奶奶也觉得今天这段巧遇，确实有些离奇。

没等那个男人说话，葛爷在那边一拍大腿蹿多高地说："天意天意，此乃天意呀！"葛爷舞着芭蕉扇三步两步蹿到我奶奶和那个男人跟前，连说带比画，"来来来，我给你们说道说道。先看看这个妹子生肖鼠命格，生肖鼠的地支为子，在十二地支中与这个子相合的，那最好的乃是丑、申、辰，这个对应的属相呢，分别是牛、猴、龙，其中子鼠与丑牛六合，所以这两个属相可以说是上上等婚配。"说到这儿他转脸看着我奶奶，"你知道老连属什么吗？哈哈，他的命相八字我早给他算过啦，他就是丑牛呀。"葛爷说到这儿，用芭蕉扇在那个男人和我奶奶头顶上各敲了一下，"我说你们这是啥缘分啊，好嘢呀！"

那个男人咯咯地笑着："我比这个妹子大十一岁。不过长得显老，葛爷整天就叫我老连老连的，就是被他叫老了。"

这时候咔嚓一道闪电划过，借着闪电，我奶奶话说到这会儿才仔细看了一下那个男人，四方脸，阔嘴唇，身材高大，只是背总是习惯性地驼着，估计是常年做裁缝的原因吧。那张脸可真是够显老的，嘴唇上留着胡子不算，腮帮上还留着络腮胡子，关键是两眼眉之间还有一个黄豆大的黑痦子，挺扎眼的，一头长发在后脑勺扎了一个马尾巴。你要是不知道他是一个做手艺的裁缝，倒觉得他还有几分武当山道长的范儿。

我奶奶听到他们谈到属相婚配，挺不好意思地说："你们这两个大哥都说啥了，这是什么时候，什么配不配的，我这还不知道明天有没有命呢？还不知道厂里那边是什么情况，能不能回去呢？"

说到这儿，三个人的神情都变得有些紧张和沮丧。

葛爷说："我在码头扛活，消息多，都听说你们纱厂那边最近闹工潮，抗日，闹得挺厉害的，估计今天晚上啊，就是专门对着你们在抓人呢。妹子，我看你这两天不能回去，要避避风头再说。"

"可是现在日本宪兵和警察三天两头地查户口，万一发现她的良民证上的住址不是在这儿，那可就麻烦了。"那个男人也是一脸愁容。

"是啊，我可不想连累你们的呀。"我奶奶好为难。

这还真是一个难办的事，在日本人统治下的广州，基层沿用民国时期的保甲体制，户籍管理十分严格，有一户出问题，那可是这一甲人都得跟着连坐。轻则受罚，重则砍头。

"不过问题不大，妹子放心。"那个男人说，"我这是裁缝铺，三天两头有人来，有时天天都有人来，到时候打个马虎眼就过去了。"

话虽这么说，可我奶奶那个心哪能放得下。

02

真是哪壶不开提哪壶，怕什么事，来什么事。

我奶奶见天放亮了，太阳也起来了，便想着帮收拾一下屋子。两个大男人住的这个院子，里里外外那叫一个乱呀。山墙角落里支着一个小棚子，那就是两人合用的小灶房，土灶旁边堆着一些散煤和木棍树枝，锅碗瓢盆脏兮兮的，乱糟乱糟地随便摆着。

院子里，昨晚一夜雨在地面留下无数条雨沟，倒是院子中间两棵枝叶缠绕的桂花树，雨过显得格外清新，翠绿的叶子上还挂着不少亮晶晶的水珠。这两棵桂花树，一粗一细，粗的如碗口，细的如茶杯，紧紧地挨在一起，就这么你中有我、我中有你地攀附着朝上长，倒也算是"双桂当庭"。

我奶奶实在看不下去那个乱劲，就里里外外帮着收拾，把那个男人和葛爷的脏衣服收了一堆，准备好好清洗一下。尤其是那个裁缝铺里，衣服布匹胡乱堆着一团，我奶奶全都帮着整理了一下，屋里显得开敞了许多。

我奶奶正在忙着呢，只听院门被人"咣咣咣""咣咣咣"砸响。

"谁呀？"葛爷赶紧朝我奶奶示意，让她藏起来。

"我，葛爷，我是吴二。"

一听是吴家二少爷又来了，三个人顿时慌成一团。

"来啦来啦，怎么着，这一大早又来查户口呀？"葛爷让那个男人赶紧把我奶奶拉进屋里躲起来。

可是这时候屋里已经被我奶奶收拾得利利落落，那个大案桌底下已经是空空荡荡，大白天，再往那个大案桌底下躲，也藏不住呀。我奶奶一看屋里是没法藏了，就赶紧跑到那个小灶房里，把那小灶房的柴门悄悄地掩起来，蹲在了那个柴门背后。

"不查户口，我老豆找你。"广州话把老爸叫老豆。

一听说不查户口，葛爷松了一口气。葛爷隔着门嚷嚷："那你老豆找我肯定是让我去押个货，你和吴保长说，我一会儿就去。"

"葛爷，开门我和你细说。"吴家二少爷坚持要进门。

葛爷和那个男人交换了一个眼神，极不情愿地把门打开。

吴家二少爷一身警服，斜挎着一个盒子枪，晃悠悠地走进来院子，进来就四下张望一圈，还特地走到那个男人的房间里去晃了一下，见里里外外收拾得利利落落的，抬眼看了一眼那个男人："怎么，今天要接待贵客？"

"哪来什么贵客，不就是睡不着吗，下了雨凉快，稍微整理整理，一会儿来了客人，看着也清爽嘛。"那个男人用身体挡着他往小灶间走的方向。

"这两天市面上抓共产党，抓得厉害。外面乱得很，葛爷你今天找几个好帮手，我老豆有批药材，还得请你下乡走一趟。"

"谢谢，谢谢吴保长看得起我，放心，有我葛爷在，你爸的东西丢不掉。"葛爷也显得特别殷勤。

我奶奶原本是躲在那柴门背后，也不知是紧张，还是腿蹲麻了，她就朝那扇柴门上靠了一下，这一靠坏事了，那门"哗啦"一下就倒了下来，我奶奶一下子无遮无挡地暴露在众人面前，再也没法躲藏了。我奶奶惊慌失措地站起身，满脸的惊恐，两手不知道往哪里搁，一会儿放前面，一会儿背后面。

这可把大家吓坏了，葛爷和那个男人都吓得愣在那儿，说不出话。

吴家二少爷一把抽出枪，指着我奶奶问："这烧饭间的女人是谁？"

"啊啊？"那个男人也一时紧张不知说什么，听吴家二少爷问烧饭间的女人是谁，也就结结巴巴地对付着说，"那烧饭间的女人啊，这个，烧饭间的女人，啊，这个，那就是我烧饭的女人。"

葛爷反应挺快："啊，对，这个女人是昨天从老连老家来的，来给老连烧饭的，就是，就是老连的女人，老婆啦。"

"什么乱七八糟的。"吴家二少爷挥了挥枪，对着那个男人，"我怎么从来没听说你有个女人啊？"

"啊，她是今天早上，天不亮刚刚才从老家赶到我这来的。"那个男人装出一副无可奈何的表情，"都是爹妈当年定的亲，我不想认，可你看，人家找上门来了，大老远地来也挺不容易的，我总不能把人家撵走吧，这兵荒马乱的。"

吴家二少爷长得一副马脸，还是吊眼睛，一说话就龇着一嘴黄牙。他用枪指着我奶奶，让她走过来靠近他，然后围着我奶奶前后左右、上上下下地打量了一圈，突然"唰"地举起枪对着我奶奶的脑门，声音严厉凶狠："说，从哪里来的？"也许吴家二少爷觉得他那个腮帮太尖削，他说完话总是要把自己的腮帮鼓起来，看起来有点像干瘦的青蛙在鼓腮帮，颇有几分滑稽相。

"河……河北来的。"别说我奶奶还真是个人物，这会儿她虽然紧张，但心里已经明白该怎么回话，所以她紧张中反而透着几分冷静。

"河北哪里来的？"

"河北保定来的。"

"保定哪里人？"

"保定燕儿庄。"

"姓什么？叫什么？"

"姓连，叫连妹。"

"为何来广州？"

"来找，找，找我男人。"

"你男人是谁？"

"他，连根。"

"他属什么？"

"属牛，丑牛，大我十一岁。我俩属相般配，算命的说必须在一块。"

"对对对，对对。"葛爷在一旁赶紧接话，"是的，他们这属相好嘞好嘞。"

"没有问你话。"吴家二少爷拿枪一指葛爷，随即又把枪紧贴在了我奶奶的脑门上，"哄我是吧？满嘴瞎话，你就是昨晚漏网的纱厂女工，出来贴标语的抗日分子。"

吴家二少爷此话一说，顿时空气就紧张起来，葛爷在吴家二少爷背后立刻就捏起了拳头，随时准备开干吴家二少爷。那个男人也向吴家二少爷身边挪了一步。

当时我奶奶被吴家二少爷这么一说，也魂都吓没了，几乎快要崩溃，腿直打哆嗦，怯怯地问："你，你为什么认定我就是贴标语的？"

吴家二少爷指着我奶奶的衣襟："你这上面满是糨糊的痕迹，你一大早赶路过来，怎么身上会带有糨糊？分明是昨晚贴标语，抱糨糊桶的那个。想骗我可没那么容易。"说着话，他把腮帮连连鼓了几下。

我奶奶一听这话，差一点就瘫坐在地上，早上她是想找件衣服换的，可是这里没有她的衣服呀，衣襟上的糨糊痕迹确实是昨天抱糨糊桶沾上去的。我奶奶眼睛一闭，浑身上下像被浇了一盆冰水，心想这下子是逃不掉了，肯定要被抓走了，听天由命吧。

葛爷一见这个架势，心里也明白了，这是躲不过去的灾了，就在吴家二少爷的背后举起了拳头。

那个男人赶紧摆摆手，阻止了葛爷，先对我奶奶说："妹子，前头你收拾案板的时候，我让你注意注意，不要把我的刮浆碗给打翻了，可是你看还是打翻了，做事真不小心。"接着他几个大步跨进屋，把那个刮浆碗拿出来给吴家二少爷看，"二少爷你看，就是这个浆碗，妹子收拾东西不小心扣身上了，这不，你看，跟糨糊一样。"说着，还把那个刮浆碗拿到我奶奶的跟前，在我奶奶的衣襟上抹了两把，给吴家二少爷看，"你看，你看，这就是糨糊呀。"那时做裁缝，时常需在布料上刮点浆，让料子服帖些好缝制。那浆也就是用稀面粉和的，确实也算是糨糊。

吴家二少爷听了那个男人的话，枪还是没有放下："良民证给我看。"

我奶奶想，那良民证可不能拿出来呀，拿出良民证可就一切都露馅了。正不知该怎么办，那个男人又接过了话茬："哎呀，二少爷，我这一大早就在这儿发愁了。她昨天下午就进城了，可我这个地方不好找呀，转了大半夜才找到这儿，街上乱糟糟的，又下着大雨，她包袱被人抢了，良民证也在包袱里。"

"抢了？你就是没有良民证吧？"吴家二少爷一脸凶相，腮帮鼓得要爆出来，额头上还显出了蚯蚓般的青筋。

"是……是被抢了……抢了，现在市面乱。"我奶奶胆怯地跟着说。

"二少爷，你这话说的，这年头没有良民证寸步难行。"葛爷插话。

"是啊是啊，我这女人，你看她这个身板，没有良民证，她能飞进城来吗？"那个男人也跟着解释。

吴家二少爷这会儿才收回了枪，似乎是信了，不过很快眉头又紧皱起来："没有良民证，在广州这不是找死吗？"

"是啊，是啊，我们也正犯愁呢。"葛爷双手抱拳，"二少爷有何办法，给指条明路。这可都在吴保长的掌管之下。"

吴家二少爷在院子里来回踱了几步，可眼睛始终没有离开我奶奶："你要是在广州办的良民证，我还可以给你补一下，你的良民证是在保定府办的吧？怎么补呀？可是，现在是保甲连坐，你这是要害死我家老豆呀。"

那个男人走过去站在我奶奶身边："老婆呀，还不赶紧求二少爷帮个忙。"

葛爷也赶紧朝吴家二少爷再一抱拳："二少爷，这事你都看明白了，这年头过日子不容易，这个妹子从老家来找她男人，一路上也不知吃了多少苦头。良民证丢了，你看我和老连作保，你就帮忙办一个，你爸是保长，也让他出面作个保。这妹子绝对不是坏人，你看吧，要是没良民证，出这个门就可能被抓了。看在我葛爷这么多年出生入死为吴保长走镖的面子上，帮个忙吧，救人一命，胜造七级浮屠。这一趟出去押货，我葛爷分文不取，哦，下一趟的钱也不收了。"葛爷拿了几张票子，硬塞进吴家二少爷的手里，"来来来，二少爷买包烟。"

吴家二少爷又仔仔细细、上上下下地把我奶奶打量了一遍，从进门发现我奶奶，他的目光已经不知在我奶奶身前身后溜了多少遍，那目光似乎要穿透我奶奶的身体。他把葛爷给他的钱往口袋里一塞说："好吧，都是邻里邻亲的，我就试试看，办证的事，你们跟左右邻居都别提了。这几天，别出门乱跑。"说着话又飞了我奶奶一眼，看得我奶奶心惊肉跳的。

吴家二少爷转身出门。我奶奶腿一软，瘫坐在了地上，呜呜地哭上了。

那个男人走到她身边，陪她坐在地上："妹子，不要怕，那个恶神走了，有葛爷罩着，应该是没事了。"

我奶奶哭声更大了："我怎么着就成了你老婆了？"

"噢，是这事啊，妹子千万不要哭了。不是哥想捡你的便宜，今天我要不这么说，那大家就都没命啦。"那个男人伸手拍了拍我奶奶的背，"妹子，等良民证办下来，住一阵，你就再走，回保定府去，回老家。说实话，我也想老家了，到时候我和你一起回老家。"

这一说，我奶奶哭得更起劲了。其实我奶奶那会儿心里是感激呀，从昨天晚上到今天早上，这一夜惊魂，要是没有那个男人和葛爷的护佑，真不知道会是什么样的下场。

葛爷插上院门，走过来说："昨晚我就说你们有缘。结果你看今天，这命中的事，你不认还不行。唉，这世道也难为妹子了，书香门第嫁给了一个小裁缝。不过呢，这也确实是你们命中有缘啊。妹子啊，你就不用再回纱厂了，那边我看也不安全，就在这儿陪着老连过日子吧。这个院子里面我们两个大男人，有你一个女人，也能有点过日子的样子。我就一直跟老连说，咱这院子里面一定会出现贵人，你看这两棵树桂花树，靠得这么紧，就像是夫妻树。"

"去去去，葛爷不要乱点鸳鸯谱。"那个男人哄我奶奶，"妹子啊，别哭了，不管怎么样，这几天你在这儿可以先安心住着了。"

我奶奶就在这里暂且住下，帮那个男人打打下手。那个男人别提多开心了，有事没事总围着我奶奶转。

良民证是葛爷拿回来的。葛爷那天把良民证拿回来，朝那个男人和我奶奶面前一拍，满是狐疑地说："你们说这狗日的吴二，整天凶神恶煞的，这个事办得倒还挺爽快。我验过了，这证不假。"

那个男人说："会不会是因为你那天给他塞了几个钱？"

"那几个小钱还不够他擦屁股眼的呢。"葛爷摸着自己光光的脑袋。

"不管怎么说还是你葛爷面子大，一定是看在你葛爷的面子上，葛爷这几年为他爸吴保长没少卖命，从来不出差错。"

"你说他会不会是看上连妹子了？"葛爷看了看我奶奶，"我看他那天贼眼就盯着妹子上下左右地看，一定是没安好心。"

我奶奶拿起那张良民证看着许久，轻声说："我想回老家了。"

"什么，你真想走啊？"葛爷瞪大了眼睛，又看着那个男人。

那个男人看着我奶奶："你真的想回老家？"

我奶奶点点头。

"那，好吧！"那个男人一跺脚一拍案板，"行，那我就收拾收拾陪你回老家。"

"真和我走？就带你这些家当走？"我奶奶眨巴着眼睛看着那个男人。

"那还能怎样走，穷裁缝就这点家当，你说我们能带点什么走？"那个男人没有弄懂我奶奶的意思。

"空着手出来空着手回去，没有钱财，至少也得带几个娃吧。"我奶奶从口袋里掏出一张小纸片羞答答地递给那个男人，转身跑到庭院桂花树旁，用手去抚弄那个枝叶。

那个男人打开那个小纸片，见那上面用蝇头小楷写了几句话：黑鼠黄牛正相合，双桂当庭做媒证，连家儿女香火旺，富贵荣华福禄多，光宗耀祖家业兴，来日携子归故里。

那个男人一看就明白了，我奶奶这是同意了。他一把拉住我奶奶的手："连妹，我就是个小裁缝，手艺人，本事不大，但我保证有我的，就有你的，没有我的，也有你的，咱俩好好过日子。连家有香火往下传了，我有传家宝给你看。"

那个男人站在案桌上，在房梁上掏了一个布包下来，布包里包的那个传家之宝——神秘的古莲项链。

那个男人给我奶奶细说这串古莲项链的传奇故事。我奶奶联想到那一天晚上她大难不死，不仅逃过一劫，还定了终身，也觉得冥冥之中是这串古莲项链在保佑着他们。

葛爷在一旁击掌大笑，连说："缘分，缘分，有缘千里来相会，没缘见面不相识。"

佛说，万法缘生，皆系缘分，偶尔的相遇，蓦然回首，注定了彼此的一生，只为眼光交会的刹那。后来我的精通佛学的妹妹是这么来形容那个男人和我奶奶的这一段姻缘的。

院子里面的那两棵桂花树已经爆出了许许多多的花蕾，虽然还没有到盛开的季节，但是那清香味已经在院子中弥漫。

我奶奶说就是那天日本人把广州的民用电停了，晚上城市一片黑黢黢的，而我奶奶和那个男人的心里，那个家族兴旺的火苗在那个晚上悄悄地燃着了。

我奶奶就这么给那个男人摸了回去，那个男人成了我爷爷。

后来我考证了一下，广州停电那一天是1944年7月19日。

03

我奶奶怀上我爸爸已经有六个多月了，明显出怀了。

那一年日本人在中国战场节节败退，也越来越疯狂地做垂死挣扎，拼命镇压广州的抗日行动，老百姓的日子也越来越难过。

但我爷爷自打把我奶奶摸回去之后，生意上多了一个帮手，家里有了女人，日子虽然艰难清苦，但却渐渐有过家的样子了。

他们把房东留下来的那间房子清理了一下，腾出半间给我爷爷和奶奶住，这样那间裁缝铺子就显得更加宽敞了。

葛爷的老婆带着刚满月的女儿躲到四川峨眉山老家去了。葛爷原来是拳师，一看他的身板子就知道是练家子。他个子不如我爷爷高，但腰圆膀壮，身上块块都是板板的肉，短眉毛，眼睛不大，但练武的出身，眼睛是炯炯有神，溜光的头，和我爷爷喜欢留着有几分匠人气质的胡须和长发截然两个风格。日本人来了后不久，他就把武馆关了，现在成了这个小院子的"护院"了。我爷爷的小裁缝铺，亏了葛爷里外照应着，大家相处甚好。我奶奶做饭也就顺带把葛爷的饭也带上了，三个人如同一家人。葛爷白天在码头扛活，晚上时常三个人坐在院子里面桂花树下，喝茶歇息，有时葛爷还和我爷爷切磋几下拳道。当然我爷爷哪是葛爷的对手，只是还记得祖上传下来的一些拳法，过一过嘴瘾而已。

我奶奶怀孕的那段时间，广州百姓的生活越来越难，生油价格是战前七八十倍，大米一天一个价，买米要靠抢，连盐都要定量供应。街头经常有饿死的人，市面上都出现过贩卖人肉熟食的摊贩，饿急的人甚至从马粪中挖未消化的豆子充饥。

我爷爷想方设法给我奶奶多弄点好吃的，补身体。为了多挣一些钱，我爷爷每天睡得很少，天天就趴在那张大案板上干活，那个腰常常疼得直不起来。那年头做新衣服的人少，大多数都是旧衣服拿来改的，又费工又费时。我爷爷是高度近视，戴着厚厚的眼镜，那脸也几乎都快贴在案板上了。

有一次我爷爷出去收旧衣服，看见路边上有条蛇，我爷爷拼命去抓，想抓回去给我奶奶炖个蛇汤喝。蛇倒是抓着了，可蛇是毒蛇，杀蛇时，我爷爷一不小心被蛇咬了一口，幸亏葛爷懂得治疗蛇伤，又去吴保长家拿了蛇药，救回了我爷爷一命，把我奶奶那个心疼得，啧啧。

有一天我爷爷腰扭伤了，我奶奶说："连哥今晚就别干了，我给你揉揉腰，用热水捂一捂，早点睡吧。"

我爷爷看看我奶奶的肚子说："能干就多干一些，孩子出来了要花钱呀。"

我奶奶一边心疼地帮我爷爷揉腰，一边说："连哥我有一个想法，我看我们有些零头边角料，都扔掉了，也挺可惜的。我们保定人会剪纸，我妈妈也教了我不少，我会剪很多的花样。我想把那零头布料剪成各种的花样，鸟呀，蝴蝶啦，字啦，太碎的我还可以把它扎成小花，然后你把它缝在衣服上，那衣服是不是更好看？是不是可以多卖些钱呢？"

我爷爷一听说："这个主意好呀，你剪一个我看看。"

我奶奶是书香门第，从小耳濡目染，不仅写了一手好毛笔字，剪纸绣花那也是一把好手。我奶奶找出一块布，剪了一条小龙，缝在了有一家人定做的娃娃的衣服兜上。第二天那家人来取衣服时，看到了十分开心，问我奶奶怎么知道他们家孩子是属龙的。我奶奶说你那天来做衣服时说你们家孩子三岁了，我就记住了。那人十分高兴，还给爷爷多付了一些钱。

我奶奶这些锦上添花的小活，还真帮我爷爷招揽了不少生意。我奶奶模样好，人也和气，又有文化，街坊四邻都挺喜欢。有时候一些地痞流氓的想来找个碴，一看有葛爷护着，也都不敢弄事。我爷爷他们的小裁缝铺子生意越来越好了。我爷爷和葛爷都说我奶奶是院子里的那棵桂花树修成仙的，是贵人。

吴家二少爷有时也会来查查户口，每次来总是眼睛盯着我奶奶上上下下地溜，有一次竟然还有意无意地提起来纱厂女工抗日的事，问有没有那边的女工到这儿来做衣服。吓得我奶奶魂飞魄散，装聋作哑。

那时市面上乱，日本人还常抓妇女编成"姑娘慰问团"去劳军，拒绝的一律格杀勿论。我爷爷和葛爷都不让我奶奶出门。粮食都是葛爷出去"抢"回来的，米铺放米时，那个人挤人的样子，没有好身手是买不到米的。葛爷在码头扛活，打零工，有时候还去帮别人走个镖，赚一点外快。葛爷为人也大方，我奶奶他们三个人的日子总算还能过得去。

葛爷见我奶奶文采好，毛笔字又写得好，而他在码头上有一些工友是一人在广州打拼，虽说烽火连三月，家书抵千金，然而那年头找人写信也是要花钱的，工友们也难得写一封信寄回家。葛爷就把那些想写信的工友喊回家来，请我奶奶代笔写信。这些工友见我奶奶不仅字写得好，文采好，还为人和善，面目俊秀，也十分愿意跟我奶奶说话聊天，常常落了工，就相约来到他们这个小天井，喝茶歇息，抒发思乡之情，人来人往很是热闹。左右邻居和来做衣服的客人，见了我奶奶总是朝着我爷爷竖起大拇指，夸我爷爷好福气，讨了个老婆，貌如仙女下凡，才如孔孟亲传，把我爷爷夸得经常笑出哈喇子。人多了虽然热闹，但也惊动了吴家二少爷几次上门，警告大家不可聚会，不可多言。

我爷爷过去从不去逛什么文房四宝书画铺子，对那也毫无兴趣。但自打我奶奶进了门，尤其是代人写信多了，他也没少去买些纸墨，花销也不小。好在来托写信的人，我奶奶虽说不收钱，但大家也多少会丢一两个子表达一个心意，扣除笔墨纸张的费用还略有盈余。

那天我爷爷路过一个书画店，见一个老妇人手上拿着一块墨块向路人兜售，那墨块用一块黄绸缎托着，比大拇指略宽，长三寸有余。我爷爷好奇地问，这墨疙瘩是什么东西？那妇人泪水汪汪地说，这是家父的宝贝，家父也曾是一代文豪，还曾经为官一方。可惜战乱之中丢了性命，家中从此败落，值钱的珠宝都已经进了当铺，如今只剩下这一块宝贝墨锭了。老父亲临死之前关照千万要传给子孙，可眼下子孙连肚皮都喂不饱，要这块文绉绉的东西又有何用？而当铺也不肯收，说兵荒马乱之中这个东西变不出现钱。我爷爷询价，那老妇人说了一个价钱，把我爷爷吓了一跳，居然要市面上二斗米的价。我爷爷疑惑地说，这小不点的东西，能值这个价钱？老妇人见我爷爷是外行，也就不愿多话，对我爷爷说，既然不懂就不要问了。言下之言，你是外行，就不要在这儿七岔八岔的了。我爷爷心有不甘，心想我不懂，我家里可有一个书香门第大家闺秀，于是又说，我老婆可是才高八斗的大文人，我不懂，她懂。那老妇人听罢，上下打量了一下我爷爷说，既然如此，可否请夫人前来识货。我爷爷也仔细上下打量了一下眼前这个老妇人，虽然衣衫破旧，倒也整洁，看相貌倒也有几分富贵贤惠，不像是弄巧作奸的老千。我爷爷想，或许真是什么宝贝疙瘩，买回家可博我奶奶一笑。我奶奶自打跟了他这个穷裁缝，也没有多少文墨可论。于是一狠心一跺脚，稍稍还价，就把那个墨疙瘩买了下来。老妇人一副依依不舍的样子，千叮咛万嘱咐，末了说了一句"千金易得，李墨难求，想你家夫人如识货一定喜欢"。

我爷爷将信将疑，回家把这墨疙瘩拿给我奶奶看，我奶奶一看那墨锭虽然有些残了，但是上头"李庭珪"三个字清晰可见，立刻大惊失色。她先把这墨块对着阳光仔细查看，手上掂了掂，然后又深呼一口气，放在鼻头仔细长闻，最后用食指沾了一点口水在墨头上小心轻轻研磨几下，闭目凝神，用大拇指和食指仔细捻着，然后对我爷爷说，这是真的"李墨"。早年有人拿"李墨"来找我奶奶的父亲辨认，所以我奶奶也就学会了如何辨认"李墨"。那种"拈来轻、嗅来馨、磨来清"的墨感过手难忘。此刻我奶奶兴奋地说，你这是哪里得来的？这真是宝贝，庆历年间，一枚这个墨，能卖到一万钱呢。我爷爷便把老妇人卖墨疙瘩的事说了一遍。我奶奶感慨，世道变了，这样的好东西现在竟然连当铺都不愿意收。我爷爷见我奶奶喜欢，自然十分高兴。但我奶奶抱怨我爷爷在当下物价飞涨、兵荒马乱，百姓衣不裹体、食不果腹，日子过得这么困难的时候，花这么多的钱去买这个东西，也实在是太浪费了。

葛爷听说我爷爷淘到了宝贝，也赶紧过来观看，探问"李墨"的究竟。我奶奶说这个"李墨"说起来和她老家保定有关，古代保定用"易水遗规"的"易水法"制墨，既是宋元以前中国传统制墨高地，也是明清徽墨独领中华制墨风骚的起点。唐末战乱，保定人奚庭珪避乱到了安徽歙州，发现歙州的地理环境非常适宜制墨。于是，他就在那里定居下来，精心制墨。一墨香天下，中华闻名。南唐后主李煜酷爱佳墨，对奚庭珪非常赏识，就封他为墨务官，并赐他全家"国姓"李氏，所以后人多知道李庭珪。这个"李墨"名满天下，被誉为"天下第一品"。

我爷爷听罢我奶奶说的"李墨"的故事，还和老家有关，也是称奇。葛爷也在一旁凑热闹说："博得美人一笑，饿几天也值得呀。"我爷爷见自己真的讨了一个宝贝让我奶奶开心，自然也是得意万分，我奶奶怪他乱花钱，他大咧咧地一挥手，说："我就是一个穷裁缝，这会儿是只要美人，不要肚皮。"

当时我奶奶虽然嘴上怪我爷爷花这么多的钱买这个当下不能果腹的东西，可心里别提多高兴了。她把手指上的那一点点残墨沾点口水，在我爷爷的额头上抹了一道，嘴里还念念有词："一画开天地。"我奶奶得这一墨锭，自然十分珍惜，抓了几把干桂花包成香囊，合着墨锭一道用黄绸缎仔细包裹收藏。后来在那漫长的岁月当中，虽然在我奶奶身上发生了许许多多的惊天动地的变故，可是这块墨疙瘩宝贝却始终被我奶奶保存了下来。

我爷爷和葛爷都喜欢喝一口烧酒。那天晚上我奶奶让我爷爷打了一壶散装烧酒，又炒了一盘腌咸菜，三个人坐在院子里小喝几口。我奶奶高兴得给爷爷斟了好几杯酒，谢谢他的宝贝墨疙瘩。

葛爷常吹嘘他会算命占卦、看相，那天就着酒劲，他又夸上了我奶奶。说我奶奶面相好，鼻梁偏低，女人鼻梁低，会嫁得好，而且旺夫。说自打我奶奶进了门，老连铺子的生意一天比一天好。还说我奶奶脸很圆大，说这种面相的女人愿意付出，会帮丈夫渡过各种难关，男人要是娶到这样的女人自然也会过得很幸福。又说我奶奶眉如柳叶，这种面相的女人心肠柔软，善良，乐于助人。关键是他还说我奶奶人中清晰，能生养，将来必定子孙满堂，福如东海，寿比南山。

葛爷这一番相说，把我爷爷说得心花怒放，连给葛爷敬了好几个酒。

别看葛爷是个粗人，但说话很有分寸，平时从不说人一个不是，那天几杯酒下肚，有点"胆大了"。他盯着我爷爷的脸看了半晌，犹犹豫豫地说："有句话平时我不敢讲，今天借酒我斗胆说一说。连根老弟，连妹妹的面相那是没说的，那可是百里挑一的上上相，可要说你这面相吧，就多一点点不是。"

我爷爷哈哈一笑："就你那二把刀算命水平，我可不信。"

"葛爷，你说，哪点不是？"我奶奶倒是很虔诚地问。

"你看啊，其实你的面相很好，面如关公，丹凤眼，卧蚕眉，天庭饱满，地阁方圆，本应是吃官饭，掌大权的命，是有福之人，可是……"葛爷又打量了我爷爷一眼欲言又止，"我还是不说了吧。"

我奶奶着急了："哎，葛爷，你可不能这么吊胃口，那后面酒没你喝的了。"我奶奶把酒瓶子拿过来抱在怀里。

"好吧，都是自家兄弟，我就说了吧。"葛爷把杯子里的酒一饮而尽，"老弟，你的面相哪里都好，你看先前连妹在你额头上用那个金贵的什么李墨画了一道，叫一画开天地，可是你眉间那个瘊子，耽误了你的富贵前程。"葛爷说的是我爷爷眉心之间有一个比黄豆还大一些的瘊子，那瘊子上还稀拉地长着几根毛，确实有些"煞风景"。

我爷爷一听就乐了："啊，你说是我这个瘊子嘛，从小就有了，就让它留着吧。我呢，就是一个裁缝的命，要那么富贵干什么？你看啊，按你说，我要是没有这个瘊子，那就是关公命，那关公是横刀立马，整天是战场上打打杀杀。"我爷爷摆了一个横刀立马的架势，"你说现在时局这么混乱，我要真是关公命，可能早就没命了，哪还能摸到我连妹妹呢？"说罢，倒一杯酒一饮而尽，"我呢，还是安安心心地做个小裁缝罢了。"

我奶奶一听不乐意了："人家葛爷讲得也在理，你要是没个瘊子，说不定啊，命会好很多的。"

我奶奶还真把这个当个事了，也不知从哪里找来一个偏方，说是用马尾拴住瘊子，过几天紧一点，过几天紧一点，就可以把瘊子除掉。你别说奶奶折腾了估摸不到一个月，还真把我爷爷脸上那个大瘊子给除掉了，又过了些日子连那个疤痕也慢慢淡去了。

除掉瘊子那天，我奶奶又炒了几个小菜，请葛爷坐在天井里庆贺了一下。

葛爷仔细地打量着我爷爷说："你看，这瘊子没有了，人就是精神，你们老连家要时来运转了。"他指着我奶奶的肚子，"肯定是个胖儿子。"

我爷爷也很开心，抱着镜子左看右看，乐得像个小孩子。我爷爷忽然放下镜子，念念叨叨地说，他欠我奶奶一个婚礼。他说我奶奶是书香门第，本应当要明媒正娶的，虽然是被他摸了回来，现在也有八个月身孕了，但婚礼一定要补上。爷爷还说，现在脸上的瘊子没了，照出来的相片也一定会比以前好看。

我奶奶说，就不要讲那个形式了。现在局势那么乱，外面危险得很，日本人整天抓人杀人的。婚礼不就是个仪式，两个人都一起过了，马上孩子都快生了，一定要搞，就在咱家院子里搞搞，请街坊邻居吃个饭就行了。

可我爷爷不愿意，说不能亏了我奶奶，葛爷爷也说不能将就。他和葛爷商量就在附近的天主教堂里搞一下，现在结婚都时兴去教堂，咱也不请什么人，请神父念叨几句就完了。再说他那个祖传之宝，他要很正式地交给我奶奶。

葛爷也同意，说那天他多找几个拳友去护场子，万一有什么事也好有个抵挡。

我奶奶拗不过他们，只好同意。

我爷爷说一年前有个人订了一件婚纱，后来不知啥原因就一直没来取，他估摸着我奶奶能穿。说着就去拿来让我奶奶试，我奶奶一试还真的挺合身。

04

1945年的春天，日子虽然依旧很难，但要去教堂办婚礼的我爷爷和奶奶，那一天的心情，算是苦中有乐。

广州天热，院子里面的两棵桂花树在我奶奶的精心呵护下，去年开的花可茂盛了，香气隔条街都能闻得到。这年，刚刚过了春天两棵就已经是新叶一大片了。我奶奶去年收集了很多桂花，精心地晒干，用一个小缸装起来，我奶奶说，从教堂回来，给街坊泡桂花茶喝。

他们一大早起来就开始忙着准备了，我爷爷帮我奶奶把婚纱有两个不太合身的小地方又修补修补。宽大蓬蓬的裙摆，居然把大肚子也遮挡得不太看得出来了。我奶奶穿上婚纱，在镜子前面左照右照的，心里美得跟个仙女一样，直夸我爷爷手艺好。我爷爷那是一脸得意，他说平日里都是给别人做嫁衣裳，今天终于给自己的老婆做一次，那是格外认真。他为自己选了一套藏青色的立领中山装。虽然是用旧衣服改的，但他用熨斗把衣服熨得笔笔挺挺，看上去崭崭新新，得体合身，那人立刻就精神了许多。我奶奶夸我爷爷是巧夺天工。

最关键的是我爷爷在我奶奶的劝说下，剪去了长发，留起了大背头，还剃掉了脸上的胡须，眉间的痦子也没了，那人整个就像换了一个模样。人逢喜事精神爽，我爷爷那个模样如同脱胎换骨。

葛爷也连声夸我爷爷刮了胡子、剪了长发之后，那人是太有精气神了，直翘大拇指："哎呀，老连呀，我今天该叫你小连了。"葛爷转向我奶奶："今天，我到底是应该叫妹子呢？还是应该叫亲家母呢？"

我爷爷朝葛爷一拱手："葛爷，你就妹子、亲家母一块叫。"

葛爷拱手哈哈一笑："说心里话呀，我还真想叫亲家母呢。"

"我看也是，葛爷得叫我亲家母。"我奶奶拍拍鼓起来的肚子，打趣地说，"我这肚子里的小家伙这几天鼓捣得厉害，我琢磨着十有八九是一个野小子。"我奶奶说着，把我爷爷的手拉过来放在自己的肚子上，让他去感受。我爷爷索性就俯下耳朵去我奶奶的肚子上听，一边听着一边得意地对葛爷说："一定是个儿子，而且还会武功，刚才照着我脸上还踢了一脚。"

葛爷哈哈大笑："好，真是小子，我叫他学拳。我葛家拳就算有继承人了。"

此话得回到昨天晚上。

昨天晚上我爷爷奶奶和葛爷商量第二天婚礼的事。我爷爷就是一个小裁缝，对外没有什么路路道道的，办事能力也一般。葛爷在码头上神通广大，拳友也多，教堂联系、操办都是葛爷一手跑前跑后搞定的，我奶奶对葛爷是左一声感谢右一声感谢。

我爷爷若有所思地说："葛爷，你看啊，你的女儿快一岁了吧，我呢，媳妇肚子还不知是个龙啊是个凤的。咱哥俩处得这么好，那天晚上要不是你替我挡着，说不定吴家二少爷就把咱老婆给揪出去了。我有个想法，你比我长几岁，我就拜你为个兄，嫂子比我家连妹大，连妹就拜嫂子做个姐。如果我这边出来是一个凤，就让她跟你们家女儿也拜个姐妹；如果出来是个龙，你看你愿不愿意就把女儿许给我们连家做媳妇？"

葛爷一听来劲了，一拍大腿："这个好呀，我怎么没有想到呢？同意，同意。咱两家要结百年之好。"

我爷爷问我奶奶："连妹，你觉得这样行吗？"

我奶奶说："你们两个老爷们都定了，我还能说啥？不过现在这兵荒马乱的，也不知道这两个孩子将来长大了还能不能见到。"

我爷爷说："那就是看缘分了，若前世不是有缘，你这一辈子能被我从路边摸回家来吗？我还省了彩礼钱。"

葛爷爷打趣地对我奶奶说："是啊，还是那话，有缘千里来相会，无缘见面不相识。那天晚上连老兄把你带回来，我一看你跟他就是有缘之人。"

我奶奶也咯咯地笑了："那天晚上在墙角躲警察，藏在连哥怀里，缩成一团还真是有些紧张，头一回这么在男人的怀里猫着，居然也顾不得害羞。"

缘分，缘分，三人一顿感慨。

葛爷伸出手指，掐掐捏捏一气说："今天正是易结拜的黄道吉日。我家墙上就有刘备、关羽、张飞的像，咱也不要去杀鸡滴血了，咱就扎破手指头喝一碗血酒，就算是结拜了。"

我爷爷一听，立刻让我奶奶张罗着拿碗倒酒，拿纸拿墨，说："来来来，我们先来写个誓约。"我爷爷还特地关照我奶奶去把那个宝贝墨疙瘩拿出来，说这么大的事，咱得用好纸好墨。

葛爷一把拦住，说兄弟之间不讲形式、套路，用不着浪费了那么好的东西。他顺手挪过案板上我爷爷给人量衣服画式样用的纸和墨，说："就用这个纸墨，只要感情真，啥纸墨都走心。"葛爷抢着磨墨，可他那五大三粗的手，没磨几下，用力过度把砚台弄翻了，墨汁溅在三个人的脸上，三个人用手一抹，全都成了大花脸。三人对望，哈哈大笑。

我奶奶原本也想用那块好墨来写的，她觉得这么大的事是应该用好墨记下来，可葛爷拦住了，说日子长呢，以后比这重要的事多着呢，那块宝贝留着以后用。

三人围着那个裁衣服的大案板，一边商量着一边说，让我奶奶用毛笔在那张纸上写下来。

我奶奶挺着大肚子提笔运气，一气呵成，不一会儿誓约落成：

> 今日葛大江与连根结为兄弟。葛大江之妻王秀英与连根之妻连妹结为姐妹。葛大江现有一女葛巧云，今年一岁。连妹现怀孕八个月有余，若产下一女仔，则拜葛巧云为姐；若产下男仔，则与葛巧云结为夫妇。
>
> 此约，今生今世，永不反悔。

随后，我爷爷和葛爷双双认真地签下名字，落下时间。

我爷爷拿来缝衣服的针戳破手指头，按下了带血的手印，又往酒碗里挤了两滴血。

葛爷也照我爷爷如此这番地做了一遍，然后把写好的誓约一撕两半，把有自己手印的那一半交给我爷爷，把有我爷爷手印的那一半自己揣起来，说："将来我们分别把这个交给自己的孩子，如若他们走失，这就是他们相认的信物。认物不认人，见物如见人。"

随后，我爷爷和葛爷磕头相拜，结为兄弟。两人发誓，不是同年同月同日生，但愿同年同月同日死。死生相托，吉凶相救，福祸相依，患难相扶，滴血为鉴，歃血为盟，然后两人举杯把酒一干而尽。

仪式结束，三人余兴未了，坐在小天井里一直聊到快五更天。

所以今早见面，三人在院子里互相逗乐，葛爷一会儿叫我奶奶妹子，一会儿叫亲家母。

"好啦好啦，我们就不要在这儿斗嘴啦，反正不管怎么样，妹子也好，亲家母也好，从此我们两家就是一家啦。"我奶奶把爷爷和葛爷的手拉在了一起。

对，一家人啦，爷爷和葛爷紧紧地抱着。

05

婚礼仪式选择在傍晚。他们觉得那会儿人少，安全一些。

这是一个英式教堂，牧师也是英国人。

我爷爷和我奶奶也没啥亲戚，时局太乱，那天葛爷只叫了十五个拳友去教堂。

夕阳的最后几缕霞光，透过教堂顶上的彩色玻璃，在教堂的墙上、地上，随便画出怪七怪八的光斑。

教堂里的小油灯在卖力地燃烧着，火苗摇烁着向上蹿动。

我爷爷今天还特地给我奶奶买了一块粉饼，亲自给我奶奶脸上扑上粉，夕阳下我奶奶那个脸红润红润的。我爷爷把自己的脸洗了一遍又一遍，我奶奶还给他头上抹了一点点菜油，锃亮锃亮的，那像玻璃瓶底一样厚的近视眼镜也擦得溜亮，镜片上不时地闪过夕阳的余晖和油灯跳跃的火苗。我爷爷今天精神抖擞，旧貌换新颜。

仪式开始，我奶奶和我爷爷一人一边站在牧师两边。

牧师戴了一副黑框眼镜，手里捧着《圣经》，一本正经地说："今天我们聚集在上帝和来宾的面前，是为了连根和连妹举行神圣的婚礼。如果有任何人知道，有什么理由使这个婚姻不能成立，就请说出来或者永远保持缄默。"

葛爷带头拍手，大家一起跟着拍手。葛爷今天打扮得也不错，平日里他上身不是光膀子搭块毛巾，就是穿一个汗背心，今天还特意穿上了一件绛紫色的对襟褂子。

牧师满意地微笑，朝台下看了看，接着说："是谁把新娘带给了新郎？"

按说这会儿应当是新娘的爸爸出来说："是我和妻子把新娘带给了新郎。"

我爷爷看见牧师在四下寻找，接过话茬："牧师，不用找了，连妹是我在巷子口路边摸回来的。"说完还得意地一笑。

全场哄堂大笑。

"My god。"牧师撇了一下嘴，也笑了，转脸朝向我爷爷，"连根先生，你是否愿意接受连妹成为你的合法妻子？"

"我愿意。"我爷爷大声回答。

"连妹女士，你是否愿意接受连根成为你的合法丈夫？"

我奶奶拍拍肚子，小声对牧师说："他都快做爹了，我们今天就是来补个仪式。"

下面又一阵哄笑。

"现在新郎请把你的戒指戴在新娘的手上。"牧师对我爷爷说。

这时我爷爷从怀里掏出一个红色的小布袋，对牧师说："我没有钱买戒指，这是我家的祖传之宝，我可不可以送这个来代替戒指？"

"Oh，my god！上帝呀，请原谅这个年轻人。"神父很惊诧，问，"这是什么？"

我爷爷从口袋里拿出一串由黑色珠子穿成的项链，对着众人展示，然后讲起了故事："这是我们连家的传家宝。我老家在河北白洋淀旁边，在很久很久以前，有一天七八米深的白洋淀的水突然没了，枯淀了。据老人们说，枯淀那可是大几百年才会遇到一次的事，而且枯淀的时间很短，一两天水就又涨起来了。有人说这是东龙王和西龙王打架，渴了，把水喝干了。也有人说，是观世音菩萨可怜白洋淀的百姓太苦了，用甘露瓶把水暂时盛起来，让百姓到淀底去寻找宝贝。不管怎么说，那一次的枯淀，我爷爷的爷爷的爷爷的爷爷，在淀底发现了十分稀罕的千年不腐的古莲子，他就赶紧在淀底找呀找呀，手脚都被划破了，终于挑齐了九十九颗古莲子，穿成了这串项链。从此，这串古莲项链，就成了我们连家的传家宝，保佑我们连家无论在什么艰难日子里，都能香火不断，年年添子，久久相传。"说到这里，我爷爷走到我奶奶身边，对着我奶奶说，"连家到我这一代已经是单传了，希望这串古莲能给连家带来好运，给连家续个香火吧。"

在场所有的人都被这个美丽的故事感染了，拍着手叫好。

再细看那串古莲项链，个个颗粒饱满，黝黑发亮，像黑色的珍珠。拎起来，碰撞之中，发出清脆的声音。

牧师也听得目瞪口呆，对我爷爷说："孩子，赶紧把这串项链挂在你妻子的脖子上吧，愿上帝保佑你们。"

我爷爷先是亲吻了一下那串古莲项链，然后把项链挂在了我奶奶的脖子上，深情地对我奶奶说："在天愿做比翼鸟，在地愿做并蒂莲，愿我们连家香火不断。"

葛爷坐在下面喊："生个儿子我们做亲家！"

所有来的人都跟着齐声喊："儿子！儿子！"

就在这时，砰的一声，教堂大门被撞开了。一群日本宪兵和日伪警察荷枪实弹地冲了进来，领头的大声喊："不许动，都不许动，查良民证，抓反日分子。"

葛爷连忙上去打招呼说："这儿正结婚哪，没有抗日分子。"

"让开，让开！"一个日本宪兵用枪拨开了葛爷，"都坐好了，把良民证统统拿出来，举在头顶。"

教堂的气氛一下子就变得凝固而紧张起来。

枪口之下，教堂里每个人都把良民证掏出来，在手上举着。日本宪兵和警察挨个查过去。

有两个宪兵冲到我爷爷奶奶跟前，对着我爷爷奶奶大声呵斥："良民证，良民证拿出来。"我奶奶先掏出良民证递上去。那宪兵仔细对照了一下，看没啥问题，把良民证扔给我奶奶。

没想到我爷爷的良民证出了问题，我爷爷在领良民证时，照片上脸上是有个瘊子的，现在瘊子没了，而且脸上的胡子也没了，长发也没了，那个宪兵看着怀疑，又和旁边的那个宪兵嘀咕了几句，立刻用枪顶住了我爷爷的眉间："你的，这里的没有了，良民证大大的假，抗日分子。"要抓我爷爷回去审讯。

这把我奶奶给急坏了，急忙给他们解释，说以前是有的，后来除掉了。日本宪兵根本听不进，坚持要带人走，我奶奶要上前阻拦，那个日本宪兵用枪一拨，我奶奶跟跄了一下，倒在了地上。

葛爷一看也着急了，急忙上去解释："太君，太君，他是做裁缝的，这一带很多人都认识他，不信你们去警察局，找吴家二少爷问问。"

葛爷这么一上来，他的那些拳友也都围了上来，跟着七嘴八舌地说，认识我爷爷，我爷爷是良民，他们还愿意担保。

日本宪兵见这么多人都围上来，以为要闹事，领头的把手一挥，大声喊："通通的是抗日的，通通地带回去。"日本宪兵和警察，端着枪就过来抓人。

正在这时，吴家二少爷又带着一拨人冲进教堂，葛爷一看这下有救了，连忙上去抓过吴家二少爷："来来来来，你来得太及时了，二少爷你看看，你不认识这个人吗？"葛爷指着我爷爷问。

"认识，这个是裁缝老……"可是他话刚出口，忽然又发觉不对，"嗯哼，你脸上的那个瘊子呢？这，胡子，长发，这人也变了样。"吴家二少爷的腮帮又鼓了起来。

我奶奶赶紧说："他的瘊子被我除掉了。"

葛爷也接着说："是的是的，他原先是有瘊子的，我说那个瘊子面相不好，后来他老婆就用土办法给除掉了。"

"瘊子还能除掉？"吴家二少爷有点疑惑。

这时日本宪兵拿刺刀对着吴家二少爷的胸口："你的，老实地说，认识还是不认识的？他的，真的还是假的？"

估计吴家二少爷心里也在犯嘀咕，好好的你要把瘊子除掉干什么，这瘊子还能除掉了？再加上我爷爷今天脸洗刮得溜光，发型也变了，精神抖擞的，一反平时那个窝里窝囊的小裁缝样。这让吴家二少爷也觉得有些异样。面对日本宪兵的刺刀，吴家二少爷舌头有点打卷："太……太君，还是问一问好。"

那个日本宪兵立刻手一挥："抓回去，通通抓回去。"还特别用手指了指我奶奶，"她的，也抓回去的。"

我爷爷一看这可不妙，那年头谁不知道日本人心狠手辣，杀人如麻，而且不讲道理。如果真的把人带回去，日本人那可是什么事都做得出来，什么老虎凳、辣椒水的一折腾，我奶奶已经有八个多月的身孕，肯定出事，能不能活着出来都不一定。于是他冲着我奶奶喊："你快走，你快走！"

葛爷也急了，上去照着吴家二少爷鼓起的腮帮就是一巴掌，那一巴掌把吴家二少爷的牙都给打喷了出来，接着三拳两脚，就把吴家二少爷干翻在地："你个狗娘养的，汉奸，汉奸，汉奸！"葛爷那几下快拳下去，吴家二少爷立刻没了动静。然后，他把我奶奶朝我爷爷怀里一推，大声喊："老连，你快带着连妹走，这儿我来挡着了。"葛爷也知道，这人要是被抓进了日本人的大牢房里，那绝对是死多活少，不死也得掉几层皮，我奶奶怎么可能经得起这个折腾，这会儿他死死抱住了那个领头的日本宪兵。

我爷爷把我奶奶往牧师怀里一推，说："拜托你救救我老婆。"然后也跟那群日本宪兵厮杀打斗起来，一边打一边朝着我奶奶喊，"老婆，快走呀，你快走，保住孩子！"

葛爷边和日本人打着，边对我爷爷吼："你走呀，照顾连妹去。"

我爷爷说："兄弟一场，不求同年同月同日生，但求同年同月同日死，拼了！"

趁着众人和宪兵警察混打在一起，牧师领着我奶奶，把她从教堂的一个暗门送了出去。

也多亏来的都是一些葛爷的拳友，都有几下功夫。打斗之中，居然还夺了枪，刺死了几个鬼子。然而，拳头哪能抵挡得住子弹，最后日本宪兵关了教堂大门，我爷爷和葛爷还有那些拳友一个都没逃脱，全都倒在了血泊之中，惨死在日本人的枪下，无一生还。

06

牧师领着我奶奶从教堂的一道暗门跑出去，送她穿过两道街。

我奶奶挺着大肚子，吃力地跑着，八个多月的身孕，哪里跑得动，跑得快？此刻街上又响起了警笛声，大队的宪兵和警察都向教堂这边跑来。我奶奶这时是又紧张又累，拖着沉重的身子，拐进一道巷子，实在是跑不动了。她看见有一个大门，就想跨上台阶，躲进门里，可就在这时，我奶奶感到腿软头晕，眼睛发黑，一头趴在了台阶上。此刻街面上已经很乱了，人们都四处逃散，也顾不得躺在地上的我奶奶。

我奶奶晕倒的地方，是德国人巴赫父子开的一家全科诊所门口。

小巴赫的妈妈枝子，听见外头又是枪声又是警笛声的，赶紧出来想把诊所的大门关上，就发现了我奶奶，连忙招呼儿子小巴赫，把我奶奶抱回去，随即关上门。

我奶奶当时已经昏死过去，不省人事。他们把我奶奶放在床上，忽然发现她身下一大摊血。

"不好，是要生了。"巴赫一家连忙张罗着为我奶奶接生。

当天晚上，我奶奶就在半晕半醒中，在巴赫诊所里分娩。又惊又怕，又是头胎，还是早产，痛苦地挣扎后，孩子终于生了出来。我爸爸那里刚刚"哇"地一哭，我奶奶就又晕过去了，那年我奶奶二十岁出头。

过了许久，我奶奶总算缓过神，睁开了眼睛，这才想到四处张望，露出惊恐的神情。

巴赫一家见我奶奶醒了，也都长长地松了一口气。老巴赫指着小巴赫的妈妈对我奶奶说："这是我的夫人，枝子护士。"又指着小巴赫，"这是我的儿子，小巴赫医生。你放心，我们都是好人，你不用害怕。恭喜你生了一个儿子。"

我奶奶听说是生了一个儿子，长吁了一口气。

枝子问我奶奶："你家住哪里呀，一会儿我们去通知你的家人。"

我奶奶顿时泪流满面，把教堂办婚礼的事说了一遍，说现在还不知道后来是什么情况。巴赫一家听罢，那是长吁短叹，安慰我奶奶，先不要着急，免得一会儿没了奶水。

枝子对我奶奶说："不要怕，你就先在这儿安心住着，日本人一般不会到我们诊所来。"说完，吩咐大家把我奶奶安置到后院一个隐秘些的房子内，接着又让小巴赫赶紧去我奶奶家看一看情况。她扶我奶奶躺下，还小心取下我奶奶脖子上的那串古莲项链，放在我奶奶的枕头下面。

枝子把我爸爸放在我奶奶旁边的一张小床上，我奶奶忽然发现那小床上还躺着一个婴儿，问："这是你们家的孩子？"

枝子点点头，对我奶奶说，是菩萨送来的，今天早上天蒙蒙亮就听到有人敲门，出门一看，门口摆了一个竹筐，竹筐里面是一个熟睡的婴儿，放竹筐的人跑没影了。竹筐里留下一张纸条，纸条上有四个字："刘，四个月。"是个女孩。

我奶奶明白了，那时候有太多的人实在活不下去，把自己孩子送人的，卖掉的，丢掉的，也是经常有的事，有些大户人家门口常常有人把婴儿丢在那儿。我奶奶深深地叹了一口气，看了看我爸爸，又拍了拍那个婴儿："一对苦命的娃呀。"

枝子让我奶奶赶紧休息，闭上眼睛睡一会儿。

可我奶奶这会儿哪能睡得着，她心里惦记着教堂里的事，到底我爷爷和葛爷现在是什么一个情况，有没有从教堂里逃出来，活着还是死了？她逃离教堂的时候，只见葛爷和我爷爷跟日本人抱在一起，喊叫着，厮杀着。而我爷爷一边跟日本人拼打，一边朝我奶奶这边张望，朝她使劲地挥着手，让她赶紧离开。她看见我爷爷的眼镜被打掉了，看不真切东西，两手在空中乱挥乱打，索性就抱着一个日本人在地上打起了滚。我奶奶那会儿真是又急又心疼，要不是牧师使劲拉着她，拽着她赶紧离开，她肯定会冲过去也跟日本人拼命。

小巴赫很快回来了，神情紧张而又沮丧。他告诉我奶奶，她住的院子已经被贴上了封条，去教堂里参加婚礼的人全都死了。除了我爷爷和葛爷，还有葛爷的十五个拳友。而且日本人不让收尸，死的人全都拖到荒野扔了，日本人现在还在满街抓人。

天打五雷轰，我奶奶听到小巴赫带回来的消息，真是撕心裂肺。她眼前出现我爷爷最后朝她挥手的样子和那充满诀别的目光，内心巨大的悲伤迫使奶奶的胸膛一下接一下地鼓起，她大口大口地喘着气，真想放声号啕痛哭，可是她却紧咬牙关强忍着。

小巴赫也十分心疼我奶奶，他说："我知道你心里难过，你要哭，就哭出来吧，哭出来了，心里就会好一些的。"

枝子也在一旁抹眼泪："孩子啊，你就哭一下，说几句，让心里排解一下，不能把自己憋坏了，千万不能想不开呀。"

我奶奶坚毅地摇摇头，她知道此刻抚养连家后代的重任就落在她一个人身上了，她不能死，她要顽强地活下去，无论如何她都要把我爸爸抚养成人，为连家传宗接代。她把那串古莲项链很神圣地挂在了自己的脖子上，抱起我爸爸，给巴赫一家深深地鞠了一个躬："感谢救命之恩，你们家的大恩大德，连妹终生难忘，亡夫魂而有知，结草以报。"她浑身颤抖着，泪珠像珍珠断线一样从眼角落下。接着她又抱起那个女婴："就让这个苦命的娃也喝我的奶水吧。"

枝子扶着我奶奶躺下："快别这么说，你现在是两个孩子的妈了，你要好好的。"

小巴赫在一旁说："我们已决定收养这个女孩，就做我的女儿，我先替女儿谢谢你的奶水。"

我奶奶给我爸爸起名叫连子，连家的儿子，香火的种子。

巴赫家给那个被遗弃的女婴起名叫刘怡，意思是刘家遗下的孩子。

我奶奶就这么在巴赫诊所住了下来，用她那可怜的奶水哺育着两个孩子。每次喂奶时她总是把乳房挤了又挤，直到挤尽最后一滴奶水。

07

爷爷那个家我奶奶暂时是回不去了，外面风声又紧，日本人整天嚷嚷着要抓抗日分子，我奶奶就隐姓埋名地在巴赫家暂时住下来，根本不敢和外人提教堂里婚礼那个事。

我爷爷他们遇难头七的那天早上，我奶奶在巴赫诊所的后院天井里，祭了三个牌位，中间是我爷爷的，右边是葛爷的，左边是那些不知名的遇难兄弟的，每个牌位前都点了三炷香，香炉前还放着几个水果和糕点。

老巴赫抱着刘怡，小巴赫抱着我爸爸，站在我奶奶身后，枝子在一旁烧纸钱。

早上，太阳才刚刚升起来，天井里一小半有太阳，一大半是阴着，院子里明显地呈现出一阳一阴的两个空间。牌位前燃烧着的香袅袅绕绕飘向空中，枝子烧的纸钱的烟，在火苗的窜动下，则迅速地向上腾飞，向天上飘着，再四下散开。阳光在穿透这些烟雾时映出道道的光线，好像是带来了天堂的信息。那烟就和这些光线缠绕在一起，向上升去，远去，淡去，最后慢慢地看不见了。屋檐上还有几只麻雀，时不时地叫上一两声，然后又飞起来，追逐着那些烟远去。

我奶奶先把那串古莲项链放在我爷爷的牌位前，磕了三个头后，又拿起那串项链对着我爷爷的牌位说："连哥，我们连家的传家之宝，这串古莲项链，保佑我们有了一个儿子，让连家你这一脉单传，能够香火延续，此乃天意呀，是老祖宗在天有灵，庇护保佑。咱们老连家有后代了，有儿子了，有传宗接代的人了，我一定替你守好连家的后代，让古莲项链保佑连家香火不断。你就放心在天堂好好地过日子吧，保佑我们母子平安。空了，再给我们儿子多做几套衣服，托个梦，回来给子儿穿上。"她从小巴赫手上抱过我爸爸，放在牌位前，"来，看看，这是你的儿子，叫连子，你要保佑我们连家香火不断，家族兴旺。"也许此刻有灵验，我爸爸那个眼睛瞪得好大的，盯着那个牌位，萌萌地看着。

我奶奶在葛爷的牌位前磕完头以后，倒了一碗酒，声音哽咽地说："葛爷，好人啊，你为我们连家拼了性命呀，这份情我怎么还呀，天堂路远，路上冷，您多喝两口酒，到了天堂，就是好日子了，葛爷好好歇着，天天喝一口。我生了一个男孩，我是你亲家母了。"我奶奶又把我爸爸抱到葛爷的牌位前，"葛爷你好好看看，这是你未来的女婿呀，也是你的儿子，让他长大了好好孝敬你。"

最后我奶奶又给那些受害兄弟的牌位磕了三个头，哭声更大了："我的大哥小弟啊，我不认识你们，我欠你们的到哪儿去找你们还呀，怎么还呀？我给你们多烧点纸钱，路上敞开了花，别省着。到了天堂，陪着葛爷，你们天天喝酒吃肉。就拜托你们一件事，把天堂的门看好了，别让那日本鬼子上天堂，用你们的拳头把他们全打下地狱。"

老巴赫也抱着刘怡过来给三尊牌位鞠躬，说感谢上帝送来了奶妈。

枝子给我奶奶一鞠躬，说多亏了我奶奶了，要不然他们真不知道怎么给这个孩子喂奶呢。

小巴赫说，现在好了，两个孩子一起长大，也多了一个伴，也不寂寞了。他对我奶奶说，刘怡长大若找不到亲生父母，他和我奶奶就是这孩子的爹妈。

我奶奶抱过刘怡，对着巴赫一家说："长大了一定要让她好好孝敬你们。她的家人把孩子搁在你们家的门口，想必也是了解你们这一家人，心地善良，施善济贫。好人必得好报，我们会永远记住你们家的恩德。等孩子长大了也一定让他们去报你们的大恩大德。"

拜祭完毕，枝子拉着我奶奶，小声说："孩子，跟我来，我带你去一个地方。"她领着我奶奶来到院子里一个隐秘的小屋，推开门，我奶奶发现那里面原来是一个佛堂，房间不大，约莫也就是十来个平方米，正墙那面供着观世音菩萨。那尊观世音菩萨是陶瓷做的，还带着彩色，大约有七八尺高，盘腿端坐在莲花座上。供桌上摆着香炉、烛台、无尽灯、净水杯、果盘，供桌边还用幢幡围着。佛堂虽然不大，但却是干干净净，东西摆得整整齐齐，房梁上和墙壁四周，连一根蜘蛛网都没有。

枝子把我奶奶领进佛堂，自己先虔诚地在观音菩萨前磕了三个头，然后双手合十，嘴里念念叨叨："我佛在上，保佑这一对母子平平安安，保佑我们家的刘怡平平安安，保佑我们全家平平安安。"然后她起身对我奶奶说，"佛说，死亡，并不是生命的终结，而是另一期生命的开始，往返生死，永无尽期。人已仙去，不可返回，你要节哀，顺其佛意。孩子，你可知道我为什么要带你来拜佛吗？"

我奶奶说："你是希望菩萨保佑我们大家。"

枝子笑笑："你说对了一半，更重要的是，这是你祖先的意思。"她取下我奶奶脖子上的古莲项链，"孩子，你这串古莲项链实在是太珍奇了，先不说这九十九颗莲子大小一样，如出一辙，可见你家先人在寻找时也是颇下功夫。最重要的是，这里还有一个秘密，那天趁你睡着，我迎着灯光仔细打量，发现九十九颗莲子，其中有一颗上面雕刻有佛像。"说罢，她找出那颗莲子给我奶奶看。

我奶奶一直在慌乱之中，还真的也没仔细打量过这串珠子。听枝子这么一说，她赶紧对着灯光仔细查看，不由也惊住了，果然那颗莲子上面，细细的线条勾勒出一尊坐着的观音菩萨，观音的怀里是抱着一个小孩童，莲子虽小，但是图案清晰可见，"这是送子观音？"我奶奶说。

"是的，阿弥陀佛。"枝子双手合十，"关键是这个送子观音的图像，你说是人工雕的呢？还是天然形成的？真还不好判断。可见这串古莲项链，的确是一个宝物神器，难怪能够保佑你们连家逢凶化吉，香火不断。所以今天我要带你到佛堂来，给观音老祖谢恩。"

我奶奶听罢，赶紧在菩萨前连连磕头，口中不停地念着"阿弥陀佛，阿弥陀佛"。然后又把那串古莲项链捧起来对着菩萨十分虔诚地说："但愿这传家之宝，能够保佑连家一脉单传的香火，延绵不断，世代长久。"

然后枝子又带着我奶奶在菩萨前又上了一炷香，说："孩子啊，你进我们家的门是有佛缘啊，从此我们就是一家人啦。"

我奶奶给枝子鞠了一个躬："伯母在上，感谢救命大恩，连妹我一定像伺候生身父母那样孝敬你。"

08

巴赫的诊所一下子添了三个人，变得热闹起来，院子里挂满了尿布，好像是万国旗。

老巴赫十分喜欢孩子，一没事就过来抱抱孩子，喜欢用脸上的大胡子逗着两个孩子玩。

小巴赫比我奶奶大不了几岁，他们父子俩长得特别像，眼睛是棕色的，尖尖的下巴，眼窝深陷下去，皮肤白皙，鼻子高，鼻头较大，额头宽，看着十分和蔼可亲。他很同情我奶奶的遭遇，也佩服我奶奶的坚强，渐渐对我奶奶有了好感，平时对我奶奶也是关怀备至，十分体贴。

巴赫一家虽然开诊所，但生活也不是太宽裕，一下子添了这么些人口，日子过得也挺紧。加上当时市面上物价飞涨，肉、蛋、米几乎是一天一个价地往上蹿，然而他们一家对我奶奶真是不错。为了让我奶奶能多吃一点，吃饭时小巴赫还经常把自己那一份省下来，让给我奶奶吃。枝子也总是往我奶奶碗里夹菜，她自己常常在厨房里吃几口剩的就说吃过了。在我奶奶的月子里，他们几乎把荤菜都给我奶奶吃了。我奶奶也不忍心，总是找理由推脱，不是说吃不下，就是说肠胃不好，而他们一家人以孩子要吃奶为由，总是想方设法让我奶奶多吃一些。

我奶奶原本是早产，再这么一场惊吓，加上平时也是营养不良，一个人的奶水也确实很难满足两个孩子的需求。

而我奶奶在给两个孩子喂奶的时候，总是先喂刘怡，再喂我爸爸，这让巴赫一家很感动。有几次小巴赫故意先把我爸爸递给我奶奶，让她先喂我爸爸，但我奶奶总是执意先喂刘怡。小刘怡也真能吃，常常喂完她以后，我爸爸都吃不饱，吸不出奶，就哇哇地哭。

小巴赫听说吃鲫鱼能够催奶，就想出去抓鱼给我奶奶下奶。可是那个年头，城里沟沟塘塘的鱼也都被抓得差不多了。他听说城东快出城的地方，靠近日本人据点那里有一个大一点水塘，由于靠近日本人的碉堡，所以一般人也不敢过去，所以那里的鱼比较多。小巴赫听说后，一定要去试试运气。

那天，天蒙蒙亮，小巴赫就背着渔网偷偷地摸到了那个水塘边，也别说那里的鱼也还真多，他一网下去居然也打上了好几条鲫鱼。这让他高兴坏了，一网一网地撒，也顾不得隐蔽好自己。果然捕鱼的声音，惊动了碉堡里的日本人，日本人立刻开枪打他，巴赫背上鱼篓撒腿就跑，但还是被日本人的枪打伤了腿和膀子，擦掉了好大一块肉，幸亏没有伤到骨头。我奶奶看到他拎着半篓子小鱼，浑身是血地回到家，心疼极了，说这是拿命换鱼啊。

小巴赫把抓回来的鱼养在水缸里，枝子每天抓上一两条给我奶奶炖汤喝，我奶奶给孩子喂奶的时候，总要念念叨叨，说这是小巴赫用血换来的奶呀。

小巴赫捕鱼回来，枪伤感染还发了高烧，行动也不方便。这让我奶奶又急又心疼，主动承担起照料小巴赫的事。广州天气热，小巴赫胳膊和腿都打着绷带很不方便，换药我奶奶包下了，我奶奶还一天几次帮他擦澡。为了让他睡得踏实，我奶奶经常拿把芭蕉扇给他扇凉降温，有几次扇着扇着自己就累睡着了。那段时间我奶奶既要带两个孩子，还要照顾小巴赫，也很劳累。在我奶奶的悉心照顾下小巴赫恢复得很快。大概就是在那个时候，小巴赫心里对我奶奶产生了好感，他被这个中国女人的坚毅、善良和美德所打动，所吸引，内心产生了爱慕的火花。

小巴赫看见我奶奶吃了鲫鱼奶水变多了很开心，枪伤稍微好些又偷偷摸摸地去了几次，最后我奶奶知道了，坚决不肯再喝鱼汤。

我奶奶在巴赫家一住就快半年了，刘怡已经能够在床上爬来爬去，时不时爬到我爸爸身边，跟我爸爸玩，让大人们看得十分开心，两个小宝贝也成了巴赫一家的乐趣。

我奶奶和巴赫一家也渐渐建立了感情，大家相处得十分融洽，我奶奶除了带孩子以外，也经常帮着料理一些诊所里的粗活。尤其是小巴赫，一闲下来就来陪我奶奶聊天，还跟我奶奶学写毛笔字。有时见到我奶奶思念我爷爷，心情不好，默默流泪，去佛堂上香，小巴赫也总是跟着去安慰。

而枝子又要当护士，又要当管家，里里外外事无巨细都要她张罗。她还是一个特别细心的人，有时候她见我奶奶抱着我爸爸，两眼无神地看着空中发呆，她就知道我奶奶心里一定有事了，就会过来安慰我奶奶几句，说这里就是你的家，我们就是一家人，时局混乱，战争祸民。既然命运安排让你在我们家留下，就不要想那么多，安心把孩子带大。她还一天两次，带着我奶奶去佛堂磕头拜佛，祈祷平安。

有一天晚上，日本人又在街上抓人，枪声、爆炸声、警笛声，响成一片。两个孩子受到惊吓，哇哇大哭，也不肯吃奶，半夜竟然两个孩子同时发起了高烧。

老巴赫看了看，认为可能是受凉了，有些感冒，主要是外面吵闹，孩子受到惊吓，有些烦躁不安。

我奶奶认为，是孩子的魂被日本人吓跑了，坚持要为两个孩子喊魂，说兴许给孩子还喊喊魂，病能够好得快一些。

巴赫一家人虽然不信，但也拗不过我奶奶，只好按她的说法去准备道具，给两个孩子喊魂。

我奶奶说我爸爸是河北人的后代，给儿子喊魂要按河北人的规矩来。

我奶奶把我爸爸放在床头前，在一把扫帚柄上点了一支香，在一个大口瓷碗上盖上一张黄颜色的草纸，旁边一个碗里放了一碗水和一把汤勺。我奶奶在屋里边转圈边喊："子儿啊，你快回来吧。子儿啊，天已经很晚了，你快回来睡觉吧。子儿啊，妈想你了，你快回家吧。扫帚娘娘请你去把妖魔鬼怪撵走，让我的子儿早点回来呀。"

喊几声我奶奶就用勺子舀一点水，洒在那个黄色的纸上，还时不时地用勺子敲敲床头，悄悄门槛，敲敲大门，敲敲墙。就这样，喊着、敲呀，舀着水，慢慢地碗里的水漫上来了，盖在碗上的草纸中央也慢慢地往下陷，最低处碰到了漫上来的水，在草纸中央出现了一个圆圆的亮亮的水圈，我奶奶一看高兴地说："快看，魂喊回来了，魂喊回来了，我子儿的魂回来了。"

"魂在哪里？"小巴赫好奇地问。

"在这，在这呢。"我奶奶把那个碗中央黄纸上出现了一个亮晶晶的水珠子，指给他看。

巴赫父子看着觉得挺有趣。而枝子则去佛堂念经了，祈求观音菩萨的保佑。

轮到给刘怡喊魂时，我奶奶犯难了，刘怡到底是哪里人呢？按哪里的规矩去喊魂呢？最后大家商量来商量去，觉得既然是父母把她遗在了广州，就按当地的风俗来吧。

我奶奶在广东生活多年，见过当地的人喊魂习俗，她吩咐大家在屋檐下、门口、床头、墙角处，点起几支香，把刘怡摆在堂屋中间的一把椅子上，拿出刘怡穿过的一件小衣服，点燃一张冥纸，围着衣服绕了两圈，又拿一把菜刀，在屋里屋外的地上四处拍拍，按规矩是要用一把米粒四处撒撒，可是那个年头广州的米实在是太贵了，哪里舍得就这样撒出去呢，我奶奶只能抓一把米，做一个撒米的动作，象征性地四处撒撒，口中喊着："东方米粮，西方米粮，南方米粮，北方米粮，四大五方米粮，保佑我们家怡儿回来啊。"

老巴赫看着我奶奶喊魂，觉得挺好玩，也学着我奶奶，跟着四处走动，嘴里念念叨叨，我奶奶说一句，他就跟一句。

小巴赫是一个很心细的人，在我奶奶"作法"时，他拿了一把酒精棉球给两个孩子手心和脚底使劲地搓擦，这种物理降温的效果是十分明显的，很快两个孩子的额头就没有那么烫了。

他叫我奶奶："连妹，快来看，你的喊魂真有效，孩子的体温有些下来了。"

我奶奶拿嘴唇碰了一下孩子的额头，也明显觉得体温下了一些，脸上飘起了一丝宽慰笑容。

09

天快亮时，我奶奶带着两个孩子睡着了，迷迷糊糊，不知睡了多久，忽听到小巴赫在使劲敲门，兴奋地大声喊："连妹，连妹快起来，快起来，日本人投降了。"

"什么？日本人投降了？"我奶奶一个激灵从床上爬起来，这不是做梦吧？我奶奶冲出门去，只见巴赫一家人正在客厅里围着收音机收听广播，广播里日本裕仁天皇正在发表《终战诏书》。说的是英语，小巴赫给我奶奶不时地翻译几句，大家都很兴奋，时不时地相互击掌。

这真是一个令人激动，激动，再激动的时刻。

老巴赫紧紧地扣着夫人枝子的手，两位老人泪流满面。小巴赫则把我奶奶抱起来转了几个圈，兴奋地在我奶奶面颊上亲了一下又一下。而我奶奶则转身冲进屋，把两个孩子一手抱起一个，使劲地亲吻着他们。那眼泪水就像是漫出来的，哗哗地淌，嘴里喃喃地说："有救了，有救了，这回是魂真回来了，要过好日子了。"

1945年8月15日，日本无条件投降，结束战争。那一年我爸满六个月，刘怡十个月。

我奶奶忽然想起什么，说："我要带子儿回家看看。"

小巴赫立刻明白了我奶奶的意思，急忙对她喊："你不要慌，不要着急，把孩子放下，现在外面乱，不安全。"

可是我奶奶此刻哪能听得进劝？把儿子往背兜里一放，就冲出诊所的大门，急步朝她那个熟悉的地方跑去。

此刻已接近正午，太阳火辣辣的。

街上全是欢乐的人群，日本人都躲到了兵营里，有胆大的老百姓向兵营的门口扔石块，扔垃圾。

拐进那条熟悉的小巷子，我奶奶在当时爷爷摸到她的地方，略为打了一个愣，嘴里念叨着："连哥我回来了，连哥我回来了。"一个劲儿地朝巷子深处跑。左拐弯，右拐弯，再拐弯，终于看见那扇熟悉的大门了。

门上依旧贴着封条，两个门环被铁丝绑着，门旁边的墙上还挂着院子里良民的花名册。我奶奶一把扯下花名册，在脚底下踩踩，然后撕掉封条，使劲地用手拧开铁丝，太用劲了，手指都被铁丝扎破了流了血，可她全然不顾。

院内一片狼藉，那两棵桂花树也长得稀稀落落。我奶奶站在院中间，环顾四周，朝天长叹："连哥，连哥我回来了！我带着儿子回来了！"她又冲着葛爷的房间，"葛爷，葛爷我回来了！你们的魂在哪里啊？你们要是在天有灵，这会儿也回来看看，日本人投降了！日本人投降了！连哥，你快显灵来看看你的儿子，看看我们的儿子呀。"

我奶奶用双手把我爸爸举向天空，转一圈，再转一圈，又拖过来一张凳子站上去，仿佛是这样就让儿子能和天上的我爷爷靠得近一些。

我奶奶喊累了，哭得没有泪了，对我爸爸说："走吧，我们先去感谢恩人，过一天我们搬回来住了，我们要回自己的家了。"

我奶奶一出门，见小巴赫正守在门口，吃了一惊："你怎么跟来了？"

小巴赫说："现在外面乱，我妈不放心你，让我跟来有个照应。走吧，咱们先回家，过一天我来帮你收拾院子。我妈去买菜了，说今晚咱家也要庆贺一下。"出了院门小巴赫又很诚心地对我奶奶说，"连妹，你真的可以不用回来住了，我妈说了，咱现在就是一家人，就在一起住下去吧。"

我奶奶说谢谢伯母的好意了，过去是有家难回，现在能回家了，谁不想回家呢？她还想带着儿子回保定老家呢。

街上，四处都是呐喊声，欢呼声，鞭炮声。有锣的敲锣，没有锣的也有敲着脸盆的，敲锅的，敲什么的都有。满城都洋溢在日本人投降的喜悦之中。

小巴赫拉着我奶奶的手，两人乐颠颠地往家赶，快到家时，他们发现一群人在围殴一个妇人，一边打着，还一边骂着："打死你这个日本女人，打死你这个日本婆子，滚回日本去。"

他们走近一看，吓呆了，被打的人竟然是枝子，她的身边散落着菜篮子和刚买来的菜，她脸上已经流血了。

我奶奶一见，立刻冲进人群，大声呵斥："不准打她，不准打她，她不是日本人，她是韩国人。"

"什么韩国人？她是日本人，别以为我们不知道。"愤怒的人群在喊着，"打，打死她！"

小巴赫上前用身体护着母亲，我奶奶问他："你妈是日本人吗？"

小巴赫点点头。小巴赫的妈妈枝子实际是个日本人，但他们怕我奶奶知道她是日本人，心里不舒服，就一直瞒我奶奶说她是韩国人。

旁边的群众又愤怒起来："你看，你看，他儿子都承认了，来呀，打呀，打死这个日本婆。"

我奶奶那会儿不知道哪来那么大的勇气，一手抱着孩子，另一手上下左右地抵挡住拳头，使劲地喊："不准打，不准打，你们要打她，就先把我打死了，就算她是日本人，她也是日本好人！"

"日本人没好人，杀了我们多少中国人，我们要报仇！"人群里有人喊，又往前涌上来。

我奶奶眼角也被打破了，流着血，可是她没有退却。情急之中，我奶奶一下子朝众人跪下，把孩子举过头顶，用后背护着枝子，声嘶力竭喊："你们不能打她，她是我们的救命恩人，没有她，我和我儿子早就死了，要打，你们就先把我和我儿子打死吧。"

愤怒的人群被我奶奶的这个举动镇住了，暂时平息下来。"你是谁？"有人大声喊。

"我就是那个教堂惨案里逃出来的新娘。"我奶奶声嘶力竭地喊着，眼里滚出了泪水。

众人一听，原先挥举着的拳头立刻放下了。

教堂惨案，震惊广州，当地没有人不知道，但他们真不知道，那个逃脱的新娘后来一直没有消息，原来是被巴赫一家收留了。

于是有人喊："散了吧，散了吧。"

"你也快回家，别出门了。"有人好心对枝子说。

众人散去，枝子趴在地上，把散落的菜，装进篮子里，两块豆腐几乎成了豆腐泥，她还是捧进了菜篮子里，还有一条鱼快被踩烂了。

我奶奶和小巴赫搀扶着枝子，流着泪回到了诊所，关起了大门，挂出了停诊的牌子。

老巴赫见夫人被打也十分伤心，亲自清理枝子脸上的伤。小巴赫在帮我奶奶清理脸上的伤，一家人心情都十分沉重。

我奶奶一个人躲进房间里，悄悄地抽泣。

她真没有想到这个十分慈祥的枝子是个日本人，日本人杀死了他的父母亲，也炸死了他连哥的父母亲，教堂惨案，深仇大恨，更让她终生难忘，时常在噩梦中惊醒。到现在自己的丈夫和葛爷都不知尸在何处。可偏偏是这个日本女人，发现了她，救了他们母子俩，还让他们住下。我奶奶心里纠结着，痛苦着。

晚餐，一家人默默地坐在餐桌前，原先日本人投降的兴奋，这会儿荡然无存。

枝子把那条快要被踩烂的鱼做成了汤，放在我奶奶身边，说："你多喝点鱼汤，两个孩子在等着喂奶呢。"然后又十分虔诚和感激地对我妈深鞠一躬，"孩子，谢谢你啦，多谢你舍命救我呀。"

我奶奶这时泪珠啪啦啪啦地往下掉，把鱼汤推开了。她心里面的那些痛苦和纠结，这会儿再也忍不住，冲着枝子爆发了："你为什么会是日本人呢？你为什么会是日本人呢？我不要喝你的汤，我要回家，我恨日本人。我想替我爸爸妈妈报仇，我要替我的连哥报仇，还要替葛爷报仇，还要替教堂那些死去的兄弟报仇。我就不明白了，你为什么会是日本人呢？我恨日本人，日本人都应该去死！"我奶奶推开碗，捂着脸跑回到自己的房间，关起门，搂着两个孩子，任眼泪打湿他们的面颊，两个孩子也哇哇地大哭起来。

外面，街上。

打倒日本帝国主义！打倒小日本！小日本滚回老家去！口号声此起彼伏。那个夜晚，中国大地在沸腾，中国人民在沸腾。

已经是下半夜了，外面喧闹的声音逐渐静下来，可我奶奶仍然心如乱麻，没法睡去，她拿起那串古莲项链，下意识地一颗珠子一颗珠子地抠着，想让自己的心平静下来。然而她实在无法排解内心那种纠结的痛苦，她无法接受枝子是日本人的现实，一面是救命恩人，另一面是对中国犯下了滔天罪行的日本人，我奶奶没有办法在这之间找到平衡。那古莲项链在手里摸着转着，摸着转着，她忽然想到了佛，她觉得此刻要去和菩萨说些什么？于是她悄悄起身，推开房门，一个人摸去了后院的佛堂。

她悄悄推开佛堂的门，在菩萨前跪下，双手合十，喃喃自语"大慈大悲的观世音呀，你快显显灵吧，告诉我该怎么做呀？"一阵风过，菩萨前的灯盏的光摇曳了一下，我奶奶忽然看见有一张纸片飘落，她赶忙拾起查看，见那纸条上写着"谢罪"两个字。我奶奶忽然觉得有什么不对劲，感到有点毛骨悚然。她猛地转过身去，发现在昏暗的烛光下，墙上有一个人影在晃动，再仔细一看，是一个女人的脚，在半空中微微摇晃，她抬头朝屋顶一看，立刻发出"啊"的一声撕心裂肺的惊叫。

我奶奶疯了一样，冲出门，大声喊叫："快来人啊，快来人啊！快来救人！"

很快，小巴赫，老巴赫都冲了过来，可是一切都已经回天无术了。

我奶奶伤心极了，她扑在枝子的身上，使劲地摇啊，喊："伯母，伯母，我不是恨你啊，我真的不是恨你呀。我只是心里太难受了，太难受了。"

"你不恨？你还说不恨，看晚饭时你的样子？我妈就是被你气死的！"小巴赫在一旁冲着我奶奶大声喊，"我妈出身日本皇族，哪受过这个气，你，你，你这是忘恩负义。"

我奶奶这会肠子都悔青了，趴在枝子身上，那是使劲地号啕大哭。

不过昨晚饭桌上的那番话，也真要理解我奶奶，她是一个饱受苦难的中国妇女，那么多亲人死在日本人的手上，她的内心该有多苦呀。日本人虽然投降了，但是日本人做过的罪孽，犯下的罪行，那是永远难忘的，虽然巴赫一家对我奶奶有救命之恩，在外面她可以舍命把枝子救下，但是回到家里，要让我奶奶一下子就接受枝子是日本人这个现实，那也是残酷的，我奶奶爆发一下也是可以理解的。

我奶奶听到小巴赫的话，心里也痛苦极了，她骨子里就不是一个忘恩负义的人，听到小巴赫说她是忘恩负义，那话深深刺伤了我奶奶的心，她一抹脸上的泪水，说："好吧，我欠你妈的，我也欠你们巴赫一家的，现在我还给你们，我去阴间照顾伯母。"说罢就把头朝墙上撞去。

老巴赫一把抱住我奶奶，对小巴赫说："战争已经结束了，还要再死多少人？让你妈在天之灵不要再受到打搅吧。"

小巴赫对天长叹一声，张开双臂抱住了老巴赫和我奶奶。

房间里传来两个孩子的哭啼声。

大慈大悲的观世音仍然是一脸微笑。

菩萨前的灯光依然在摇曳。

10

巴赫一家决定带着刘怡离开广州去香港。

其实那个时候香港也刚刚从日本人蹂躏的铁蹄下解放出来，虽然是英国人把控管理，但并不比广州好多少，但是巴赫一家觉得广州给他们留下了太大的悲伤，枝子的死在他们的心里留下了巨大的阴影，他们要离开这里，离开这个伤心的地方。

由于枝子是日本人，日本人刚投降，满街都是喊着打倒日本帝国主义，中国人压抑了这么多年，对日本人的仇恨，终于在今天无遮无挡地宣泄出来。给枝子下葬那天，巴赫父子不敢声张，定了一口薄棺材，找了几个人，趁着天蒙蒙亮，悄悄地在城西一个荒山乱坟岗里把枝子埋了。

那天巴赫父子打发走了抬棺的人，他们亲自挖的坟坑。父子俩一声不吭地刨呀挖呀，做医生那细嫩的手被锹柄磨破了，血顺着锹柄往下流，滴入了脚下那深深的坟坑。

坟坑挖好，他们两人吃力地将棺材移到坑内，又一锹土、一锹土地填平坟坑，再一锹土、一锹土地垒起了一个新的土堆。

乱坟岗里，一棵老榕树下，新添了一座不大的坟冢，坟冢前，木板做的墓碑上写着"松平枝子之墓 巴赫立于民国三十四年八月十五日"。

枝子是日本松平家族的后代。松平，日本皇族的姓氏。松平家族在日本势力很大，其子孙分布各地。

枝子下葬那天，巴赫父子坚持没有让我奶奶一道去，说是让她在家照顾两个孩子，其实是怕她去了太伤心，动静太大，惊动了周边的人，再出什么意外，毕竟枝子是日本人。市面上中国人民群情激愤，对日本人那么多年犯下的滔天罪行，中国人心头的怒火正在彻底地释放、燃烧。在这个时候很多事情是没有办法解释的。

但枝子入殓的衣服是我奶奶穿的，我奶奶把枝子浑身上下擦得干干净净，还给枝子的脸上抹了粉，看上去就像睡着了一样。

我奶奶说，她当时强忍着没有流出眼泪，因为在中国的风俗里，长者去世以后，亲人的眼泪不能掉在逝者身上，眼泪掉在逝者脸上，会让逝者走得不安心。在我奶奶心里，已经把枝子看成长辈和亲人了。

安葬了枝子后，巴赫父子再一次想说服我奶奶，和他们一起带着孩子去香港。

老巴赫语重心长："孩子，枝子的死不能怪你，你也不要太自责、内疚，战争把人的心态全扭曲了。我们离开广州，你一个人在这里生活是很困难的，跟我们去香港吧，我们可以照顾你，两个孩子也需要你呀。"

小巴赫更是情之灼灼："连妹，你是一个好女人，善良贤惠，和我们去香港吧，不单是你需要我们，也不单是两个孩子需要你，我爸和我都需要你，尤其是我需要你。"

在那收拾东西要走的日子里，巴赫父子俩一次又一次地劝说我奶奶，我奶奶一次又一次地婉言拒绝了，她说她不能走，她在广州还有很多事情要办。她还要在这儿每年去给逝去的亲人上坟。她丢不下我的爷爷。

过了些日子，巴赫他们就要离开广州去香港了，我奶奶说，临走之前再去给伯母上个坟吧。

老巴赫意思是就不要去了，一是时局不稳，外面乱得很；二是怕我奶奶去了会伤心。

可是我奶奶还是决意要去，她说伤心的事，去和不去都忘不掉，心伤了就是一个疤，是一个疤就不会掉了。"我替你们去。"她见巴赫父子反对，决定一个人悄悄去一趟。那天她起了一个大早，悄悄地一个人出了门，奔着那个乱坟岗而去。其实那个乱坟岗还是好找的，山顶上那个老榕树老远就能看得见。

可等我奶奶找到枝子的坟头时，惊呆了，不久前刚刚垒起来的新坟，已经被平掉了，坟坑似乎也有被挖过的痕迹。那个用木板做的墓碑，被随意扔在了地上，正面被用红油漆画了一个叉叉，背后还写上了"小日本死无葬身之地"的字样。

"这是谁干的事，这是谁干的事呀？！你们不能这样对枝子，你们不能这样对我的伯母，她是我的救命恩人呀。"我奶奶跪在地下，用两手去归拢散土，想重新堆一个坟头起来，一边堆土，一边哭着喊。

我奶奶这儿正哭着扒着土，巴赫父子俩气喘吁吁地赶到了。原来他们发现我奶奶悄悄一个人走了，猜到她一定是来坟地了，哪能放心呀，一人抱着一个孩子，就追了过来。

眼前这场景，太出乎他们意料了。小巴赫放下孩子，跪下去和我奶奶一道用手去扒土、堆土，扒着扒着，他突然嗷嗷大哭起来。

老巴赫也失声痛哭，老人家不想再控制自己，也跪在地上。这样，六只手就使劲地往坟头上扒土堆土。他们只是哭，只是堆，谁也没有说话，泪水洒在那一捧捧的黄土里。他们只想把坟头堆得高一些，再高一些，似乎堆得高了，别人就扒不了似的。

太阳出来了，坟头旁边的那个老榕树，在乱坟岗上拉出长长的阴影，有黑色的乌鸦在乱坟岗里胡乱跳着，飞着，叫着。

两个孩子也哇哇地哭……

晚上，月光冷凄。

在巴赫诊所里的院子里，摆着一个小案桌，案桌上供着枝子的遗照，遗照前点着好几盏小油灯，一个小香炉里燃着三支香。

老巴赫、小巴赫和我奶奶，每个人的手都缠着绷带，绷带上透着血迹。他们默默地坐在枝子的遗像前。

小巴赫用口琴吹着一段不知什么名字的忧伤的曲子，老巴赫拉着一个小小的手风琴，和着小巴赫那忧伤的曲调。我奶奶一手搂着一个孩子，静静地坐在凳子上。俩孩子不哭也不闹，就这么依偎在我奶奶的身边。

那忧伤的曲子在静静的夜空飘荡，显得月光更加阴寒。

这时掩着的院门，被人轻轻推开了，先是走进来一个人，接着后面又走进来一个人，然后再走进来一个人，往下，走进来更多的人。他们都是巴赫的病人和邻居，他们都知道了枝子的事，也知道巴赫一家要去香港了。他们过来给枝子送别，给巴赫一家送行。

没有人说话，进来的人手里都拿着一枝花，各种各样的花，在忧伤的曲调中，他们把花轻轻地放在那个案桌上，很快那个案桌就被花堆满了。

小巴赫流泪了。

老巴赫也流泪了。

那泪，伴着琴声往下掉。

我奶奶也流泪了，她默默地站起身，朝着街坊邻居们深深地鞠一个躬，又鞠一个躬……

码头。

汽笛在清晨的阳光中显得格外嘹亮。

而那嘹亮的汽笛在要告别的人听起来，却又是那么刺耳。

我奶奶抱着我爸爸和巴赫一家告别。

老巴赫抱着我爸爸，一遍又一遍地亲吻他的面颊。

小巴赫一手抱着刘怡，一手搂着我奶奶，一个轻轻的吻，久久落在我奶奶的额头上。

突然，刘怡张开小臂膀要我奶奶抱，竟然开口叫了一声"妈"。

大家都惊呆了，这是刘怡第一次说话。

我奶奶又惊又喜，紧紧搂着刘怡："妈没有听见，没有听见，再叫一声，大声一些。"

"妈——妈！"刘怡提高了嗓子又叫了一声。

我奶奶顿时眼眶湿润，泪崩了，她一把抱过刘怡："怡儿，我的怡儿呀，你会让妈想死的。来，怡儿，让妈再喂你一次奶。"

船开了。

汽笛拖着长长的尾声。

船尾的浪花越翻越大，越翻越大，几只海鸥跟着浪花随船远去。

甲板上，小巴赫从裤兜里拿出一只戒指盒子，打开看了看，又看了看那渐渐远去的码头，看了看我奶奶来越变越小的身影，把戒指悄悄放回了裤兜。

我奶奶抱着我爸爸，一直站在码头上挥着手，挥着手，直到那轮船开出去很远很远。

11

我奶奶终于又搬回了我爷爷的那个裁缝铺子去住了。百感交集，这是一个充满了幸福和悲伤回忆的小院子。

我奶奶在那两棵桂花树前凝视了很久很久，"双桂当庭"，可那一半的人没了，只剩下那一小坛晾干的桂花干。我奶奶把那桂花干掏出来，一把一把地撒在桂花树的根下，撒在葛爷练功的那个木桩子下。

我奶奶把葛爷的家也收拾出来了，她竟然找到了葛爷保留着的那张誓约的另一半，葛爷把它用油纸包着，压在了水缸底下。所以尽管水缸被人打烂了，可是压在缸底的这个小油纸包居然留了下来。而他们自己留着的这一半，我奶奶当时让爷爷把它藏在了房梁上，竟然也还在。

我奶奶把那两个半张纸的誓约，分别仔细地用油纸包好，和那串古莲项链一道，放进一个红布袋子里，收藏起来。

其实我奶奶本想早一些离开这个伤心的院子，但是她有一件事没了。

巴赫一家在离开广州前，多次恳请我奶奶跟他们一块去香港。尤其是在院子里给枝子送别的那个晚上，当街坊邻居散去，老巴赫动情地对我奶奶说："孩子，我们走了，你一个人怎么生活呀？我知道我儿子喜欢你，你就和我们一起走吧。你要是愿意呢，就跟我儿子结婚；你要是不愿意呢，就在我们家住着，等孩子大了，你想搬出去也行。一个人留在这儿生活太不容易了。"

小巴赫早就悄悄喜欢上我奶奶了，日本人投降那天，他原本想在饭桌上向我奶奶求婚的，戒指都准备好了，可是没想到那天会发生那样的事。

可我奶奶还是坚决地摇摇头，她说，她留下来是要等一个人。

"你是在想等葛爷的家人，对吧？"小巴赫问。

我奶奶点点头："是啊，葛爷有恩于我们一家，我怎么能一走了之呢。"她相信葛爷家里的人，一定会来找葛爷的，所以她要在这里等。

"这么长时间过去了，都没有葛爷家人的消息，不会他们家的人也出什么意外了吧？现在全中国到处都是兵荒马乱的。"小巴赫说。

我奶奶又坚决地摇摇头："不管怎么样，我得等，我一定要等到有了确切消息。"

老巴赫叹了口气："唉，中国人啊，重感情，知恩图报。那这样吧，我们先走，等你把这头事了了，你随时来香港找我们，我们两家也是患难之中结的情，按照枝子的话说，也是结的佛缘啊。"

小巴赫也无可奈何地说："连妹妹，我在香港等你，你别忘了，除了我，还有怡儿也在等你，你就是她的妈呀。"

那一晚我奶奶抱着刘怡，给她喂奶，挤空两个乳房。

其实我奶奶不想跟他们去香港，除了要等葛爷家的消息之外，还有就是我奶奶的心早已随着我爷爷去了。爷爷头七那天她就说了，她要照顾好连家的后代，他要带着连家的后代回老家，她怎么可能改嫁呢？

虽然日本人投降了，但是日子并没有好过多少，广州的天下还在国民党的手里，百姓依旧民不聊生。我奶奶拉扯着不足周岁的儿子，没有了巴赫一家的呵护帮助，日子的艰难是可想而知的。她每天背着我爸爸在一家小餐馆里打下手，洗碗，洗菜，做粗活。时不时地还会受一些地痞流氓欺负，也多亏有好心人相助，才一次又一次地躲过劫难。而巴赫一家离开时给她留了一些生活费，我奶奶省吃俭用，一分也舍不得花，那钱她要派大用场。

功夫不负有心人，一天下午，我奶奶正在院里忙着，忽然一个妇女带着一个小女孩走进院门。

我奶奶问："你们找谁？"

那个女人还没有开口，眼泪就哗哗地掉下来了，她指了指葛爷住的房间。

我奶奶立刻就明白了，这是葛爷的媳妇王秀英，那个孩子就是葛爷可怜的女儿葛巧云。我奶奶连忙招呼她们母女俩到屋内坐定，给她们倒上水。我奶奶说："一直想和你们联系，可是没有你们的联系方式。"

王秀英说，她们也是前些日子才得到葛爷遇难的消息，是一个同乡回去她们才知道葛爷的情况，就立刻赶来了。

我奶奶就把她如何认识我爷爷，到了这个院子里，爷爷如何和葛爷结拜为兄弟，以及教堂婚礼前后的一些事都详详细细地告诉了王秀英。两个女人边说边哭，尤其是王秀英，没有想到葛爷是那么一个结局，伤心欲绝。两个孩子见大人哭，在一旁也跟着哭。

我奶奶拿出那张葛爷和我爷爷签过字的誓约，把葛爷的那一半递给王秀英，然后给王秀英跪下："姐姐在上，受弟妹一拜，你我结为姐妹，患难共担，我欠葛爷的命，来世一定相报。按葛爷和连哥的约定，这两个孩子长大以后，应当结为夫妇，我连妹在此发誓，绝不反悔。"

王秀英擦擦眼泪扶起我奶奶："一切都是天意呀，既然先夫有此承诺，我也一定应下。来来来，你们两个小宝宝拉拉手。"

王秀英拉过葛巧云，我奶奶抱起我爸爸，让他们手拉着手。

两个小孩子，不懂为什么要拉手，你推我一下，我打你一下，倒也有趣。

我奶奶劝王秀英留下来，她们两个女人合起来把这个家再撑起来。可是几天之后王秀英跟我奶奶说，她还是想回老家，在这里天天看到葛爷的遗物，心里难过。

我奶奶把巴赫家离开广州去香港之前，给她留的生活费全部都给了王秀英。还千叮咛万嘱咐，千万要保持联系。

我奶奶送走了王秀英母女俩，晚上在天井里仰面朝天，给我爷爷和葛爷磕头告慰。又过了一些日子，我奶奶带着我爸爸，离开了这个夹合着欢喜和悲伤的院子。临走前她在两棵桂花树上分别摘了一些桂枝带上。

后来我奶奶在当地一个小学校里找了一份国文教员的差事，日子稍微稳定了一些。

大概过了两年多，我奶奶收到王秀英的一封来信，说她回到老家以后改嫁了，给一个国民党川军的高官胡将军做了八姨太，去台湾了。

从此，我奶奶就没有了她们的音信。

12

1949年10月14日，广州解放了。

政府追记我爷爷为抗日英雄。

我奶奶说，那是解放后不久的一个星期天的上午，一群人敲锣打鼓地来到我奶奶家。领头的人留着二八开的头，脸型微胖，皮肤白皙，鼻梁上架着一副金丝眼镜，穿着解放装，腰上还扎了皮带，进门就问我奶奶："你，可是叫连妹呀？"

"你认识我？"我奶奶上下打量着眼前这干部模样的人。

"我可早就知道你啦。"那人笑眯眯地说，一副慈祥的模样。

我奶奶更是发愣了："你是谁？我好像不认识你呀。"

那人哈哈大笑："你不认识我没关系，那你可知道吴保长？"

"吴保长？"我奶奶有点反应过来了，"吴保长是不是吴家二少爷家的老豆？经常去喊葛爷押货、走镖的那个吴保长？"

"对了，就是那个吴保长。"

"怎么，你认识吴保长？"

"我就是吴保长。"那人指着自己的鼻尖又哈哈大笑。

"你就是吴保长？！"我奶奶吃惊地下意识站起身，"难道你真是那个该死的吴家二少爷的爸爸？"我奶奶吃惊地看着吴保长，吴保长面目和善，圆圆的脸，吴家二少爷长得尖嘴猴腮的，和他一点也不像。

"哈哈哈，哈哈哈，正是，正是，我就是当时你们那一片的保长，吴保长，中药铺的吴一鸣老板。"

"听说你是汉奸，日本人一投降你就跑了。"我奶奶不可思议地看着吴保长。

"没跑，我是共产党，日本人投降了，组织上就把我转移出去了，现在我又回来啦，是这一街区的政府主任。"

我奶奶吃惊地张着嘴巴，估计下巴壳都快掉下了："啊，吴保长你又回来了？你是好人？你是共产党？可你家二少爷，不是个好东西，不是个好东西呀，教堂里就是他把我们给害惨了。"

"来来来，坐下来慢慢说。"吴主任长拉过一张凳子坐在我奶奶身边，说起了那段往事。

原来吴一鸣一直利用保长的身份做掩护，他那个药材铺就是共产党的一个秘密交通站。他经常让葛爷去押货走镖，其实是为他下乡去给组织送药，有时也利用采药、送药送一些人过境，只是葛爷不知道罢了。而吴家二少爷也是组织的人，他利用在警察局当个小科长的身份，为组织活动提供方便。

那天晚上，全城抓纱厂贴标语的女工，是纱厂内部出了叛徒，后来被吴二除了。其实吴二在第一次进我爷爷他们院子的时候就已经发现了我爷爷那个大案板底下藏着个人，但当时他不知道是什么人，怎么回事，加上当时又带着两个警察，所以也不好深究就退了出去。

回头他就把这事跟吴保长作了汇报，吴保长交代，如真是跑散的纱厂女工，那务必要保护起来。所以第二天一大早，吴二就找了个理由，又去我爷爷家查访，果然发现了我奶奶。在弄清情况之后，他顺水推舟地收下葛爷给他塞的票子，利用职权之便，偷偷帮我奶奶办了良民证，这才把我奶奶保护了下来。

可是后来教堂发生的事，确实有点出乎吴二的意料。其实最关键的是我爷爷不但除去了脸上的痦子，还剃了胡子，剪了头发，确实让吴二一时不能辨别。再加上当时国民党中统在广州也活动得很厉害，吴二见葛爷和我奶奶都极力护着我爷爷，以为这是个假的，真的我爷爷可能被中统控制了，他们是受到了威胁。吴二想，可能中统想利用我爷爷的裁缝身份，做点什么文章，或许想在那里设一个接头点。那个裁缝铺子人来人往，倒确实是个合适的选择。所以他当时愣了一下，心想要不就先带回警局审一审，如果真是中统的人，后面再说。但没想到葛爷那么一阵乱拳，把事情全搞砸了，日本人立刻就开杀了，最终染成教堂惨案。

吴保长把事情的原委从头到尾说了一遍之后，也长长叹了一口气："唉，吴二啊，还是年轻了，缺乏斗争经验。"

"那后来二少爷怎么样了？"清楚了事情的原委后，我奶奶也为吴二着急，急切地问。

"后来我把他抬回去了，但最后还是没能够救活他。葛爷的拳脚是远近闻名的，那个时候他是往死里打的。"吴保长说到这里也哽咽了一下，"不管怎么样，这件事说起来对不住你们呀，对不住连裁缝，对不住葛爷呀，也对不住那些死去的兄弟啊。"

吴保长说的事，我奶奶做梦也想不到，现在想起来也还真是，那个时候日本人把户籍管得那么紧，十户为一甲，十甲为一保，只要其中有一户出了事，做了不符合所谓政府规定的事，那少则一甲受牵连，多则保甲一道遭罪。要是出现了窝藏抗日分子的事，那可是要满门抄斩的，株连很多邻里，保长更是脱不了干系。吴家二少爷是凭葛爷一包香烟钱就能收买的吗？吴家二少爷这也是拎着头豁出命在救他们。所以我奶奶听完吴保长的话，那真是追悔莫及呀，她扑通朝吴保长一跪："我对不起你家二少爷啊，你说我那时候也真是的，为什么要把连哥脸上的痦子给除掉呢，以为除掉了痦子就能有好命了。"

"快别这样，起来起来。"吴保长扶起我奶奶，"老百姓也都是穷怕了，战乱之中，谁不盼着命好一些。不管怎么样，那天，他们就凭着赤手空拳，居然也打死了七八个鬼子呀，了不起呀。"

吴保长告诉我奶奶，教堂惨案这件事在广东一带影响很大，也进一步点燃了广大人民群众的抗日怒火："这不，一解放政府就想到要找到你，给你发个牌，光荣人家呀，抗日英雄。"

我奶奶这会儿心里像是打翻了五味罐，真是说不出什么滋味来。她让自己心情平静了一会儿，望着吴保长问："吴保长，哦，该叫吴主任，我可不可以给政府提一个要求呀？"

"什么要求尽管说，只要政府能办到的一定办，我们政府就是为老百姓办事的。"

"教堂惨案连累的人太多了，他们连尸体都找不到了。"

"是啊，日本鬼子当时也狠心啊，居然把尸体全部扔进了乱石岗，都让野狗给啃光啦。"

"所以我想提个要求，政府能不能给我一个地方，我给我丈夫、葛爷，还有那十五个兄弟，立一个衣冠冢，也让我每年清明好去为他们烧点纸钱。"

"这想法好呀。"吴主任一拍大腿，"我回去就汇报，建一个教堂惨案纪念陵园。"

"吴主任，你看地点我能不能挑一下呀？"

"你想放在哪里？"

"城西边有一个荒山坡，是一个乱坟岗，那里葬着我的恩人松平枝子。"

"噢，你说的是巴赫家的那个枝子，知道，知道，这事我们都知道，那个日本女人啊，是日本皇族的后代，上吊死了也是替日本谢罪啊。巴赫的诊所，救了不少我们的人，枝子利用她的皇族身份，也没少帮我们的忙，我们忘不了她。"

"吴主任，有你这话就足够了。"我奶奶一弯腰，"我替枝子，替巴赫一家，谢谢你，谢谢政府了。"

很快，在吴主任的张罗下，政府在枝子的坟头旁围出一大块地，修起了教堂惨案纪念陵园。我奶奶为我爷爷、葛爷以及那十五个拳友，在陵园里都做起了衣冠冢。应我奶奶的要求，吴保长把吴二的坟也迁了过来。

爷爷的墓碑上写着"先夫连根千古"，落款是"你永远的连妹"。

葛爷的墓碑上写着"恩人葛大江千古"，落款是"你永远的连妹妹"。

枝子的墓碑上写着"亲人松平枝子千古"，落款是"巴赫父子、连妹"，背后我奶奶还特地写上"一个日本好人"。

吴二的墓碑背后吴主任也特意写上了"一个共产党人"。

陵园落成的那天，吴主任陪着我奶奶在陵园里给每一位逝去的人都烧了纸钱。

我奶奶把古莲项链挂在我爸爸脖子上，让他在每一个坟头前磕头，每个头都要见响声，头上都磕出包，磕出了血。

我奶奶问我爸爸："疼不疼？"

我爸爸说："疼。"

我奶奶说："疼，就说明你还活着，这么多人为你死去了，他们已经不知道疼了，所以你要替他们疼。"

修建陵园时，我奶奶发现，枝子的坟头当时虽然被人铲平了，但是棺材还在。她想把这个消息告诉巴赫他们，可是我奶奶那会儿已经联系不上他们了。

我奶奶搬家后，给巴赫他们去过信，不巧他们也搬家了，没有收到那封信。当巴赫他们搬家后，又给我奶奶的老地址写信时，我奶奶又搬家了。他们就这么阴差阳错失去了联系。

陵园修好后，我奶奶总不死心，又给巴赫他们接连写了两封信，可都退回来了。

13

1950年抗美援朝战争爆发,那一年我爸爸也六岁了,我奶奶领着他和街坊邻居一道,走上街头参加大游行,政府号召捐钱捐物支援前线。我奶奶也参加了教育界的捐献飞机活动,省吃俭用捐出去两个月的薪水。那时候满街都贴着"母送子,妻送郎,参军上战场""上战场,保家乡,打败美国野心狼"之类的大标语。

该了的心事全都了了,我奶奶把全部的心思放在了照料我爸爸的身上。对于她来说儿子是她的全部世界,这是多少人拿命换来的儿子,这是连家的根,她有责任把他看好,把他抚养成人,让他给连家传宗接代,延续香火。等到日后儿子功成名就,我奶奶要带他衣锦还乡。

可是在那个时代,孤儿寡母那种艰难的生活是难以言喻的。我奶奶虽然在一个小学做国文教师,但是薪资微薄,还时常不能按时领薪。为了补贴生活,我奶奶闲暇之时就帮人代写书信。虽然是在广州,可是解放初期不识字的人也很多,再加之广州是沿海城市,城市流动人口多,出门在外,家书抵万金,所以代人写信的需求还是挺大的。那个时候,一般做代人写信生意的人,都会选在靠近邮局的地方摆个摊子,上面挂一个"代人写信"的幡旗。而我奶奶为了有更多的时间陪儿子,她就在家里代人写信,逢年过节还帮人写些对联。来找她代写信的也大多数是街坊四邻和熟人。写信其实也是一个交流的过程,我奶奶这儿就成了街坊邻居经常来串门的地方,他们谈生活,谈家里的七大姨八大姑的那些事,谈快乐也谈烦恼,当然也谈时局,谈国家大事。尤其是抗美援朝战争爆发以后,我奶奶因为毛笔字写得漂亮,还经常帮着写标语,而找我奶奶写信的人也明显多了起来。街坊邻居求我奶奶写信,大多数也不给钱,有时候就拿鸡蛋、米面呀,甚至做个小菜端过来,算是酬金了。

住在我奶奶家隔壁,做豆腐生意的李嫂,那一年两个相差两岁的儿子全都报名参了军。李嫂很是舍不得,哭着闹着要小儿子留下来,可小儿子坚决不肯,最终还是跟着哥哥走了。那天是吴主任带着人敲锣打鼓上门送的参军通知书,区政府组织人舞狮子，李嫂的两个儿子穿着新发的军装，十字披红，胸前戴着大红花。街坊邻居都兴奋地夸奖李嫂两个儿子有出息，有志气，可李嫂却一直眼泪汪汪的。自打两个儿子走了以后，等信和写信成了李嫂生活中的重要部分。

　　当年的吴保长，现在的街区吴主任，还时常过来看望我奶奶，关心我奶奶有什么困难需要政府解决的。吴主任也是一个热心人，他也知道我奶奶一个人带着孩子，日子过得不容易。他还时常给我奶奶提个亲，介绍一些他认为合适的人，他总是劝我奶奶早点改嫁。我奶奶总是笑笑，也不往心里去。

　　可是吴主任还真把给我奶奶提亲当成个事了。有一天他带了一个高高大大，看上去挺帅气的男人来到我奶奶家，人还没进门就喊："连老师快来，我带来个人给你看看。"吴主任把这个人领到我奶奶跟前，"这是我们政府刚刚调来的宣传科钱科长，文化人，从北京来的，不到四十岁，还是王老五。人家肚子里可有学问了，投笔从戎。我跟他介绍了你的情况，他很满意，一定要跟我过来见见你。"

　　那天我奶奶正在替隔壁的李婶给儿子写信，还没来得及开口，李婶先夸奖起来："哟，这位干部长得精神，一看就知道是个文化人，连老师，这个你可要仔细看看，我都不知道给你说过多少回了，你不能总这样一个人带着孩子，有合适的赶紧嫁了吧。"李嫂指指吴主任和钱科长，"你看，你的事啊，政府都关心，你要嫁给政府的人，将来日子一定好过。"

　　那位钱科长冲着我奶奶打了个立正，敬了个礼："连老师好，小钱给您敬礼！我是北京大学国文系毕业的，正宗的。"然后他弯下腰，故意压低嗓门，"蔡元培，蔡元培知道吧，是我们校长，我认识他，和他一起吃过饭。"

　　我奶奶起身给吴主任和钱科长让座倒水，然后不慌不忙地对吴主任说："吴主任啊，谢谢你的热心呀，钱科长一看就是个人才，又是政府的大干部，我这小户人家高攀不上呀。"

　　吴主任摆摆手："看你这话说的，共产党不嫌弃贫苦百姓。"

　　"吴主任说得对，共产党人不嫌贫，我爸爸妈妈都是资本家，我早就跟他们断绝关系，毅然参加了革命。"钱科长身体坐得挺直，"再说连老师也不是小户人家呀，连老师可是抗日英雄的遗孀。婚礼上勇杀小鬼子的故事，可是我们这一带的传奇，领导让我好好挖掘，加大宣传力度，咱们还准备向北京报呢。说不定啊，连老师还会去北京做报告。"

"谢谢钱科长的美意呀，那个悲惨的往事我可真的不想再提，什么英雄不英雄的，当时那都是被逼的。你看，后来才知道，那吴主任家的二少爷死得是不是也挺冤枉？"我奶奶把我爸爸拉到身边，"咱这孩子也不听话，这个时候特难带，我就不给别人添麻烦啦。"

"不麻烦，能娶到你这样英雄的遗孀是我的光荣。"钱科长还在那儿慷慨激昂。

"连老师你看看，你看看咱钱科长的态度表得怎么样？"吴主任十分认真地看着我奶奶。

"哎呀，你们这两个大男人也是的，这种事情你得容人家考虑考虑嘛，心急吃不了热豆腐，我家是做豆腐生意的，这个我最懂。"李嫂看我奶奶绷着脸，赶紧打圆场。

"哈哈哈，豆腐李嫂说得对，连老师，我今就是把人给你带过来看看，你有什么想法，随时给我回个话。钱科长，连老师家比较困难，你有时间多来串串门，见事帮着点。"

"保证完成任务。"钱科长起身又给我奶奶敬了一个礼。

吴主任和钱科长走了以后，李嫂问我奶奶："怎么样，那钱科长满意吗？"

我奶奶笑笑，摇摇头。

"为什么呀？现在政府干部很吃香的，好多人想攀还攀不上呢？"

"我没那个福分。"我奶奶淡淡地说，"这事就别提了，来，接着给你儿子写信。"

豆腐李嫂是找我奶奶写信最多的人。李嫂没有文化，她丈夫老李也是个老实人，木讷得很，平时一天也没几句话，斗大的字不识一箩筐。他们两口子每天起早贪黑的就是磨豆浆，做豆腐，走街串巷去叫卖。原本两个儿子在家时，还出去打些工挣点钱，两个儿子走后，他们老两口的日子过得也十分艰辛。给儿子写信，盼着儿子回信，成了李嫂老两口的唯一精神支柱。看着李嫂整天盼着儿子来信的神情，我奶奶看着才六七岁的我爸爸，心里说不出什么滋味。

两个当兵的儿子是李嫂的心头肉，李嫂隔三岔五地就揣两块热豆腐，端半锅豆浆过来，让我奶奶给她儿子写信。可是李嫂信写过去得多，两个儿子回信却来得少。李嫂一着急总让我奶奶解释为什么。我奶奶说，部队正在打仗，不能常回信也正常。

　　每回李嫂只要收到两个儿子的来信，总是急慌慌地跑来找我奶奶念给她听。两个儿子每次来信，总爱说些战斗故事，李嫂一听到说战斗故事，就急忙指着信问我奶奶，结果怎么样？结果怎么样？他们受伤了没有？我奶奶也习惯了，每次读李嫂儿子的来信，总是先把信从头到尾粗看一遍，先告诉她儿子好着呢，然后再从头到尾慢慢念，让李嫂多享受一些听儿子信的幸福时光。每回听我奶奶念完她儿子的来信，李嫂总是深深地呼出一大口气，像卸下了一个什么大包袱，随即就自言自语："唉，还不知道下一趟信什么时候来，我先回去给我那个死老头子报个平安。"李嫂每回总是揉着泪眼，拿着信回去。

　　转眼到了1953年的春上，李嫂的两个儿子又很长时间没有来信了。那天，邮递员过来，李嫂拦着他问："有我们家的信吗？"

　　"今天还是没有，李嫂别急，说不定明天就有信来了。"邮递员安慰她。

　　"还是没有？"听说没有，李嫂还有些不相信，"你仔细找找嘛，都五个月零五天没来信了，会不会被你们弄丢了。"

　　那邮递员脾气真好，拿出邮包，一封一封信翻给李嫂看。其实李嫂不识字，也看不明白，她只是盯着邮递员的手，希望会像变魔术一样，从那邮包里变出一封她儿子的来信。可是，一封一封信全翻完了，确实没有李嫂的信。邮递员说："你看，真的没有，我没弄丢，我知道你在等儿子的信呢，我们邮局都知道的，信一到，就会马上送来的。"

　　李嫂失望地叹气摇头，跨进我奶奶的家门："连老师，求你再给我儿子写封信吧。"

　　"好的。你这三个月已经写过十封了，他们应该是都收到了，只是可能部队正在打仗有规定，不方便给你回信。那报纸上说板门店谈判，谈了很久了，很快就会签和平协议，战争就快结束了，你儿子说不定就回来了，不给你写信了。"我奶奶一边应着，一边准备纸墨。

就在这时，门外响起了邮递员的声音："李嫂，李嫂，有你儿子的信了，加急的，才送来的。"

　　"我就说嘛，我就觉得今天有我的信，我这心里突突的。"听说有儿子的信，李嫂满眼放光，三步两步地跑出去，从邮递员手上拿过信，"这是哪个儿子的信呀，这孩子也是的，寄什么加急呀，浪费钱，早几天寄出来不就行了。"李嫂拿信的手都有些抖，她急忙把信拿过来交到我奶奶手上，"连老师快看看，快看看，都还好吧？"

　　我奶奶接过信，看了一下信封说："哦，这是大儿子寄来的。哟，信还挺厚的呢。"可是，我奶奶拆开信，念了一个开头"亲爱的妈妈"，往下扫了两行，就不敢往下再念了。

　　李嫂着急了："'亲爱的妈妈'怎么了？你快说呀，连老师。"李嫂一把把信夺过去，看了一下，看不懂，又把信塞给我奶奶，"什么情况？急死人了。"

　　我奶奶让自己先平定一下心情，说："李嫂，你要挺住呀，这是你大儿子来的信，他说他弟弟……"

　　"怎么了？"

　　"光荣了。"我奶奶的声音带着哭腔。

　　"怎么光荣了？立功了？"

　　"光荣了，就是，就是牺……牺牲了。"

　　"哎呀！我的那个儿呀。"李嫂咣当一下跌坐在地上，号哭起来，哭了两声，忽然从地上站起来，盯着我奶奶，"大儿子，大儿子没事吧？"

　　我奶奶把李嫂扶起来坐在凳子上，安慰她说："应该没事，是老大寄来的信，他能写信来就说明没有事，我来看看后面信上他怎么说的。"

　　可是看着看着，我奶奶就哽咽了，她没法念给李嫂听，后面信上说："亲爱的妈妈，当你收到这封信时，这就是我的遗书了，这封信会由我们连队没有牺牲的战友，给你老人家寄出去。"

　　我奶奶明白了，李嫂二儿子牺牲后，大儿子还没有来得及把弟弟牺牲的消息告诉家里，就又上了战场，可他自己也牺牲了。我奶奶在报纸上见过，这种遗书是每个人早就写好的。

我奶奶真不忍心把李嫂两个儿子都已经牺牲的噩耗告诉李嫂，她不知道该怎么去安慰这个一天收到两个儿子死讯的母亲，她只能对李嫂说："别急别急，你先喝口水，喘口气。"我奶奶招呼我爸爸，"子儿，快去给你李妈倒杯水来。"

我奶奶正在为难，该怎么向李嫂解释他大儿子也已经牺牲的事，就听见门口一阵锣鼓声，钱科长敲锣打鼓地领着一群人过来。他们显然是去找李嫂的，看见李嫂在我奶奶家，就在我奶奶家门口停下了脚步。

钱科长扯着大嗓门喊："李婶，李婶，我们刚刚接到电报，你们家两个儿子都被评为战斗英雄了，我们来给你报喜。"钱科长那高大的身躯站在门口的台阶上，对下面围着的街坊邻居兴奋地说，"乡亲们啊，我们为李嫂一家出了两个战斗英雄骄傲啊，他们用自己火热的青春和生命保卫了祖国，保卫了家乡，保卫了我们新中国美好的日子。这不仅是李嫂家的光荣，也是我们这个城市的光荣，更是我们这条街区的光荣啊！大家鼓掌！"

有人过来给李嫂戴大红花，她一切都明白了。在锣鼓声中，李嫂晕了过去。

钱科长还在大声喊："李嫂她这是激动的，英雄的母亲太激动了。"钱科长把脸转向我奶奶，"连老师，你是她的邻居，你也跟着光荣啊！"

"啪！"我奶奶伸手给钱科长一个耳光。

"你，你为什么打我？"钱科长捂着脸，有些莫名其妙。

"是你脸上有个苍蝇，我帮你把它拍了。"我奶奶冷冷地说。

那天晚上，夜深人静时，我奶奶把在睡梦中的我爸爸叫醒，找了一个空旷的地方，拿出那串古莲项链戴在他脖子上，然后拿出一沓纸钱，说这是给李嫂两个儿子烧的。她让我爸爸把纸钱烧透，这样他们在那边才能够花得着。我爸爸问，难道李妈的儿子就不能不去打仗吗？我奶奶告诉他，等你长大了就会懂的。我奶奶还告诉我爸爸，今后李嫂家的事，要常过去帮个忙，大事做不了，小事帮着多做一点。然后我奶奶又烧了不少纸钱，求在天的先人保佑，我爸爸这一生不要打仗。

14

祸不单行，李嫂的儿子牺牲后不久，她那个平时也不多话的丈夫一病不起，不久也撒手人寰。

原本失去儿子的李嫂就已经够伤心的了，这一下子丈夫又走了，李嫂从此变得有些木木呆呆，寡言寡语，像失了魂一样。不但经常忘了早起做豆腐，而且去卖豆腐时，也常常忘了收人家的钱。

我奶奶见李嫂可怜，待李嫂就如同自己家的姐姐。她让李嫂不用自己做饭，就在她这里搭伙。李嫂做豆腐时，只要有空我奶奶和我爸爸总会过去搭个手。出去卖豆腐时，我奶奶也时常让我爸爸陪着帮忙收钱。我奶奶没事就叫李嫂过来拉家常。

可是，无论我奶奶对李嫂再怎么样体贴关怀，李嫂还是如同换了人，以前叽叽喳喳得像有说不完的话的她，现在是沉默寡言，也不爱多动，连屋子也懒得收拾，家里乱糟糟的，生意也一天不如一天。没事的时候她就一个人静呆呆地坐在门口。尤其是每天邮递员来的那个时间，她总是呆呆地看着邮递员骑着自行车过来，又呆呆地看着邮递员的身影消失在巷子的深处。有一天，这个巷子里没有人家有信件，那个邮递员实在不忍心看到李嫂那神情，就绕道过去了。结果第二天，李嫂见着他就说："你昨天没有来，是不是生病了？可别把人家的信给耽误了。"过去邻里四舍来找我奶奶写信，李嫂总爱凑个热闹，过来串个门。可现在只要是有人来找我奶奶写信，李嫂总是静悄悄地躲回家去。

1953年7月，《朝鲜停战协定》在板门店签订，抗美援朝战争宣告结束。那天，街上又四处响起了锣鼓声、鞭炮声、欢呼声，人们涌上街头，欢呼胜利。李嫂作为抗美援朝战斗英雄的母亲，硬是被钱科长拽着出去参加游行，李嫂被推到欢乐的人海中，可是，别人在笑，她在哭。

转眼到了年三十，那是抗美援朝胜利后的第一个新年，老百姓那个乐呀，该回家的都回家了，家家都在忙着年夜饭，准备大团圆。巷子里也挂出了红灯笼，墙上也满是欢度春节的标语。我奶奶那两天也是特别忙，找她写对联的人络绎不绝。

而李嫂从早上开始就坐在自家的门口发呆，神情木然地看着街坊邻居从我奶奶家拿着对联高高兴兴地离去。而她的家里完全没有过年的氛围，门口甚至还挂着蜘蛛网。

"李妈，我妈让我来给你贴对联。"我爸爸拿着我奶奶写的一副对联，去帮李嫂贴门上，那蜘蛛网还是我爸爸用扫把掸掉的。

李嫂脸上挤出一些些苦涩的笑，把屁股下坐着的小竹凳递过去："哦，当心，站稳，不要摔下来了。"李嫂紧紧地抓住爸爸的裤腰，"孩子，这对联上写的啥？"

"新貌新风喜迎新生活，好马好鞍开始新人生。我妈说，今年是马年，千里马。李妈过了年，就要时来运转了。"爸爸一脸的高兴样。

"哦哦，谢谢你妈。"李嫂鼻头一酸，"唉，我哪里还有年过哟。"

太阳偏西了，黄昏的太阳在巷子里渐渐退去，李嫂还在门口愣愣地坐着，也不知坐了多长时间。

不知从哪儿跑来一只小流浪狗，估计也就几个月大吧，那是一只土狗，黄黄的茸毛，带着胎气，只是身上脏兮兮的。那小狗见李嫂坐在门口，便晃悠晃悠地走过来，靠在李嫂的腿边，嗓子里发出轻轻的呜呜声。李嫂伸出手去摸摸那只小黄狗的头，那小黄狗竟然不躲避，还索性躺倒，任李嫂轻轻地抚摸它的肚子，还时不时地在地上打个滚，用嘴巴叼住李嫂的手指头舔几下。李嫂回屋找出一点剩饭，放在手心喂它，那小狗开心地在李嫂的手心舔呀舔呀，舔得精光，眼睛里一副可怜兮兮的满足样子。李嫂又找来一个小铁盆，弄了点水，把小狗放在盆里面替它擦洗脏兮兮的毛，那小狗居然一动不动地享受着。李嫂弄着那小狗，木讷的脸上露出一丝久违的由衷微笑。

可就在这时，巷子深处传来了狗叫的声音，那明显是一只老狗的吠叫。原本十分享受的小黄狗，立刻支起耳朵，先是认真地听着，随即从李嫂的手里挣脱，向巷子深处跑去。

看着那只小黄狗消失的身影，李嫂无限地失落和惆怅，先前那脸上浮现出的那一丝丝的微笑，瞬间又收回了深深的皱纹里。她仰天长叹，踉跄着站起身，走进屋里，轻轻地把门关上。

天已经黑了，四周鞭炮声更响了，这是准备吃年夜饭了。

李嫂坐在床沿，拿出政府给她两个儿子颁发的战斗英雄纪念章，轻轻地在手里抚摸着。她抬起头，看着墙上挂着的两个儿子和丈夫的遗照，此刻她已经心灰意冷，欲哭无泪了，只是呆呆地在那几张遗像前，站了许久许久，门外的一切都与她无关了。那震耳的鞭炮声，无法震出她脸上一丝丝的涟漪。

李嫂走进自家的豆腐坊，卸下了那个挂在房梁上用来过滤豆渣的纱布兜，然后把那绳子打了一个活结。她放倒那个盛豆浆的木桶站上去，把那个活结套在了自己的脖子上。这时，有人在敲李嫂的门，可李嫂眼睛一闭，一使劲把脚下的木桶蹬开了。

"李嫂，开门呀，快开门。"门外敲门的是我奶奶和吴主任。他们听见屋子里有动静，却没见李嫂来开门，两人对视一下，似乎感觉到有什么不对劲，吴主任赶紧使劲用肩膀撞开了门。

我奶奶进门一看，李嫂吊在那个房梁上晃悠着，脑海里立刻浮现出当年枝子上吊的惨象。她不顾一切地冲过去，紧紧地抱住李嫂的身子，声嘶力竭地喊："李嫂，李嫂，你不能这样啊！"

吴主任赶紧过来帮忙，他们合力把李嫂救下来，李嫂一下子瘫倒在地上，她看着吴主任和我奶奶，泪如雨下："你们让我走吧，你们让我走吧，这日子我实在是不想再过了，你们就行行好吧。"

我奶奶扶起李嫂的身子，让她靠在自己的怀里，陪着她落泪。

吴主任眼眶也发红了，他动情地对李嫂说："李嫂呀，这都是新时代新社会了，你怎么能这么想不开呢？咱们中国穷苦大众的好日子才刚刚开始，有党，有政府，还有这么好的邻居，你怎么能走这个路呀？你的困难，你的心思，连妹都和政府说啦，政府都知道。"吴主任说到这，朝门口挥挥手，喊道，"顺子，小顺子啊，快进来吧。"

随着吴主任的招呼，一个约莫四五岁的小男孩，怯生生地进了屋。

"快过来，快过来，到这边来。"吴主任招呼那个小男孩走到李嫂身边，"李嫂，你看这孩子怎么样？"

李嫂揉揉眼，定神上下打量了一下眼前的这个小男孩问："吴主任，这是谁家的孩子？"

"这是你们家的孩子。"吴主任大声说。

"我们家的孩子？"李嫂吃惊极了，"我们家哪个亲戚的孩子，我怎么不知道呀？"

"你当然不知道啦。"吴主任的口气里带着一点神秘和炫耀，他指着我奶奶说，"李嫂，我告诉你呀，连妹为了你的事，给政府写了几次信，要求政府帮你领养一个孤儿。要男孩，而且还要求长相最好能和你的两个儿子有点像。岁数不能大，又不能小，大了怕养不家，小了怕你受累。政府很重视呀，我可是跑了几个城市的孤儿院，百里挑一，才物色到这个小顺子。这不是想过年了，给你送个大礼，让你惊喜一下，哪知道你今天会这样，还不想活了。"

我奶奶拦住了吴主任："吴主任就别提李嫂今天这个事了，赶紧让孩子认妈。"

"对对对。"吴主任摸着那个小男孩的头，"小顺子快过来叫声妈。"

那个小男孩，那个叫顺子的小男孩，扑闪着乌黑黑的大眼睛，朝坐在地上的李嫂鞠了一躬，然后规规矩矩、响响亮亮地叫了一声"妈"。

哎呀，我的那个天哪，这一声"妈"，把李嫂的心都快融化了，犹如寒冬过后冰河开裂，更如春风过后，漫山遍野盛开了鲜花。

这一声"妈"，把我奶奶的心也叫碎了，把吴主任的心也叫碎了，他们两个人都忍不住地流下了热泪。

李嫂张开双臂紧紧地搂住这个叫顺子的小男孩，把他紧紧地抱在怀里。她把脸紧紧地贴在顺子的脸上磨蹭着，紧紧地用胳膊揽住他，生怕一松手，他要跑掉似的。

顺子也乖巧，他伸出小手，替李嫂抹擦脸上的眼泪。

吴主任说："好啦，好啦，快起来吧。你看，往后的日子好着呢，咋能动不动就想走绝路了。新社会啦，人人都有好日子过的。"

"哎呀，吴主任，你看你，哪壶不开提哪壶。"我奶奶把李嫂从地上扶起来，"今天呀，我准备了年夜饭，你和小顺子、吴主任，都到我们家去吃年夜饭，团圆饭，咱们今天好好过年。"我奶奶大着嗓门喊，"子儿，子儿，赶紧带着小顺子出去放鞭炮，我们要吃饭啦。"

其实这一切都是我奶奶精心安排的，她找李嫂要了一张她两个儿子的合影照，李嫂当时还觉得奇怪。前面吴主任挑了三四个孩子，可我奶奶都不满意。唯有这个小顺子我奶奶看上了，更何况顺子的父母亲，也是队伍里的同志，在战斗中牺牲了，政府还给了孩子一些补贴，这多少也能减轻一些李嫂抚养孩子的生活负担。她和吴主任商量，挑年三十这一天给李嫂送过来，给李嫂一个惊喜，让她开开心心地过个年，可没想到差一点，再晚一步，李嫂就魂归西天了，我奶奶后悔没有早点把这事告诉李嫂。

饭桌上李嫂就紧紧地靠着小顺子，不时地就搂一搂他，在他的额头上亲一下。她对我奶奶说："难怪你给我门上的对联，是什么那个新生活、新人生的。"

我爸爸坐在小顺子旁边，他比小顺子大几岁，这会儿表现得俨然是一个大哥哥，前面带他放鞭炮，饭桌上又不停地朝小顺子的碗里夹菜。

我奶奶端起酒杯站起身，对吴主任说："吴主任啊，李嫂的事还真要好好谢谢你，我是动动嘴，你是跑断腿啊。你这个共产党干部，好啊，我们家的事，李嫂的事，你都是这么上心，我敬你一杯。"

李嫂这时候仿佛魂又回来了，回过神来，人也还阳了。她听我奶奶说这话，也赶紧端起杯子："对对对，吴主任我要好好敬你一杯，你今天不只是给我送来小顺子，你还救了我命啊。你别说这孩子，还真和我的小儿子小时候有点像呢。"

吴主任大大咧咧："哎呀，你们这两个女人婆婆妈妈的，共产党人就是为老百姓服务的嘛，为人民服务，毛主席说的。来来来，我们大家一起喝一杯，祝李嫂母子团圆。"

我奶奶对李嫂说："其实你知道吧，吴主任也挺不容易的，他的家世你了解吗？"

"了解，了解，吴主任家里的事，钱科长早就和我们的街坊邻居吹过了。唉，也真可怜，三个儿子，老大早死，老二也死了，老三还离家出走了，老婆也早走了，对吧？吴主任。"

吴主任摇摇手，苦笑："唉，为党作出牺牲的，也不仅仅是我老吴啊。"

"后来你们家的三公子，就一直没有消息了？"我奶奶问。

吴主任的眼神有点黯然："是啊，他那时不了解我们家的情况，以为我真是伪保长，二哥又是伪警察，所以一气之下，跑了，留下一张纸条，说是去闹革命了，从此和家里就断了联系，也不知道现在是死是活。我想着这么多年，估计也是死多活少呀。"

"那吴主任，我说句不该有的话，那你为何不也领养一个呢？将来总要有人养老送终呀。"李嫂搂着小顺子说，"要不，你也可以再娶一房，生个孩子嘛。"

吴主任摆摆手："唉，李嫂，我和你不一样，我这工作太忙，事太多了，哪有空闲去领养孩子呢。再娶一房就更不想了。"吴主任又端起了酒杯，"好啦好啦，就别提我的事了，李嫂，从今以后，你就好好带着小顺子踏踏实实地过日子，顺子，这名字好啊，你将来一定是一顺百顺，来来来，喝酒。"

"好，一顺百顺！"大家都附和着吴主任举起了酒杯。

你说奇怪不奇怪，白天蹲在李嫂旁边的那只小黄狗，也不知道什么时候又从大门溜进来，卧在李嫂的脚下。

那个年李嫂过得很开心。过完了年，她跟我奶奶说，她想回娘家的乡下老家去了，要离开这个让她伤心的地方。

我奶奶太理解李嫂的心情了，当年她也是搬出了爷爷和葛爷的那个小院子。

李嫂走了。她挑着那个平日里卖豆腐的筐子，一头坐着顺子，一头坐着那只小黄狗，李嫂就这么挑着，回老家去了。

那天太阳真好，不知是谁抓了几把彩霞，随意地洒在街上，空气里还弥漫着过年鞭炮的喜庆味道。

吴主任和我奶奶给李嫂送行，我奶奶把这几年的积蓄都塞给了李嫂，她说农村日子不好过。

吴主任那天也是把身上的钱全摸了出来，塞在李嫂的手里。

李嫂是笑着走的，眼角虽然挂着泪，她挑着担子的身影，在初升的太阳下，欢快地在田野里跳动。

李嫂给那小黄狗起名叫"百顺"，走在田埂上，那百顺叫一声，小顺子就学着叫一声，李嫂还时不时地加入他们一起叫几声。

没几天钱科长的一篇大作登在了报纸上，标题显赫：英雄妈妈收养烈士遗孤，为革命抚养下一代。

我爸爸把那天的报纸拿回来给我奶奶看，我奶奶毫无表情地把那报纸团起来，扔进了炉膛。

我爸爸问："为什么要烧了？那里面还写你了，说烈士遗孀关心英雄母亲。"

我奶奶说："不为什么。"

15

巴赫一家带着刘怡在香港的日子也不好过。倒不是因为生计上的事，不好过的是那种朝思暮想的情，那种深深的眷恋之情在折磨着他们。

他们辗转搬了几个地方之后，诊所的生意总算稳定了下来。巴赫父子是全科医生，不仅医术高，而且待人又厚道，尤其是他们对穷人有一颗施善之心。所以他们在当地的口碑很好，找他们看病的人也很多。他们还雇了两个护士，生意逐渐好起来，日子也慢慢过得富裕了。按照枝子生前的信仰，他们依旧在诊所内设了一个小佛堂，供着观世音菩萨，菩萨像前是枝子的遗像。

枝子死了以后，老巴赫完全没有再续弦的心，他把全部精力放在了治病救人和对刘怡的关爱上。尤其是活泼可爱的刘怡，给老巴赫的晚年生活，带去了无限的快乐。刘怡一声声地叫他"爷爷"，极大地抚慰了他对枝子的怀念。他每天最大的乐趣就是诊所关门之后，在院子里拉着他那只又老又旧的小手风琴，喝一口小酒，看着刘怡随着他那手风琴的节奏，胡乱地跳着那些她自创的舞蹈。

而小巴赫那几年几乎成了刘怡的奶爸，他精心照料着刘怡，诊所的事主要由老巴赫打理。他教刘怡走路，教刘怡说话，给刘怡讲故事，每天哄刘怡睡觉。他还时常把刘怡扛在他那高高的肩膀上，去街上玩耍。刘怡稍微大一些之后，小巴赫经常带着她去那个连通内地的罗湖桥火车站，他总希望那喧喧嚷嚷的人群中能出现我奶奶的身影。他告诉刘怡，你的妈妈就在桥的那边，她总有一天会过来看我们，看你的。

和我奶奶失去联系是小巴赫心中最大的憾事。看到那一封封被退回来的信，小巴赫是那么无奈和无助。他甚至怀疑我奶奶是不是带着我爸爸回了保定老家了。

刘怡慢慢懂事了，当看到别的孩子有妈妈的时候，她总是问："我的妈妈什么时候能来呀？我的妈妈是不要我了吗？"每当这个时候，老巴赫和小巴赫就会很难过。

巴赫父子经常有想法，想到广州去给枝子扫墓，顺便去找一找我奶奶，可是每次两个人一想到那个墓地被破坏的场景，一想到可能连尸骨都没有了的情景，他们就摇头叹气，打消了去祭扫的念头。

其实他们那时不敢来内地找我奶奶，还有一个重要的原因，那就是解放之后，内地出现了一场接一场的运动，对中国人来说，那个时候有海外关系不一定是好事，更何况枝子还是日本皇族的后代。在那个一切都要根正苗红的年代，他们如果真去找我奶奶，或许可能会给我奶奶添不小的麻烦。虽然小巴赫还有点不死心，几次提出来要去广州找我奶奶，老巴赫也知道小巴赫对我奶奶的那份眷恋，但他还是劝住了他。

然而无论如何，我奶奶的影子已经深深地刻在了小巴赫的心里，在他心里，已经把我奶奶看成他这一生要等待的女人。小巴赫时常会把那只当年准备要送给我奶奶的戒指拿出来，呆呆地一看就是很久很久，每每想象着他把那戒指戴在我奶奶手上的那个场景，自己就有些痴呆，脸上露出些许傻笑。

而妈妈和弟弟的影子，也同样已经深深地留在了刘怡的心里。刘怡懂事之后，巴赫父子就把刘怡的身世告诉了她，这更勾起了刘怡对我奶奶和我爸爸的念想。刘怡知道自己的身世之后，越发想早一点见着这个用奶水抚育她的妈妈和同吃一个奶长大的弟弟。

刘怡的童年总体来说还是快乐的，她在巴赫父子的呵护下几乎没吃什么苦，没遭什么罪，快乐地成长着。和我爸爸跟着我奶奶在广州艰难度日相比，刘怡的生活可以说有着天壤之别。刘怡在学校的时候从来不说自己没有妈妈，没有兄弟姐妹，她总是昂着头告诉人家：我有一个妈妈在广州，还有一个弟弟也在广州。

刚进六十年代，内地出现了三年困难时期，真是百草枯，飞鸟绝。那时广东有太多的人偷渡到了香港，巴赫一家知道广州的日子肯定是越来越难过，他们越发惦记着我奶奶他们。小巴赫带着刘怡去罗湖桥的次数越来越多了，可是每次他们总是满怀希望地去，又是十分失望地回来。

那天晚上在诊所院子里那棵老樟树下，巴赫父子坐在一张小藤桌的两边喝茶解闷。他们两个人一个吹口琴，一个拉那个小手风琴，一曲过后，老巴赫问小巴赫："儿子，连妹就真的值得你一直这样等下去吗？"

小巴赫放下口琴，在手里紧紧地攥着："爸爸你想过没有，那一年妈妈在被那群人围殴的时候，情急之中连妹竟然举着她那个得来多不容易，对她又是多么重要的儿子，去挡住众人的拳头和棍子。万一那天那个场面控制不住，她和她的儿子都可能被打死，你觉得这样的女人不值得等吗？"小巴赫说得十分动容，"妈妈的死开始我是怪过她，可后来我每每想到她那天的举动，就觉得我对她的责怪是那么狭隘。"

"那你就准备一直这样等下去吗？"

"除了等，我还能做什么呢？"小巴赫端起茶杯喝了一口。

"难道你心里就不能再放下别的人了？"

"爸爸，你这是在说自己吧？"小巴赫朝老巴赫投去苦涩的一笑。

老巴赫无语了。是啊，等谁，只有自己心里知道。有时候一个人确实值得去等终生。心里能放下谁，也只有自己才知道，那个心房，真是一个奇怪的地方，真的放不下另外一个人。

"儿子，如果连妹已经嫁人了呢？"

"她要是嫁人，一定是嫁给我。"小巴赫坚定地说。

"你就那么自信？"

"连妹一定懂得我的心。"

"懂你的心？当年为什么不和我们一道来香港？"

"她是在等王秀英，葛爷的女人。"

"那后来她不是来信说，已经等到王秀英了吗？"

"连妹是个有骨气的女人，她不愿意让我们接济她，她要靠自己。"

"可是，生活会改变一个人的。她一个女人，在内地现在那个环境中，带着一个孩子，那生活怎么能够坚持得下去呀？你没听说有多少人饿死了吗？"

"不，连妹能够坚持下去，她是一个坚强的女人。"巴赫坚定地说。

"这我倒是相信，像连妹这样坚强的女人，确实不多。她当年拒绝和我们一道来香港，现在这么困难也不来找我们，可见她是下了决心，要一个人挑起生活的担子。这个女人的确不简单。"老巴赫点点头。

"爸，我们不说连妹了，你说你也老了，是不是也该找一个人陪伴你的晚年。"小巴赫换了一个话题。

老巴赫笑笑，用大拇指指了指自己的心："不找了，你妈一直在这儿。看着刘怡长大，是我晚年最好的安慰了。你看我们这父子俩，老的不肯再找了，小的也不小了，还在傻傻地等，真是应了中国人说的那句话：不是一家人，不进一个门。"

哈哈哈，父子俩哈哈大笑。

"来，咱们再来一曲？"小巴赫问。

"好，再来一曲。"老巴赫拿起了手风琴。

父子两个男人，一个吹一个拉地又来了一曲，那是一个欢快的曲子，可怎么听，那个曲调总透着几分思念的忧伤。

16

1958年的广州，在"气只能鼓不能泄"的"大跃进"形势下，各行各业、广大市民掀起空前规模的"全民大炼钢铁"运动，数十万群众上阵，连学生、街道家庭妇女也参加了。有些家庭妇女和小学生甚至把煮饭的小煤炉也拿去"炼铁"。

在这股热潮推动下，不少市民有组织地去拆铁闸、卸下铁门铁窗送去炼钢，还有的砸铁锅，把有用的铁具也拿去回炉。

那年我爸爸十三岁，也参加了这个"激动人心"轰轰烈烈的炼钢运动。

那天钱科长带着一群学生，挨家挨户地动员"捐铁""捐钢"，我爸爸也跟着大孩子们一起去拆铁门窗，走街串巷，看见谁家有一点带铁的东西，他们就去动员人家拿出来去炼钢。

我爸爸满头大汗，十分亢奋地带着钱科长走进家门，跟我奶奶说："妈，咱们把我爸爸留下来的大剪刀也捐了吧？我们平时也用不着。"

"这不能捐，这是你爸爸的遗物，总得要留点念想吧。"我奶奶死死抓住那把大剪刀不肯放，哀求钱科长，"这么多人捐铁捐钢，不在乎这一把剪刀吧，这是烈士的遗物，我就不能留下来吗？"

"连妹，你要比大家更有觉悟，这会儿烈士们也一定会说支援国家建设的。"钱科长让我爸爸把那把大剪刀举起来，对向天空，然后他在一旁大声喊，"先烈们，现在国家大炼钢铁，有困难，你们同意我们把这个也拿去炼钢吗？"

"同意！同意！"学生们一起齐声吼。

"你看先烈们同意了，谢谢连妹啊！回去我专门做一篇报道：烈士遗孀带头，支援大炼钢铁。"

我爸爸那会儿是十来岁的娃，哪里懂得这场大炼钢铁的意义，只能说是跟着起哄。他趁着我奶奶不注意，把家里面那只烧饭的铁锅也拿出去捐了。

我奶奶发现了，又急又气，直跺脚："你这个不懂事的孩子，你把锅捐了，妈拿什么给你做饭呀？"

我爸爸说:"街道搞人民公社了,咱们去公社吃食堂。"

我奶奶说:"那么个吃法几天就吃完了,你快去把锅给我拿回来。"

我爸爸那时候是热血少年,跟我奶奶拧上劲,死活不肯去拿。

两人正闹着,吴主任拎了那只铁锅进了门:"连妹,你怎么把家里的锅也给捐了呢,你们家这么困难,就这一只锅呀。"

我奶奶气哼哼地指着我爸爸:"这孩子,说是要跟着钱科长去当先进,我正在跟他生气呢。你说这锅拿走了,晚上就没有办法做饭了。这孩子也不知怎么的,天天胡闹。"

"谁胡闹了?"我爸爸还要和吴主任理论,什么响应政府的号召呀,人民公社吃大食堂呀。

吴主任照着我爸爸后脑勺就是一巴掌:"小孩子家懂个屁,再有人来让你们捐,你们就说吴主任说了,你们家是烈士家属,留个锅下来,给烈士的后代做饭吃。"

后来事实证明,食堂没吃几天就垮了。大炼钢铁折腾了一气,大多数炼出来的都是废铁。

幸亏吴主任把那只锅给我奶奶送回来了,慢慢地我爸爸也"懂事"了,从此不再跟我奶奶狡辩,老老实实地守着那只"锅"。我奶奶就用那只锅,度过了最困难的日子。后来那只锅还打了好几次补丁。

困难时期那几年,我奶奶切切实实从心底里感觉到,政府把我爷爷作为抗日烈士,给家里的那一点点抚恤金,对生活是多么重要。可是那个时候政府也太困难了,常常抚恤金也不能按时发放。我奶奶着急,她常找政府问一问,可是就在那个时候,吴主任出事了。

这事还得从钱科长说起。

钱科长来了以后,本想把教堂惨案这件事作为一个典型宣传出去。可是在"肃反""反右""四清"等一系列运动的大背景下,他在认真研究了教堂惨案的前前后后之后,发现里面有几个隐秘的问题。

第一个问题,就是当年吴保长的二少爷,到底是不是共产党?钱科长又有两个怀疑,第一个疑点,如果他是共产党,为什么在明明知道我奶奶就是纱厂贴标语的抗日分子后，给我奶奶去办良民证，还要收葛爷的钱？共产党人为老百姓办事，怎么能收钱？第二个疑点，吴家二少爷明明知道那些日子日本人要在市面上大抓共产党，而且不准搞任何形式的集会，我爷爷奶奶要去办婚礼，他为什么不阻止？这两件事连起来看，说明吴家二少爷完全有可能不是如吴主任说的那样是共产党，可能就是伪警察，那被打死是不冤枉的。

如果真是这样，第二个问题就更严重了。吴主任把一个汉奸儿子说成是一个帮助老百姓、救过抗日分子的地下党，那显然是欺骗了组织，为自己贴金。到底是什么情况，必须要调查清楚。

最关键的还是第三个问题，吴主任竟然让一个有日本皇族血统的女人和教堂惨案中牺牲的这些烈士们埋在一起，共同立碑？作为一个共产党员，这样的政治觉悟实在是太低了吧。

钱科长把这几个重大的发现向上级报告以后，也引起了上级领导的高度重视，当时又正好碰上内部"肃反"运动，吴主任——这个当年的吴保长，就这么被抓了起来。

吴主任没法解释钱科长所提出来的那些细节疑点，再加上吴主任在"四清"和大炼钢铁中说过的一些"不恰当"的话，他被定为了"右派"。据说，好在上面有人保他，没砍他的头，但他被撤职查办，一撸到底，发配到农场去改造了。

这个事太出乎我奶奶的意料，钱科长为这个事，还专门来找我奶奶核实过。

钱科长问我奶奶："当年吴家二少爷给你办良民证的时候，是收钱了吗？"

我奶奶点点头说："是，葛爷塞了一包香烟钱给他。"

"你怎么就知道是一包香烟钱？"钱科长追问。

"这……"我奶奶愣了一下，"葛爷就是这么说的，再说葛爷身上哪有什么钱。"

"好，就算钱不多，共产党为老百姓办事，怎么能收老百姓的好处费呢？"

我奶奶说："那就是一包香烟钱。"

"一包香烟钱，就不是钱吗？毛主席说的是不拿群众一针一线呀。"

我奶奶还要替吴二少爷争辩，说："那时候日本人搞保甲连坐，吴家二少爷怎么可能就为那一点点小钱，冒着掉脑袋的风险？要是你，你敢吗？"

"敢，我肯定敢。"钱科长言之凿凿，"连妹，你不懂，他根本就不是共产党。我看过吴二的照片，尖嘴猴腮的，一眼看上去就不是一个好东西，他不是汉奸还能我是？"钱科长把脸贴近我奶奶，"要是我，保护抗日人士，义不容辞。就是当时把钱收了，也应该把这钱拿去交党费，要不就是再想办法给你们退回来，就是不能退回来，也得买点东西给你们送过去，反正就是不能自己揣口袋，因为我是共产党员。"

我奶奶摇摇头，无语了，只是反反复复地说："吴主任是好人，吴二少爷也肯定是好人。"

街坊邻居还时常有人来找我奶奶代写信，后来也有人找我奶奶代给政府写信，说日子不好过，要政府解决困难。为此事，钱科长又找我奶奶谈过几次话，让我奶奶不要再写这样的信，可我奶奶还是悄悄摸摸地替人写。

17

1962年，我爸爸已经十七岁了，男孩子正是长身体的时候，他又继承了我爷爷的那副身板，长得又高又大，眉宇之间还真有一点小关公的感觉，只是骨瘦如柴。那时候，实在没有东西吃，隔壁做豆腐的李嫂已经搬到乡下去住了，临走的时候送给我奶奶一个小石磨子，我奶奶就自己磨豆腐，发豆芽。后来连黄豆都紧缺了，做不出豆腐了，只能磨一点点豆浆给我爸爸喝。

我奶奶省吃俭用，勉强糊口。我爸爸那时放学以后也经常去码头帮工装货卸货，打一点零工，给我奶奶补贴点家用。那时家里备的唯一的荤菜，就是猪油渣。我奶奶把油渣买回来，先是用水煮一遍，细心地滤出上面的一层油，作为平时烧菜用，然后就把油渣用盐腌起来，隔三岔五地夹几块给我爸爸吃，就算是补充营养了。而我奶奶由于常年劳累，右腿膝盖关节在一次不小心摔伤之后就一直疼痛难忍，关节经常红肿，不能走路。可是那会儿哪来钱看病呢？发作时只能是一瘸一拐地忍着。

就在这日子困难得几乎熬不下去的时候，小巴赫来了。

有一天傍晚我爸爸去码头打零工，右手食指被箱子砸伤了，提前回家，我奶奶心疼地找块布给我爸爸包扎，忽然小巴赫带着刘怡出现在我们家门口。

我奶奶说，她清楚地记得小巴赫是穿着一身灰色的西装，领口还有领结，皮鞋很新，但却是灰蒙蒙的，看起来走了不少路。刘怡是穿了一身粉红色的连衣裙，胸口还别着一朵花，扎了一个马尾巴的头发，瓜子脸，大眼睛，简直就是一个大姑娘了。他们的后面跟了两个挑夫，大大小小挑着十几个黑布口袋。

"是你？！小巴赫呀！"我奶奶做梦也没有想到小巴赫会领着刘怡来广州找到他们。

"是我，是我，连妹，连妹妹。"小巴赫也十分激动，"终于找到你们了，可真不容易啊。"

我奶奶和小巴赫激动地拉着手，转着圈互相上下打量着。那年码头一别，转眼十六七年了，但是我奶奶还是一眼就把小巴赫认出来了。其实这么多年，我奶奶从来都没有忘记巴赫一家对他们的恩情，失去了联系之后，我奶奶也没有花力气再去打听巴赫家的下落，她认为巴赫家已经给了他们太多了，不想再去打扰人家，日子再困难都得自己熬着。

那个年头广州很多人偷渡到香港去，用当时话叫去做"督卒"，意思是象棋上过了河的小卒子，过了河只能前进。有不少人死在了偷渡的途中，但也有很多人偷渡到了香港，生活得到了改善。那时候市面上的风气又变了，过去是怕有海外关系，而那时广州谁要是家里有一个香港的亲戚，那可是风光炫耀的事。

小巴赫拉过身边的刘怡："快过来，快过来，仔细看看，这就是我跟你一直说的妈妈，这就是用她的奶水喂你的妈妈。"

刘怡扑到我奶奶怀里，声音哽咽地叫了一声："妈妈，我好想你，我爸爸经常跟我说起你。"

我奶奶抹着眼泪，拉过我爸爸给小巴赫鞠躬："来，孩子，这就是我们家的恩人啊，没有他们家的收留，咱们母子早就没命了。"

我奶奶手忙脚乱地招呼小巴赫和刘怡进屋。

小巴赫看见我爸爸手指头受伤了，连忙拿过随身带的急救包，给我爸爸包扎，心疼地问是怎么弄伤的。

我爸爸说是在码头扛活，被箱子砸伤的。

小巴赫更是心疼。

小巴赫怪我奶奶："连妹，这么困难，你们也不联系我们，我们写过几封信，也都被退了回来。搬家了，也不告诉我们，你这是和我们见外呀，还是把我们给忘了呢？咱两家是什么感情呀，唉。"小巴赫的口吻里满满的责怪。

小巴赫那口气叹得可真是让我奶奶心碎，我奶奶也叹了一口气："唉，看你说这话，我每时每刻都在想你们呀，你们家的大恩大德，我这下一辈子也会记着。搬家后，写给你们的信，不也是被退回来了吗？唉，不过说心里话我也真的不想再去麻烦你们，那样的话，那个债，我下下辈子也还不清了。"

"咱两家什么债不债的？"小巴赫打断了我奶奶，"我也告诉你一个我们家的秘密，其实我们不是德国人，我们是犹太人，希特勒大屠杀，是中国人收留了我们，过去我们都不敢说。我们也欠中国人的情呀。唉，不说过去的事了，都过去了。这次来，我们先去你们住的那个小院找过，那个小院的人说，你早走了，也不知去了哪里，只知道你在小学教书，我们顺着这个线索，跑了好几个派出所和政府单位，才打听到这里的。"

"真是难为你们了，快来喝口水，喝口水。"我奶奶招呼大家坐下。

小巴赫说，那时香港的政策是只要内地这边的人进了香港市区，找到了亲戚，港府就给发香港居留证，所以他们一直在等着我奶奶他们过去呢。

刘怡接过话说："有十几天这边边境全放开了，岗哨也没有，几十万人跑到了香港，巴赫爸爸天天领着我去边境口岸等你们，一直等不到你们，以为你们可能饿死了，才决定过来找。我们这一趟来是下了决心的，活要见人，死要见尸。"

"什么见尸见尸的，小孩子家瞎说。"小巴赫打住了刘怡的话，"我就是觉得能找到你们，一定能找得到，我也有这个信念连妹在等我。"

我奶奶听后万分感慨，连声道谢，念了好几声"阿弥陀佛"。

我爸爸说，其实他跟我奶奶提过好几次要去做"督卒"，可我奶奶坚决不同意，说偷渡多危险，有多少人吃了枪子，我爸爸要是死了，她怎么能够对得起连家。再说那么死了，也毁了咱家烈属的名声。

我奶奶起身要去厨房做饭，可是家里除了能拿出腌猪油渣，就没有半点荤腥了。我奶奶急得直转，嘴里叨唠着："吃点什么呢，吃点什么呢？我去买点菜吧，我去买点菜吧。"说罢拎起小菜篮子，就要出门。

小巴赫拦住了我奶奶："连妹，不用了，我们都带来了，知道这几年你们这边困难。"

小巴赫拖过随身带来的十几个大大小小的布袋子，一一打开，有两只整的猪腿，还有几大包煮熟的鱼，还有几包猪油、肥猪肉、肥皂、通心粉、米、花生、冰糖。我奶奶和我爸爸眼睛都看直了，我奶奶说当时她看了这些东西，吓得都腿软。这些东西在当时的市面上，简直是不可想象的贵重，即使有钱也不是能随便买着的。当时我奶奶每个月工资只有十来块钱，什么都凭票购买。成年人每月大米的配给是二十几斤，其他的食物更缺，他们带来的这些物品，就是当时的高级干部，也不能随便吃得到。

"这怎么得了，这怎么得了，太贵重啦，太贵重啦。阿弥陀佛，阿弥陀佛，怎么谢谢你呀？"我奶奶下意识地双手在衣服上搓着，嘴里念叨着，"哎，对了，子儿，今天妈妈给你买猪油渣，老板没零钱找，就送了我一截甘蔗，快去把甘蔗削了给怡儿吃。我去烧饭，我去烧饭。"

"我去陪你烧饭。"小巴赫高兴地和我奶奶一起去了厨房。

我爸爸把削好的甘蔗递给刘怡，最上面那一截正好是个甘蔗头，刘怡咬了几口没有咬动。我爸爸一看，立刻帮她把甘蔗头咬下来，再使劲把下面的甘蔗咬成几个小截递给她，而自己在使劲嚼着那个干巴巴的甘蔗头。

刘怡拿出带来的青团糕给我爸爸吃，又甜又黏的青团糕，真是太好吃了。我爸爸从没吃过这个东西了，先是小口咬了一下，接着就忍不住把整个青团糕塞进了嘴里，大口地嚼着吞着，吃得太急了，噎住了，使劲伸脖子。

刘怡咯咯地笑着，在我爸爸背后使劲拍，我爸爸噗的一口把青团糕吐了出来，掉在了地上，我爸爸赶紧捡起来，掸掉上面的灰尘又吃进去。

刘怡在一旁看着心酸地偷偷抹眼泪，对我爸爸说："慢慢吃，慢慢吃，还有的，还有的，我带了好多，全留下来的。"

那晚的晚餐对于我奶奶和我爸爸来说，可能是有生以来最大的大餐了。小巴赫使劲往我奶奶碗里夹肉，而刘怡则使劲往我爸爸碗里夹肉。而我奶奶碗里的肉却几乎没动，往后的日子还很长，她要给我爸爸留下。

大家回忆起十多年前那次码头告别，百感交集。

我奶奶对刘怡说："怡儿呀，当时在码头，你第一次说话就叫我妈，可是又要分手，我真是心如刀绞呀。我搂着你，真舍不得让你走。我在码头上最后喂你那次奶，我想让你多喝一些，使劲往你嘴里挤，都把你给呛住了。"我奶奶又对小巴赫说，"我就站在码头上，看着那个船，开得越来越远，越来越远，我的心啊，就使劲往下沉，往下沉，最后呀我竟然站不住了，坐在了地上。直到那船开得看不见了，我还在那里坐着。"

小巴赫对我奶奶说："你不愿和我们去香港，我心里也像刀绞一样啊。"

聊着聊着，刘怡忽然问我奶奶，她想看看那串古莲项链。她说听巴赫爸爸说起这个项链时都是十分神秘的。

"好的，好的，我拿来给你们看，那当然是一个宝贝了。"我奶奶已经好长时间不把那串古莲项链拿出来了，这会儿提起这个项链，自然心里也十分开心。

我奶奶去里屋，在房梁的隐秘处拿出了那个装着古莲项链的红布口袋，把口袋里装着的古莲项链和那用油布纸包着的半张誓约一并倒在了桌上。

刘怡轻轻地抚摸着那串古莲项链，找到了那颗有着观音送子像的莲子，看了又看，惊奇万分。然后她又拿起那个油纸包，问我奶奶这是什么？

我奶奶就把我爷爷和葛爷结为兄弟、两家指腹为婚的事，以及后来葛爷媳妇带着女儿到广州找到他们，又回老家，现在又去了台湾的事讲了一遍。

小巴赫听完不胜唏嘘，感叹连家和葛家真是一段传奇的故事。不过他认为那个葛巧云和我爸爸结为夫妻的事，估计也就是说说而已。他告诉我奶奶，这一趟来，一是了思念之情，二是让刘怡来认妈，根本还是想接我奶奶他们去香港。他说这也是老巴赫的心愿，他最近身体也不好了，希望能在有生之年看到我奶奶和小巴赫在一起。见我奶奶走路有些不便，当得知是右腿膝盖关节炎之后，他更是催我奶奶去香港治病。

刘怡也在一旁帮腔，说："妈妈，你看我们两家是不是太有缘分了？我爷爷总是说你是一个有骨气、很坚强、有美德的中国女人，我爸爸说你那时候给我们喂奶，都是先喂我，再喂连弟弟，让他很感动，说你是一个值得等一辈子的女人。他也一直后悔当时没有把握时机，把那个结婚戒指送给你。我们两家的缘分是天之缘，佛之缘，我爸爸到现在别的女人也看不上，妈妈你就应了吧。"

小巴赫说，开始他妈妈的死，他还怪我奶奶。后来也想通了，日本人在中国做了太多的坏事，他妈妈又有日本皇族背景，自然也是内心愧疚，也不完全是我奶奶那几句话刺激了她。那天在巷口，要不是我奶奶舍身相护，他妈妈可能也被人打死了。小巴赫又提起临离开广州时，去给他妈妈上坟的事，说有些群众不理解也是很正常的。

提到枝子的坟，我奶奶一下子兴奋起来，满眼放光地对小巴赫说："哎呀，你看，光顾高兴了，把这个大事忘记了。伯母坟地的事，有一个大好消息要告诉你们，当时我就写过两封信给你们，唉，可惜你们没有收着。"我奶奶就把解放后吴主任来找她的事，以及后面修建教堂惨案纪念陵园的事，一五一十地跟小巴赫说了一遍，小巴赫和刘怡听罢高兴极了。小巴赫说，原本这趟来，也有要去上坟的想法，但一想到可能连尸骨都不在的那个惨状，就打消了念头，既然这样，那是一定要去一趟了。

他们决定明天天不亮就去陵园祭扫。那晚他们在后院的小天井里就这么聊着聊着，几乎一夜没有睡。第二天，天才蒙蒙亮他们就带上一些供品，往纪念陵园去了。

一路上我奶奶领着小巴赫在前面走，刘怡和我爸爸在后面跟着，叽叽喳喳说个不停。也真是有缘分，他们俩一见面就那么熟，弟弟、姐姐叫得是那么亲热，根本不像是分开了十几年。两个人边走边采着路边的野花，嬉笑打闹着，在旷野的田地里，那笑声像银铃般好听。

这个纪念陵园，我奶奶每年都要来祭扫一趟。她边走边兴奋地向小巴赫说着当年修陵园的事，特别是当她发现枝子的棺木还在时，真是激动得流泪。

然而当他们兴致勃勃地来到纪念陵园跟前时，我奶奶惊呆了，眼前的景象和去年完全不一样了，枝子和吴家二少爷的墓碑都不见了，只留下光秃秃的空地。我奶奶一下子想起了钱科长的话，她顿时一切都明白了。

小巴赫也明白了，心里充满失望。

"不行，我一定要找政府，一定要把他们的墓碑再立起来。"我奶奶不屈不挠地说，"我现在就去找，我知道管这个陵园的人住在哪里。"

小巴赫拉住了我奶奶，他深深地叹了一口气，明白了这个饱受日本人摧残的民族，有些事是无法原谅和忘记的。

那棵老榕树还在，此刻依旧在清晨的阳光里拉出长长的影子，小巴赫和刘怡在枝子墓的空地上，点燃了纸钱。

小巴赫这趟来，把那个戒指也带来了，本想如果找到我奶奶，就把那个戒指再送给我奶奶的。昨晚听我奶奶说，枝子的坟恢复了，他就想在今天给枝子上完坟后，把那个戒指送给我奶奶。可是看到眼前的这个景象，他知道这个戒指，现在还不是送出去的时候，他不想让我奶奶嫁给一个有日本皇族女人血统的外国男人，这在当下这个社会抬不起头，更何况她现在还是受政府褒奖的烈士遗孀。

但不管怎么样，小巴赫他们不虚此行，他们终于如愿见到了我奶奶和我爸爸，他们又联系上了。

　　小巴赫对我奶奶说，他想送我爸爸去德国读书，学造汽车。这个我奶奶欣然接受了，出身书香门第的我奶奶，自然知道文化的重要。这些年，为了让我爸爸能够读到更多的书，我奶奶主动申请调到了一所中学的图书馆去工作。

18

　　两年之后，在巴赫的帮助下，我爸爸将要去德国慕尼黑大学，在那儿学习汽车制造业。那个时候东德西德还没有统一，为了让我爸爸能去当时西德的地方读书，巴赫父子费了很大的劲儿，也就是从那时候起，我爸爸有了香港居民的身份。

　　平心而论，自打小巴赫在最困难的时候找到了我奶奶和我爸爸以后，他们的生活有了接济，日子过得也好了，我奶奶有更多的心思放在我爸爸身上，让他好好读书。

　　从1958年炼了一堆废铁的事情中，我爸爸也长大了，明白了，救国不能仅靠热情，他要出国去留学，学一身本领回来报效祖国。

　　临走那天，我奶奶说要给我爸爸搞一个送别宴。我爸爸以为我奶奶会做上好些菜，没想到我奶奶就烧了一个菜——油渣烧青菜。然后我奶奶拿出了那串古莲项链和那个半张纸的誓约。

　　我奶奶拿出两个小酒杯，给我爸爸倒满一杯酒，又给自己倒满一杯，她说："子儿，看到桌上的东西，你应该明白妈妈今天给你送行的意思了吧？"

　　我爸爸站起身挺着胸说："我懂妈妈的意思，这碗油渣烧青菜是让我不要忘了本，我们家是穷苦人家，妈妈把我带大不容易。这串古莲项链，是让我不要忘了我是连家的后代，我身上承担着为连家延续香火、传宗接代的重任。这个誓约是告诉我做人要守信，一诺千金。"

　　我奶奶满意地笑了："我想说的你都说了，我再补一句话，你记住了，巴赫一家是我们的恩人。他们救了我们两次，一次是我生你的时候，第二次是两年前我们差点饿死的时候。"其实，面对一个已经成人的儿子，面对一个即将远渡重洋去读书深造的儿子，我奶奶是真的有些舍不得了。可我奶奶明白，她含辛茹苦地把这孩子拉扯大，不是为了简单地放在身边，娶妻生子，延续香火，连家需要的是一个能够给连家光宗耀祖的后代。

　　我奶奶端起酒杯："来，我们先给你爸爸敬酒。"

他们把酒洒在了地上。

"来，我们再给葛爷敬酒。"

他们又把酒洒在了地上。

"我们再给那些为了你的出生，而豁出生命的好汉敬酒。"

他们再把酒洒在了地上。

"妈，现在该儿子给你敬杯酒了。"我爸爸端起一杯酒，朝我奶奶跪下，"妈，我已经长大了，我知道妈妈把我拉扯到今天，有多么难，养育之恩我永远记在心上，我一定好好学习，光宗耀祖，给妈妈脸上添光添色。"

我奶奶也把那杯酒一饮而尽，然后拿起那串古莲项链，戴在了我爸爸的脖子上："儿啊，在国外各事小心，性命最重要。我本想把这古莲项链给你戴上，让菩萨保佑你平平安安。可前几天我去庙里，那长老和我说，这古莲项链保传宗接代灵，保平安不一定灵，让我等你结婚时，再把古莲项链传给你。"我奶奶说罢又取下我爸爸脖子上的古莲项链，"这串古莲项链和这半张纸的誓约，我都给你留着。"

我爸爸要去香港启德机场坐飞机去德国，那时从广州去香港先要坐火车到罗湖桥火车站，再换进香港的火车。

火车就要开了，月台上，我奶奶又帮我爸爸整了一下衣服，说："妈还有一件事提醒你，你怡姐是个好姑娘，小巴赫和我说了，这两年你们没少来往，他也有意想促成你们的事。但是，就像我昨晚说的，你和她不一样，你是有婚约的人。这个王秀英和葛巧云一家虽然一点消息也没有，但是，我们不能因为没有他们的音信，就以为这个事不在了。现在你长大了，很快就要到谈婚论嫁的年龄了，所以要记着一边读书，一边去找找她们母女俩的下落呀。记住了没有？"

火车开了，我爸爸难舍地向我奶奶挥手："妈，放心，你说的我都记住了，我已经是大人了，已经是一个男人了，我会为这个家承担责任的。"

火车渐渐远去，我爸爸很快就看不见我奶奶在站台上撩着衣襟擦眼泪的身影。

香港启德机场，我爸爸万万没想到有着巨大的惊喜和意外在等着他。

巴赫父子和刘怡都来机场给他送行了，我爸爸到候机厅时，他们已经早早齐刷刷地在等着他了。

老巴赫已经很多年没有见过我爸爸了，见到我爸爸现在是一副英姿飒爽的青春模样，高兴地紧紧搂着我爸爸："哎呀呀，都这么大了，那时候呀，才这么一点大。"老巴赫用手比画着，"你知道吗，是我给你接的生，你个坏小子，我拎着你的双脚拍了一下你的屁股，你扑哧滋了我一脸的尿。"

"哈哈哈，哈哈哈……"大家笑得我爸爸脸都红了。

刘怡提议大家去启德机场候机厅上面的瞭望台照一张合影，那时的启德机场候机厅顶上专门有个瞭望台，一方面让人在那儿照相留影，一方面也是让人在那儿看着飞机起落，所以那是一个迎客和送客的好地方。

照完合影，小巴赫对我爸爸说："你去德国读书，我们送你一个礼物。"小巴赫看着刘怡，"现在该你解密了吧？"

我爸爸看着刘怡："送我什么礼物？赶紧拿出来吧。"

刘怡走到我爸爸旁边，挽着他的胳膊："这次你去德国读书，爸爸和爷爷把我作为礼物送给你啦。"

"把你送给我做礼物？"我爸爸一脸蒙圈。

"对呀，爸爸和爷爷说了，怕你在德国读书寂寞，让我去德国陪读。"

"陪读？"我爸爸真的吃了一惊，他看着巴赫父子俩，诚恳地说，"真的用不着，我会好好学习的，也会照顾好自己的。"

老巴赫和小巴赫相互对望，哈哈一笑："好吧，你们就别逗他了，他是个老实孩子。"

小巴赫对我爸爸说："刘怡也是去德国读书，你们俩共同去德国读书啊。"

"是这样呀！"我爸爸高兴得跳起来，这真是太出乎意料了。

刘怡兴奋地告诉我爸爸，她今天会和他同一趟飞机，也去德国，她去纽伦堡大学，读汽车电气工程。

其实，那趟来广州，刘怡的少女之心被我爸爸悄悄拨动了。我也真不知我爸爸哪里能让刘怡动了心，那个时候我爸爸是骨瘦如柴，在码头扛活，被太阳晒得皮肤黝黑，一个毫无发型可言的平顶头，除了眼睛大，眉毛阔，还有几分神气之外，和当时香港的那些小生比起来，那简直就是土里土气的。而刘怡那会儿是白润润的皮肤，修长的身材，刚刚开始鼓起女人的部位，浑身散发着青春少女的气息。但刘怡确实是为我爸爸动了芳心，此后她和我爸爸一直保持着鸿雁传书，隔些时候就给我爸爸寄些吃的来。所以我爸爸去德国读书，她当然也想要跟过去。

巴赫父子俩也支持刘怡，其实看到刘怡喜欢我爸爸，他们由衷地高兴，老巴赫常对小巴赫说："这两个孩子小时候我看了就有缘，老天会成全他们的爱情。"

我爸爸兴奋地抱着刘怡转了一圈，他怪刘怡，这么大的事，也不事先告诉他一下。

刘怡撒娇地说："就是想给你一个惊喜嘛，我忍了很多、很多、很多天了，早想告诉你，爸爸说我没出息，心里放不住事，非要让我到今天才告诉你。你看看，你兴奋成这个样子，是不是快乐得要晕了？"

刘怡本来想和我爸爸读一个学校，可小巴赫反对，说青春少男少女天天在一块，读不好书，还是学业为重。而且，纽伦堡到慕尼黑，坐火车不到两小时。

和刘怡共同赴德国留学，这对我爸爸来说是一个多么大的意外惊喜，他拍拍脑袋问自己，这是真的吗，是真的吗？

看到一对年轻人那个幸福的样子，老巴赫眼眶都快湿了，不由得想起爱妻枝子，内心一阵发酸。他一手一个搂着他们："爷爷我老了，看见你们这样，我这一辈子就称心如意了，你枝子奶奶在也会高兴的。"

小巴赫对他们交代："出国在外，你们两个人要互相照应，尤其是你，怡儿，不能像在家里面那样，时不时就来点小脾气。虽然连子是个男孩子，但毕竟还是你弟弟。当姐的要有当姐的样。"

"我不当他姐，我就比他大几个月，不算。"刘怡撒娇地说。

众人大笑，老巴赫伸出手指在刘怡脸上刮了一下，说："也不害羞。"

愉快又惊喜的告别，依依不舍。

那十几个小时的空中飞行，对于我爸爸和刘怡来说，也许是他们这一生最快乐的时光，他们想象着未来的日子，想象着学成之后能造出汽车来，想象着能给两个家庭带来的变化，当然他们也憧憬着他们的爱情。

小巴赫扶着老巴赫站在那个瞭望台上，看着飞机打了个旋儿，向西而去，慢慢消失在云里。

小巴赫说："别时容易见时难，咱们回家吧。"

老巴赫说："回家吧，唉，家里的人越来越少啰。"

小巴赫回："连妹也孤单。"

老巴赫回："忘却某人，就像忘却关掉后院中的灯，因此它在翌日长明不熄。但因而它也是，那使你想起的灯。"

小巴赫拉起老巴赫的手："我知道这是伟大的犹太诗人耶胡达·阿米亥的诗《忘却某人》，你放在我床头的诗集。"

19

1965年是教堂惨案发生二十年的日子，也是枝子去世二十年忌日。

这些年，巴赫父子俩总不忍心枝子孤魂不得安生地在广州飘着，特别是小巴赫1962年回广州，看见妈妈的墓碑又被人扒了，总觉得对不起妈妈。所以他和老巴赫商量，决定冒个险，他想"迁坟"，在枝子去世二十年的这一天，他要再去一趟广州枝子的坟地，看看在那里能不能找到一些妈妈的棺木，当然他不敢奢求能找到妈妈的遗骸。他想把妈妈带回香港，哪怕实在什么都找不到了，都没有了，他就在那儿掘几把黄土，也算把妈妈给带回香港了。

老巴赫作为一个老犹太人，深知犹太民族的苦难，当年他在德国医院工作时认识了枝子，后来二战爆发，德国纳粹屠杀犹太人，他们在中国人的帮助下逃到了广州。漂流在世界各地的犹太人，不知道哪里是他们的家，他们只能是在哪里，就把哪里当作家。他们到香港也已经快二十年了，如今枝子的孤魂还在广州不得安生，老巴赫每每想起来总是泪洒衣襟。如今他也快八十岁了，他不知道自己还能活多久，听小巴赫说还有可能找到一点棺木和遗骸，老巴赫自然也是动心的。他希望小巴赫能够把自己的妻子带回来，有朝一日，他自己去世的时候，也有爱妻做伴。

那天，小巴赫没有事先和我奶奶打招呼，他想一个人悄悄地把这事做了，那个时候中国已经开始有些"文化大革命"的苗头了，"革命的气息"越来越浓，对大鼻子的外国人十分敏感，小巴赫不想给我奶奶添麻烦。

可是到了广州，他又怎么能不去见我奶奶呢，所以他到广州的那天下午，悄悄地来到我奶奶的学校门口，久久地等待，终于看到我奶奶走出校门。小巴赫多想上前和奶奶打招呼，但他忍住了，没有跟上去，找了一个小客栈住下。

第二天天不亮，他就提了一个布袋，拎了一把铁锹，往坟地赶去。坟地上杂草丛生，一片乱象。小巴赫打着手电筒找到了埋着枝子的那块空地，他用手扒去上面的乱草，正打算用锹去铲那坟土，忽然有一个男人的身影闪过。

小巴赫吃了一惊，他以为是有什么人来阻止，那时候市面上反"牛鬼蛇神"

已经逐渐成风，而且对外国人防范心理也很重，他怕被人抓住说不清楚，拿起铁锹就想跑。

那个男人一把抱住了小巴赫，压低嗓门说："你不用怕，我估计你是小巴赫先生吧？"

"你怎么知道我是？"小巴赫大吃一惊，满是疑惑。

"半夜三更能上枝子的坟地来拿锹挖坟的人，除了你，还能有谁呢？今天是枝子二十年忌日吧。"那个男人不慌不忙地说。

"你到底是谁？"小巴赫还是没有放松警惕，把手上的铁锹攥得更紧。

"你不要紧张，我认识你，也认识你爸爸老巴赫，我也认识你妈妈枝子，解放前你们的诊所救过我们不少同志。"

"你是？"听到这话，小巴赫警惕的心有些放松下来。

"我是当年的吴保长，后来的吴主任，现在的'右派'分子，还是反革命，潜藏在革命队伍里的敌特分子。"

小巴赫一下子反应过来，抗日战争时期吴保长确实送过不少他们的同志来诊所医治。但是那会儿吴保长很少亲自出面，所以对他印象并不深。倒是上一次他到广州来，我奶奶给他说的吴保长的那些事，让他印象深刻。

小巴赫没有想到会在这儿碰见他："吴保长，哦，不对，应该称为吴先生，你今天来是……"

吴主任指了指吴二少爷的那块也是被扒去墓碑的空地："没有墓碑，又怎能忘记墓碑？没有墓碑的思念比有墓碑更顽强。"吴主任弯下腰在那块空地上拔着荒草，"二十年了，俗话说，二十年又是一条好汉了。我今天是从农场请了假过来的。"吴主任抬头看了一眼小巴赫，"怎么还带了一把锹，你还想把这个坟头再堆起来吗？"

"不是的，吴先生，我妈妈从葬到这里那天起，就没有安生过，开始是没几天就给人掘了坟，后来连妹告诉我，政府帮着修了陵墓，哦，还说是在你的关照下修起来的，这还真要谢谢你啊。不过，我前几年来的时候，这不，就成这样了。我觉得妈妈的阴魂一直不得安宁呀。所以，我今天就想看看妈妈的棺木遗骸到底还在不在，都没有了，我就铲点土带回香港，就算是迁坟了。我要把她带回香港。"说着小巴赫又用铁锹铲起来。

忽然一个女人的声音响起来："哎呀，弄了半天是你们两个人呀，吓死我了，半天我都没敢伸头。"说话的是我奶奶，"要不是天要下雨，打了闪，我都看不清你们。"

"你怎么也来了？！"见到我奶奶也来了，小巴赫和吴主任都大吃一惊。

其实也不能说无巧不成书，今天是教堂惨案二十周年的祭日，我奶奶能不来吗？倒是小巴赫和吴主任的到来让我奶奶有些意想不到。

我奶奶先数落了小巴赫，怪他过来也不告诉她。接下去她就关心起吴主任来："吴主任，你的事我们都知道了，平反了吗？"

吴保长摇摇头，但很快又点点头："总有一天组织上会搞明白的，我不是右派，我也不是混进党内的敌特，我是地下党，我二儿子更不是什么汉奸，他是我的下线。"

"好人总归是会有好报的，吴先生，你放心，总有一天你的事情会弄明白的。"小巴赫安慰他。

"是的，枝子的事大家也总有一天会理解的。"吴主任的语气很有信心。

"唉，都是那个钱科长，你说那个钱科长瞎琢磨什么呀？你说他那个脑袋，也是人脑袋，为什么他的想法就和驴一样呢。"我奶奶气愤愤地说，"二少爷拿了葛爷一包香烟钱，就不是共产党了？明明是好人，他硬是给说成了坏人。吴主任啊，我也不是说你，就那号人，你还要给我提亲。"

吴主任苦笑："当时啊，我见他还挺正直的，慢慢就发现他不对了。你知道后来他为什么不找你了？他呀，当时以为你能成一个到北京，到全国去做报告的烈士遗孀，所以想跟着你沾光出出名，后来他研究这个教堂的事啊，发现了那么多的所谓疑点，往上面一报，把我给掀下来了，上面也不让再宣传了，你懂了吧。"

"唉，小人一个。"我奶奶气哼哼地说，"他把你打成反革命，打成'右派'，把二少爷说成是汉奸，他升官了？"

"升什么官，领导也不都是瞎子。他那个虚虚夸夸的一套，也没有多大市场。后来他娶了一个省里大干部的老闺女，本以为可以沾上光，飞黄腾达，没想到结婚没几天，那个大干部也被打成了反革命，全家都跟着受了牵连。钱科长也被请进去审查了几天。出来那天，他喝了一顿闷酒，结果掉河里淹死了，有人说他是自杀，有人说他是酒喝多了，失足掉下去的。"

"阿弥陀佛，善有善报，恶有恶报。"我奶奶松了一口气，"好啦好啦，不说他了，今天我们三个人在这儿不期而遇，也是造化。好像要下雨了，我们抓紧给他们烧点纸钱。"

吴主任说："是啊，真是，真是大家心有灵犀啊。来，从枝子这里开始吧，不管怎么样，她也是国际友人，一个有日本皇族血统的女人，能够在战争中为中国老百姓做点事，我们也要感激她。当时我们负伤的同志，敢送到巴赫的诊所去，也是利用了她的身份，日本驻军知道她是皇族后代，轻易不敢上门。"

三个人说着就点起了火，在枝子墓的空地上烧起了纸钱。黑夜里，燃烧的纸钱把天空映得透亮，那棵老榕树的影子也显得特别大，随着火光在天空中晃动。

他们三人在墓地的动静，还是惊动了周边的群众，有几个人前来查看，每人手里还拎了一根手腕粗的竹棍子。显然他们对墓地的情况非常熟悉，为首的一看他们在给枝子烧纸钱，就厉声喊："别烧了，这是个日本女人的坟头，政府已经把碑都拔了。"

小巴赫说："她是我的妈妈，我为什么不能祭扫一下？"

"是你妈也不行，你要划清阶级界限，这是个日本鬼子，坏人，死有余辜。"

我奶奶挺着胸迎上去："你们不要瞎说，枝子是好人，她救了我和我儿子的命。"

"她救了你的命，你知道日本人要了多少中国人的命？"那人一边说着，一边用脚去踩踏燃烧的纸钱。

吴主任上前阻拦住："同志，话不能这么说，这个日本女人在抗日战争时期救了我们很多同志。"

"你是谁呀？"

"我，我，我就是那边吴二的老爸。"吴主任迟疑了一下，还是指着吴二的那块空地，大声说出了自己的身份。

"哦，原来是你呀，我们知道，你就是那个'右派'，混进革命队伍里的反革命吴保长，你儿子是汉奸，他的墓也被我们扒平了。"那个小头目冷笑了一声，对着随从几个人说，"今天看起来是牛鬼蛇神齐聚集呀，竟然敢来这里祭拜日本鬼子和汉奸，把他们全都抓起来，押到队里面去，天亮了，让领导来处理。"说罢，一群人就上来要抓人。

吴主任一看这架势不对，赶紧对小巴赫和我奶奶说："我来顶住他们，你们俩赶紧跑。"

"跑，往哪里跑？！"这伙人抡起手上的竹棍，就朝三个人劈头盖脸地打过来。

很快三个人就被他们打得头破血流，吴主任被打倒在地，趴在地上，拼命地抱着那几个人的腿，朝我奶奶他们喊："你们快跑呀，快跑呀。"吴主任又冲着那几个挥棍子的人喊，"你们不能打他们，他们是国际友人和烈属，会打出国际问题、政治问题来的。"在一顿乱棍之中，小巴赫护着我奶奶，总算冲了出去，但是额头上、手上、身上都被打伤了，两个人脸上都流着血。

小巴赫挽着我奶奶的胳膊，跌跌撞撞地在田埂小路上跑着，天上开始打雷了，跟着雨就下来了，他们身上全都被淋湿了，跑出去好远，他们看见有一个土地庙，就进去躲雨。

那土地庙很小，我奶奶和小巴赫挤在里面，坐在地上大口大口地喘气。我奶奶真没有想到，今天来祭扫会遇到这样的事，她真被吓坏了，她的眼前仿佛又浮现出她的爸爸妈妈，被日本人用刺刀捅死之前，挥手让她快逃，以及二十年前教堂婚礼时，我爷爷和日本人扭打在地上，朝着她使劲喊的惨景。想到这里我奶奶不禁打了一个寒噤。突然，天空"咔嚓"炸下一道雷，闪电中，土地爷表情狰狞，我奶奶下意识双手抱肩，缩成一团，又冷又怕，我奶奶瑟瑟发抖。

小巴赫伸出胳臂，紧紧搂住我奶奶，把面颊紧紧贴在奶奶的湿漉漉的头发上，两个被雨水完全淋湿的身体紧贴在一起，他们用体温彼此互相温暖着。他们就这么紧紧地抱着，坐着，久久，久久，任外面的雨下着，雷炸着。

两个人身上伤口的血融在了一起，分不清是谁的了。

那天夜里，我奶奶和小巴赫相互搀扶着，深一脚浅一脚地回到了家。路上小巴赫几次要背着我奶奶走，我奶奶都拒绝了，我奶奶说你受了伤，腿上过去还有枪伤，她吃苦惯了，能坚持住。

到家时，天已经快亮了，他们互相清理了伤口，每个人额头上都受了伤，身上还有一些划伤。

我奶奶看着小巴赫腿上原来被枪打伤的伤疤处，又被竹棍打开了，心疼得落泪。她轻轻替小巴赫擦洗伤口，抚摸着那个伤疤，轻声问："这个伤口阴天还疼吗？"

小巴赫摇摇头，苦笑，指了指自己的心："现在是这儿常疼啊。"

我奶奶心疼地看着小巴赫："你看看，浑身都湿透了，我这也没有你换的衣服。"我奶奶扯下床单递给小巴赫，"快把衣服脱下来，我帮你洗了，这天干得快。"

然后我奶奶又去给小巴赫煮姜汤，说昨晚淋了雨，要驱驱寒。

我奶奶去煮姜汤了，小巴赫裹着被单躺在竹椅上，也许是太累了，他迷迷糊糊地竟然睡着了。

我奶奶煮好姜汤过来，看见小巴赫睡着了，额头上还渗出密密的汗珠，她用毛巾轻轻擦去他头上的汗，拿来一把芭蕉扇，坐在小巴赫的身边，轻轻地给小巴赫扇着。那一年小巴赫为给她下奶，去抓鱼受了枪伤，回来发了烧，为了让小巴赫能睡得踏实些，她也是这样拿芭蕉扇给他轻轻地扇着。这会儿，十年前她在巴赫家的一幕一幕，全都涌现在她脑海里。

在徐徐的凉风中，小巴赫竟然睡得那么惬意，而且还做起了梦。后来他告诉刘怡，他梦见和我奶奶开心地在开满鲜花的山坡上，拉着手向上爬，后来我奶奶走不动了，小巴赫就抱起我奶奶，唱着歌，往山坡顶上走，他看见山坡顶上有一个教堂，他抱着我奶奶朝教堂走去，他好像还听见了教堂的钟声。

小巴赫笑了，小巴赫在睡梦中笑了。

我奶奶看见小巴赫脸上泛起的笑意，知道他在做梦，我奶奶也笑了。可是随即我奶奶又想到了枝子，以及枝子坟头被糟蹋的样子，我奶奶的心立刻又颤抖起来。其实我奶奶为枝子的死，一生都在深深地内疚着。此时此刻她在想，如果枝子不死，或许巴赫他们一家就不会去香港，就不会有后来的那些墓地的事，或许她也不会离开巴赫家，或许，或许还会有什么呢？想到这儿，我奶奶情不自禁地手抖了一下，扇子落在了小巴赫的身上。

小巴赫从睡梦中惊醒了，他睁眼一看，我奶奶在他身边，用芭蕉扇轻轻地给他扇着，他一把抓住我奶奶的手："哎呀，我睡着了，还做梦了。我要告诉你我做的什么梦。"

我奶奶摇摇头，其实她不想听，也不敢听小巴赫做了什么梦。因为无论是好梦，还是不好的梦，我奶奶都会受不了的。我奶奶把那碗热乎乎的姜汤端给小巴赫："快趁热喝了，你们做医生的，身子娇贵。"

小巴赫一把抓住我奶奶的手，眼光里满是从内心深处涌出的情，那情就像是从地心涌出的热泉，压不住，滚滚烫："连妹，和我去香港吧，孩子们都出去了，我们也该在一起了。我们离开这里，离开这个让人烦心的地方，你不用再想着那个陵园的事，你也不用再为我妈妈的事后悔，我会给你幸福，给你后半生你想要的所有幸福。"小巴赫真后悔这一次没有把那个戒指带来，否则此刻就是最好的求婚时刻。

我奶奶轻轻挪开小巴赫的手，把姜汤端到小巴赫的嘴边："喝吧，一会儿还要赶路，不要误了火车。"我奶奶端着姜汤的手抖了一下，那汤洒出来了些许。

小巴赫夺过我奶奶手里的汤碗放在桌上，然后把我奶奶的手摁在自己的胸口上："连妹，你摸到我的心了吗？我的心在这儿为你跳了多少年了，你应该感觉得到的，是吧？你肯定可以感觉得到！"

我奶奶把手紧紧地贴在小巴赫的胸口上："我知道你的心，但有些事不是说离开了就能忘记的；有些事也不是你说不想管了，就不存在了。还有一些事叫义。"

"我听不懂你的话，我爱你，就是天经地义，你一定要答应我，就今天，必须！"小巴赫一把紧紧抱过我奶奶，不由分说用他那火热的唇，压住我奶奶还要说什么的嘴。

我奶奶被小巴赫的举动吓着了，她本想推开他，可是，可是不知为什么，就是没有力气去推开，任由小巴赫的嘴唇使劲地压着她，压得透不过气来。她忽然觉得自己的腿在发软，她想挪脚，可那脚是那么重，就是抬不起来，她只感到自己的身子在那吻的作用下往下沉，可是又沉不下去，背后有一只有力的手在托着她，使劲地托着她向上飘。她只感到从那手托住的地方，开始有一股阳气在升腾，随着那阳气的升腾，她感觉周身在发热，那股热浪猛地撞开了她的心门，那心门中有一个被尘封了许久许久的东西夺门而出。我奶奶忽然意识到，那东西原来是对小巴赫的接受。小巴赫过去对她做过和说过的一切，这会儿全在脑海里闪现。当她意识到那东西是对小巴赫的接受时，她下意识地浑身抖了一下，人也清醒了一些，她觉得自己不该有这个想法，于是她想把那个东西再塞回心门里关起来。可是她发现那个东西在膨胀，膨胀得很大很大，塞不回去了。那东西到底是对小巴赫的爱，还是对小巴赫的感激？抑或是那种对命运无奈的肯定？但是，无论如何我奶奶觉得眼前这个用嘴唇紧紧压着她的男人，一定是应该在她那坎坷的命运之中。于是我奶奶那原先想推开小巴赫的双手，无力地垂了下来……

"咣咣咣，咣咣咣……"这时突然大门被人砸得山响，那门好像就要倒下来了似的，有人高声喊，"开门，开门，快开门！"

小巴赫和我奶奶吓得赶紧分开。"谁呀？"奶奶一边应着，一边赶紧跑去开门。

门几乎是被撞开的，两个穿警服的人后面跟着一个男人破门而入，一进门就朝屋里四下张望。

那个男人我奶奶太熟悉了，他是居委会孟主任，五十岁左右，小矮个子，老鼠眉，小眯眼，瘦削的脸庞中央，顶着一个蒜头鼻子，说起话来那嗓音带着一点尖尖的金属音，听起来特别刺耳。我奶奶说孟主任人虽长得不好看，但却不坏。邻里乡亲有什么红白喜事，他总是跑得颠颠的，谁家有些什么困难，他也总是张罗着去协调解决，在这一片百姓当中也还算有点威信。尤其是谁家夫妻拌个嘴，打个架，他扯着那个尖嗓门，往中间一站，几句话就能把事给平息下来，大家都还挺给他面子。但就有一点不好，看见谁家的漂亮媳妇总爱跟人家有一搭没一搭地搭讪几句，有时还伸手揩一点小油。尤其是我奶奶人长得俊，还是一个寡妇，这个孟主任，有事没事地爱上门来搭几句话，连老师长连老师短地叫得那个热情。有时看见我奶奶出门买东西提得重，他也总是热情地帮提着拎着，只是时不时地找机会捏捏我奶奶的手和膀子。我奶奶虽然不喜欢他，但也没办法，孟主任好歹也是一方土地，当时我爸爸出国办手续，孟主任也是热情地跑里跑外，也多亏了他，事情还算办得顺利。事后我奶奶提了两瓶酒去感谢他，孟主任把酒放下，抓住我奶奶的手，又是揉又是捏，老半天不肯松开，小眼睛泛着色光盯着我奶奶："不客气，不客气，孩子走了家里有什么难事尽管找我，我居委会主任就是干这个的，尤其是像你这样的烈士遗孀，我们更应该照顾好的。"所以我奶奶挺恶心他，总是躲着他，也从来不给他理由上家里来。

我奶奶见大清早的孟主任带着两个警察撞门而入，心里也觉得挺奇怪，难不成他们还在门缝里偷看了？心想，就算是刚刚小巴赫和她那一点点亲热举动，也不算违法呀。

没等我奶奶说话，孟主任就一把拉住我奶奶的膀子，把我奶奶拽在自己的身边，尖着嗓门说："连老师，你们闯祸了，闯大祸了。"

"闯啥祸？"我奶奶是丈二和尚摸不着头脑。

"啊，是这样的啊。"那个岁数大一点的警察抬手指着小巴赫，"有群众举报你昨天潜入内地，夜里串通反革命敌特分子吴一鸣，偷偷摸摸去给汉奸上坟，还给你那个日本鬼子的妈妈上坟，可有这事？告诉你，这群众的眼睛是雪亮的。"

另一个年轻一些的警察也跟着说："吴一鸣我们当场抓获了，你们昨晚虽然跑掉了，但是跑得了和尚跑不了庙，我们很快就查清楚了，估计是躲到你连妹家来了。"小警察脸上一副得意的表情，显然这"案子"他们破得很顺，线索掌握得很准。

我奶奶挺奇怪："你们怎么知道他会到我家来？"

孟主任悄悄碰碰我奶奶的手："你就别说话啦，前几年这位先生声势浩大地从香港过来找你，你们家那个动静，我当居委会主任的还能不知道？再说你们家的事我当然知根知底啦，当年钱科长对你……啊，你懂的。"

我奶奶明白了，一定是警察找到了孟主任了解情况。奶奶狠狠地瞪了孟主任一眼，但也不能说人家孟主任做得不对，他端政府的饭碗，警察上门调查，他自然要说实话。我奶奶甩开孟主任抓着她的手，挺身站在小巴赫和警察中间："警察同志，你们这个事要弄明白，唉，那里面的事太复杂，我一时三刻跟你们讲不清楚。但有一条，他妈妈不是日本鬼子，他妈妈救过我们全家的命，小巴赫是从香港来，但他们一家是好人，没有他们一家人相救，就没有我的今天。小巴赫更是好人，他，他对我，唉，我和你们说不清楚。"

那老警察伸手把我奶奶拨到一边："好啦，你别说了，你们家的情况我们都掌握着呢。但是就算是他妈妈救过你，也改变不了他妈妈是日本皇族血统的事实，日本人对中国犯下了多少罪，你难道心里不清楚吗？你的事是我们人民内部矛盾，他的事可是敌我矛盾。"

孟主任赶紧接上话："对对，连妹是烈士遗孀，她的事我们内部解决。"孟主任拉了拉我奶奶的手，小声说，"一会儿他们走了，我在你家里跟你谈个心，你的事就完了。"

这会儿小巴赫大概是听明白了这个事情的缘由，哭笑不得，无可奈何："警察先生，不管你说我妈妈是什么日本鬼子，还是皇族怎么的，我当儿子的来给妈妈上个坟总行吧？"

那个小警察把手坚决地一挥："不行，你要划清革命界限，你的妈妈是作恶多端的日本鬼子，我们是不允许任何人来给她上坟的，你没看那个坟已经被我们扒掉了吗？"

那个年龄大的警察十分严肃地对小巴赫说："昨天晚上的情况我们都已经搞清楚了，就不用多说了。我们领导的意思，你现在两个选择，一是跟我们走，我们正式立案来处理这个问题；二是我们现在就把你遣送出境。"

"唉。"小巴赫叹了一口气，他知道这个理在这儿是没法说了，他望着我奶奶苦笑了一下，"连妹，你跟我去香港吧，咱们现在就离开这里，我是真心的。"小巴赫用手背贴在自己的嘴唇上，深情地看着我奶奶，眼里泛出了泪光。

孟主任又上前一把拽过我奶奶，拉到自己的身边，对小巴赫嚷起了那个尖尖的嗓门："你别做梦了，连妹是抗日烈士遗孀，怎么可能跟你走呢？"孟主任指了指裹着床单站在那里的小巴赫，"你看看你这个衣衫不整的样子，成何体统？你不要想勾引我们抗日烈士遗孀。"孟主任又转过身抓住我奶奶的手摇着，对我奶奶说，"连妹你可要站稳阶级立场，革命意志要坚定，昨晚的事对你就是批评教育。"说着又伸出一只手拍拍我奶奶的膀子，"放心，一会儿和你谈心，我会有分寸的。"

我奶奶使劲把手从孟主任的手里挣脱出来，抬高了嗓门："我和你没心可谈。"我奶奶又转过身，看着小巴赫，伸手抹去他眼角的一滴眼泪，"巴赫兄长，先把姜汤喝了，收拾收拾，我送你去火车站。"我奶奶自己偷偷抹了下眼角。

还是那个给我爸爸送行的火车站，小巴赫透过车窗，紧紧地拉着我奶奶的手，舍不得松开，他的身边坐着那两个警察。

火车的汽笛响了，他们的手松开了，但是我奶奶的手臂仍然高高地举着，朝那远去的火车摇晃着，直到那火车转向一个岔道，驶向远远的看不见的地方。

人生的命运有时就如同那火车的岔道，岔过了，就过去了。

小巴赫这一趟迁坟，空手而归。但他带走了土地庙里那个雷雨交加的夜晚，带走了我奶奶靠在他身上的那个温暖，也带走了他和我奶奶的初吻，还有那无尽的遗憾。

小巴赫走后，我奶奶拿出那串古莲项链，看了很久很久。

20

　　我爸爸和刘怡两个年轻人，在德国的日子倒还算轻松浪漫，他们享受着属于青春的大好时光。他们安顿好了彼此的学业，他们在吮吸着知识文明的同时，也吮吸着爱情的乳汁。

　　两个少男少女，无论是因为身在异国他乡，还是因为他们共同吮吸过一个母亲的奶水，抑或是他们青春相吸，总之我爸爸和刘怡恋爱了。那既是年轻男女之间轰轰烈烈的爱，又是两个苦难的孩子，看到他们生命中的春天来了以后，那种浓浓的热血之情的相恋。尤其是我爸爸，在这之前的那十几年对他来说就是苦难接着苦难，痛苦挨着痛苦，现在春天来了，温暖的春天来了，他怎么能够抵挡住春天的诱惑，他怎么能够抵挡住刘怡给他的那一份青春姑娘之爱。

　　其实要细说起来，我爸爸和刘怡的相爱相恋，那是必然之中的必然，应当是一个没有悬念的故事。虽然他们在没有懂事的时候就已经分开了，但是，我奶奶和巴赫一家的渊源，通过长辈不时的描述，深深地刻在了他们两个人的脑海里，融入了血液中，所以他们彼此是不陌生的，相反在心底深处，反而有一种早就相识的熟悉。更重要的是当他们1962年在广州相见的时候，少男少女，彼此一见钟情。此刻又来到了异国他乡的德国，互相照应，彼此倾诉对亲人的怀念，排解扰人的乡愁，他们要是不相恋反而就奇怪了。

　　每逢节假日或是一有时间，不是刘怡去找我爸爸，就是我爸爸来找刘怡。灿烂多姿的莱茵河，童话世界新天鹅堡，肃穆庄严的科隆大教堂，疯狂的慕尼黑啤酒节，曲径通幽的黑森林，波罗的海之滨令人心跳的鲁根悬崖，内卡河河谷风景如画的海德堡老城……我爸爸和刘怡沐浴在青春的浪漫之中，在欧洲的美丽风光中，留下了他们相恋的情影和终生难忘的记忆。

　　有一次他们出去郊游，刘怡不小心崴住了脚，我爸爸背着她去医院诊所治。刘怡说，她终生难忘，趴在我爸爸背上的那个感觉，那是一个宽阔厚实的男人的后背，她几乎想一直就这么趴下去，让我爸爸就这样背着她走啊走啊，不要停下，一直地走下去，走到太阳落山，再走到黎明到来，走进婚姻的殿堂。

然而他们相爱却看不到黎明，我爸爸多次向我奶奶提及他和刘怡的事，我奶奶都坚决表示反对。我奶奶说我爸爸是有婚约的人，不可违约。我爸爸跟我奶奶争辩说她这是封建思想，可我奶奶说，那婚约不是传统封建的婚约，那是我们家亏欠葛爷的一条命，是对一个恩人的承诺。除非葛爷的女儿反悔，我们绝不可反悔。所以我奶奶让我爸爸必须找到葛爷的女儿葛巧云。他和刘怡之间的事，只能在得到葛巧云的确切音信之后才能决定。

我爷爷和葛爷的那张誓约，虽然只有半张纸在我奶奶这儿，可那却是一个完整的铐链，完整地捆住了我爸爸那个青春的思想，那个青春的躯体，以及他和刘怡那个浪漫而看不到结果的爱情追逐。

我奶奶的题目几乎是一道解不开的方程，葛巧云和我爸爸见面还是一岁多时候的事，后来就了无音信，只知道她们去了台湾。天茫茫，海茫茫，地茫茫，葛巧云你在何方？如何去找？这么多年过去，这当中发生了多少变革动荡，是死是活也不知道呀。

况且即使找到了葛巧云，我爸爸觉得他和葛巧云之间哪有感情可言，没有感情的婚姻又哪有幸福可言；没有幸福的生活，哪有快乐可言；没有快乐的日子，哪有高兴可言；没有高兴的心情，哪有健康可言。

然而这一切的"可言""可言"，只能是我爸爸内心的自我唠叨而已。我爸爸哪敢违背奶奶的旨意，更何况从内心深处他也觉得奶奶讲得有几分道理，虽然那是一个指腹为婚的婚约，但那的确是对恩人的一个承诺，这一诺确实也必须千金。出国前我奶奶给他的那个送行餐，一碗油渣烧青菜，一串古莲项链，半纸誓约，时不时地浮现在他的脑海里，尤其是他和刘怡相处的时候，这三样东西就不停地在他眼前闪过，我爸爸在和自己的内心痛苦地挣扎。

就在刘怡和我爸爸陷入相恋相爱又不能走到一起的这种痛苦煎熬的境地时，刘怡收到了小巴赫的一封信。那封信里小巴赫先是叙述了他去广州迁坟和我奶奶的那些事，然后他无比伤感和动情地对刘怡说，他和我奶奶之间的事可能看不到尽头了，他真诚地希望刘怡能够在国外把握好和我爸爸的事，他说，爱有时候不仅是一个缘分，还要有天时地利。他衷心地祝愿刘怡能把握时机，给自己的爱一个圆满的归宿，他还说这也是老巴赫的愿望。

小巴赫的这封信给了陷入欲爱不能、欲罢不行的刘怡极大的触动，尤其从小巴赫的信中她知道小巴赫和我奶奶之间的事，由于时代和复杂的社会原因，看起来真不可能有一个圆满的结局了，她真为小巴赫难过。

其实刘怡也不愿意违背我奶奶的意愿，尽管她认为我奶奶的观点是有几分陈旧，那就是一个封建的指腹为婚的婚约，但无论如何她也同意我奶奶那种对恩人一诺千金的承诺。所以她没有责怪我奶奶，相反她还觉得我奶奶身上有她值得学习的东西。

但是，真要她放弃自己的终身幸福，放弃她一生的爱情，她也心有不甘，只是不敢说而已。再说万一葛巧云已经不在人世了，万一葛巧云已经结婚了，她和我爸爸这青春年华的大好时光，就在这无厘头的等待中，白白地荒废吗？到底是不是值得？小巴赫的来信给了她要挑战一下的勇气，刘怡决定带上小巴赫的信和我爸爸再深谈一次。

由于忙于学业，刘怡和我爸爸已经有两个多月没见面了，恋人一日不见如隔三秋，两个多月不见面对他们来说已经是一种折磨了。

他们相约开车来到了那个波光粼粼、景色秀美的莱茵河畔，夏季的莱茵河畔，凉风习习，十分凉爽。此时正是德国人采野生黑莓的季节，黑莓树能长到三米多高，在春天开出白色和粉色的小花，花落后结成又青又小的莓果，然后慢慢长大，由绿变红。但那个时候不能吃，十分苦涩，到了七月左右就会变成深黑色，这时候吃起来又甜又香，咬一口满嘴是汁，从嘴甜到心。但是黑莓枝条和叶片上长满尖刺，好吃难采，稍不留神就会被扎到。所以在德国情人相约去采黑莓，就有了另外一份含义，不熟的莓果不甜，熟的莓果又不好采。

那么我爸爸和刘怡这一对莓果到底是属于熟了呢，还是没有熟呢？他们开心地在树丛里钻着，采着莓果，互相不时地摘一下莓果塞在彼此嘴里，黑莓的染色性强，他们采着吃着，不一会儿，两个人的嘴唇和舌头都变成黑色的了，他们故意伸出舌头张开嘴做出怪样吓唬对方。刘怡索性抓一把黑莓果子抹在了爸爸的白色T恤上，我爸爸也学刘怡，把黑莓汁抹在了刘怡那件淡粉色连衣裙上，这一下子他们两个人的衣服全部成了中国扎染了。当然他们也不时会被刺扎着手，一会儿是刘怡心疼地把爸爸的手指头含在嘴里吹着气，一会儿是我爸爸捧着刘怡的手指头，很细心地把刺拽出来。他们就这样闹着，玩着，河水在他们身边悄悄地流淌，各种各样颜色的鸟儿在树梢头叽叽叫着跳着，而夹带着夏天热乎乎气息的风，则把他们爽朗的笑声送到很远的地方。

在莱茵河畔松软的草地上，一棵巨大的柳树宛如一把撑起的大伞，树下他们支起了帐篷，帐篷内爸爸仰面躺着，刘怡依偎在爸爸的肩上，用手里的一枝野花在爸爸的胸前轻轻画着，她问我爸爸："什么时候我们可以把这帐篷变为新房？"

我爸爸伸出手捋了捋刘怡的长发说："我也想，可是……"

"可是，我知道你说的那个'可是'。"刘怡轻轻叹了口气。

我爸爸则深深呼了一口气，那一纸誓约，就仿佛是一座无法攀登的高墙，无法跨越的鸿沟，把两位热恋的人硬生生地隔开。他们两人在一起的这些年，每到情正浓，热血涌上心头的那一会儿，他们中间总有一个人会戛然而止，然后互相望着，唉声叹气。再到后来刘怡和我爸爸的每一次约会，都似乎成了谈论葛巧云的专题研讨会，葛巧云已经是他们之间主要的话题，今天也仍然是这样。

此刻我爸爸知道那个魔一般的葛巧云又来了，先前和刘怡采黑莓时候的愉快心情，顿时全无，转而是无奈和忧伤："可是，我不能不说那个'可是'呀。"

刘怡坐起身，盯着我爸爸的眼睛："我们不能再这样傻等葛巧云了，先不说我们等来的不知是葛巧云的什么消息，是死？是活？是结婚了，还是出家做了尼姑？我是说，难道我们之间的大好时光，我们那个转眼即去的青春，就要在这等待中荒废过去吗？不，我不甘心！"刘怡表现出前所未有的激动，在葛巧云这个问题上，她以前也只能是等待再等待。而小巴赫的那封信给了她很大的刺激，点燃了她心底深处那个追求爱情、挣脱铐链的勇气，这会儿她的嗓门很大，声音都有些颤抖，"我们不能再这样傻痴痴地等下去，等着等着，可能一切都变了，谁知道未来等待我们的会是什么样的命运和时代的造化，就像巴赫爸爸和妈妈。"

"那你说，该怎么办？我们又能怎么办？"我爸爸显然有些吃惊刘怡今天的态度，但他仍然是一副无可奈何的表情。

"怎么办？咱俩结婚，现在就结婚！"刘怡的口气斩钉截铁。

"结婚？怎么可能呢？妈妈不会同意的。"我爸爸吓了一跳，腾地从地上蹿起来，冲出帐篷，把头摇得像拨浪鼓，嘴里连声说着"这不行，这不行"。

"为什么不能？！"刘怡也从帐篷里跳出来，她显然觉得她以下的话在帐篷里说有点憋屈，她要走出帐篷，对着宽阔的莱茵河，对着树林，对着草坪，对着鲜花，对着那个展翅飞去的小鸟，对着那高高的蓝天，对着那炙热的太阳，她要大声地宣泄她内心压抑已久的那份情，那份意，那份她平时想说又不敢说的心里话。她拉起爸爸的手，握在自己的胸前，"我想这样，我们先结婚，对，结婚！你不要这样吃惊地看着我，就是现在，在德国结婚，我把我的一切都给你，我的情，我的爱，我的全部。你不要那么瞪大眼睛，也不要打断我的话。万一，对，我说的是万一，以后葛巧云出现了，如果那时她还没有结婚，如果妈妈非要让你和葛巧云结婚，那时我们俩再分手，那时我就把你让出去，那时我绝无遗憾，因为无论如何，那时我们已经曾经拥有，你懂吗？对于我俩来说，曾经拥有，总比一无所有要好吧？"刘怡抬手指着眼前的莱茵河，"现在，我们就要去好好地享受大好的青春时光，我们就要去享受我们的爱情，就像这莱茵河水，无拘无束，自由地流淌，什么也挡不住。不要再去想那个葛巧云，不要让那个虚无缥缈的葛巧云再来折磨我们的心。我等得快疯了！"就如同小巴赫不愿意从奶奶的嘴里听到那个"不"字一样，此刻刘怡说罢，勾住我爸爸的脖子，双腿夹在爸爸的腰上，也用她那滚烫的唇封住了我爸爸要说什么的嘴。

刘怡这个大胆得几乎有点发狂的想法，确实把我爸爸给吓住了，可是你想，在我奶奶身边调教出来的爸爸，怎么可能敢答应呢？不忠不孝，不仁不义，出国前我奶奶的那个送别晚餐，古莲项链，此刻全都涌现在他的眼前，那根无形的绳子，不是你远离中国，就能扯断的。等到刘怡那个火热火热的长吻慢慢退去，我爸爸轻轻地推开刘怡，朝着刘怡摇摇头苦涩地一笑。

"我们为什么不能这样做？我们现在是在德国，不是在中国，那一纸誓约管不住我们。"刘怡哭了，她激动地从口袋里掏出小巴赫给她的信，"巴赫爸爸给我写信了，你知道吗，他和妈妈之间可能是没有结果了，但他和巴赫爷爷都不愿意看到我们两个人也不能走到一起。缘分，也还要天时地利的。葛巧云和你既有缘无分，又无天时地利，而我们什么都有，为什么要去重复妈妈和巴赫爸爸的悲剧？"刘怡把那封信朝爸爸手里一塞，"你自己看看吧。"

我爸爸接过刘怡递过来的信，简单扫了几眼，没说什么，从自己口袋里也掏出了一封信递给刘怡："妈妈也来信了，你也看看吧。"

其实那天我奶奶和小巴赫分手之后，也想了很多很多，尤其当她几乎就要在小巴赫的那个热烈而又动情的吻下动心的刹那间，那个孟主任和那些警察咣咣地砸门，到底是巧合，还是来自冥冥之中的什么力量？想到这里，奶奶情不自禁地打了个寒噤，口中赶紧念了几声"阿弥陀佛"，她似乎猛然醒悟到什么，所以才把古莲项链拿出来看了很久很久，努力平复自己那怦怦跳动的心。然后她拿出纸墨，决定给我爸爸写一封信，我奶奶给我爸爸写信总是用毛笔，她希望那淡淡的墨香，让我爸爸不能忘记故乡的味道。信里她告诉我爸爸小巴赫来迁坟前前后后发生的事，她写道，当下恶人当道，吴保长舍命相救，如今生死未卜，让她甚是挂念，而看到小巴赫被警察押着乘车而去，她心如刀绞。但我奶奶在信中竟然没有提及小巴赫向她求婚的事，只是在信的最后关照我爸爸说："人切不可随欲，葛爷对我们家那可是德、道、义全都做到了，我知道你和怡儿之间的爱慕之情，但再大的人间之情，总大不过给了你的性命之情。告诉怡儿，为母不会为难你们一辈子，但等一等总是可以吧。"

刘怡看完了我奶奶给我爸爸的信，一句话说不出来，先前那澎湃的热情，就如同一盆冰水浇在了燃烧的炭火上，开始那火还试图挣扎一下，吱吱地冒着热气，但很快就火熄烟灭了，最后一缕烟也随风而去，不见踪影，只留下那被冰水淋透的木炭，发出痛苦的噼噼啪啪声。当时，刘怡心里也痛苦极了。我奶奶的信，对于我爸爸来说是圣旨，更何况，她也是我奶奶的奶水喂大的。此刻她知道葛巧云是没有办法挑战了，唯一能做的就是等待，等待，再等待，等到我奶奶说可以不等了。等一等当然是可以的，但是青春还能等吗？

那天刘怡是大声哭着跳进了莱茵河，她在莱茵河冰凉的水里使劲地划着，让眼泪和河水融为一体，漂向那没有诗的远方。

我爸爸也跟着跳进了河里，我爸爸在河水里紧紧抱着刘怡。

德国的莱茵河没有办法为他们洗礼，他们是中国人。

葛巧云啊葛巧云，你到底是在天空哪一片云里飘荡？刘怡和我爸爸就这么一年一年地拖下来了，两个恋人相恋着，相爱着，却不能在一起，爱情反而成了彼此之间的一种折磨。

21

在纽伦堡大学，刘怡有一个学长，叫何时好，是来自印尼的华侨，他的父亲是印尼的一个华裔矿主，在当地也算是富甲一方。纽伦堡大学有一个华人学生会，何时好是这个学生会的副主席。这个学生会有一个约定，凡是学校来了新的华裔学生，学生会就会在就读三年以上的学生当中，抽签找出一人，去辅导这位新来的新生，帮助解决学习和生活上的困难，帮他们适应环境，熟悉社交的圈子，他们把这个戏称作为"帮办"。有时候如果新生是一个女生，抽签的人还会故意作点弊，让至今还没有女朋友的男生"中签"。何时好就这样中了签，成了刘怡的"帮办"。

刘怡到纽伦堡的那天，是何时好去接她的。见到刘怡的第一面，他就被刘怡这个东方美丽青春女性打动了。

纽伦堡的九月天气已经比较凉爽了，十几度的温度如同春天。

看着刘怡脚踩白色的高跟鞋，一身苹果绿的连衣裙，尽显女性的丰满，头上戴了一个橙黄色的小礼帽，落落大方地朝自己走来，何时好都不敢正眼去看刘怡那个细弯弯的眉毛、精致的鼻子和性感的嘴唇。

"你，你好，我叫何时好，是你的帮，帮办。"何时好说话都有一些磕巴了。

刘怡闪动着灵动的乌黑的大眼睛："你叫什么？和事佬？"

"啊，对，啊，不对，我叫何时好，何时，就是那个什么，现在是什么时间的意思，就是那个何时上课，何时下课，那个何时，好，就是女子好，不对，是好坏的好。"何时好笨拙地介绍着。

刘怡咯咯笑了："哈哈，你这名字听起来真的很像和事佬呀。"

"对对，同学们也确实叫我和事佬，因为我这人啊人缘好，脾气好，同学之间闹什么矛盾呢，也都爱来找我说说，我就给两头和和，所以他们也叫我和事佬，你随便叫。不过我的德文名字叫利昂，是狮子的意思。"

"和事佬狮子，太有意思了。"刘怡又咯咯地笑。

在华人学生会欢迎新同学的活动上，何时好带着刘怡出现，引起全场一阵骚动，男生们都和何时好开玩笑，说他艳福不浅。单身汉帮办，先把自己的事办了。

"别瞎说呀，别瞎说啊，刘怡可是有男朋友的，就在慕尼黑大学读书，他们两个人一趟飞机过来的。你们别想歪了，我就是帮办，纯粹的帮办。"

有人开玩笑做了一个挖的动作，喊："挖！"于是一群人也跟着起哄，拍着桌子喊："挖！挖！挖！"

"挖不动啦。"刘怡笑着给大家摆摆手，做了一个飞吻。刘怡把他和我爸爸的那段事说了一遍，在场的人无不感叹。

不过有了何时好这个有求必应的"帮办"，刘怡真的省了很多心，很快把自己安顿下来，进入了学习状态。而何时好也成了刘怡的好友，一个遇到烦恼时可以倾诉的好朋友。尤其是刘怡和我爸爸之间，那些相爱相恋又无法走到一起的烦恼，她经常去和何时好诉说。而何时好也真的成了和事佬，每每刘怡诉说那些心中的烦恼时，何时好总是耐心地听她诉说，又耐心地安慰她。刘怡把那天和我爸爸去摘黑莓的事，也对何时好说了。不过他也认为找到葛巧云的概率太低了，所以他相信刘怡和我爸爸终究会走到一起。而且他还对刘怡说，这里是德国，自由的国度，干吗非得受着中国的传统约束呢？

话虽这么说，可刘怡总是开心不起来，但无论如何，何时好确实帮着刘怡排解了不少内心的痛苦，尤其是何时好那圆圆胖胖的脸，每次见到刘怡时总是笑眯眯的样子，每当刘怡激动地诉说时，他总是静静虔诚的听讲者，而当刘怡悲伤地诉说时，他又总是会悄悄地递上纸巾。刘怡说，那段时间她和我爸爸欲爱不能，欲罢不行，如果不是何时好帮她排解，她当时真的会得抑郁症的。

一年以后，何时好就要毕业了，那天他主动找到刘怡，说是想约刘怡去慕尼黑见见我爸爸。而且那天他一反常态，过去见着刘怡，他都是笑眯眯的，可那天见到刘怡却是像有满腹的心思。

刘怡问何时好为什么忽然想去慕尼黑见她的男朋友？

何时好说，他马上要毕业了，听刘怡说了这么长时间她和男朋友的故事，想在离开德国之前见见他。

在慕尼黑大学那个标志性的喷泉旁的草坪上，何时好，我爸爸，刘怡，他们已经坐了很长时间了，在他们面前铺着的报纸上，是一堆喝空的啤酒罐和啃完的德国猪手骨头。

"来，连兄，再喝一个，你们的事，刘怡都和我说了很多，很多，我挺羡慕你们的。像你们这种患难之交，感情确实不容易啊，要好好珍惜。"

我爸爸叹了一口气："唉，你也知道我们之间还有一个人。"

"我知道，是葛巧云，一天找不到葛巧云，你俩的婚事家里就不同意。"

"是我妈妈不同意。"我爸爸喝了一大口酒。

刘怡也叹了一口气："是啊，我和他这段爱情，可能只开花，不结果呀。"

何时好摇摇头，指了指旁边的喷泉："你知道这喷泉最重要的是什么吗？是水，不是钵子，钵子再好看，不喷水，钵子就是一个摆设，就失去了生命。只要你们之间那爱的喷泉不断地喷涌，有没有钵子去承载，不重要了。"

爸爸苦笑。

刘怡也苦笑："你这个和事佬呀，就是会和稀泥。罚你再喝一罐。"

何时好对刘怡说："今天来见到你的男朋友我就放心了，借酒说句胆大的话，说实在的，一段时间来，对你我还真有点其他的想法呢，今天见着了他，我没了。"何时好使劲拍了拍我爸爸的肩膀，然后对刘怡说，"一路上你一直在问我为什么今天不开心，现在我可以告诉你了，我已经无家可归了。"

"怎么回事？！"刘怡和我爸爸都大吃一惊。

"唉，你们两个人，整天忙着卿卿我我搞恋爱，知道东方发生的事吗？永远记住今年，1965年，印尼出现了恶性排华事件。"

"这个事我已经注意到了。"我爸爸说，"这几天新闻里都在说呢。"

何时好眼眶湿润了："印尼，我是从印尼来的，我得到家乡的消息，我爸爸的矿没了，我爸爸和我妈妈也被打死了。我现在就是孤儿了。"何时好呜呜地哭起来。

"这么大的事，你怎么不早点告诉我？"刘怡走过去，搂住何时好的肩膀。

"我毕业了，真不知该去哪儿，无家可归呀。"何时好忽然使劲抽泣着，看起来他是憋了很久了，这会儿实在是忍不住了。

我爸爸安慰他，劝他留下来，在德国先找一份工作。

何时好摇摇头："印尼为什么排华？是我们中华不够强大呀！如果我们中国像美国那样强大，谁还敢排？所以我想回中国去。"何时好抹了抹眼泪，"这次印尼排华事件后有不少在海外的华侨都回祖国去了。"

"那你准备去哪儿？"我爸爸问。

"我准备去长春，我学的是造汽车，长春有中国最大的汽车制造厂。我要去那里，当中国能造出全世界最好的汽车、最好的坦克时，看谁还敢再欺负我们。"何时好此刻眼里透露出坚毅的神情。

何时好的话，把我爸爸和刘怡都说得热血沸腾。

祖国强，华侨才能不受欺负。

"好，我们学成，都回国，我们在中国见。"

三个身在异国他乡的热血青年，把手紧紧地握在一起。

后来，何时好真的去了长春汽车制造厂。

而我爸爸和刘怡的爱情长跑，在几年之后仍然没有看到终点。

刘怡就要毕业了，她就要离开德国。我爸爸打算在德国继续进修研究生。

刘怡要走了，分手的那一晚，他们在莱茵河上泛舟。河水清澈透亮，月亮倒映在河里，就在船头几尺近的地方，近到他们俩似乎都有那种再多划几桨，快划几桨，就能捞起月亮的感觉，可是那月亮随着他们船的前行，也不慌不忙地往前移着，移着，就是让你追不上，够不着。

我爸爸说："怡姐，你怪我吗？"

刘怡摇摇头说："不怪。"

"那你怪妈妈吗？"

"更不怪，妈妈的奶水哺育了我，我也是要报恩的。"刘怡说的这是心里话，尤其是巴赫告诉她，我奶奶在喂奶时总是先尽着她吃饱，这让刘怡感动了一辈子。

"那你等我吗？"我爸爸的眼光透着恳切。

"去找葛巧云吧。"刘怡的话中有太多太多的含义。

其实我爸爸也知道，一天找不到葛巧云，他和刘怡之间的事，就一天没有结局。刘怡会等他，一定会等她，可是哪天能找到葛巧云呢，难道他们的青春真要在这等待中，一天一天地逝去吗？

他们再也没有说话，默默地划着桨，一下，一下，再一下，水中的月亮被他们的双桨打碎，随着河水慢慢地流去……淌去……

22

　　我爸爸以优异的成绩读完了研究生，他思乡心切，也想我奶奶，本想立刻回国，可是何时好和刘怡都来信劝他暂时不要回去，说现在国内的形势不好，"文化大革命"闹得厉害，生产几乎都停了。我奶奶也让他在国外再锻炼一下，不要回来荒废了自己。就这样我爸爸进了奔驰公司，在发动机设计部门工作，华裔的勤奋和自身的聪明天赋，使得我爸爸很快就做到了部门副总工的位置。在他的主持之下，奔驰旗下汽车有了许多技术升级，也出了新产品，公司上下都十分看好这个小伙子，认为他前途无量，很快就可以升任部门的总工。要知道在那个时候华裔能做到这个位置，已经是凤毛麟角，很不容易的事了。

　　何时好那时在长春汽车制造厂办公室里赋闲打杂，整天忙着出板报，刷标语。他不甘心就这么混着，就让我爸爸给他寄来了一些德国汽车新技术的书，没想到被人举报崇洋媚外，再加上他的身份，被戴上了"走资本主义道路的黑专家"帽子，被厂里安排专门去做扫垃圾的工作。何时好挺乐观幽默的，他给我爸爸和刘怡报告，他现在从事音乐工作，"5、6、7"（扫垃圾）。有时没有人的时候，他边扫地还真能挥舞着扫把，来一段交际舞的动作。

　　刘怡从德国回来，小巴赫原本劝她留在香港找个工作，但刘怡想回广州，一是因为我奶奶一个人在广州没有人照顾，她要替我爸爸去照顾我奶奶；二是为了多一点寻找亲生父母的机会。其实这么多年，我奶奶对我爸爸的那种母爱，怎能不激起刘怡对自己亲生父母的思念。小巴赫自然十分支持，而且他还可以多得到一些我奶奶的消息。那年他被遣送出境之后，就被列入了限制入境人员的名单，他也压根不敢再提我奶奶的事，连写信都不敢说什么，生怕给我奶奶添什么烦事。那时广州的汽车制造业还没有发展起来，所以刘怡先去广州一个中学当起了物理教师。

　　刘怡对国内当时"文革"的情况和社会风气也十分无奈和恐惧。那时学校还不能完全正常地上课，动不动就是罢课闹革命。当时"斗、批、改"运动在全国如火如荼地展开，大批判、清理阶级队伍、教育革命、知识青年上山下乡，当老师的也没什么尊严。刘怡整天为我奶奶提心吊胆，来看我奶奶的次数明显增多，有时还在她那里住几天，帮我奶奶料理一点家里的事。我奶奶由于教语文和历史，那些年也受到了不小的冲击，"破四旧"的红卫兵上门来了几趟，一会儿说要抄家，一会儿又说要找"四旧"，说我奶奶是教语文和历史的，旧思想、旧文化、旧风俗、旧习惯特别多。也多亏我奶奶是烈属，才没有遭更多的罪，否则戴高帽子游街是躲不过去的。

我奶奶告诉刘怡，抄"四旧"的红卫兵，差一点把当年爷爷给她买的那个宝贝"李墨"给抄走。好在那些孩子年轻不懂，以为就是一个普通的墨块，看我奶奶还用丝绸把这个东西包了一层又一层，就对我奶奶说，这个东西现在不值钱了，现在写大标语大字报用这个墨磨出来能写几个字呀，现在都是用瓶装的墨汁，让我奶奶把它扔了，回头给我奶奶送一大瓶墨汁来。

有一天刘怡去看我奶奶，已经是下午五点多钟了，我奶奶被几个学生孩子堵在家门口，不让我奶奶回家，非要让我奶奶跟他们去学校辩论教育革命的事。他们要批判"师道尊严"，说我奶奶上课对学生们太严厉，还经常让学生罚站，是孔夫子师道尊严的活典型，他们要开我奶奶的批斗会。

我奶奶不愿意去，几个学生就抓住我奶奶推推搡搡的。

刘怡一看着急了，赶紧上前去阻止他们，用身体护着我奶奶。

"你是谁？"有学生朝刘怡嚷嚷。

"她是我妈妈。"刘怡大声说着，张开双臂把我奶奶护在身后。

"你妈妈也要参加斗、批、改运动，学校里好多同学在等着我们把连老师叫过去开辩论会呢。"这群学生叽叽喳喳地乱叫。

"辩什么论？师道尊严还用辩论吗？"刘怡是刚从那个教学严谨、尊师尊道的德国回来不久，她觉得眼前的这些孩子又好气又好笑，"你们现在不讲师道，将来长大了，就没人给你们尊严。"

"你是干什么的？"有人指着刘怡的鼻子。

"干什么的？是给你们传授知识的，你说你应该叫我什么？"

"传授知识？明白了，原来你也是老师啊？"那几个学生立刻胆子大了，鼓噪起来。

"可是你自己喊我老师的，我可不想当你们这些学生的老师，我教的学生就比你们明白事理。"刘怡转身对我奶奶说，"咱们回家。"

一听说刘怡也是老师，这群学生根本不把她放在眼里，那时候老师的社会地位是极为低下的，知识分子排在"臭"字辈中的老九，俗称臭老九，前面是地、富、反、坏、右、叛徒、特务、"走资派"。学生们硬是堵住大门，不让她们回家，说现在中央要号召教育改革，你们当老师的应该听听我们学生的，我们让你们干什么，你们就应该干什么。还有个学生喊，要把刘怡也一起拉到学校去辩论，要打打刘怡的嚣张气焰。

我奶奶和刘怡哭笑不得，我奶奶让刘怡不要和孩子们争吵，说他们还小，不明白事理，长大就好了。

谁知奶奶这句话，更把那几个孩子给激怒了，他们大声地吼叫："谁不懂事？谁不懂事？就你这个态度，今天我们一定要把你拉回学校去接受批判。"然后就上前拽我奶奶，硬要把我奶奶拖走。我奶奶身材矮小，差一点就被人拖倒，刘怡也被人拽住，想帮忙也帮不起来，急得快哭了，只能大声喊，"你们放开我妈妈，我跟你们去好了。"

就在这个时候，只听得一只大黄狗凶狠狠地叫着，呼呼地朝这边学生们扑过来，那狗长得十分威武高大。几个孩子一看有狗扑来，吓得赶紧向后退，松开了我奶奶，躲在我奶奶的身后。

那大黄狗扑过来冲着学生们叫了几声，便在我奶奶的跟前摇着尾巴，跟我奶奶亲热起来。

我奶奶一看乐了，摸着那狗的头："哟，千顺来啦。"

"千顺，快给连阿姨作个揖。"跟在狗后面那个身材魁梧的大小伙子，肩上担着东西，大步朝奶奶走来，边走边给那只大黄狗下指令。

那狗立刻立起前腿，把两个爪子合起来，朝我奶奶做了一个作揖的动作。

我奶奶笑得合不拢嘴，她对刘怡说："来来来，怡儿，我给你介绍一下，这个就是我以前给你说起的那个李嫂家的儿子小顺子。这只狗呢，就是原来那个百顺的儿子。"然后奶奶指着刘怡对小顺子说，"这是刘怡，比你大几岁，比你连哥大几个月，你可以随连哥，叫她怡姐。"

"怡姐好！"小顺子朝刘怡鞠了个躬，然后又对着那只大黄狗说，"千顺，给怡姐行个礼。"

千顺抬起前爪，又给刘怡作揖。

李嫂带着小顺子回农村后，经常来我奶奶这儿走动，给我奶奶捎一点乡下的鸡蛋啊，鸡鸭呀，菜呀，等等。可是后来日子越来越困难，尤其是困难时期那三年，他们几乎不大来往了。而我奶奶怎么会忘记他们呢？那一年小巴赫从香港来看望他们，带来很多东西。小巴赫前脚走，我奶奶就带着我爸爸去农村看望了李嫂他们。

那时候李嫂的小腿都浮肿得发亮了，可怜她有一点吃的都尽着小顺子。可就在那么困难的情况下，他们仍然还把百顺留着，只可惜那狗也是皮包骨头。那一次奶奶也算是又救了一回李嫂他们娘俩。后来日子渐渐好过了，李嫂又经常上来看看我奶奶，只是这几年李嫂的腰坏了，常常疼得卧床不能动，小顺子跑得多一些，两家真是比亲戚还亲。

这不，今天巧了吧，我奶奶她们这会儿正让学生们扯着拉着，没法脱身，小顺子挑着李嫂准备的土特产，带着千顺来了。

那几个孩子见那狗挺凶的，也不敢再拉扯我奶奶，依然躲在我奶奶背后，指着小顺子，说他包庇臭知识分子，还放狗咬革命学生，是反革命，说要回去汇报。

小顺子哈哈大笑，他把扁担朝地上一戳："你们这些小兔崽子，你大哥可是正宗的红五类后代，烈士的遗孤。"他指着奶奶说，"你们连老师她也是烈士遗孀，你们胆敢对烈士家属这么无礼，当心我的千顺跟你们过不去。"说着还拍了拍千顺的脖子，做出要放狗的动作。

那只大黄狗立起两条腿，冲着学生们就是一顿狂吠。

孩子们怕狗，一哄而散。小顺子哈哈大笑，说这群孩子，现在听不懂人话。

刘怡看到国内当时的情况，一直让我爸爸抓紧把我奶奶接出国。那天的事，更让刘怡催促我爸爸赶紧把我奶奶接到德国，跟他一起生活。我奶奶原本是希望我爸爸在国外工作两年就回国，可也不知道这"文革"运动什么时候能结束，她也挂念我爸爸。再说刘怡，我奶奶让她回香港，可刘怡怎能放心我奶奶在当时的情况下一个人生活，所以我奶奶不走，刘怡也不肯回香港。万般无奈之下，我奶奶只有决定去德国了。

临走之前，我奶奶特地去乡下见了一次李嫂和小顺子，大家依依不舍。其实我奶奶知道她这一出国，估计两家很可能会断了联系，就像小巴赫他们去了香港，搬两次家就失去联系了。我奶奶说这一走还不知道什么时候再能回来了。

李嫂真舍不得我奶奶走，说和我奶奶处得像亲姐妹，我奶奶走了她心里空落落的。

小顺子劝李嫂，说我奶奶一个人在国内生活也确实不容易，身边没有人照顾，更何况哪个当妈的不想和儿子在一起呢？小顺子就是为了守着李嫂，一直没有出远门去做工。

千顺跟我奶奶特别亲，那狗自打我奶奶进门，就跟前跟后的，还非要靠着我奶奶的腿卧着。我奶奶摸着它的头，对李嫂和小顺子说："这个狗和咱们有缘分，也希望它能代代相传，也儿孙满堂。"

我奶奶走了，出国了，我奶奶无论如何也没想到她会离开故土，远渡重洋，寄宿异国他乡。而在她的心里满是带着儿子衣锦还乡，去保定府落叶归根的愿望。

刘怡在广州也没有什么牵挂了，加上内地又是政治运动，学校的学生也没有读书的心思，寻找亲生父母也一直没线索，所以她也回香港去了。

23

寻找葛巧云，一直在折磨着我爸爸，几年过去了，他几乎动用了他的所有关系和办法，仍然打听不到这一家人的下落。实在没辙了，我爸爸决定去台湾碰碰运气。他知道找不到葛巧云，不仅他和刘怡的爱情无望，而且我奶奶的内心，也将永远处于那段往事深深的折磨之中。

然而他手上关于葛巧云的信息实在是太少了，妈妈王秀英嫁给一个胡姓将军成了八姨太，也许是1948年或1949年左右去了台湾。凭这一点信息就要去台湾捞人，也真是如大海捞针了。

我爸爸认为此事只能从台湾军方找起，只要找到那位胡将军，或许还有希望。

好在80年代初期，两岸也已经有了互动，许多台湾老兵去内地寻亲追故，也有少数人去台湾打探亲人的消息。对我爸爸这位从德国来的华裔，台湾军方也还算给力。不过他们还是先由情报部门对我爸爸进行了一番盘问，确认我爸爸不是内地的间谍之后，倒也给予了热情的接待。档案室查找了一气，说当年有两位姓胡的将军从内地来台湾，一位没有娶过姨太，另外一位倒是娶过几个姨太，具体娶了多少个，也说不清楚，但是这位胡将军已经过世。不过他们可以联系到这位将军当年的副官，或许能有一点线索。

说起来也算顺利，在台湾南投县靠近日月潭的地方，我爸爸见着了那位副官。

这位副官正在打点行李，准备回内地去探亲，见有内地背景的人到台湾来寻踪，倒是也有几分唏嘘感叹。

我爸爸从他这里果然打听到了葛巧云的下落。这位胡将军是川军中著名的抗日英雄，杀死过两个日本将军，老蒋多次点名表彰，所以在军中颇有名气，提起来大家都知道。在从内地退到台湾之前，他确实喜欢上一个女人，想娶她作为八姨太，可那女人死活不从，最后胡将军以对她女儿不利加以威胁，而且拿出了军人那一套蛮不讲理的做法，霸王硬上弓，那女人不得不从。后来就这么着跟着胡将军到了台湾。据说胡将军死后，八姨太带着女儿远渡重洋去了美国，好像是去了芝加哥，再往后就不知道了。

不管怎样，总算打听到了葛巧云可能去了美国芝加哥这么一个消息，我爸爸也十分高兴，后悔早就该来台湾。

我奶奶听说有了葛巧云的线索，自然也是十分开心。可是往下再怎么寻找？我爸爸说，美国可比台湾大得多了，芝加哥那可是千万人口的大城市，再说葛巧云就算是去了芝加哥，这么多年了，是否还在芝加哥？这也是说不准的事。因此按照我爸爸的意思，寻找葛巧云就可以告一段落了。

谁知我奶奶不依不饶，说："那你就再去美国找。"

这可把我爸爸气得不轻，他原以为寻找葛巧云的事，他也算是用了心，用了力，这也找了好几年了，现在找出这么一个下落，按说我奶奶也应该死了这个心了。而他的生活也不能再为这个无影无踪的葛巧云拖着，绊着，青春已经耽误了，不能再耽误了自己的婚姻大事。而且，刘怡也至今未嫁，也在那儿苦苦地盼着寻找葛巧云的结果，那女人更是不能久等了。

我爸爸问我奶奶："妈，你认为我寻找葛巧云是不是很用心，很用力，很用功夫？"

"是。"我奶奶肯定地点点头，"我也知道刘怡还在那儿苦巴巴地等着。她回广州，每次来看我，我心里也不好受。"

"那这么多年找不到，是不是事实？"我爸爸追问。

"这不已经有线索了嘛。"我奶奶很倔。

"哎呀，这个线索还不如没有，这可是真正的要大海捞针了。"我爸爸有点急了。

"那你说，这个针现在还在不在？"我奶奶顶上一句。

"这，这我还真说不清楚。"我爸爸有点语塞。

"那就是说，这个针还有可能在。"我奶奶两手一拍。

"也许吧。"我爸爸的声音低了一些。

"好，既然有一丝希望，你就给我去捞，去美国，我陪你一道捞。"我奶奶站起身。

"妈，你这到底是为什么？你就不能为儿子的幸福想想吗？还有刘怡，她可是吃了你的奶水长大的。"我爸爸也站起身，有些激动。

"我这就是为你，为怡儿的幸福着想，葛巧云的事不解决，我一天到晚在你们耳边唠叨，你们的日子能过得舒坦？除非我死了，不会说话。"我奶奶的嗓门拉高了二度。

我爸爸不开口了。

我奶奶又说："做人要讲诚信，一诺千金不是随便说说的，人家葛爷为你把命搭上了，找葛巧云能把你的命给找丢了？"

"那倒不至于。"我爸爸的嗓门又低了许多。

"那就好，一日恩不报，一日心不了。"我奶奶的话斩钉截铁。

"报恩，报恩，你这就是'逼恩'。"我爸爸在嗓子眼嘟囔着。

"什么叫'逼恩'？"我奶奶没弄明白。

"不想捐钱，想方设法叫你捐，那叫'逼捐'；你不想报恩，逼着要你报，这叫'逼恩'。"我爸爸气鼓鼓地说。

"再说一遍，你不想报恩？是我逼着要你报恩的吗？你不去报这个恩，你心里觉得坦荡吗？葛爷的事不了，你觉得你将来能够放下这个包袱，放手过幸福日子吗？你就不如怡儿懂事。"我奶奶的嗓门又高了起来。

"好了好了，我不跟你辩了，也不跟你吵了，行，咱们去美国，去美国找。去美国再找不到，我看你怎么说。"最终我爸爸还是投降了。

"好吧，妈妈也妥协一下。"我奶奶放低了嗓门，"四十岁，四十岁，是一个坎，如果你四十岁还没有找到葛巧云，妈妈就同意你和怡儿的事。"

"真的？！"我爸爸不敢相信地看着我奶奶。

"怎么不是真的？我难道希望我们连家绝后吗？你别这样看我，妈妈做什么事都会有分寸，你四十岁，怡儿也四十岁了，到那个时候，女人生孩子，已经不容易了。我出国前还特别关照怡儿，要注意保养，尤其女人宫要带暖。"

按照我爸爸的本事，本来应该可以当总工的，可是为了寻找葛巧云，1981年秋，我爸爸放弃德国他那有着大好前程的事业，带着一辆由他做总负责人设计的奔驰SUV车，偕奶奶一道到了美国芝加哥落脚。

很快就有几家公司要聘用我爸爸，其中一家日本公司出的薪水最高，而我爸爸知道奶奶恨日本人，他放弃了那份高薪，最后进了一家法国人在美国开的汽车公司。

听说我爸爸去台湾找到了葛巧云的线索，刘怡还是挺高兴的，又听说我爸爸要带着我奶奶到美国去找葛巧云，刘怡觉得那已经是不可能找到了，美国太大了。再听我爸爸告诉她，他们四十岁的时候，如果还没有葛巧云的线索，我奶奶就同意他们结婚，刘怡高兴得一晚上都没有睡着觉，她似乎看到了这场爱情长跑的终点。

刘怡把这个事写信告诉了何时好，何时好也为他们祝福，说有情人终成眷属，他们一定会等到那一天。后来他告诉刘怡，听到这个消息，他那天高兴地挥着扫把跳了一个华尔兹。

24

其实华人到了国外圈子是很小的，如果葛巧云母女俩真的到了芝加哥，按说要找到她们，也不是一件难事。在美国华人圈子里，虽然也分内地来的和台湾来的，但大家彼此走动很多。尤其是逢到中国的传统节日，春节啊，中秋啊，华人经常组织大型活动。要找人总能寻找到一些蛛丝马迹。可是我爸爸把在芝加哥的内地人的圈子和台湾人的圈子筛了一遍又一遍，问了很多的人，都说不知道有这么一对母女。我爸爸认为，她们很可能已经离开芝加哥，如果真那样，那真是无处寻踪了。

我奶奶也有一些失望了，她对我爸爸说："看起来你和葛巧云真的没有这个缘分了，眼看你就快四十岁了，也算我们连家尽了报恩之心了。怡儿还在等你吗？"

"还在等。"我爸爸苦巴巴地说。

"唉，这孩子，也是痴情。"

"怡姐这几年没少有人给她介绍对象，她都回绝了，她说除非我娶不了她了。即使是做不成儿媳妇，也永远做连家的女儿。"

"唉，你和怡儿要成了，当然是好事呀。妈妈我也高兴，但是，我们又不能对葛爷家不守信。"说到这，我奶奶长叹一口气，"一切皆是天意，估计她们娘俩就不是到了芝加哥，或者已经离开芝加哥去了别的地方，真那样，就听命吧。"

"是啊，这美国也太大了，那是不可能找到了。"听到我奶奶的口风和以前不一样了，我爸爸心里别提多高兴了。他掰着手指头算，还有不到三年他就满四十了。

刘怡的内心是矛盾的，一方面呢，她不希望找到葛巧云，可是另外一方面呢，她又希望葛巧云的事能有一个明确的结果。她最盼望的结果就是找到葛巧云时，葛巧云已经结婚嫁人了，这样的结果对谁都是圆满的。

芝加哥的冬天特别阴冷，那一年我奶奶的右腿关节越来越疼痛，几乎疼到不能走路了。医生说是重度骨性关节炎，膝关节严重磨损、老化，而且出现畸形，只能置换一个人工的膝关节，否则我奶奶就要坐轮椅了。

我爸爸赶紧给我奶奶安排进医院做手术。手术很顺利，但是手术后回到家，我爸爸要上班，家里确实没人照顾我奶奶，爸爸就联系了一家老人院，让我奶奶临时住进去，进行康复疗养。

我奶奶住进老人院，见一位女护士是中国人，便随意和她起了家常。

"你是中国人？"

"是的。"

"中国哪里的？"

"台湾来的"

一听说是台湾来的，我奶奶就又上心了，赶紧问了一句："你是否认识一个叫王秀英的？"这几年见到台湾人就问是否认识王秀英、葛巧云，都成了我奶奶和我爸爸以及刘怡的习惯。

"王秀英？不认识。"那护士摇摇头。

"那你是否认识一个叫葛巧云的？"

那护士又摇摇头："不认识啊，不过我们这里有一个叫云的，但是她姓胡，叫胡云。"

"胡云？"我奶奶心里一咯噔了，莫非葛巧云在妈妈王秀英改嫁之后随了父姓？她这个教国学的老师怎么没有想到这一茬。

"姑娘，我可否见一下这个胡云？"我奶奶急切地说。

"哦，她今天不上班，明天是早班，明天她来了，我让她来见你。"那位护士彬彬有礼。

我奶奶那一晚是辗转难眠，双手合十，嘴里只念"阿弥陀佛，菩萨保佑"，苦熬到天亮。

第二天一大早那个叫胡云的护士来见我奶奶："连阿姨找我？什么事？"胡云护士走路带着风，一看就是个麻利人。

"没事，没事，我就是想见见你，你是叫胡云？"我奶奶上下打量着她。

"是的，我叫胡云，今天我值班，有事找我。"胡云说罢，转身就要走，

"连阿姨，我先去忙了，有事按这个铃。"

"胡护士，你先不要走，让我仔细看看你。"我奶奶叫住了胡云。

"好吧，再给你看十秒钟，我要去干活了。"胡云向后捋了捋头发，"仔细看，看认真，记住我。"

我奶奶端详着她的五官，是和王秀英有几分神似，尤其椭圆脸的那个单眼皮小眯眼，挑着一对柳叶眉，和王秀英如出一辙，我奶奶急不可待地问："你可曾叫过葛巧云？"

胡云大吃一惊："你怎么知道我过去的名字？"

一听胡云回这个话，我奶奶立刻肾上腺素就蹿了上去，人也摇摇晃晃，有些坐不住。胡云一看，赶紧上去扶着："连阿姨，你这是怎么了？"

我奶奶努力让自己平静下来，先念了几遍"阿弥陀佛"："你可认识王秀英？"

胡云更是吃了一惊："那是我妈呀，你是？"

我奶奶激动地看着胡云，紧紧拉着她的手："孩子，话说到这个份上，你应当猜出来我是谁了。"

胡云立刻就恍然大悟："猜到了，猜到了。"可是她怎么也不敢相信，这位就是妈妈常常跟她提起的连妹。

"你是连妈妈？！"胡云惊喜万分，抓着我奶奶的手蹦了起来。

我奶奶眼里含着泪水使劲地点点头："孩子啊，可找到你啦，这么多年，你让我们找得好苦，好苦呀。我们从国内找到国外，从德国找到美国。到芝加哥这一年我们问了多少人啊。"我奶奶拉过胡云抱在怀里，"快来，云儿，让连妈妈抱抱你。"我奶奶那会儿是什么心情，只有她自己知道了，那是激动、兴奋，还是安慰、解脱，或是什么都有。

这真是漂洋过海无觅处，天有神机，得来全不费功夫。在最不可能相遇的地方，他们相遇了，谁又能说这不是缘分呢？应了葛爷那句话，有缘千里来相会，无缘见面不相识。

原来王秀英带着葛巧云改嫁之后，她自己改名叫胡英，而女儿葛巧云则改叫胡云。由于王秀英是"拖油瓶"，后来和胡将军又没有一子半嗣的，来到这个胡将军庞大的家族之中，日子过得并不顺心。胡将军活着的时候，大家还给这个一家之主一点面子。胡将军死后，她们就受到家族的冷落与排挤，几个姨太为分遗产打得头破血流，可是在不给王秀英娘俩遗产的问题上却是"团结一致"。最后还是葛巧云据理力争，要到了她们母女俩到芝加哥去的盘缠和一点点可怜的安家费用。到了芝加哥，她们从未跟人提起她们那个悲惨的身世，靠自己打拼，日子也还过得不错，只是妈妈王秀英去年过世了。

我奶奶把这么多年来她信守当年和葛爷的约定，不让儿子结婚娶妻，寻找她们母女俩的往事细细说了一遍。胡云像听天书，简直不敢相信，也为我奶奶的执着感动万分。

我奶奶问："你们家的那半张誓约还在吗？"

胡云告诉我奶奶，这个誓约她妈妈经常跟她提起，作为亲生父亲的唯一遗物，至今用油纸包着的半张誓约，她还收藏着。

"云儿，那你现在成家了吗？"我奶奶抛出最关切的问题。

"那倒没有，还单着呢。"胡云回答。

"那，那你是不是也在等着我们家子儿啊？"我奶奶更激动了，脸上开始泛红，嘴唇微微地抖着。

"那倒真的没有。"胡云告诉我奶奶，那一纸誓约，只不过是一段值得珍藏的父辈故事而已，她从来没有想过她一定要去践行这个誓约。而至今未嫁，是确实没有遇到合适的人，曾经有交往过几个，也都不是很满意。

"孩子，这个誓约你可以不守，我们可不敢不守啊，这个约定后面是你爸的命啊，我们连家不可违约，我们不能对不起死去的葛爷。至于你是否能和我儿子成婚，那是你们的造化。找到你，我也就算了了心愿了。"我奶奶说完这番话，长舒一口气，用如释重负远不足以表达她当时的心情。

胡云说："连妈妈我懂，我也不会委屈自己的，不过我还是很愿意见一见连弟弟，那毕竟是一段难忘的事。"

"那就好，那就好，一切由你定。"我奶奶这话，虽然看似说得很轻松，但是她从内心却又希望葛巧云和我爸爸能够成婚。如果真的是那样，对于她来说，那就是功德圆满的结局了。也许这就是我奶奶要守的天义之一吧。

胡云离开后，我奶奶把她巧遇葛巧云的消息赶紧告诉我爸爸，特别说了她到现在还没有结婚的事。

然而电话那头我爸爸一屁股坐在了地上，犹如一盆凉水从头浇到脚，然后被扔进了冰窟窿里，从外到内已经凉凉了。他号啕大哭，他知道他这一辈子和刘怡的情分、缘分，就到此结束了。不过他不死心，他要做最后一次挣扎，那也是最后一丝希望，那就是葛巧云看不上他。

和胡云见面那天，我爸爸刻意不作打扮，胡子留了三天也不刮，上身还故意穿着在家修汽车时的工作服，上面是油渍麻花的。头发也故意搞乱，真可谓是蓬头垢面。

我奶奶一见就不高兴，说我爸爸怎么跟葛巧云见面，就这么窝窝囊囊的，脏兮兮的样子。可没有想到胡云却大为赞赏，认为这就是朴朴实实的象征，她就是喜欢这种不做作的男人。胡云对我爸爸真是一见钟情，似乎她就一直在等着这个男人。

"那这么多年你就一直没有相好的？"胡云看着我爸爸。

"唉，一言难尽。"我爸爸看了一眼我奶奶，欲言又止。

"那我会不会夺人所爱？"在这个时候，女人大概都会问这样的问题，其实她们心里想的却是：我一定要夺人所爱。

而我奶奶一见胡云没有意见，还那么喜欢我爸爸，那是来了精神，立刻苦口婆心地说："婚姻是讲究缘分的，顺天意，随天命。眼下就是你们两个人的缘分，就如同当年我和他爸，谁能想到是在那样的情况下结为夫妻，那都是命啊，天意不可违。什么叫命中注定，你们这个就叫命中注定。听命吧，儿子，这是你上辈子修来的姻缘。"

我爸爸无言以对，无颜以还，一脸苦笑。

我奶奶问胡云和我爸爸结婚后，可否改回名字还叫葛巧云。

胡云欣然同意。

我爸爸没有任何理由去拒绝葛巧云，跟葛巧云见完面，我爸爸知道这一切都已经定局了。

我爸爸把自己关在家里，给刘怡写了一封长长的信，那信是这样开头的：

"我的怡，我最心爱的怡，现在是我最后一次在心里这样念你。我原来一直以为我们的故事是从那截甘蔗和那个青团子说起，可现在我才知道我们的故事，要从妈妈去教堂前的那个晚上说起……"我爸爸最终还是没有逃脱那纸誓约的铐链，那天他喝醉了。

有人说，相遇是缘分，分离则是情深缘浅。其实，缘起，由心生；缘灭，皆因果。

最后，终于，结果，我爸爸牺牲了自己的爱情，遂了我奶奶的愿。胡云，哦，葛巧云成了我的妈妈。

25

我奶奶对我妈妈提了四个要求：一是要守妇道孝道；二是不得进教堂办婚礼，我爷爷的那场婚礼对她的刺激实在太大了；三是家里要供送子观音；四是一定要为连家生一个儿子。

我妈妈早早就来到美国，更接受美式观念，况且她来自那个七姨太八姨太的大家庭，见过太多的尔虞我诈、钩心斗角，对什么妇道孝道的也就听听而已。至于生女儿还是生儿子，我妈妈觉得只要是自己的孩子都一样。

然而婚礼不能在教堂举办，我妈妈激烈反对，在美国结婚不进教堂，不找牧师，这婚怎么个结法？那还不让人笑死。

我爸爸就是个老好人，两边和稀泥，但是你别说，我爸爸也真有办法，居然打听到夏威夷有一个地方结婚可以在沙滩举行婚礼，牧师吹着海螺，为新人证婚。最后我奶奶和我妈妈都接受了这个方案。

我爸爸找各种理由拖延婚期，实际上他是在等刘怡结婚，希望刘怡先于自己结婚。最后实在是扛不住我奶奶的那个"念咒"，1983年秋我爸爸要结婚了。

婚期越来越近了，我奶奶让我爸爸去一趟香港，一是去看看巴赫一家，二来也郑重地请小巴赫来参加我爸爸的婚礼。

我爸爸意思是写一封信或者打一个电话去就可以了，可我奶奶说，对像巴赫家这样的恩人，必须亲自上门送请柬。

为此我奶奶还专门给小巴赫写了一封信。那天晚上，奶奶把自己关在房间，从衣柜深处摸出一个小箱子，那个小箱子是雕花红木的，里面是我奶奶轻易不示人的文房四宝，那可是我奶奶的心爱之物，几乎是她一生的收藏。

那个雕着小龙盘在荷花叶上的砚台，是中国四大名砚之一的广东省肇庆市端砚，石质坚实如钻，摸上去润滑细腻如脂，我奶奶说用端砚研墨，其墨如有神助，呵气即出，墨汁细滑如奶，写起字来，不损笔毫，流畅如云。

那毛笔我奶奶说是湖笔，出自浙江湖州的善琏镇，又叫"湖颖"，"颖"就是指笔头尖端有一段整齐而透明的锋颖。奶奶说那一带的山羊，每头羊只出两三两笔料毛。据说湖笔是选用山羊胡子和腋下毛，经过浸、拔、并、梳等七十多道工序处理，考究至极，被誉为"中华笔王"。我奶奶藏了一支专门用来写信的"细嫩光峰"上品羊毫中楷。我奶奶说用那个笔写字，聚神提气，思如泉涌，一气呵成，反正我没有那个体会，我奶奶也从来没有让我试过。据说我妹妹曾经试过，我问她有什么感觉，妹妹朝我神秘一笑。

我奶奶那个箱子里面还藏了一小卷安徽泾县的上好宣纸。我奶奶说好宣纸既有韧性，不易断，同时润墨性好，看起来泽泽有光，下笔却不滑，其他的纸没法比。我奶奶说，就算是写字功力不够的人，用上好宣纸也能平添三分看相，一笔下去，深浅浓淡，遂心如意。像我奶奶这样毛笔字功力老到的人，那是字落之处墨韵清晰，层次分明，张功显力。我妹妹说有一次她看我奶奶用宣纸写字，看着看着连哈喇子都流下来了，用的还不是我奶奶收藏的这个泾县的上好宣纸。关键是我奶奶说，好宣纸写字作画能够防虫蛀，摆得时间长久，所以人称好宣纸是"千年寿纸"。

其实最宝贝的还是我奶奶那个红木箱底，用金黄的绸缎包了好几层的那块当年我爷爷给我奶奶买的"李墨"墨锭。这块宝贝疙瘩跟随我奶奶转挪多处，从国内到国外，从德国到美国，我奶奶都精心地保留在身边。除了给我们炫耀过几回，我们就没有见她用过，一直压着箱底。当然这也是我爷爷唯一一件还留给她想头的遗物了。据我奶奶说那个墨疙瘩磨出来的墨汁，那是落纸如漆，黑中放光，还香味四溢。

中国的文房四宝说起来容易，但能够聚齐四件中国顶尖的文房四宝，对我奶奶这个出身书香门第的国学传人来说，至少也是一个精神慰藉吧。

再说此刻我奶奶关起门来，一个人拿出这几件宝贝，静气凝神，是不是沐浴更衣我就不太清楚了。后来听我妈妈说，我奶奶先是去小佛堂上了香，然后跟她要了一块檀皂，又让我爸爸给她拿了一瓶上好的法国依云矿泉水给她磨墨用，然后就关上了房门，不准任何人打搅。

我奶奶关照我爸爸这封信一定要亲手交给小巴赫，让他亲手打开。

我爸爸揣着我奶奶的信，又特地买了几斤上好的西洋参，启程去香港。

我奶奶和小巴赫，1965年广州一别，虽有些书信往来，但一直没能再见面。

我爸爸说那是一个早上，在香港他兴冲冲地找到巴赫诊所，可是一进门就惊呆了，满院摆的都是花圈，花圈的挽带上写着"巴赫医生永垂不朽""流芳百世""遗爱千秋""含笑九泉""天人同悲"。

院内哀乐声声，凄凄惨惨。

我爸爸赶紧问旁边的人："是老巴赫去世了吗？"

别人告诉我爸爸，老巴赫走了好几年了，这是小巴赫，今天来悼念他的，大都是他的病人和街坊邻居。

我爸爸惊呆了，扔下手里的行李，朝着灵堂冲去。

只见灵堂正方挂着小巴赫的肖像，旁边挂着两副对联，上联是"功德无量，青史永垂"，下联是"名流后世，德及乡里"，横批是"巴赫爸爸走好"。

小巴赫安详地躺在鲜花丛中的棺木中。

我爸爸一眼就看到了披麻戴孝的刘怡，此刻此景，二人在这样的情况下相见，心里不知道是什么滋味，只能是相拥抱头痛哭，千言万语都在泪水之中。

我爸爸和刘怡相拥哭了好一会儿，我爸爸说："这么大的事，怎么没告诉我和妈妈呀？"

刘怡说："爸爸生前交代，不要告诉妈妈，说别让她伤心。"

我爸爸责怪地说："那你应该告诉我呀。"

刘怡说："我知道你的，你瞒不住妈妈的。"

我爸爸无语，无可奈何地摇摇头，哽咽着说："妈妈还给巴赫爸爸捎来了信啊，还嘱咐我要让小巴赫亲手打开，这怎么弄啊？"

刘怡说："人已仙去，不可再回，你就在这儿把妈妈的信念给巴赫爸爸听一下，就算替妈妈送别他了。"

我爸爸在小巴赫遗体前跪下，用颤抖的手拿出我奶奶的那封信，打开，我爸爸看着我奶奶那封信，心头立刻颤抖起来。那真是好字，好墨，好纸，我奶奶那中国楷书之冠欧阳询风格的欧体楷书出神入化，笔力刚劲，一丝不苟，情在字间，意在墨中。那墨漆黑闪亮，层次分明，落笔之处，浓如深潭，淡如云撩。奶奶真是用心了。看到这封信，我爸爸那是泪如雨落，声音里满是哭腔：

巴赫兄长：

连妹想你！吾儿如命中所定，寻到葛爷之女，了却我一大心愿。值此吾儿结婚大喜，妹邀兄长移步美国，同庆共贺。巴赫一家对我连家大恩大德，来世不忘。土地庙躲难，后别过，妹多有思念，数年不能相忘。如今，你我都是暮年，如有暇空，可否来美国小住几日？倘若喜欢，常住更好。

见信如见人，盼兄允诺。

连妹妹叩上

这封信看似简单，但字里行间我奶奶的心意已经十分明确。千言万语，此刻就在这寥寥几言中。我爸爸心里那个难过呀，后悔呀，他为什么不早点把自己婚事办了，哪怕提前一个月，提前几天也好呀，至少能让小巴赫看到我奶奶的这封信，看见我奶奶的真情表露呀。如今天各一方，人鬼情未了。我爸爸跪在地上捶头号哭，哭自己是个不孝之子，为了自己心里那一点点小心思，而带来了我奶奶和小巴赫没法挽回的隔世遗憾。我爸爸的泪洒落在那封信上，真是好墨，泪落之处，竟然墨迹无损。

刘怡陪着我爸爸跪着，听我爸爸念完我奶奶的信，紧紧抱着我爸爸，哭得要晕过去了。我想刘怡这时应当是触景生情，既是哭小巴赫，也是哭小巴赫和我奶奶，更可能她的内心是在哭自己，哭自己和我爸爸。

刘怡划着火柴把我奶奶那封信轻轻点燃，那烟如云一般拂过小巴赫安详的面容，飘飘抖抖的烟中透着淡淡墨的香味，最终慢慢在屋梁间散尽。

雨萧萧，风萧萧，云萧萧，人逝去，魂难回，情未了。

我爸爸在香港陪着刘怡给小巴赫做完头七。

临行前，两人来到维多利亚港，缓缓移步。

刘怡说："真没想到你会过来，冥冥之中有天意呀。"她拿出一个戒指交给我爸爸，说这是小巴赫临终之前交给她的，说这原本是要送给我奶奶的，让我有机会交给你，做个纪念，就不要再让我奶奶看见了，以免伤心。

二人为我奶奶和小巴赫终未能成就一段姻缘，唏嘘万分。

刘怡说："你不用去讲妈妈和巴赫爸爸，就咱俩也本不是今天这个结局。可是，唉，人生自古憾事多，姻缘真是一个奇怪的魔。留个遗憾吧，人生总是在遗憾之中。"

原本我爸爸去香港找小巴赫以及准备结婚的事，他没有告诉刘怡。他是想尽量晚点把自己结婚的消息告诉刘怡，前面他拖着不结婚，也是希望刘怡能在他之前先把自己嫁了。

其实刘怡在收到我爸爸那封带着泪痕的长长的信后，自然也是痛苦万分，万念俱灰，多少年的等待，多少年的魂牵梦绕，而今青春不再，人到中年……当时她泪水几乎把信全打湿了，她把那被泪水打湿的信揉成一团，用牙齿一点一点地撕咬着，撕成碎碎的。她明白和我爸爸今生情缘已了，来生再续吧。刘怡带着深深的遗憾，在心底里搁下和我爸爸那一段久久的眷恋，那个漫长的等待和折磨，她已经心力交瘁，这一切该结束了。她一直没能找到自己的亲生父母，但是她明白，父母给了她生命，她也有责任，将那生命延续，在人间，谋人事吧。那天她让自己痛痛快快、淋漓尽致地醉了一回，然后她给远在长春的何时好写了封信，告诉他葛巧云找到了，问他愿不愿意到广州来，现在她又回到了广州，在一家汽车制造厂工作，厂里正在招人。

很快，何时好回信了，只有一句话："我愿意做那喷泉盛水的钵子。"其实那个时候何时好也正有心南下，南边已经开始涌动的经济大潮，早已让他心动。而且他也一直在关注着葛巧云的消息，他真的没有想到葛巧云能够现身，而且真的把刘怡对我爸爸这么多年的爱夺走，更没有想到的是他二十年前中的"帮办签"，还真是单身汉帮办，先把自己的"事"办了。何时好呀何时好，此时一切正好！

很快刘怡和何时好结婚了，但她也没有及时把结婚的事告诉我爸爸，也是希望在我爸爸结婚之后，她再跟我爸爸说。刘怡说，这是她为那份和我爸爸二十年多的恋情，做的最后一次"爱的奉献"。

佛说，姻缘都是命中定的；神说，成事在天；天说，谋事在人。我爸爸叹息，有情人终成眷属或许只是一个美丽的传说，如同天上的彩虹。

刘怡告诉我爸爸，何时好现在和她在广州同一家汽车制造厂，他现在已经是厂里的领导。他们刚有了一个儿子，叫何天罡。内地计划生育，他们只能生一个，一家三口日子还过得去。

我爸爸坚持要给刘怡的儿子何天罡两万美金的红包，1983年的两万美金在内地还是一个不小的数字。刘怡感慨地说："唉，1962年我和巴赫爸爸从香港去广州接济你们，风水轮流转，我替儿子谢谢你了。"

他俩路过街上一个卖青团的店，刘怡问我爸爸："还记得那年吃青团被噎着的事吗？"

我爸爸说："那怎能忘记？掉在地上捡起来吃得还是那么香。当时你要是不拍我的背，我说不定都能憋过气去。"

刘怡笑了："当时我看见你把甘蔗肉给我吃，你在使劲地嚼着那个甘蔗头，我心里又苦又甜，就对你动了心了。那时真是少女之心，幸福极了。后来就天天缠着巴赫爸爸，也要去德国读书。"

我爸爸苦笑："我们曾经有过在德国的那几年就够了。在莱茵河边你是怎么说的，只要是曾经有过，不在乎一生拥有。"

刘怡也苦笑："唉，别说安慰自己的话了，咱俩也就那个命了。"刘怡替我爸爸理了理被江风吹起的衣领。

路边，有两个人在卖唱。男的在吹，女的在唱，吹的是双簧管，唱的是《东方之珠》：小河弯弯向南流，流到香江去看一看。东方之珠，我的爱人，你的风采是否浪漫依然……

管声低沉，唱腔惆怅。

我爸爸和刘怡各掏出一百港币，放到那对卖唱人的琴盒子里。

夜幕下，维多利亚港，微风徐，彩灯烁，江面犹如花千树，蓦然回首，那人已不在灯火阑珊处。

26

芝加哥好像是没有秋天的，夏天刚过，天立刻就开始凉起来，寒意浓浓，要穿冬装了。

我们家的大别墅掩在一片美国红枫林里，此刻，枫叶已经开始红了。还有几片落在地上，树下的草坪还是绿色的，衬托着那几片鲜红的枫叶，那景美得有点像童话。

带着沮丧，带着失望，带着太多的爱与惆怅，我爸爸风尘仆仆地回到了美国，但是他还必须把这一切都压在心里，脸上勉强挤出几许不自然的笑。

"妈，我回来了。"

"哎呀，回来了好啊，可想死我了。"我奶奶伸手在我爸爸那不自然的笑脸上轻轻地拍了两下，"你不在家这几天了，也得亏巧云照顾我，这真是个好孩子，照顾人可细心啊，办事也麻利，来一阵风，去一阵风，事情就干完了，家里吃的、喝的、用的都齐全着呢。将来料理家一点都不比我差。还会疼人，这不，知道你这几天要回来了，说什么倒时差没胃口，特别给你买了你爱吃的生煎包，在冰箱里，拿出来热热就能吃。"

"嗯嗯。"我爸爸附和着，"你老人家满意就好。"

"满意满意，她呀也是穷人家的孩子。到了台湾，别看是什么将军家，可遭罪了。那八个姨太，乱乱糟糟地在一起，是人过的日子吗？别说八个姨太了，说一句不该说的话，你妈早年要是改嫁了，你的日子会好过吗？那八个姨太，整天钩心斗角的，王秀英是个老实人，巧云要是不利落一点，那母女俩还不得遭罪。"看起来这些日子，我奶奶和这个没过门的媳妇处得不错，"哟，我这跑题了，赶紧说说巴赫家是什么情况。"我奶奶往我爸爸身边挪了挪。

我爸爸低声说："诊所还开着，只是老巴赫走了有几年了。"

"哎呀，怎么也不告诉我们呢。"奶奶叹口气，"唉，我腿不好，至少可以让你过去一下呀，都是救过我们命的恩人啊。"奶奶捶了捶腿，"这腿关节换了人造的，好多了，要是现在，我是一定要过去的。"

"嗯嗯。"爸爸低声应着。

"信交给小巴赫了吗？他能来参加你的婚礼吗？"其实我奶奶最想问的是这句话。

我爸爸说："交给他了，他说芝加哥太冷了，就不来了，他让我向你问好，也祝贺我新婚大喜。"

我奶奶说："你糊涂了吧，你的婚礼不是在芝加哥办，是在夏威夷，比香港还热呢。"

"哦，啊，这个，是这样，是这样。他说他最近心脏不好，不敢坐飞机。"我爸爸赶紧改口。

"他心脏哪里不好呀，哎呀，真是，年龄那么大了，你快在美国买点药给他寄过去，上次给我吃的那个什么辅酶Q10，挺不错的。让他好好养养，养好了再来……唉，也不知他愿不愿意到我这儿来了。"我奶奶有些伤感，打住了不想再往下说。

我爸爸拿出那个刘怡给他的戒指，对我奶奶说："妈，你看，小巴赫说他不能来，但给我送了礼，你仔细看看这戒指多好。"

我奶奶把那戒指盒打开，仔细地打量，又戴在手上试试，说："你巴赫伯伯用心啊，这戒指真好，哎呀，连我戴着都这么合适。"

我爸爸说："妈，你要觉得合适，就留着戴呗。"

"瞎说什么啊，这是人家送给你的结婚礼物，不过到那一天我也有一样东西要送给云儿呢。"

我爸爸眼眶有点湿润："这样吧，这个戒指就在你这儿再放几天，没事你就拿出来看看，到时候再给我。"

我奶奶说："好吧，我就先替你保管着。"

我爸爸又拿出一瓶药膏对我奶奶说："巴赫伯伯还给你带来了香港治关节炎的药膏，让你记得经常抹抹，还说走路不要太多了，人工关节也会磨损的，适当地锻炼就行啦。哦，还有这些糕点都是他让我给你捎来的，不过他说这都是甜的，多吃不好，尝尝就可以了。"

"哎呀，也真是谢谢他了，谢谢他了。他这人啊就是细心，还会疼人，我生你坐月子的时候啊，那时心情不好，想起你爷爷啊，就流眼泪，上了火，眼睛有点发红，他呀，一天几次地帮我上眼药膏，可细心了。还有一次呀，他妈妈烧了一点红烧肉，那时候吃一顿肉多不容易呀，他把他妈妈给他留的那几块肉，硬要让我吃掉，我不肯吃，他就端到我房间来，逼着我当他的面吃下去。还有偷偷摸摸地去打鱼，要让我下奶，日本人朝他开枪，那腿，子弹偏一点就打到骨头了，要打到骨头，腿就断了呀。那长长的一道伤疤，你下次有机会去看，保证还在那儿。"我奶奶说着说着眼眶都红了。

这一天，我爸爸做出了他这一生关于家事的一个最伟大的决定：在我奶奶的有生之年，都不把小巴赫去世的事告诉我奶奶。

我爸爸也是胆大包天了，要是哪天我奶奶知道真相，后果不堪设想。

"还有呀，你和巧云的事，怡儿的思想工作做通了吧，这事对这孩子打击太大了，她等了你那么多年，也真是仁至义尽，不容易呀。"我奶奶说着用手抹了抹眼角，"其实我也真是喜欢这孩子的，看着哪儿都亲，就像是自己的闺女。可是你们，唉，姻缘八字不对呀。"我奶奶摆摆手，"也不知道她最近怎么样呀，后来亲爹亲妈找着没有？难道就没有一点消息吗？"

"妈，怡姐现在挺好的，虽然爹妈还没找着，但是她结婚了，对象是在德国留学时的同学，有了一个胖小子，都快一岁了。"我爸爸淡淡地说。

"哎呀，这么大的事，这都有儿子了，你怎么不早告诉我呢。"我奶奶一听刘怡有儿子了很激动。

"我也是这趟去才刚刚知道的，怡姐是想等我结婚以后再告诉我的。"

"哎呀，这孩子一片苦心，一片痴心啊。"我奶奶又抹了抹眼角，"你赶紧替我补一个红包给她，大一点。"

"给了，给了，我在香港就把这事办了。"我爸爸眼眶红了，他说不下去了，打断了我奶奶的话，"好啦，好啦，不说啦，该忙我的婚事了。我先去洗个澡。"

"哎哟，你看，光顾着说了，赶紧去洗洗，休息休息，睡上一大觉，晚上咱们再聊。"

晚上，我爸爸原本想找我奶奶说说婚礼的安排，透过半掩的房门，他发现我奶奶在房间里戴着老花镜，把那戒指戴在手上，在台灯下左比画右比画地看，看看还笑笑，笑笑又哭哭，嘴里还念念叨叨，不知说的什么，不过，满脸都是幸福。我爸爸悄悄地带上房门。

婚礼越来越近了，我奶奶催着我爸妈从唐人街请回来一尊送子观音塑像，放在客厅小佛堂里。那尊送子观音佛像和当年巴赫家佛堂里的那尊观世音菩萨一样也是陶瓷的，带彩色的。那观音菩萨端坐在莲花宝座上，右手摆着施愿印，左手抱着一个孩童，那孩童穿着红布兜，小腿小膀子肉嘟嘟，像鲜嫩的藕节似的，头顶上一撮黑色的头发，脸蛋胖胖乎乎，红红润润。那莲花宝座，白色的莲花镶着红边，莲花下衬着碧绿的荷叶，荷叶上还有两朵含苞欲放的莲花骨朵。

我奶奶对这尊观音菩萨像十分满意，夸赞我爸妈心虔诚，一定会很快得子的，从此我们家的客厅就将开始整天香火不断的岁月。

27

秋天的夏威夷依然是那么热气腾腾。

提前一天，我爸爸和我妈妈就带着我奶奶来到了夏威夷。

一台老式的英文打字机，噼噼啪啪地敲出了我爸爸和我妈妈的结婚证。

晚上我爸爸选了一家靠海边的餐馆庆贺，餐桌就摆在沙滩上，繁星点点，月光莹莹，涛声阵阵，夏威夷特有的沙滩火把灯，一溜排地亮着，倒也真是灯火辉煌了。

我爸爸把结婚证拿给我奶奶看，我奶奶是左看右看，怎么看怎么开心，脸上笑得是一朵花接着另一朵花开。其实那个结婚证上面的英文字，我奶奶大都不认识。她问我爸爸那上面写的是什么，我爸爸告诉她这上面写着：他和葛巧云已经成为夫妇了。

我奶奶很满意地点点头，问我妈妈："巧云那半张纸你带来了吗？"

我妈妈说："怎么能不带来呢，妈妈吩咐的事，怎么能忘记？"说着，掏出了她保管着的葛爷传下来的那半张纸。

我奶奶又对我爸爸说："你的也带来了吧？"

我爸爸说："带来了，你都交代了好多遍了。"

我奶奶说："来，现在我们把这两个半张放在一起，拼成一张完整的，你们好好看一看当年是怎么写的。"

我爸爸和我妈妈还真的第一次看到这张完整的誓约，他们两人把这两个半张纸拼在一起，用手扒着一个字一个字地辨认那些早已经褪了色的字迹。

那是一张当年爷爷当裁缝给人量尺寸做记录的纸，原本就有点泛黄，几十年过去了，不仅发黄，而且还皱巴巴的。但那上面我奶奶写的蝇头小楷，仍然清晰可辨。

      今日葛大江与连根结为兄弟。葛大江之妻王秀英与连根之妻连妹结为姐妹。葛大江现有一女葛巧云，今年一岁。连妹现怀孕八个月有余，若产下一女仔，则拜葛巧云为姐；若产下男仔，则与葛巧云结为夫妇。

　　此约，今生今世，永不反悔。

　　我爷爷和葛爷当年按的血手印，已经变成深褐色了。

　　我奶奶看到当年她的手迹，自然也是无限感慨。头天晚上我爷爷和葛爷还那么高兴地在一起结为兄弟，指腹为媒，谁知第二天就魂各东西了。谁承想历尽千辛万苦，几十年的光阴，辗转半个地球，这两个半张纸竟然能在今天，在异国他乡合二为一。难道真是两个亡人在天之灵的指引吗？

　　我奶奶问我爸爸："你说你们俩这个事，是不是真的冥冥之中是有神在相助，还是你爸爸和葛爷在暗中指引呢？"

　　我爸爸回答："妈，你就是神。你要是不坚持非要找到葛巧云，非要去兑现当年的这个承诺，又非要让我到美国来找，这一切都没有可能。"

　　其实我妈妈是一个无神论者，但她也觉得奇怪，她对我爸爸说："我在台湾生活了将近二十年才到了美国，中间有那么多人追我，我都没有看得上，难道就是在等你吗？"我妈妈认真地把我爸爸又上下打量了一番，"你说也奇怪吧，那天妈妈把你喊到老人院来，我第一眼见到你就觉得是个熟人，尽管你穿得窝窝囊囊，脏兮兮的，但我就有那种来电的感觉，真是不可思议了。"

　　他们越聊越觉得这个事是命中注定不可违抗，冥冥之中可能真是两位亡去的父亲在天之灵暗中指引。

　　我奶奶说："好吧，既然是这样，今天我们就在这儿了他们的心愿，来，点火，把这张纸烧了，告诉他们，让他们在天之灵得到安慰吧。"

　　我奶奶拿起火柴划出火，我爸爸和我妈妈各拿着那半张纸放在火苗上，那火先从一个角开始燃烧，再慢慢地向上延展，再延展，火苗从小到大，再从大慢慢变小，那纸张渐渐地化为灰烬，在夏威夷的夜空，慢慢地飘去，散开，向空中升腾。

　　我奶奶领着我爸爸和我妈妈，让他们双手合十，仰面天空，口念"阿弥陀佛"。

　　这真是一诺千金难反悔，天意难违终成亲。

婚礼的那个早上，太阳早早地就从地平线上跳了出来。夏威夷的阳光总是那么强悍而又有力，仿佛那夏威夷的火山都是被太阳晒爆的。

金色的沙滩一望无垠，蓝色的大海卷着白浪，每一道浪花翻起落下，都反射着那个强悍的太阳，一眼望去，浪头之处仿佛有无数个宝石在闪闪发光。

我爸爸和我妈妈的婚礼就在这柔软细腻的夏威夷沙滩上举行。不进教堂，也就没有了教堂里的那些繁琐礼仪。

那个牧师留着光头，戴着墨镜，下身穿着一条到膝盖的绿色短裤子，上身是夏威夷岛衫，光着脚，怀里夹着一个白里透黄的一个大海螺，那海螺大如面盆，像一个厚实的圆圆的大南瓜。知道的，晓得他是牧师，不知道的还以为他是一个来度假的游客。

在这大自然的教堂里，我奶奶，我爸爸，我妈妈，迎着早晨的太阳，站成一排。按我奶奶的意思，没有邀请任何人。

那牧师举起海螺冲着太阳，吹响了螺号，螺号低沉而嘹亮。牧师那口气真长，螺号响了很久很久，有几次似乎那声音应该停下了，可那牧师又顶上去吹出一个高潮。看起来这真是他的一个绝活，那口气憋得可真够长，开始是额头上青筋直暴，后来仿佛连手上的青筋都鼓起来了。

天上有几只海鸥，随着螺号声起起落落地在他们周边绕着，飞着，仿佛在为他们起舞。有一只大胆的海鸥，竟然想飞到牧师吹响的海螺上。

海风不大不小，把我妈妈洁白的婚纱吹得十分飘逸。

我爸爸穿着笔挺的藏青色西装，白色衬衣，红色领带。

而我奶奶则是一身中式旗袍，中国红的。

很多年以后我妈妈跟我说起那场景，那眼里都是满满的幸福。

而我奶奶却说，她当时真怕那个牧师一口气接不上来，憋过去倒在沙滩上。经过了她和我爷爷那场婚礼，她对婚礼有了恐惧症，总怕婚礼上出什么意外。

然而，一切顺利，非常顺利！牧师终于表演完了他的吹螺号绝活，他诙谐地说，他的螺号，是上帝的起床号，让上帝起床来给各位祝福。不吹这么久，上帝听不到。接着，他就开始履行牧师的程序，说完一大堆祷告、祝福的话后，到了我爸爸给我妈妈送戒指了。

这时我奶奶惊慌地一拍大腿："糟了，那个戒指，我忘在家里了。"我奶奶急得都有哭腔了，她生怕婚礼出点什么差错，没想到差错出在了她这里。当年她和我爷爷结婚时，没有戒指，是因为那时真的买不起戒指。可如今她竟然忘了把小巴赫送的戒指带来。她着急地冲着我爸爸说，"子儿，这可怎么办是好？妈妈这个错可犯大了。小巴赫给你的戒指，我忘带了。"

我爸爸冲我奶奶一笑，从口袋里掏出一个戒指，对我奶奶说："妈，那个戒指是小巴赫送的，你就留着将来给孙媳妇吧。巧云的戒指我早就买好了。"

"哎呀，你这是要吓死我哟。"我奶奶拍拍胸口，长长地舒了一口气。她从包包里拿出一个红布口袋，对牧师说："我有一样东西，现在想送给我的儿媳妇可以吗？"

牧师一挥手："只要你不把上帝送给她，送什么我都没意见。"

我奶奶从红布口袋里拿出了那串祖传的古莲项链，对我妈妈说："这是先夫连家的传家宝，九十九颗古莲做的项链，上面有一颗是送子观音的图案。现在我把它送给你，为连家传宗接代的重任就落在了你的肩上了。"

那串古莲项链在早晨的强烈阳光下，愈发显得幽黑闪光，透着灵气，碰撞之间的那个声音也特别脆亮。

那个牧师也被这串项链吸引，惊诧地问："这是什么？"

我奶奶骄傲地说，这是传宗接代的法器。她抓起我爸爸的手和我妈妈的手，用那根项链在他们的手腕上绕了一圈。

那个牧师听罢，又憋足了一口长气，为那串古莲项链吹出了如歌如泣的螺号声。

螺号声中，我奶奶、我爸爸、我妈妈三人紧紧拥在一起。

海浪，沙滩，金色的阳光，海鸥在飞舞，鸣叫，仿佛是和着螺号唱着歌。

婚礼很圆满。

我奶奶很开心。

我奶奶对我爸爸说，从此以后咱连家后代的婚礼都会很圆满，你爸爸和葛爷在天上保佑我们。

28

　　我奶奶用一个玻璃盒子把那串古莲项链罩着，供放在佛堂的送子观音像前，每天都要到这儿来磕头烧香，祈祷我爸妈早得贵子。

　　可是我妈妈婚后快一年了，居然都没动静，把我奶奶给急的，以为是我妈妈不能生，整天嚷嚷着叫我妈妈去做检查。

　　那天吃着饭，又为这事吵了起来。我妈妈怼我奶奶，说："你懂不懂医呀，整天说我怀不上，说不定这是你家儿子的问题。"

　　我奶奶一听就不高兴了："我们连家不会有问题的，当年我一下子就怀上了。"

　　"女是女，男是男，不一样的。"我妈妈也是急了。

　　我爸爸两头抹抹，先对我妈妈说："没有人说你有问题，你正常着呢。"然后又对我奶奶说，"造人不是造汽车，谋事在人，成事在天。"

　　我妈妈对我奶奶说："生孩子这个事，压力越大，越不容易怀上。你看现在咱们家里，一进门就看见送子观音，一天到晚放着阿弥陀佛的音乐，满屋子熏的檀香味，都快熏死人了。"

　　在家里就我妈妈敢怼我奶奶几句，我爸爸对我奶奶那是百依百顺，说话都是低着眉，压着声。按说媳妇应该怕婆婆，可我妈妈却从来不吃这一套，该说什么她就说什么，我妈妈成长在一个姨太成群的大家族里，搅和在那样复杂背景的家族里，太多的钩心斗角，太多的尔虞我诈。你如果软弱了，在那个家族中，就是软柿子，任人拿捏。王秀英是个老实人，我妈妈说自打她长大后，家族里就没人敢再欺负她母女俩。所以我奶奶尽管整天跟她灌输什么妇道孝道，我妈妈多数是左耳朵进，右耳朵出。

　　我妈妈这时怼了我奶奶几句，我奶奶还不服气，说："什么压力不压力的，我和他爸那个时候压力比现在小吗？当年那什么年代？提心吊胆的，不是枪声就是炮声，日本人不是抓人就是杀人的，整天都怕没命了，不还是很快就怀上了，头胎就是个男丁。"我奶奶说这话时，颇有几分自豪。

我妈妈说："妈，我们想出去旅行一段时间，放松一下心情。"

我奶奶笑了："我懂，看见我，你们心烦。去吧去吧，我看你们出去了能不能怀上。还怀不上，我已经和唐人街的中医桂先生说好了，按他的方子，吃两服药。"

我爸爸带着我妈妈开着他那辆从德国带来的越野车，出去旅游了。从芝加哥向旧金山开，穿盐湖，过沙漠，还去了拉斯维加斯玩了几把老虎机。我妈妈玩得那叫开心啊！

而这趟旅行，我爸爸脑海里却时常浮现出在德国和刘怡出去旅游的那些印象，时常有一些发愣。有一次我爸爸开车，开着开着就仿佛觉得这个车是开在德国的阿尔卑斯山，旁边坐着的是刘怡，想着想着，脸上竟然傻乎乎地泛出笑意，我妈妈和他说话，他也没在意。

我妈妈说："想啥呢？傻呵呵笑啥呢？走神了吧？是不是想你那个怡姐啦？"其实我妈妈是开玩笑说的。

可我爸爸是个老实人，听我妈妈这么一问立刻就说："哎，你怎么知道我是在想她了？"

我爸爸这么一说，我妈妈还真有点不高兴了："你呀，咱俩都结婚这么长时间了，你还忘不了那个老情人吗？我可跟你说清楚了啊，刘怡现在跟你可是姐弟关系，你不要再胡思乱想了。"

我爸爸说："你也不用给我上紧箍咒，这个关系我懂，我摆得正。"

我妈妈说："那就好，你摆得正，我也摆得正，刘怡和我们俩，将来就是好姐妹，好姐弟。"

我爸爸傻乎乎地笑笑："好好好，你们都比我大，我做弟弟，做个好弟弟。"

"什么做个好弟弟，你是我老公，先把老公做好了，生儿子，生儿子，这是你做老公的头等大事，这一次回去再不怀上，你妈非要让我喝那个什么苦中药了，还要整天给我念紧箍咒，烦死人了，烦死人了。"我妈妈揪着我爸爸的耳朵捏了一下，"你听明白没有，好好卖力。"

旅行回来，我妈妈还真怀上了。我妈妈说，细算起来应该是在旧金山红杉树森林汽车营地里的那个晚上，够浪漫的。

就这样，1985年秋，我爸爸和我妈妈的第一个孩子——我，在一个电闪雷鸣的夜晚，横空出世了。我长大以后干什么事都胆子大，我奶奶说我是雷公送来的，天不怕地不怕。

尽管是个女孩，我奶奶也高兴得不得了，说万事开头难，能生就行。说我手大，脚大，嘴巴也大，眉也粗，像男孩子，后面肯定男娃跟着就来了。

我奶奶和我爸爸商量给我取名叫连习德，取自于中国《女儿经》当中所说："女儿，第一件，习女德。"

我奶奶说对了一半，说对的是说我像男孩，果然在我后面的成长中，我比男孩更像男孩。说错的是两年多后，我爸爸妈妈的第二个孩子出生，仍然是个女孩。

见第二个孩子还是女孩，我奶奶有些着急了，起名字时全家还争吵了一番，我奶奶说叫盼弟。

我妈妈说这个名字太难听了，土得掉渣，她说我妹妹生的时候正是桂花盛开的季节，不如就叫香桂吧。

我奶奶说这个名字太女性化，这样第三胎说不定还是一个女娃。

最后还是我爸爸出来和稀泥，说："不如还按《女儿经》来吧！女儿，第一件，习女德；第二件，修女容。就叫连修容吧。"

我奶奶妥协了，说："这个也行，修容，下一个把女儿容貌修成男孩吧。"

我妈妈也同意了，说："这个也好，修容，女孩子就是要把容貌修得漂亮一些。"

我比我妹妹大近三岁。我妹妹出生时，我奶奶已经开始教我读《三字经》《女儿经》了，她还早早地备上了一本《弟子规》，说这是给未来的弟弟预备的。

但我们家三个孩子，应当说后来我妹妹最听我奶奶的话，也最像女孩子，十分文静，不多说话，长相甜美。按照我奶奶的教导，早早地就把《三字经》《女儿经》背了下来。我奶奶还教她写毛笔字，能写好几种字体。我妹妹书读得也好，从小学、初中到高中，都是学校里的读书尖子，什么是学霸？我妹妹就是学霸，家里所有关于学习方面的奖状、奖杯都是修容拿的。最后我妹妹竟然读进了哈佛，学的是基因生命科学专业，专攻癌症。

29

　　我奶奶每天早晚都要到那个小佛堂前去拜拜送子观音，嘴里念叨念叨："大慈大悲的观世音呀，给连家添个男丁啊。"我也真服了我奶奶，家里的香火就一直不断，任何时候走进来都能闻到一股檀香味儿，以致后来长大了，只要闻到这个味儿，我都会恶心。

　　终于在我奶奶又念念叨叨快三年后，我爸爸第三个孩子诞生了，这次果然是个男孩，我奶奶那个高兴啊，说这是观世音奖励她的虔诚。

　　那天我奶奶买了一大堆供品，放在送子观音前，还不时地磕个头。她等不及我妈妈出院，非要让我爸爸领她去医院看孙子。我爸爸没有办法，只好让我在家看妹妹，他带着我奶奶去了医院。

　　我爸爸说我奶奶见到孙子时的高兴样儿没法形容，左一声"孙子"，右一声"孙子"地喊，不止一次地扒开裆看，看了一次，过一会儿似乎不相信，又扒开来再看一次，一个劲地对我妈妈说："云儿呀，谢谢你啊，谢谢你了，我们连家有后了，他爷，葛爷，你们快看看呀。"

　　我妈妈也如释重负，那一年她四十六岁了，此时生个儿子对她来说也真是拼了命了，如果这胎还是一个女孩，我妈也决定不再生了。我妈妈对我奶奶说："妈，你看，这孩子长得都挺好的，就是右边腮帮上有个胎记。"

　　我奶奶说："我看见了，我看见了，不就是绿豆般大的一个小黑点儿吗？没关系的。"

　　我妈妈说："等长大时，可以用激光去掉。"

　　谁知我奶奶一听就急了："千万不可，谁也不准把这个给除掉。"

　　我爸爸知道我奶奶是联想到我爷爷因为去掉脸上的那个瘊子而丧命的事了，赶紧跟着说："留着，留着，不除掉，做一个记号，不会丢掉。"

　　他们大人在医院里挺开心，可我在家却出了大事。妹妹要喝水，冰箱太高，我站着小凳子去开饮料，结果没有踩稳，摔倒了，右眼角被洗碗机的手柄挂了一个口子，鲜血直流。等我爸爸和我奶奶回家，我的右眼又红又肿，衣服都被血染红了。妹妹吓得哇哇大哭，我抽出了一张餐巾纸，捂着眼角，血从手指间溢出，我居然没有哭，还哄妹妹，让她也不要哭。大人们回来时，我一手搂着妹妹，一手捂着伤口，坐在地上，血染红了半边衣服，地上也有许多血。

我爸爸回来一看吓坏了，赶紧带我去医院。清理伤口，眼角缝了四针，长大后眼角的疤痕依然清晰可见。

我奶奶也很愧疚，说不该把我们丢在家里。

我爸爸奇怪地问我："你为什么没有哭？"

我说："妹妹使劲在哭，我在哄她。"

我爸爸不可思议地摇摇头。

那一年我才六岁。

我奶奶给我弟弟起名叫连圣训，用的是《弟子规》的第二句"圣人训"，取"圣训"二字，是希望他将来能记住圣人的教诲，成人成才，为连家扬名树威，光耀祖宗。

我奶奶十分精心地照顾我妈妈坐月子，希望她的奶水能够多一些。月子里，我奶奶隔一天就要让我爸爸去采购一次，鸡鸭鱼肉，蔬菜水果。我妈妈说比她生前面两个女儿时"待遇"高多了。那时在芝加哥只有一家台湾人开的卖中国货的大超市，距离我们有七十多公里，只有星期天才有中国的那种鲫鱼卖，有时还没有。所以为了给我妈妈下奶，每到周日我奶奶就让我爸开个车子，带上一个大塑料桶，去超市里买上十几条鲫鱼，桶里装着水，回来都是活的，每天给我妈妈炖鱼汤喝。我和妹妹看了真眼馋，我奶奶炖汤时，我和妹妹常常就站在旁边看，那鱼汤白白的像牛奶一样，真诱人，看得我们直咽口水。

"去去去，看什么，这是你弟弟的奶。"我们总是这样被我奶奶轰走。

还是我妈妈好，知道我们馋，常常趁我奶奶不留意的时候往我们嘴里喂一口汤，那汤的味道真是鲜。

有一次，我妈妈从碗里倒出一小口汤给我和妹妹喝时，妹妹先小小地抿了一口，然后递给我，我又抿了一小口，最后又递给妹妹，让妹妹大口喝。

这时我奶奶进来了，不高兴地嚷嚷我妈妈："两个姑娘都长大了，还这么惯着。在美国这点鱼不好买，要喝的，家里牛奶多的是。"她还常常提到小巴赫那个时候给她到日本鬼子炮楼下的鱼塘抓鱼下奶的事，每每说起来都是感叹万分，说小巴赫腿上的那个枪伤疤痕好深好深的。

我是老大，所以我奶奶经常让我配合我妈妈照顾我弟弟，比如摇摇篮哄弟弟睡觉基本上都是我的事了。

有一天午饭后，我奶奶把我弟弟放进摇篮里，让我轻轻地晃着摇篮哄他睡觉，可那天我弟弟显得有些烦躁不安，怎么哄也不肯睡。我奶奶开始怪我摇篮摇得太快，晃动过大，惊到了我弟弟。可过了一会儿，我发现我弟弟出现呼吸急促、嘴唇发紫的情况，这可把一家人吓坏了，赶紧往医院送。我爸爸还打电话招来了警车在前面开路。去医院的路上我奶奶就紧紧地抱着我弟弟，脸色发白，眼泪汪汪的。我妈妈要换她一下，我奶奶坚决不同意，好像她一松手我弟弟就会没命了似的。

经检查，医生说我弟弟是新生儿动脉导管未闭，是一种小儿常见的先天性心脏病，问题不大，随着成长，也许过几个月就好了。关照喂奶时要多分几次，活动量不要太大。

果然如医生所说，我弟弟六个月之后，动脉导管未闭的问题就自愈了，和正常的孩子基本没有两样。可是我奶奶后来总是拿我弟弟有先天性心脏病说事，处处呵护，动不动就说她孙子这条命来得不容易。说起这个事，她都还要表扬我几句，说幸亏我发现得及时，救了我弟弟一条命。

我弟弟满周岁那天，我奶奶说要按照中国人的习俗搞一个抓周。

于是一家人张罗着准备抓周的东西。

我奶奶说，要金、木、水、火、土各属性都有。我爸爸找来了积木、书、纸、陶瓷茶杯、钢笔、眼镜、算盘、好几个国家的钱币、糖果、巧克力等一大堆东西，还用一个气球里面灌了水。东西一应齐全之后，我奶奶左看右看，又跑到送子观音像前，把那串古莲项链拿了过来。

我奶奶说，抓周要在吃中午饭之前，"早起的鸟儿有虫吃"。那天全家人围坐在客厅，把我弟弟在客厅地毯中间放下，把要抓的东西围着他摆了一圈。我奶奶不许我们说话，以免分散他的注意力，让我们在几个方向坐下，静看我弟弟抓什么东西。

没想到我弟弟竟然被这阵势吓哭了，不知道我们要干什么，先愣了几秒钟，四下看看，忽然就张嘴哇哇大哭，张着双臂喊妈妈。而我妈妈面前正好摆着那一串古莲项链，弟弟爬过去，抓住那古莲项链，使劲摇着喊妈妈。

我奶奶一见立刻乐了，拍着手说："你们看啊，我就觉得圣训这个孩子不一般，看看，看看，他晓得要给咱连家传宗接代呢。"

我爸爸也附和着说："是啊，就盼着他传宗接代了。唉，连家到他这一代，又是单传啊。"

我肚子饿了，趁着这个空，抓起一块巧克力，正要放进里嘴里，我弟弟一看又转身过来，朝着我手里抓，我把巧克力在身后一藏，我弟弟又哇哇大哭。

我奶奶不乐意了："你这当老大的也是，跟弟弟抢什么的？赶紧给他！"说着从我手中夺下巧克力，塞进了我弟弟的嘴里。

我妹妹悄悄摸了一块巧克力递给我："姐，给。"妹妹真是一个可爱的宝宝，从来不护食。有小朋友来家里串门，她总喜欢往别人手里塞吃的东西。我奶奶总是夸她，说她是菩萨心肠。

而我们家的宝贝长孙，就这样在奶奶的绝对宠爱，爸爸的十分喜欢，妈妈的"老来得子"的幸福当中慢慢长大。

30

中国大地的改革之风，从南面呼呼啦啦吹起来，迅速刮遍中华大地，而广州更是改革开放的桥头堡。

1991年，何时好已经是广州一家汽车制造厂的厂长了，刘怡是总工程师，这两个从德国回来的汽车专家，把那个厂子弄得火火热热。抓住改革开放的东风，他们要扩大生产规模，搞一个合资企业。而我爸爸在美国的汽车公司，正好有这个想法到中国去拓展，他们三个人一拍即合，由我爸爸负责引进外资和技术，当年在德国慕尼黑大学那个标志性的喷泉下，手扣在一起的三个年轻人，终于等来了报效祖国的机会。

扩大生产就需要征用土地，而厂里决定征用的那块土地居然就是那个包括教堂惨案纪念陵园在内的乱坟岗及周边。

何时好亲自挂帅征地的事，找到市里分管工业的杨市长软磨硬泡，终于把批地的手续拿了下来。应当说还算顺利，很快，周边农户搬迁工作就已经结束了，只剩下那一堆乱坟岗。厂里贴了告示，要坟主两个月以内来迁坟，过期不迁，到时候就作为无主坟处理了。

时间一到，还有一些零零散散的坟头无人认领，何时好厂长下令开工，十几台推土机进场平整土地。那个架势浩浩荡荡，工地上插满了红旗，标语口号振奋人心："时间就是金钱，效率就是生命""不管白猫黑猫，抓到老鼠就是好猫""大干180天建成新厂区""点燃激情，一天不能等，放飞梦想，一日不能停"。

可是队伍刚进场，工地现场负责人就急匆匆打电话给何时好报告，说乱坟岗老榕树下有一处坟拆不掉了，有个人拼死阻拦。

"那一定是想多要点钱，你们看着给就可以了，不要太小气，"何时好在电话里大声喊，"这是扒人家祖坟呢，多给点钱没关系。"

"给多少钱也不行，谈过了，谈不下来，就是不让扒。"工地负责人在电话里喊，"非要见领导，那人非要见领导，我们搞不定了，再搞下去要出人命了。"

何时好只好驱车赶往拆迁现场。远远地就看见那个小山头上那棵巨大的老榕树，上山的路早已没了，那棵老榕树孤零零地竖立在那个小山包上，那个小山包又孤零零地被农田包围着，仿佛一个孤岛。

老榕树下的那个纪念陵园已经是破旧不堪，长满荆棘和荒草，南方的天气又好，那些杂草杂树生长得猛，一人多高都算是矮的，几乎完全淹没了那十几个墓碑。别说远看，就是走近了没人指点，也看不见里面还有墓碑。

何时好走过去一看，一堆人围在那个陵园的入口，地上趴着一个老人家。

见何时好过来，工地上的负责人指着趴在地下的老人家说："何厂长，就是他，这老家伙，好话坏话都不听，你稍微一动他就趴下。他说这个坟当年是他建的，就是不让动，还让我们打死他。"

何时好蹲下身："老伯伯，我是厂长，有事起来和我说。"

"你真是领导？"趴在地上的老人家斜了一眼何时好。

"对，他是我们厂长，一把手。"工地负责人指着何时好，对地上的老头大声喊。

"喊什么啊，我耳朵不聋。"地上的老人家吃力地爬起来，但还是在地上坐着。

何时好细看那个老人家，应该有八十好几了，满头的白发，眉毛也白了，满脸褶子，鼻梁上的眼镜显然在前面拉扯中被拽断了一条腿，上身穿着一件灰色的T恤衫，下身是一条过膝盖的黑色平角裤，手里攥着一根木棍子，脚下是塑料拖鞋。当时正是下午，天气闷热，老人家吃力地喘着气，好在有那棵老榕树的树荫，还有一点点的凉爽。

"老伯伯，可不可以告诉我你是谁？"何时好轻声问。

"我是吴保长。"那老人家把头一昂。

旁边人一阵哄笑，工地负责人说："问他几回了，他就说他是吴保长。我一开始以为他说是五保户，他还纠正我，不是五保户，就是吴保长。"

旁边人附和："你说都这年头了，哪来什么保长呀，这不完全是胡闹吗？"

何时好挥挥手让周边人安静："吴保长？你是什么年代的吴保长啊？"

"从民国到抗战，到解放前我都是吴保长。"

"那你这吴保长跟这一片坟有什么关系呀？"

"你扶我起来。"老人家颤颤巍巍地站起来，"领导，这可不是一般的普通的坟啊，来，我领你看。"

老人家站起来，用棍子拨开草丛树枝，带着何时好走进陵园："这里一共有多少个墓碑，你们肯定没有数过，杂树杂草漫山遍野，你们也看不清。我告诉你，这里原来有十九个墓碑，后来被毁掉了两个，现在有十七个，个个都是泪啊，都是血呀！那毁掉的两个，一个是我儿子的，一个是一个日本女人的。教堂惨案，教堂惨案，怎么能忘记呢？怎么能够一扒了事？怎么能就这样对待他们呢？"

何时好随着老人，走进那满地的荒草和荆棘树枝掩盖着的陵园，听老人家提到教堂惨案，不由一愣："老人家，你刚才是说教堂惨案？"

"对，教堂惨案，1945年的事，民国三十四年，快四十年了，可是老广州人不会忘记的。"老人家颤抖着嘴唇，用棍子敲着地。

听到这，何时好心头一颤，把两只手高高举起来，对着大家喊："都别动，大家别动，退出去，快从这退出去。"他对工地负责人说，"赶紧去，把刘怡接过来。"

教堂惨案，何时好在德国时就听刘怡说过。他扶着老人家在老榕树下坐定，叫人给老人家递上水。

就在这时，山坡下又听到有个男人扯着大嗓门生猛地喊："谁敢扒坟？谁敢扒这坟，我就跟谁拼了！"随着这喊声还有几声凶狠的狗叫。

何时好赶紧叫人让开路，让那个人过来。

只见一个四方脸、浓眉大眼、皮肤黝黑的中年汉子牵着一条大黄狗，气呼呼、凶狠狠地走来，脚下带着风，手里还拿着一根扁担，不时地挥舞着。

"这儿谁说了算？"那个汉子狠狠地问。

"这位兄弟，这里我说了算。"何时好上下打量着这位汉子，心里想这是来者不善呀。

旁边的工人一看这个架势，担心这个汉子是来闹事的，也都把手里的家伙攥紧了。

"这坟不能扒！"那汉子一手牵着狗，一手拿扁担挥着。

"我说这位兄弟，你先不要着急，也别发火。"这几年搞建设，尤其是征地拆迁，总是会碰到这样和那样的事，何时好心里倒真的不害怕，也不着急，最终都是能够拿钱解决问题。他心里倒是嘀咕着这一片纪念陵园，还真是棘手，不知该怎么办。这一块地在规划中，正好处于未来厂区的中心，这个要是拆不掉，还真的是影响规划。何时好心平气和地对那位汉子说："这位兄弟，你告诉我，这里哪一个坟头是你们家的？"何时好，指着几处无主坟问。

没想到，那位汉子举起扁担，往纪念陵园里面一指："就这一片。"

这句话把何时好说得有点纳闷了，他还真不知道这个陵园里面埋的是些什么人。

正在老榕树下喝水歇着的老人家，听了这小伙子的话，也是一头雾水，他心想，他会是谁家的孩子呢？他颤颤巍巍地走上前去，上下打量着这个壮汉："孩子啊，这里面哪一位是你的先人？"

"一个没有。"那汉子还是恶声恶气的。

"一个没有你闹什么事呀！"旁边的工人开始喊起来，有人喊，把他轰走，揍他！这分明是来讹钱的。

"我看谁敢撵我走！六顺，给他们点厉害看看。"那汉子把手中牵着狗的绳子往上一带，那狗立刻就朝四边的人汪汪叫起来。

那老人家也有一些纳闷了："孩子，当年我是保长，这里面躺着的人，我个个都认识，告诉我，你叫什么名字？"

"我叫李顺，人都管我叫小顺子。"那汉子把脖子一拧。

"什么？你是小顺子？"吴保长立刻浑身都颤抖起来，揉揉眼睛，扶起了半条腿的眼镜，仔细打量着眼前的这个大汉，"你真的是小顺子？！"

"对，是我，坐不改名，站不改姓！"那个大汉把胸口拍得砰砰响。

"你这个小仔仔，你这个小仔仔！"老人家一把夺过那汉子手上的扁担，照着他的屁股就揍了几下，"连我你都不认识了？"

"你是谁？"那汉子诧异地看着吴保长。

"我是你吴大爷，是我把你从孤儿院领回来交给你妈李嫂的啊！"吴保长激动地拿扁担又照着那个汉子揍了几下。

"啊？！你就是那个把我送给我妈的吴主任？"那汉子也是大吃一惊。

老人家使劲点点头，激动地抓着小顺子的手，使劲地摇。

"哎呀，恩人啊，恩人啊！"小顺子扑通朝老人家跪下，"吴大爷，请受小顺子一拜。"小顺子随即又对那只狗说，"六顺，磕头！"那狗竟然真的把前腿曲弯下去，朝老人家点了几下头。

这时刘怡来了。自打奶奶出国，刘怡就没有再见过小顺子，但毕竟大模样还在，所以刘怡一眼就把小顺子认了出来。小顺子也认出了刘怡，我奶奶临走时告诉他们，刘怡回香港了，没想到在这儿竟然巧遇了。小顺子那是一口一个"怡姐"地叫着，叫得那个亲切呀，两个人激动地拉着手。那狗看见小顺子和刘怡这么亲热，也凑过来舔刘怡的手。小顺子告诉刘怡，这只狗是千顺的后代——是后好几代的后代了，叫六顺。

刘怡奇怪，小顺子怎么会到这里来，还不让扒坟？

小顺子告诉刘怡，我奶奶出国前去他们家，拜托他们每年清明替她来这里烧个纸钱。所以他和李嫂每年清明都会过来祭扫一下，后来李嫂走不动了，都是小顺子自己过来，一年都没落下。他是刚刚才听说这个地方要被征用了，觉得这事无论如何得要经过我奶奶的同意，这里毕竟有我奶奶的亲人呀，可是他又联系不上我奶奶，他和李嫂商量，不管三七二十一，先"打杀"过来，阻止扒坟。

其实刘怡看到眼前墓地的情景也惊呆了，她回到广州后，曾经来过这儿，可是没有走进来，因为当时这里已经完全是一片荒草杂树，根本看不见墓碑了。她也以为这个陵园早就没了，压根没想到那催人泪下的墓碑，竟然就隐藏在这些茂密的乱草丛中。

此刻刘怡一切都明白了，那个老人家就是吴二少爷的父亲，当年的吴保长。吴保长的事她听我奶奶说过，尤其是六五年小巴赫回来想迁坟，在坟地被打，吴保长拼死抱着那几个人的腿，让我奶奶和小巴赫能得以逃脱。他们都以为那时吴保长可能被打死了，没想到他还活着。

刘怡激动得热泪盈眶，她走到老人家跟前："吴保长，吴主任，真没有想到，你还活着呀，我还能再见到你。"

"你又是谁？"吴主任并不认识刘怡。

"连妹是我妈，小巴赫是我爸，枝子是我奶奶。"刘怡拖着哭腔，和吴主任紧紧地拥抱。

听刘怡这么一介绍，吴主任也立刻老泪纵横："活着，活着，只是记性不好了，你们还记得我就好，很多人都已经忘了我这个当年的吴保长了。"

"怎么能忘记，不会忘记吴保长，你是革命的功臣呀。"刘怡说。

"是啊，哪能忘记你呀，我妈经常跟我提起你，念叨你那些年的好。就是不知道你在哪里，要能有你的消息，我早就去找你了。"小顺子接着刘怡的话，"回头我接你去我们家，也让我妈好好高兴一下。"

"连妈妈说，后来你被打成反革命，还是右派，平反了吗？"刘怡关切地问。

老人家抹抹眼泪："都平反了，帽子全摘了。只是六五年那次，我拼死抱着他们的腿，不让他们去追小巴赫和连妹，打坏了小巴赫那是国际问题，打坏了连妹那是政治问题。那时候他们不懂呀，他们就使劲地打我，打我，棍子抡圆了打，竹棍子都打劈了，这不把我的腿打折了，脑子也打坏了，现在好多事我记不起来了。但是这里的事我怎么能忘啊，我的亲骨肉在这儿呢，我平反了，我的儿子也应该平反，枝子也应该平反呀。这个事没有着落，这片坟地谁也不能动，要么你们今天就把我也埋在这儿。"吴主任说着说着又激动了起来。

"对，不能扒。谁敢动，我来挡着，我是烈士的遗孤，我谁都不怕。"小顺子也跟着喊。

眼前的这一切何时好并没有完全闹明白，尤其是谁和谁的这个关系，那个故事实在是太久远了，太复杂了，他没有完全理得顺，但有一点他是完完全全地明白了，这坟不能动。尽管有人说，他是一只就想着抓钱的猫，但是这一点基本觉悟他是有的，有这个背景的墓地是不能随便拆的。可是工厂要扩建，这怎么办呢？那是后话，先处理眼下的事。他对吴主任和小顺子说："你们放心，我去跟政府汇报，一定找一个妥善解决的办法。"

刘怡急了："老何，这事你可不能做和事佬，一定要处理好，处理不好，不只是伤了他们的心，伤了我的心，伤了我们家的心，还会伤了老百姓的心啊！"

"放心，我虽然是和事佬，但是我懂原则，这个事一定会处理得让你们满意。"

何时好立刻把这件事报告给了政府，政府高度重视，专门派人来看现场，可是奇怪的是，居然在政府的档案里关于教堂惨案就只有寥寥几句话，而且居然没有修建陵园的材料。后来才知道，其实是当年的钱科长心虚，他知道他自己找的那几个疑点站不住脚，怕组织上后来追他责任，就把大部分教堂惨案的史料给毁了，尤其是吴主任自己陈述的部分。

然而这件事情，政府也十分为难，按道理这个陵园确实应当保留，但如果不拆的话，又影响整个工厂的规划，实在是两难。这又是市里杨市长主抓的重点引进外资项目，万一做不好影响了外资引进，这个责任可就大了。商量来商量去，当地政府决定，把这些坟异地重建。街道胡书记亲自挂帅，先找相关人员来谈一谈，看看他们具体有什么要求。

他们觉得有刘怡在，小顺子的工作不难做，核心还是要做好吴保长的工作。过了一天，区委胡书记派人把吴保长和何时好、刘怡请来开协调会。

他们原本以为吴保长一定不会轻易同意，然而万万没有想到，老共产党员吴保长那天当着众人的面，只提了两个要求：第一，查清史实，给儿子平反；第二，先把这个墓地打扫干净，把两个被毁掉的墓碑再重新竖起来，他要在那里留个影。提完这两个要求，老人家眼眶湿润地对大家挥挥手："等我拍完了照，你们就拆了吧。"老人说完这句话，趴在桌子上呜呜大哭，在场的人无不动容。

胡书记紧握着吴保长的手，连声说："谢谢，谢谢支持建设。"然后他亲自布置，落实吴保长提的两个要求。

31

杨市长带着他的王秘书，走进了陵园。杨市长主管工业，何时好厂里这个项目是他主抓的市里重点外资引进项目。陵园的事，他知道得并不那么详细，但是王秘书给他简单汇报了教堂惨案的事之后，他说陵园就不要移走了，历史讲究一个真实，移动了就变味了，可以在这里保留性地修建一座纪念亭的。

其实他今天并不是专门来看这个陵园，只是路过这里时，王秘书提了一句说，要不要去看一看这个马上就要被拆了的陵园，杨市长这才走了进来。

杨市长先在老榕树下站定，看了看山坡下已经开工建设的厂房，对王秘书说："保留这个小山头，保留这棵老榕树，在老榕树旁建个纪念亭，这个方案可行。我们搞建设不能忘了根，不能忘记就发生在我们脚下的那些心痛流血的往事。"

然后杨市长走进了陵园，他仔细地一个墓碑、一个墓碑地看过去，当走到写着吴二的那个墓碑前，杨市长一愣，指着墓碑问王秘书："这个吴二是谁？"

此刻吴保长正蹲在吴二的墓碑后擦拭灰尘，听杨市长问，不慌不忙地接话："他是我的儿子。"

"呀，这儿还有一个人？"杨市长吃了一惊，连忙绕到墓碑后，问，"老人家，你是……"

吴保长昨天就接到胡书记通知，陵园已经全恢复了，今天要搞拍照留念仪式。

在胡书记的过问下，内查外调，很快，吴二少爷的身份就确定了。没说的，平反！而陵园的清扫恢复建设工作，胡书记是组织党员干的，说是算上一次特殊的党课，这事还上了新闻，给胡书记脸上添了不少光。

眼下，小山头收拾得利利落落，干干净净，陵园内外焕然一新。尽管这个陵园最终是要拆掉，但胡书记一点都不含糊，不但除去了杂草，连里面种植的树都修剪得整整齐齐，仿佛是一个新建的陵园，庄严而肃穆。

吴保长等这一天已经太久了，清晨太阳还没有出来，就一个人到了陵园。他还刻意打扮了一下，理了发，剃光了胡子，而且还特地把头发染黑了，戴上一副金丝边的眼镜，下身穿着香云纱料子的裤子，上身穿着香云纱的衬衣。除了胸前别了一枚党徽，他让自己努力回到当年吴保长时的那个模样。

吴保长到陵园时，还没有一个人。他满意地在陵园里外四处走着，看着，脸上的表情既有喜，又有悲。他挨个走过十九个墓碑，嘴里念念叨叨的。最后走到自己孩子吴二少爷的墓碑前，从裤腰带上扯下一块白毛巾，蹲下身在墓碑前后仔仔细细地擦拭，听见有人问吴二是谁，他搭腔回了一句。又听问他是谁？吴保长头都没抬地应道："我是吴保长。"

"吴保长？"杨市长扭头看着王秘书。

王秘书解释："杨副市长，看你忙，我就没跟你仔细汇报这教堂惨案前前后后的详细情况。这个吴保长的儿子吴二，也是在这个教堂惨案中被打死的，不过死得挺冤枉，其实他是一个潜伏的地下党，当时的身份是伪警察。"

吴保长，吴二，伪警察，这几个字碰在一起，杨市长心里咯噔一下，立刻心怦怦跳起来，热血直往头上涌，他甚至都跟趄了一下。他用手扶住墓碑，尽力控制住自己，端详着眼前的这位老人，尽量用平静的口吻："那你，是不是叫吴一鸣。"

"哎呀，市里的大领导工作挺仔细嘛，看过我的档案了？"吴保长缓缓地站起来，看了一眼杨市长。

杨市长这一会儿是全明白了，他万万没有想到，竟然会在这儿碰上自己的亲生父亲。他上前紧紧地抓住吴保长的手，发自肺腑深情地叫了一声："爸，我是吴三呀！"

"什么？你你你，是吴三？"吴保长吓得往后退了两步，上下打量着杨市长，不敢相信地摇摇头，"撞鬼了，这个怎么可能呢？"

"这怎么就不可能呢？"杨市长这会儿再也控制住内心的激动，他扑通朝下一跪，"爸，我就是吴三，我就是那个离家闹革命去的你的三儿子呀。"

吴保长还是不敢相信，他又朝后退了两步："这个，这怎么可能呀？你还活着，为什么早不来找我呀？"

杨市长哽咽地说："我，我参加革命后，改名改姓，我不知道家里的情况呀，以为你和二哥早就被镇压了，回到广州后我去老家看过，可是老屋那儿什么都没有了。"

"你真是吴三，三儿呀？"吴保长上前把杨市长搀扶起来，"哎呀，我也以为你早光荣了，这么多年了，没有你的消息，我已经死心了。"

"是差点光荣了，你看我额头上这道疤。"杨市长指着自己两眉间上一道两寸长的伤疤，"真光荣了，今天可就见不着你了。"

吴保长端详着杨市长："你的变化太大了，不过细看，你还是像你妈呀，不过鼻子像我。"

吴保长和杨市长父子俩，在这个时候，在这个场合下巧遇。王秘书觉得这太神奇了，赶紧拿出照相机拍下了他们那个激动相见的瞬间，还赶紧给杨市长道歉："怪我，没有详细把情况向您汇报，您老父亲和吴二都是共产党。老父亲后来被冤枉成反革命，也平反了，吴二这不刚刚才平反嘛。"

吴保长和杨市长紧紧地搂在一起，千言万语，万语千言，不知从何说起。尤其是吴保长，他以为自己已经没有了后人，没想到三儿子不仅还活着，还当了大官，激动得哭得稀里哗啦，脚也站不稳，一屁股坐在了吴二墓旁的地下。

杨市长就陪着吴保长坐在地上，搂着老父亲，也是止不住自己的泪。枯瘦的老父亲这会儿像孩子般地靠在杨市长的怀里，靠在儿子的怀里，使劲抽泣着。吴保长这一生的思念，一生的委屈，一生的希望，此刻都化作了泪水。吴保长哭得几乎要晕过去了。

王秘书在一旁使劲地安慰，让他不要太难过。

杨市长紧紧地搂着老父亲对王秘书说："让他哭吧，让他哭吧，让他哭个够吧，我能理解老父亲，他心里有太多太多的憋屈了。"杨市长把老父亲搂在怀里，轻轻地在他肩膀上拍着。

太阳出来了，朝霞映红了半边天，初升的太阳映红了墓园，映红了那棵老榕树，也映红了搂在一起的吴保长和他的儿子。好一阵子，吴保长心情才慢慢地平静下来，他端详着杨市长，摸着他的脸，摸着，摸着，他忽然笑了，他笑得是那么舒展，那么由衷，那么亲切。那不仅是慈父般的笑，还是一种无限释怀的笑，一种完完全全解脱的笑。

一旁的王秘书对杨市长说，老人家虽然平反了，但岁数大了，不好再安排工作，他就一直在巷口卖凉茶补贴生活，看要不要找一个什么政策给老人家补贴一些。

吴保长挥挥手，连声说不要，他说他时常给邻里乡亲把把脉，开个方子，人缘不错，不愁吃喝。

杨市长扶着吴保长站起来，没好气地对王秘书说："马后炮的屁话，要给他补贴早就该给，现在都找到我了，还要找什么政策给补贴，我就是他的政策。老豆，一会儿回家，儿子把欠你的全给你补上。"

"对，找儿子补。"吴保长呵呵地笑着，"我现在是有儿子的人了，不找政府要钱。"

这时候已经有三三两两人走过来了，陵园修复的事，周边的群众都知道了，这几天一直有不少老百姓来祭扫。

杨市长对吴保长和王秘书说："今天我这事，暂时不要告诉大家，因为这个项目是我主抓、主推，不要让大家误会了，以为我带有个人情感。再说所有事我都得按政策办呀。"

吴保长使劲点点头："三儿，我懂，我不会让人去找你麻烦的，我是有党性的。"吴保长指了指胸前的党徽。

王秘书也跟着说："是的，老人家真的太豁达了，据说当时区里还怕他不同意拆这片陵园，没想到老人家为了建设只提了这么最基本的要求。"

这时候胡书记到了，一看杨市长这么亲热地和吴保长拉着手，赶紧上前打招呼，指着吴保长对杨市长说："这老人家太有觉悟了，让我们自愧不如啊，我还在这儿上了党课。"

杨市长接上话："惭愧有什么用？为什么不能给老人家的儿子早早就平反？不提不问，不告不查，然后就说这是小事一桩，很好解决，那为什么不早解决？要知道在中国，一个人的政治生命是多重要的事！回头看看，在你们的管辖范围内，还有哪些冤假错案没有平反的，别总是放马后炮！"

"是是，我们回去就办，立刻着手查。"胡书记连连点头。

"我看到那篇新闻了，花里胡哨的，什么胡书记政治敏感度高，落实政策不含糊，为老党员解决冤假错案。马后炮！老吴同志的这件事，我相信不会是第一次向组织反映吧？为什么非要到我们搞建设的时候，别人出来阻拦了，我们才能把问题解决呢？还解决得这么快。如果这个建设不搞，老吴同志是不是要把给儿子平反这件事，带到棺材里去了？就晓得吹牛！早干什么去了？什么时候我们真正能把群众的疾苦挂在心上，他们还没说，我们就能把事给办了，老百姓才能打心眼里真正说你好话。"杨市长说着，紧紧抓住吴保长的手摇了几下。

"是啊，是啊。"吴保长激动地点点头，"不过我能理解，这些年国家干大事，咱个人事太小了。"

"这事还小吗？一个党，如果连自己党员的政治生命都得不到承认，还指望这个党有战斗力吗？"杨市长说着又在吴保长的手背上拍了几下。

胡书记被说得有些挂不住，脸上红了起来："是的，这个是我们抓晚了，没想到这个冤案拖到现在还没有平反。还有还有……"胡书记贴在杨市长耳边说，"这个吴二到底算不算烈士，组织部门还在讨论。"

杨市长听罢愣了一下，脸上红一阵白一阵的，想说什么又没说出口，只是嘴唇动了几下，似乎想骂人。

不一会儿刘怡和何时好来了。

大家见杨市长来了，有些意外。杨市长和大家打招呼说今天只是顺路来看看，没想到收获不小，还认识了吴保长，他的手一直拉着吴保长，没有松开过。

何时好对杨市长说："这个吴保长的故事可多得去了，改日我和刘怡专门向您汇报。像这样的老地下党，真不容易啊。"他又转向吴保长说，"老人家，我还叫您吴保长，叫起来亲切。"

"哈哈哈，今天我就爱听你们还叫我吴保长。"吴保长爽朗地笑着，"今天我这身打扮，就是要回到当年吴保长的模样，你们看像不像啊？"

众人都说他还真有点当年的保长范儿。

吴保长指了指胸前的党徽："我这是貌相心不像，黑皮红心，当年哪，我领导着我那吴二少爷，可是除了不少奸，我这个交通站也是年年受表扬啊。唉，可惜呀，现在不能再参加你们这个大搞建设啦。"

何时好说："吴保长放心，这个建设我们一定搞好，绝对不辜负您老人家的希望。"

"哈哈，以前我就不担心你们搞不好这个建设，今天见到了你们杨大市长，我就更不担心了。"说着又哈哈大笑，抓住杨市长的手使劲摇着。

正说着话，山坡下小顺子推着轮椅来了，轮椅上坐着的是李嫂，后面还跟着那只大黄狗六顺子。

大老远地，小顺子就扯开了嗓门："吴大爷，我妈来看你啦！"

李嫂听小顺子说见到了吴保长，那是激动得几个晚上睡不着觉，她腰腿疼，走不得远路，可是那天平时省吃俭用的李嫂，掏出几百块钱，让小顺子给他买了一辆轮椅车，她一定要来见见大恩人。

吴保长见到李嫂，太出乎意料，又是一番激动，可能是太激动了，他觉得有点胸口疼，连连咳嗽了几声，杨市长赶紧给他捶捶背。

两个老人相拥而泣，千言万语尽在其中。

刘怡把二位老人的事简单地跟杨市长说了几句。杨市长听罢，眼睛也湿润了，上前扶住吴保长，转脸对胡书记说："只有解决了群众的痛点问题，老百姓才能一辈子记住你呀。"

"是的，是的。"胡书记应着，"这是一篇很好的文章，后面我组织人好好挖掘一下，写个通讯，也给大家上个党课。"

"整天就想着做文章。"杨市长瞪了一眼胡书记。

那六顺子狗，看见李嫂在哭，竟然上前来舔李嫂脸上的眼泪。

好半天李嫂才缓过神来，她招呼小顺子："来呀，顺儿，把妈扶起来，我们娘俩要给你吴大爷磕个头，那个年三十晚上要不是他把你送来，你娘就吊死了。"

吴保长连忙摆手阻止："不要谢我，不要谢我，这事啊，还得要谢连老师，她可是给政府写了好几封信呢。"

说到我奶奶，两位老人又是一番感慨，说可惜了今天不能在这儿相聚。否则，看到今天陵园恢复了原样该多高兴呀，多圆满的事呀。

何时好招呼大家："今天啊，是个值得纪念的日子，要好好照几张相。"

吴保长应道："对的，你们不要舍不得胶卷啊，万一我等不到你们建设搞成就走了，你们要把今天的照片随我去了。"

何时好说："吴保长放心，您肯定能看得见我们的新厂子建起来的。"

刘怡说："好人长寿，等我妈回来，一定来看您，我要把你们三个人再聚起来好好喝喝茶。"

小顺子也说："吴大爷，您命大着呢，等您过百岁生日那天，我们大家都来给您做大寿。"

哈哈，哈哈，吴保长笑得开心极了，老榕树上的鸟也跟着快活地叫着，那阳光透过树隙，在地面和人们的身上脸上弹着跳着，像是快活的小精灵在嬉闹。

刘怡陪着吴保长挨个在坟头前烧纸钱，那纸钱的灰飘飘撒撒，落在了那棵老榕树上。而太阳穿过那老榕树的缝隙，在地上留下的一个个光斑，此刻看起来，像是老榕树的记忆细胞。

政府的人早就备好了凳子，一群人在陵园入口处坐下，准备照合影。杨市长挽着吴保长和他紧紧挨着坐，他把手窝起来，悄悄套在吴保长的耳朵边："老豆，一会儿照完相，我就接你回家，看看你的两个孙子和一个孙女，让他们好好给你磕头，叫爷爷。"

"好，好，太好了！做梦也没想到我还会有这一天呀。"吴保长仰面大笑，脸上笑得像一朵花，在初升的太阳下灿烂绽放。他对坐在一旁的李嫂说，"一会照完相，你跟我走，我有大好消息要告诉你。"

"那太好啦，我就盼着听你的好消息呢。你呀，一会儿跟我走，到农村去，去我那儿住一阵子，我给你好好烧几个菜，天天陪老哥喝两口。你就把我那当家，把小顺子当自己的孩子，让他好好孝敬我们。"

然而，相照完了，众人起身，可吴保长把头斜靠在了杨市长的肩上，没有再动弹，那手还紧紧攥着杨市长的手，脸上依然带着笑……

吴保长走了，吴保长就这么笑着走了。

李嫂从轮椅上滑落下来，扑在吴保长的腿上，哭得惊天地，泣鬼神。

老榕树上歇着的鸟，扑腾着翅膀全向天上飞去。

老榕树下那个纪念亭修好了，立了一块硕大的石碑，正面写着"痛心伤永逝，挥泪忆深情"，后面记叙了教堂惨案的故事，下面是所有人的名字。

照片寄到了美国，我奶奶看到修建一新的陵园，看到重新被竖起来的枝子和吴二少爷的墓碑，看到当年那个苍老的吴保长，看到吴保长开心的笑脸，看见李嫂和小顺子，还有那只大黄狗，感慨万千，泪湿衣襟。她问我爸爸："这个照片，小巴赫也应该看到了吧。他靠得近，应该回去看看，现在可以给枝子安心上坟了。"

我爸爸说："是的，他肯定回去过了。"

我爸爸没有告诉我奶奶，吴保长就在那天驾鹤西去。

32

　　那年夏天我上学了，对我来说这可是太开心的事了，终于可以不用在家里面一天到晚照顾妹妹，照顾弟弟，还要帮着做那么多的家务事。一会儿要理个菜，一会儿要倒垃圾，一会儿要整理院子，一会儿要陪妹妹练字，一会儿要陪弟弟玩。

　　每天等校车去学校时，我的心情就会特别好。美国的小学没有什么压力，就是玩。而我也真像个男孩，攀绳我比男孩爬得快，荡秋千我比男孩荡得高。学校里有一棵高大的核桃树，老师不让爬树，我和几个男生总是偷偷地去爬。有一天我和几个男生打赌，看谁敢上去捅树梢上的那个马蜂窝，不敢捅的人出一美元，结果几个男生爬到一半就下来了，都不敢再往上爬。而我一是身上没钱，二是胆子也大，嘴里叼着一根小竹竿就爬上去了，真的把马蜂窝给捅了。结果可想而知，他们几个男生逃掉了，而我却被马蜂蜇伤了。

　　老师把我送到了医院，美国老师不批评孩子，爸爸来医院接我时，老师竟然对我爸爸说，你女儿长大了可以去从事探险工作。

　　爸爸哭笑不得，回去跟奶奶说了这个事，奶奶在我的额头上狠狠戳了一手指头，说你这个老大，就是个作死的。从此，家里人都喜欢叫我"作死的老大"。

　　作死的老大，胆子越来越大。我放学后经常跟男孩子拎着滑板去街道上狂奔，从楼梯上向下冲，还跳上人行道上的扶手上滑，你别说，还给我玩出点名堂。二年级时学校竟然让我去参加滑板比赛，我还得了个亚军，抱了一个玻璃奖牌回家。我本想炫耀一下，谁知刚进门就被弟弟抢过去，掉到地上摔碎了，我伤心死了，哭着打了弟弟一巴掌，谁知弟弟的哭声比我还要大。

　　妈妈过来安慰我说："没关系的，没关系的啊，不要哭。奖牌坏了，成绩又不会跑掉。"

　　妹妹把掉在地下摔坏的碎片捡起来递给爸爸："爸爸能修吗？"

　　爸爸看了看说："嗯，可以修，用点胶水粘上就行了。"

　　奶奶一边哄着弟弟一边不高兴地说："修什么，就是一个滑板比赛，不务正业，玩玩的东西还当真了。女孩子家不好好读书，不文静一些，整天做这些作死危险的事，将来不要把弟弟带坏了。"

那天我气得不肯吃晚饭，爸爸来哄我，我不理他。爸爸把修好的奖牌悄悄放在我桌上，下面压了张画着哭脸的纸，讨厌。妹妹最乖，晚上捧了一本书过来陪我睡觉，说是要给我讲猪八戒吃西瓜的故事。

奶奶越说我不安分，我就越不安分。在那种运动的刺激中，我感到的是一种解脱和发泄。我竟然又喜欢上了小轮车，我喜欢小轮车在U形槽里飞上去、滑下来的那种飘逸感觉。爸爸不给我买，说那个玩意儿太危险，会摔断腿的。我想自己买，可是我的零花钱又不够。妈妈暗中支持我，有一天她告诉我，周末在我们家旁边隔一条街，有个人家搞yard sale，广告上说他们家有一辆小轮车卖。

yard sale就是美国人家在自己的车库里或院子里，把自己家多余的东西拿出来对外卖。对左右邻居来说，这是一个淘便宜货的好机会。

妈妈告诉我这个消息，我高兴极了，星期天一大早就跑到那家人门口去等。那是一个法国人家，他们的孩子都读大学了，他们计划把房子卖了搬去旧金山，所以把家里面能卖的东西都拿出来搞yard sale。

那一对法国夫妇真好，他们知道我想用自己的零花钱买那辆山地小轮车，就说可以把这辆车送给我，但是有个条件，我必须给他们表演一下我的车技。

这太好办了，我在他们家门口，好好地秀了一把车技，静平衡，后轮点地跳，前轮点地跳，定车，双手脱把，向后倒骑，邻居们看得不停地鼓掌叫好。

就这样，我没有花钱，得到了一辆心爱的小轮车。我高兴地骑着车子回家。爸爸得知我车子没有花钱，也没说什么。妈妈悄悄对我跷起大拇指。唯有奶奶不高兴，说我净做这些作死的事，哪一天摔伤了，不要回家来。然后拿过奶瓶朝我怀里一塞，让我去给弟弟喂奶去。

我这个弟弟真是被我奶奶惯坏了，四岁多了，喝个牛奶还非要有人拿着瓶子喂，否则就不肯喝。

我可不管他那一套，我下决心要调教调教他。我拿上奶奶递过来的牛奶瓶，把弟弟领进我的房间，关上门，让他坐在地上，把牛奶瓶子递给他，让他自己喝。他把奶瓶扔了，我就再捡起来塞给他，他再摔，我再捡，他又扔了。这回我捡起来就不给他了，我把奶瓶放进我嘴里，咂吧咂吧地喝了几口，他一见就哇哇大哭。这一下惊动了奶奶。奶奶推门进来，用手指头在我头上戳戳，说弟弟还小，不能这样对他。然后拿过奶瓶抱着弟弟，"哦哦"地哄着，喂他喝奶。

在奶奶的娇宠下，弟弟脾气越来越坏，吃东西也越来越挑剔。我和妹妹都得让着他。经常是弟弟吃得不要吃了，奶奶才拿来给我们吃。奶奶有时候去社区参加活动，很少带着我和妹妹去，都是带着弟弟去，开口就是："哟，你们快来看看我们家的大孙子，又长高了。"

而我爱作死，真是给奶奶说中了。有一次我在街上骑小轮车，不小心撞到了栏杆上，左手腕骨头被撞裂了，打了石膏，奶奶把我好一顿骂，非要爸爸把我的小轮车给扔掉。说今天摔断手，明天可能就会摔破脑袋，后天就没命了。奶奶也很少让我一个人带弟弟出去玩儿。因为有一次我带弟弟出去荡秋千，把秋千推得太高了，弟弟吓得哭。奶奶吓得脸色都变了，把弟弟搂在怀里"乖乖肉"地哄了半天。

在我们家妹妹最乖巧，她生性安静，谁也不惹，习惯一个人默默无声地躲在一边。奶奶让我和妹妹背《女儿经》，我根本背不下来，背不了几句就扔了，可是妹妹真的能双手捂着耳朵脸冲墙，摇头晃脑地一背老半天。奶奶让我们练毛笔字，我写不了几个字就开始乱涂乱画，而妹妹七岁的时候，字就拿到华人社区去展出了。她对弟弟的撒泼，也总是躲着，不理不睬。

有一次奶奶削了一个苹果，给我分一小块，给妹妹也分了一小块，然后把一大块给了弟弟。妹妹一声不吭，不声不响地细心地咬着她手里的那一小块苹果。而我却趁奶奶不注意时，拿过弟弟的苹果，狠狠地咬了一大口。弟弟大哭，奶奶问为什么。弟弟告状说我咬了他的苹果。奶奶就训我，老大没有老大样子，就不能让着弟弟吗？我不服气。我说中国还有孔融让梨呢，凭什么这样惯着他？他就要吃大的？

奶奶被我问噎住了，没有话回，朝我指指戳戳："你就不如老二懂事。你弟弟出生就得了一场大病，身体不好，你又不是不知道。让他多吃点，你会掉块肉？"

其实我也不是有意要去欺负弟弟，非想去多咬他一块苹果，我就是看不惯奶奶动不动就把孙子挂在嘴边上，好像我们这些做孙女的低一个坎似的。

弟弟上小学那天，正好是他过生日，奶奶说这是一个值得纪念的日子，要好好过一下。

那天，爸爸带我们全家出去郊游。爸爸开着他那辆被他保养得很好的当年从德国带来的奔驰SUV，领着我们去芝加哥植物园。

那是一个夏天，天气真好，来玩的人家也很多。

公园里有人在乘坐热气球，蓝蓝的天上，飘着几朵白云，热气球像是要飞到云里面去了。弟弟说要坐，我和妹妹也要坐，可是奶奶不同意，说那玩意要是掉下来怎么得了。弟弟和妹妹给奶奶这么一说，吓得不敢坐了。可我坚持要做，妈妈也支持我。爸爸征求奶奶的意见。

奶奶说："作死的老大就是作死的命，让她坐吧。"

站在吊篮里，热气球往上飞呀，飞呀，飞呀，地面上的人越来越小，越来越小，我似乎觉得云就在我身边飘过，那个感觉好极了。

也许就是那个感觉深深地留在了我脑海里，融化在我血液中，所以后来我成了专业的跳伞教练。

坐完热气球下来，我的心情特别好，从草地里摘了几把红红黄黄的小花，献给爸爸妈妈和奶奶，谢谢他们同意我坐了一次热气球。

奶奶虽然笑眯眯地接过花，但嘴里却说："别跟我献殷勤，你这个作死的老大，以后这些危险的事你少干一些，也不知道上次骑车摔断的手腕后面会不会有后遗症呢？"说着拿起我的手摸摸，摸得我心里热乎乎的。

正说着话，妹妹急急跑来，说弟弟在那边跟人家踢球，总踢不到，就在那儿哭了，跟人家抢球还抢打起来了。

奶奶一听就急了："谁打谁了，圣训被打着没有呀？"然后一推我，"你快去，快去看看你弟弟怎么样了，他从小心脏不好的，不能激烈运动，把他救下来，别叫人打伤了。"

噢，这会儿想着我有力气了。

我心想小孩子打架又能怎么样，所以我故意不慌不忙地走，奶奶在背后催我："你快跑呀，你快跑呀。"

唉，真是没办法，我这个没有用的弟弟。跟几个小男孩玩踢球，别人球不传给他，他急，急了，就跟人打架。

奶奶看弟弟受了委屈，一肚子不高兴，跟我爸爸说："你去跟人家借个球来，我们一家人踢，让他好好踢踢。"

爸爸还真听话，找人家借了一个足球，然后我们全家围成一个圈，大家不停地把球扔到我弟弟的脚下，我弟弟左一脚右一脚地踢着，奶奶咯咯地笑着，连夸弟弟球踢得好。

踢得好个屁，我气得拿过球，朝天空甩了一个大脚。我那才叫踢得好，球踢得老高老高，弟弟也拍着手说："姐姐你真棒！"

奶奶挺不高兴："就你能，你就不能哄着弟弟开个心吗？刚刚他才跟人家打架的，今天还是他生日。"

晚上，在奶奶的亲自主持下，全家给弟弟开了一个上小学加生日的派对。奶奶把那串古莲项链挂在弟弟的脖子上，然后把弟弟抱在腿上坐着，让我们都围着他们，照了一张全家福，奶奶的脸笑得像一朵盛开的莲花。

我和妹妹用蛋糕上的奶油，把弟弟抹成了大花脸。

33

晚上，珠江边的一间豪华酒楼里，推杯换盏，一桌人都有一点醉醺醺的感觉了。

今晚杨市长请客，王秘书通知何时好，说是小范围，只请他们两口子和我爸爸，我爸爸才从美国过去，算是接风洗尘。

天时，地利，人和。在我爸爸和刘怡以及何时好三个人"里应外合"的努力下，还有杨市长的大力支持协调下，引进国外汽车生产线项目，无论是从政策到资金，进展十分顺利。

那时中美关系也变得热乎起来，我爸爸这个华裔美国人忽然变得吃香了。他作为资方的代表，他工作的美国汽车公司经常派他去中国出差，谈合作建厂的事。这对像我爸爸这样早早就在海外漂着的老华人来说，那是十分开心的。国家强盛了，他们有机会为祖国做贡献，他们这些在海外的华人就会被别人尊重，也觉得脸上有光。我爸爸一下子变成了香饽饽，公司老板很高兴能有他这样一条途径，迅速在中国找到自己品牌的合作伙伴，打开市场，这自然是给我爸爸又是加薪，又是发奖金。

下午我爸爸和刘怡站在老榕树下那个纪念亭前，望着脚下建成的厂房，又说起当年吴保长的事，依旧感慨万千。

他们掏出手绢，轻轻擦拭着那个硕大的纪念碑，回忆着这里发生的往事，特别说到小顺子竟然那么守诺，每年都要来这里祭扫。我爸爸说，我奶奶知道后很是感慨。刘怡告诉我爸爸，现在小顺子在他们厂里做保安，还当了班长，那个大黄狗六顺也跟来了，只是李嫂走了有两年多了。

正说话时，何时好提了个照相机，也拾坡而上，看到我爸爸和刘怡，便举起了照相机逗趣地说："来，你们两个老情人啊，在这老榕树下照张相，做个纪念。"

"还老情人呢，这都是过去的事了，现在孩子都好大了。"我爸爸摆摆手。

"哎，话不能这么说，还记得当年我们在德国的时候，在那个喷水池旁，我说的话吗？喷泉最重要的是什么吗？是水，不是钵子，钵子再好看，不喷水，钵子就是一个摆设，就失去了生命。只要你们之间那爱的喷泉不断地喷涌，有没有钵子去承载，不重要了。"

"去去去，你这是在跟连弟抱怨，你是我的摆设，我对你不好吗？"刘怡瞪了一眼何时好，"矫情。"

"绝对没有，老连啊，我跟你说实话，我这是捡了个大便宜，本来这个福是该你享的，你这个怡姐，真是贤妻良母，事业上还能干。我也不知道，当时我怎么中的那个签。到底是谁作的弊，我还得去谢谢。"何时好端着照相机，朝山下的厂区，噼里啪啦拍着照，边拍边问，"巧云怎么样，三个孩子够她累的吧？"

我爸爸一竖大拇指："那你还真别说，巧云真能干，我妈妈对她十分满意，家里上有老，下有小，我又常出差，你要知道那是在美国呀，出门得开汽车，接了这个，送那个，可真不容易，我也算是享福了。"

"当心啊，在老情人面前，把现在的媳妇说成一朵花，哼哼。"何时好做了一个鬼脸。

"哎，你这个和事佬，怎么今天要拆墙呀？"刘怡拿手指头戳了一下何时好。

"别戳我呀，那话怎么说的呀，老同学聚会，拆散一对算一对。"

"老何，你这要搞清楚呀，你这是想拆散谁呀？"我爸爸打趣地说。

三个人哈哈大笑。

何时好说："这也是我们命中注定的啊，当年我们三个人立志要报效祖国，现在机会来了，你说当时要不是我和刘怡一腔热血回来了，后来又写信让你暂别回来，那就没有我们今天了。"何时好指着那一片新建的厂房，"说归说，笑归笑啊，这回咱三个人得拧成一股绳，那喷泉里面，不能再喷一些什么缠缠绵绵的爱了，我们要在这个喷泉里涌出我们一腔热血，建设的热血。知道吧，当时那个吴保长哭着同意让我们把这些墓碑拆了搞建设，我的心理压力大呀，我怕坟扒了，地平了，没有人投资，又怕找不到技术，找不到外商，把我这愁的，就那时头发白了。"

"行啦，你就不要在这儿表功了，要不是我连弟在美国把这家公司引进来，你还要愁死呢。"

"别说，我还真得谢谢你老连，市里杨市长听说你来了，要亲自给你接风，请你喝酒，你现在可是咱们市的名人啦。今天晚上借这顿酒啊，我还要跟杨市长提点项目上的要求，其实也没大事，就是电不够了，报个增容，到现在批不下来。到时候你可要在旁边给我撑着点。"

杨市长的小范围请客，让我爸爸觉得好大面子，有些受宠若惊，不时端起杯子给杨市长敬酒。

王秘书在一旁说："今天就请你们一家人吃饭，算家宴。"

何时好指着杨市长对我爸爸说："杨市长对我们这个项目特别上心，我一有困难就找他。"

"打住，杨副市长，我说过多少次了，你们加个副字，我不在意。在部队里团长就是团长，副团长就是副团长，你不能管副团长，叫团长呀。"杨市长有点那个拧劲。

"好好好，杨副市长。咱们这个项目啊，杨副市长从批地、建设，到通水通电，那每一环他都亲自过问，现场会不知开了多少次。所以老连，咱们这个事，能顺利落地，生产线顺利上马，咱们真得好好敬杨市长，哦，杨副市长一杯。"

杨市长紧紧握着我爸爸的手："老连，你为我们市立了大功了，应该我敬你才对。你们家的故事很传奇呀，有机会让你们家老太太也回国来看看，现在可不是当年大炼钢铁的架势，现在我们都是来真的，你看你们的新汽车，还没有下线，这订单就哗哗地来了。"

"那还不都是现在国家的政策好，外商才感兴趣，其实外国人啊，就围绕一个字——钱，有钱，他就来了，没钱赚，洋鬼子难请啊。"我爸爸说。

"对的嘛，现在美国跟我们关系好，我们很清醒，那是他们有钱赚，怕啥？他们赚我们的钱，我们也要赚他们的钱，没有钱我们老百姓还有什么奔头？你回去跟你们老板说，让他再上两条生产线，地我们可以再给。你们三人好好搭档，怎么样？再给我干一个几十个亿投资下来，把产品弄到国外去，他奶奶的，中国人穷了几十年了，也该我们扬眉吐气了。"杨市长越说越来劲，"我也快退休了，干一辈子共产党，过去呀，我真的一点私心没有，但是在你们这个项目上，我开始也是没有私心，可后来有那么一点点了。"杨市长指着一旁的王秘书，"我下面讲的话你不准记录，也不准汇报，听过就算了。"

杨市长看看我爸爸，又看看刘怡："你知道为什么今天我要请你们吃这顿饭吗？是你们生产线开始建设了？不！我管的项目，生产线开工的多了去了，我去喝过几个酒？给你接风？来这个城市投资的外商老板比你们有钱的多的是，我让王秘书跟你们讲这是家宴，懂吧？不懂？看你们的眼神，我就知道你们不知道我葫芦里卖的什么药。现在我告诉你们，今天我请你们喝酒，是我有家里的事跟你们说，你们知道我老豆是谁吗？"杨市长顿了顿，看了看四周一头雾水的人，"今天我要揭个秘，你们再怎样也想不到，我老爸，就是那个吴保长，我是他的老三，三公子，吴三，墓地里埋着的那个吴二是我二哥。"

什么？！杨市长这一番话，把一桌人都全说愣住了，这太不可思议了。我爸爸刚夹了一块鸡肉放在嘴里，正在嘴里裹着要吐出鸡骨头，听了杨市长的话，惊得牙床一合，咯嘣一声，一个牙崩了一个角。刘怡更是吃惊得嘴巴张得老大，刚放进去嘴里的一个鹌鹑蛋，滚落出来，在地板上蹦蹦跳跳跑出好远。

何时好也是一脸惊诧，他使劲搓搓自己有些僵硬的脸："难怪杨市长，哦，杨副市长对我们这个项目这么关照，敢情是你爸爸吴保长对你有过交代呀？"

"打住，你不要带节奏。"杨市长摆手打断了何时好的话，"我告诉你们，我就是那天在陵园，才与我老爸偶然相遇，在分手几十年之后相认。这个王秘书可以做证。"

"是的是的，我可以做证，而且我还拍了照片。"王秘书从包里拿出几张照片，给大家看，"当时那个场景真的很感人啊，他们父子俩万万没有想到会在那个时候相遇。老人家是悲喜交加，哭得死去活来。"

看了照片，一桌人全呆住了，都觉得太不可思议，但又为吴保长能够在临走之前，得知自己还有一个后人，而感到有几分的宽慰。

"唉，我现在才明白了，老人家那天是悲伤过度，又转悲为喜，太高兴了，再加上见到了李嫂，又激动了一下，所以就……唉。"刘怡心里酸楚，眼泪又忍不住掉下来。

杨市长也有几分悲伤："不瞒你们说，当时和我老爸相见，我真是恨自己，我真的是一个不孝之子，我要是认真下功夫去找一找老爸，或许是能够找到一些线索的。可是我心里就是觉得他们是坏蛋，早被镇压了，你说是不是一根筋？那天老爸是靠在我的肩膀上笑着走的，可我心里在流泪呀，我心里想，老爸你再多坚持一会儿，就能见到孙子和孙女了。"杨市长揉了一下鼻头，"老爸以为我们家已经绝后了，看到我还活着，还当了官，还有了孙子孙女，我们吴家的香火还在延续，他能不高兴吗？"杨市长端起一杯酒，一个人一饮而尽，"可是，可是，就差那么一步，就差那么一步，他没能够亲眼看到他的孙子辈，唉，我这个不孝之子啊。"

"唉，杨副市长，你那天父子相见，应该告诉我们。你跟我们说了，我们就不照那个相了，让吴保长早一点回家团聚去。"何时好语气中无限遗憾。

"怎么告诉你们？我这还没说呢，你刚才就以为我是个人情怀，才来支持你们这个项目，当时你们要真是知道了这层关系，这两年搞建设，你老何还不知道怎么伸手，打牌呢？"

"哪能呢，我们都是按政策办事。"何时好不好意思地笑笑，搓搓手，低声说，"当然了，有个人感情事情更好办一些嘛。"

"就你那点出息，整天就想钻政策的空子。"刘怡怼了一句何时好。

"这你也不要怪他，如今这社会就是这样，熟人好办事，亲情好走私。老何还算不错的，经常跟我说什么踩线不滑边，政策用到天，哦，还有什么一棵草的，你自己说。"杨市长笑着指着何时好。

"墙头一棵草，四边都要倒。"何时好低声说着，做了一个鬼脸，"现在做企业多不容易啊。"

"他读大学时候就是有名的和事佬，人家是墙头草，两边倒，他倒好，还四边都要倒。"刘怡咯咯地笑着。

王秘书插话："杨副市长也没有想到老父亲那么快就走了，他当时怕外面有人知道了这层关系，便想通过老父亲来找杨市长超政策办事，所以才关照我和老人家都暂时保密。老人家还说，他绝对不会向儿子徇私情。真是一个好党员。"

"你看看人家这才叫原则性。"刘怡接上话，又怼了一句何时好。

杨市长看着何时好："说吧，今天你带着什么题目？要布置什么作业？还是有什么节目，要我配合演出？我知道你是不会放过'家宴'这个机会的。"

"不说了，惭愧，杨副市长，我们有问题自己解决，电增容的事，估计应该这几天就会批下来了。我再敬你一杯。"何时好端起酒杯。

"你这个滑头。"杨市长笑着按住酒杯，"你自罚一杯，你们厂生产到现在，电不够你早就应该有数，增容的事早就该做了，你倒好，肚子疼了才去找厕所。昨天市里面的生产会，我批了下面，不下基层，不主动为企业做好服务。"

听杨市长这么一说，何时好憨笑着端起酒杯一饮而尽："市长我再自罚一杯。"

刘怡在桌下踹了何时好一脚。

"好啦好啦，别没完没了地喝啦。你看，你让我给你敲边鼓，可你的事领导早就给你办了。"我爸爸拦住何时好，转脸问杨市长，"你是哪一年离开家的？"他这会儿想把杨市长的情况搞清楚，回去和我奶奶仔细汇报。

"说来话长了，当年的吴保长一共有三个儿子，我大哥夭折了，我从小身体不好，爸爸不让我沾组织上的那些事，我也不知道他们天天干什么。后来我长大了，十四岁那年，我也是热血青年，要救国，看到我爸爸做个保长，先是给那个腐败政府做事，后面又给日本人跑腿，低三下四的，弟弟是伪警察，整天抓共产党的，我就跑了。跑到了部队上，改名改姓，跟我妈姓杨，自己改了名，叫杨卫党，坚决跟家里脱离关系。后来解放了，我爸爸原来是地下党，可我不知道呀，那时候我在西藏修路。再后来老父亲在当时肃反运动扩大化的情况下，又被'肃反'，离开了城里。像他这种冤屈，甚至当年被杀头的地下党，那时也不是一个两个。广州是国家的南大门，是对敌斗争的前沿敏感地带。也有台湾当局派遣特务，潜过来进行造谣破坏，还有武装特务在广东沿海地区偷渡登陆，进行骚扰，要'反攻内地'。在那个特殊的时期，广州的备战镇反运动，自然是一切从严。只是老人家受大苦了，关键是心里不服呀。要不是你们征地搞项目，我爸爸不知从哪个旮旯里跳出来，拼死护着这个陵园，不但我们父子这一辈子见不着，二哥的事也不会查清楚了。"杨市长端起酒杯，"现在你们明白了，我今天为什么要请你们喝酒，我是感谢你们呀，一是没有你们这个项目，我父子不能相见；二是你们这个项目干得好呀，让九泉之下我那老父亲得以安息，你们没有辜负他的希望。如果你们这个项目拿不下来，这个坟扒了，事没有做成，我怎么对得起我的老爸，对得起我的二哥？我可能今天说这话有点觉悟低了，好像我是为了老爸，为了我哥，在暗中支持你们项目的。"杨市长说到这儿，抓住我爸爸的手，"我是共产党人，我老爸也是共产党人，该拼命，该献身的时候，我们绝不含糊。我二哥是那么死的，老爸干几十年共产党，又受那么大的委屈，可是最后还是胸前别着党徽走的。不过共产党人也是人，我们讲党的情，讲国家的情，也要讲亲情啊，我们也是要有后代，我们也希望着家族兴旺，一代更比一代强。听说你们家有一串古莲项链，传家之宝，保着你们家香火不断。"

"连这事都知道呀？"我爸爸很惊讶。

"还不都是老何嘴快。"刘怡瞪了何时好一眼。

"香火不断有什么不好？我们共产党人，也是有家的，谁家不盼香火不断，儿孙满堂呢？"杨市长又拉起刘怡的手，"你们俩的故事啊，我也都听说了，老同学，老情人，没能走到一起不遗憾吧？不要遗憾，我也有遗憾，我爸爸也有遗憾，天下遗憾的事太多了，现在我们来不及遗憾，为了下一代，我们有太多的工作要做，不做事就更遗憾。你们俩就好好搭档，放手干吧。老何，别闷头吃菜，你不吃醋吧？"

"吃什么醋啊，我早跟他们俩说过了，我就是那个备胎，捡了个漏，捡了个漏啊。"

哈哈哈，众人大笑。

后来我爸爸把杨市长是吴保长三公子的事，告诉了我奶奶，我奶奶听罢，双手合十，说吴家有后，是好人有好报，连念了几遍"阿弥陀佛"。

34

　　我爸爸回广州做事，我奶奶也十分开心，她觉得儿子学的本事，能够为国家，为家乡做一些贡献，她有一种光宗耀祖的感觉。每逢清明，奶奶总是一边给我爷爷和葛爷烧着纸钱，一边嘴里念念叨叨，夸着儿子有出息，给老连家争光了。也时常念叨，啥时候要我爸爸带全家回老家保定看看，要再去看看那个白洋淀。

　　我妈妈开始还没有什么意见，后来见我爸爸跑得多了，每次回来开口刘怡，闭口刘怡的，心里自然有些不舒服。再加之，我和弟妹都长大了，要上学，又是接，又是送，都落在了我妈妈一人身上，上管我奶奶，下管我们三个孩子，自己还得上班，里里外外每天忙得像陀螺一样转。而我奶奶原本身体就不好，岁数大了，又不会开车，家里的事也帮不了太多忙。我爸爸经常出差，对家里的事几乎无暇过问。渐渐地她就觉得我爸爸是对这个家越来越不关心，对她越来越不在意，而且或许有和刘怡再续前情的嫌疑。

　　我妈妈和我爸爸商量可否把我奶奶送到老人院去，那边有人照顾，她也可以减轻一点负担。可是我爸爸一直不同意，说我奶奶中国传统的思想观念比较重，希望儿孙满堂的，让她去住老人院，我奶奶肯定会有想法。

　　我妈妈原本就在老人院工作了很久，她觉得在美国老人住老人院是很正常的事，不仅是解决一个照顾老人生活的问题，更关键的是很多老人在一起，精神上也有一个交流，生活也会更加丰富多彩。她现在要忙老少四个人，的确很累，如果我奶奶能去老人院，对于她来讲可以减轻不少负担。最关键的是对孩子的教育也有好处，我妈妈对我奶奶教育孙子辈的做法，尤其是时常惯着弟弟也颇有意见。但碍着我奶奶的面子，我妈妈也总是不能太多地训斥管教孩子。

　　那天在饭桌上，三个大人就为这事争吵起来。这也是我第一次看到我们家里三个大人当我们面吵架。

　　那是一个春天，我爸爸又从中国出差回来了，一进家门，就大声嚷嚷，说他这次回国可露脸了，他引进的又一条新生产线汽车下线了，搞了下线剪彩仪式。

他们老板也去了中国，还来了很多市领导，何厂长特别介绍了我爸爸这个牵线搭桥的红娘，还让我爸爸上台讲话。

我爸爸兴奋地拿出那些开工仪式的照片，还有他和领导的合照，和刘怡的合照，一张一张秀给我奶奶看，给我们看，那炫耀得有点得意忘形。我奶奶看得心花怒放，特地拿起一张他和刘怡的照片说："怡儿现在也有出息了，哎呀，好长时间不见啦，很想她了。"

爸爸说："怡姐也想你了，特别让我给你带回来你爱吃的小凤饼，现在叫鸡仔饼啦。"

奶奶一看就乐了，拿出那个小饼就给我们上课："你们知道吧，这个小凤饼啊，可有名啊，清朝咸丰年间就有了，那是一个叫小凤的女孩子发明做出来的，所以叫小凤饼。这个里面有猪肉、菜心，再用南乳、蒜蓉、胡椒粉、五香粉和盐拌在一起，那口味，甜中带咸、甘香酥脆。我在国内那时候舍不得买呀，逢年过节才买上几小块，给你爸爸解个馋。"

"来来来，还有呢，还有呢。"爸爸又在那儿显摆，"这是白糖玫瑰伦教糕，这是钵仔糕。"

"钵仔糕？快拿来我看看。"奶奶一听有钵仔糕，又来劲了，"那时候在学校门口，总有人推着自行车，装满各种味道的钵仔糕在买，小孩子们就特别爱吃这个。"

我们在客厅听我爸爸吹他去中国的那些事，欣赏照片，吃着点心，妈妈一个人在厨房里准备晚餐，我过去想帮她打个下手，妈妈不高兴地推开我，嘴里嘟囔着："去去去，去听你爸爸吹牛去，不得了了，成了大人物了。"

我到客厅拿了一块糕点跑回厨房，塞进妈妈的嘴里，妈妈用手挡了一下，头也扭了一下，但最后我还是硬把糕点塞进妈妈嘴里。我看见妈妈的眼眶有点红，显然不太高兴，那时候我小，不懂她为什么不开心。

饭桌上爸爸还在吹嘘这次和刘怡他们工厂合作，是一个多么大的投资，政府领导说要给他发一个奖状，表彰他对招商引资的贡献，说华侨就应该这样，想到祖国，想到家乡。爸爸说刘怡他们这次脸上也很有光，可能还能拿到政府发的奖金。又说，生产线上了，他以后要常去指导，跑中国要更多了。

奶奶也高兴，夸我爸爸现在真有出息，说要是我爷爷现在还活着，不知该多开心。裁缝救不了中国，可是现在我爸爸能帮中国做大事了。

爸爸说得来劲了，见桌上的汤没有了，让我妈妈再帮烧一个西红柿鸡蛋汤，还关照再放几根榨菜，刚回来，倒时差，口里没有味道。

妈妈去厨房拿玻璃杯，放了一杯冰水递给爸爸，说："我累了，要汤，自己烧，我看你说得口干舌燥，就喝点冰水降降火吧。"

奶奶一见有点不乐意，对妈妈说："他爸才从中国回来，人又累，喝冰水不好，你就辛苦帮他再烧一口汤吧。"

妈妈更不乐意："你心疼他，怎么不心疼我呀？他累，我不累吗？我在家可比他累多了，这老老小小的，家里什么事不要我来操心。他在外面又潇洒，又出名的，我在家里吭哧吭哧的像个老黄牛，老黄牛拉磨拉累了，也得歇一歇吧。"

奶奶一下子被我妈妈说愣住了，如此顶撞她，可是前所未有。

爸爸说："巧云，怎么跟妈妈说话呢？"

"怎么说话了？难道我说的不是事实吗？我从早上起来，眼一睁，忙到熄灯，忙完老的，忙小的，有谁能减轻我负担了？"妈妈的嗓门高了起来。

"我说你这是什么意思呀？你不就是想要妈妈去老人院，你可以减轻一点负担吗？"

弟弟在一旁插嘴："我不要奶奶去老人院，不要奶奶去老人院嘛！我要奶奶在家陪我。"

"你看看，你看看，他就整天希望奶奶在家陪着他，他好撒娇，我看这孩子将来也是没出息了，这么大的男孩子了，一天到晚奶奶长奶奶短的。"

"奶奶长奶奶短的有什么不好？三代同堂，其乐融融，天伦之乐。"爸爸也有点不高兴了，嗓门也高了起来。

妹妹吓得挪到我旁边，靠在我怀里，搂着我低声说："姐，咱们去屋里好吗？"

我拉着妹妹离开了饭桌，又给弟弟使了一个眼色，我们三人全开溜了。

外面的声音还很大，妈妈说："我不反对天伦之乐，也不反对三代同堂，但是把话说白了，你可不可以也回来同堂？家里的事你也要管，你也要帮着一道忙，不要再往中国跑了。你倒是挺快活的，到中国去，又出名又露脸的，还跟刘怡叙叙旧情，我在家里累得跟黄脸婆似的。"

"你，你怎么能这样说话？"爸爸有点急了。

奶奶这会儿也挺不高兴的，脸拉得多长："云儿，今天你这态度好像是冲着我来的，你是不是觉得我有点多余，在家给你们添麻烦了。"

"我怎么敢冲着你来。"妈妈的脸也拉得很长，"我是实事求是地讲家里的情况。就说妈妈你，岁数也大了，腿脚也不灵便，白天家里就一个人，万一在家有个什么意外怎么办？"妈妈转头问爸爸，"你在家？还是我在家？过去孩子们都小，天天在家里，妈妈还能有些精神生活，现在孩子们都上学了，她一个人在家，不会开车，别的地方又去不了，就守着这个小院子，电视里就那么一两个中文频道，难道就不寂寞吗？你说我让妈去老人院有什么不好了？我在老人院里面工作了这么长时间，老人在那儿都很开心啊。这是美国，为什么非要得按中国的习惯来呢？再说了，我还在老人院里工作，天天都能见到妈妈，有什么事也可以过问帮助，哪儿有不好的呢？"

妈妈这段话倒是说到了奶奶的痛处，确实奶奶白天在家也没事，也寂寞。所以奶奶整天就盼着我们几个孩子早点回家，可是我们现在回来都各有自己的事，和奶奶交流的时间也是越来越少。

奶奶说："云儿说得也是，我白天啊，在家里是有些寂寞。要不这样吧，我还是再带几个学生教教毛笔字，一来可以打发时光，二来呢，也可以给家里增加点收入。"

"打住，打住。"妈妈赶紧摆摆手，"你忘了上次警察找上门的事了吗？你那一套中国的观念在这儿行不通，再出一个什么事，你儿子又不在家，我可没有办法到警察局去救你。"

我奶奶国文基础好，写得一手好毛笔字，又是教师出生，刚来美国时她还经常在社区开孔子文化讲习班，慢慢地有了一些名气。不少华人把自己的小孩送家来，跟我奶奶学习毛笔字，还有一些喜欢中国文化的外国人，也把孩子送来，我奶奶还能挣得几块美金。我奶奶还特地在唐人街买了一根二尺左右的戒尺，一头系着枣红色的穗子。那时候我奶奶俨然有几分过去私塾先生般的满足和得意。

不想有一天却出了大纰漏，有一对韩国夫妇，把他们的宝贝儿子放在我奶奶这儿学毛笔字。这男孩子十分调皮，和我倒能玩到一起，我和他都烦写字，常常趁我奶奶一不留神，就你追我打地闹。有一次我们两个人打嗨了，居然拿毛笔在彼此身上、脸上又涂又画，弄得一塌糊涂。

这一下把我奶奶惹急了，让我们俩齐齐站着，伸出双手，她拿出戒尺，在我们两个人的手心里狠狠地抽，打完了左手还打右手，结果把我俩的小手心都打得红红的，还肿了起来。

结果闯了大祸了，刚打完，那个韩国太太来接孩子，一看孩子手被打成那样，那还得了，随即就报警，说孩子受到了虐待。

我爸妈都吓得赶回家来，连声给人家道歉。

好在孩子的手掌心，红得快，肿得快，消得也快，等警察上门时，也就基本看不出来了，警察就训诫了我奶奶几句走了。

那天晚上我被奶奶罚不让吃饭，说都是因为我惹的祸。长大后我还常为这事和奶奶开玩笑说，我也应该去警察局投诉，告你不让我吃饭，你虐待儿童。

自打出了这个事之后，妈妈坚决不让奶奶再开班带学生。

所以这会儿我奶奶再说要开班带学生，妈妈自然是坚决不同意。

但是妈妈要我奶奶去老人院，奶奶心里还是不舒服，总认为是儿媳妇要撵她出门，一个人闷闷不乐地回房间里，关起门来抹眼泪了。

爸爸一看情况不对，赶紧过去劝奶奶："巧云也不是坏心，主要也是看你白天在家里太寂寞了，万一要有什么事，也的确没有人照顾。"

奶奶说："不是我不想去，我是怕人家说你们闲话，不赡养老人。在中国，这儿孙满堂的，让老人去住老人院，那可是要挨骂的，不知有多少乡里乡亲的，会在背后戳手指头呢。虽说在美国，但这要在华人社区里传开了，多不好。你再看看华人社区里有多少老人是去老人院的，那老人院里多数都是外国人。云儿是在老人院里面工作久了，不觉得奇怪。可是咱们是中国人，天伦之乐不享，非要把老人送老人院去，那是多丢面子的事啊。"

"能理解，能理解，妈妈这样好吧，去老人院的事就由你自己定，你啥时觉得在家里寂寞了再去。我去做巧云的工作。"

出了奶奶房间，爸爸又去哄妈妈，说："你看啊，不管怎么样妈妈是从中国来的，是1924年人氏，满脑袋瓜里面都是中国传统的东西，一下子接受美国的东西不容易。"

　　妈妈在收拾厨房："这不是妈妈接受不接受的事，这是必须要这样接受。你没看到她对圣训的那个娇惯，那宠得可真是不像话了，妈妈在，我说什么圣训都是当耳边风。"

　　"你这话说得对，孩子的教育不可放松，今后我们两个人加强管教就是了。"

　　"你管教什么？这个儿子你管得了吗？你还没讲，妈就朝你瞪眼了。你还没打，妈那儿就先心疼了。管？告诉你，你把你和刘怡的事管好，别说我吃醋，换作是我，天天找过去的老情人你会怎么想？"

　　"好好的，你怎么又扯上刘怡了，好了好了，我就不跟你吵了。但是我和刘怡之间确实没有你想的那些事。作为一个华侨，能够为家乡做点事，那心里自然是很高兴的。高兴了就多说几句，我又不是专门说的刘怡。好了，往后，我就少跑一点，家里的事呢，我也帮你分担一些。"

　　"你都是嘴上说得好，实际做不到。我今天把话说明白了，如果妈妈在家里出了什么事，我可是顾不过来的，到那个时候你别怪我不孝顺。还有一件事我也要跟你发发牢骚。你回来给妈妈带东西，我没意见，给孩子带吃的，我也没意见。我的呢？不是我非要吃你那一口什么东西，我的位置在哪里？"我妈妈气哼哼地用一个手指头在我爸爸胸口点着。

　　爸爸赶紧检讨："哎呀，这是我不对，这是我不对，我的确疏忽了，我想是老夫老妻的了，以后一定注意。"我爸爸大声喊，"习德，习德，来给你妈热杯牛奶。修容，修容，过来给你妈捶捶背。老三也过来，给你妈捶捶腿。"我爸爸就会来这一套，他和我妈妈一吵架，不好下台的时候就把我们三人调过去，往往这个时候我妈妈就缴械投降了。

　　见妈妈脸上有了笑容，爸爸又说："不过以后呢，你跟妈妈说话，也不能那么直接，稍微拐点弯，老人的心都是脆弱的。"

　　妈妈不服气："你以为我不懂啊，我天天在老人院伺候老人，老人心理学，我学得比你好。对老人，有时候就要话稍微重一些，你不说得重，他们不明白，其实老人有时也是和孩子一样。话又说回来了，妈妈的确是有些老观念，不改不行。"

爸爸叹了一口气："唉，我也懂，但是她老人家这一生过来确实不容易，一个人把我拉扯大，又跟着我在海外这么东跑西颠的。妈妈老是爱讲一些中国传统的东西，其实也是她内心对家乡的念想罢了，能迁就就迁就吧。"

妈妈没有再说话。

35

　　山坡上的那棵老榕树下，何时好此刻满脸憔悴，看着厂区空地上密密麻麻趴着自家销不出去的汽车，急火攻心。二十一世纪开头没几年，他们厂的车辆销售急剧走下坡，一年不如一年。他本该退休了，但竟然没有人敢接手，他只好再苦苦撑着。

　　真想不到，他们厂原来的车是风光无限，绝对是当时中国市场的宠儿。一车难求，还限量供应，写条子，开后门，找熟人，可以这么说，没有关系几乎买不到车。排队要买车的人，让他每天应付不过来。上班的第一件事，就是处理办公室送来的关系户的条子。曾几何时，忽然就不好卖了，公司也出现巨额亏损。何时好呀，何时好，这何时是个好呀？何时好绝望地看着趴窝的汽车，他用发干的舌头舔舔满嘴燎的泡，转身走进那个纪念亭，在纪念碑前双手合十连拜几下，他这真是关公祠里去求子——走错了庙门。何时好心里这会儿也确实有些乱了方寸。

　　外资来中国本来就是奔着钱来的，一看眼下汽车销不出去，大幅度亏损，扛不住了。他们知道一堆旧厂房和过时的生产线卖不出几个钱，该赚的钱，他们已经赚完了，这会儿只要不往里面投钱，他们就已经是赢家。三十六计走为上，合资方没有商量，撒腿走人，留下堆烂摊子，一股脑地全扔给了何时好。这么多的工人怎么养活？还欠了那么多的外债，何时好此刻是走投无路。

　　他想去找杨市长，但很快打消了念头。杨市长已经退休了，不是说退休了人就没路子了，何时好是不好意思去找他。当年杨市长对项目那么关心，挽着扶着帮你把项目推上了马，总不能让杨市长帮你娶了媳妇，生儿子，现在媳妇跑了，再去求杨市长帮你续个弦吧？

　　他去求过胡书记，胡书记当时已经在市招商局做局长，手上抓了不少项目和外商的渠道资源。胡书记倒是满口答应帮他再找找看有没有合适的外商，可就是没有动静。在政府办公室工作的曾是杨市长秘书的王秘书悄悄告诉何时好，现在市里面领导人人抓招商，抓项目，压力大，还有指标，胡局长可是香饽饽，他手上有了好项目，还不全部是先送给领导去挑。那话是怎么说的，新官不理旧事。何时好明白了，他们这个项目和现在的领导没有关系，指望从胡局长手里要一点资源，把厂子起死回生，估计等到那天，人已经送到火葬场了。

小顺子倒是忙起来了，为了看管那些卖不掉的汽车，保安的力量加强了，他每天牵着狗，在厂子里面巡逻看汽车。威风倒是威风，可是心里他也为何时好着急，每次见到何时好，他都是催他赶紧研发新产品。

研发新产品，谈何容易。何时好和刘怡、我爸爸三个人都是学的汽车专业，他们是专家，但是正因为他们是专家，他们才懂得，汽车这件事不是靠两三个人就能干出来的。那是多少人的科研攻关，那是多少年的技术积累，而且外国人还对中国技术封锁，就国内当时的那个技术条件，研发新产品，那不是远水救不了近火的事，那是连水都还不知道在哪里呢。一筹莫展的何时好，那时他只能把全部的希望寄托在我爸爸身上，希望他在国外能再找到新的合作伙伴，找到新的投资人。

刘怡就更着急了，她也过了退休年龄，可看到厂里的这个情况，眼看着三个人呕心沥血搞起来的厂子，忽然就要崩塌，多少天都卖不出去一辆车，看见何时好那夜不能眠、茶饭不思的憔悴样，她也只好在总工的岗位上硬撑着，为丈夫多分担一些。可是刘怡也无力挽回退去的潮水，唯一能做的也只有隔三岔五地给我爸爸打电话，盼望着我爸爸能给她带来好消息，可每次我爸爸总是说正在谈，正在谈。

杨市长听说了厂子里面的情况，那天他专门跑到厂里来，找何时好。

何时好正一头汗地四处打电话，推销汽车和应付债主们的催账。见杨市长来了，赶紧让座，唉声叹气："哎呀，没有想到您老人家过来，我都没有脸见您了。对不起您当年的一片苦心啊，厂子建起来了，开始还挺不错的，真没想到这个市场就这么风云突变，这车怎么说卖不掉就卖不掉了，忽然就不认咱们的车子了。"

杨市长缓缓地喝了一口茶："何厂长啊，市场经济领教了吧，那些年中央叫我们摸着石头过河，可是你过了河，前面还有江，等你过了江，前面还有海，那海还有浅海和深海。你以为摸着石头过河就是成功了？我们中央讲话呀，都很有水平，领导说摸着石头过河，没讲摸着石头过大江吧，所以你们要善于学习。中央早说了要向前看，你们就非向钱看，赚到一些短钱就快活得膨胀。我在位时就说过，摸着石头过河，过了河，就要准备一条大船过江，过了江，再准备大轮船出海，你们听进去了吗？听不进去。"

何时好连连点头："那时候你是说过这话，不止说过一次，可是我们当时觉得那生意挺好做的。"

"好做？现在领教了吧？改革之风是从南方刮起来的，但是上海、北京等等，那个节奏也快呀。落后了，市场就要淘汰你。"

杨市长这番话何时好懂，可是没有后悔药呀。早知这样，当初就应该脚踩两条船，三条船，多搞几个品牌，可是一切都晚了："那杨市长，你说我现在该怎么办啊。"

"又来了，说过多少次了，杨副市长，"杨市长叹了一口气，"这不是差一个字的问题，是你们不认真的态度。副市长就是副市长，那和市长差得远了。生产也一样，做事要一点不能差。你们的车子为什么卖不动，哪一点比别人差了，你们彻底弄明白没有？你问我怎么办？有事找市场，不要找市长。我就告诉你，现在中央的精神是'腾笼换鸟'，你能明白吗？这里面学问很深，我不跟你展开讲，我只告诉你，战略的问题，字数越少内涵越深。"

何时好点点头，又摇摇头，似乎明白了什么，又似乎什么也没明白，只是重复着"腾笼换鸟"几个字。

杨市长站起身："我也帮不了你什么忙，海外我还有些朋友，我也给他们都发了信，让他们都来帮着找找好鸟。不过林子大了什么鸟都有，你们要看准了，别捉一只鸟进来，没养两天，又死了。可是眼下你这趴了一窝子的汽车怎么办呢？我听说这个月工人工资可能都发不出来了，那可不行啊。我刚才来时碰到小顺子，小顺子说，他的保安人数也可以减一减，不行他再多养几条狗。多好的员工。"杨市长走到窗前朝外面望了望，"救场如救火，我串了一些老熟人、老部下，全发动起来了，不管怎么样，帮你销出去38.5辆车，还有一辆没有完全落实，所以先给你点个五，我也只能帮你到这儿了。我自己拿出积蓄，也买了你一辆，老伴还跟我抗议呢，说我这么大岁数买车干吗？再说家里用车是可以和机关要的。她跟我抗议，我就跟她说，大炼钢铁的时候，连锅都捐出去了。现在这还有钱花，买辆私家汽车摆在那儿，看看多阔气呀，再说我干过汽车兵，会开车的。"

杨市长走了，看着杨市长的背影，何时好心情酸楚，就他们那个在全国眼下一个月也卖不出几辆的车，老市长一口气帮他卖掉了38.5辆，他知道买的人一定是冲着杨市长的面子，是拿自己的钱在给他撑场子。杨市长在位时帮了多少企业的忙，为别人做了多少好事，解决了多少难题，两袖清风，一身正气，从不要回报。这会儿他开口了，为救何时好这个摇摇欲坠的在悬崖边上的企业，让厂里面暂时还能给工人发出工资来，老市长也是拼出了最后一点气力了。与其说是卖车，不如说是给他化缘。尤其是听到杨市长说，他自己也买了一辆车在家里搁着，何时好难过呀，惭愧呀，后悔呀，做企业做成要饭的了，他那眼眶能不湿润吗?

这时，办公室主任来找何时好，说有个客商想来谈谈合作，何时好一听，一抹眼泪，打起精神："安排喝酒，看看来的是什么鸟。"

那天晚宴，何时好亮出了厂里最优秀的班底，陪着这位客商喝酒，他使劲地介绍厂里的班底好，技术力量强，销售网络分布全国，工人干劲儿大，总之他这是个好笼子，欢迎好鸟。其实何时好是不能喝酒的，但是那天他拼了。

刘怡看着他那样喝酒心疼啊，但没办法，他知道这个厂子是他的命。

可是，拼完那顿酒，何时好就住进了医院，天打五雷轰，晚期肝癌，长期的酒精肝变过去的。医生可惜地说，改革开放被酒喝伤的企业家太多了。

何时好的病已经不能再手术了，医生说最多两个月。肝癌就是这样，要不不发现，一发现就是中晚期，而且他的肝癌已经向多处转移了。

刘怡那个心痛啊，宛如刀绞。可是她也回天无力，只能天天在医院守在何时好身边，寸步不离。儿子天罡说要换她，刘怡坚决不肯，天罡也没有办法，只能设法烧一点好吃的给送过去。刘怡哪有心思吃饭啊，身上那个肉，就像刀刮的一样往下掉。

刘怡说最后选择嫁给何时好，后来回想起来并非一种无奈的选择，开始的确带有一点赌气的成分，后来她慢慢觉得，在人生追求爱情的途中，有时候要学会放弃，小巴赫的爱情悲剧，在于她对奶奶的不弃不舍，最后孤独而去。而奶奶的悲剧，是她不想放弃的东西太多了。回想起来，尤其是在德国那段时间，她和爸爸爱不得，罢不得，每一次向何时好宣泄，有时是歇斯底里的宣泄，都让她觉得是一种糟糕心情的疗愈。而在这种宣泄中，她却感到了幸福。当她收到爸爸的那封"绝情"信后，在那撕心裂肺的痛苦过去之后，她在何时好这里真正享受到了爱情的轻松甜蜜，在何时好暖暖的呵护中，她很快走出了阴影。而何时好一直说他是"备胎"，他时常对刘怡说，不要忘记初恋，放弃初恋感觉的人不懂爱情的幸福。刘怡的情感生活在何时好这儿，得到了无限的宽松和信任。有时候她说起和我爸爸的那些故事，脸上依然会放出幸福的光，而何时好仍然会像在德国时那样，陪着她喜，陪着她悲，做她的"帮办"。

在刘怡跟我的讲述中，我完全能够感觉到她对何时好的那种深深的爱和那种深深爱当中夹着的无限感激。不过对于小巴赫和奶奶他们的坚守与不放弃，是不是他们觉得不幸福？我说不明白。

何时好的病情越发严重，每况愈下，腹部被腹水涨得发亮，不停地抽，抽了又涨起来。他强打着精神顽强支撑着，他真不甘心，在厂子还没有救的情况下，就这么走了。他对来看他的厂里班子成员说，他这些日子，躺在病床上，好好反思了一下，把腾笼换鸟的含义弄明白了。他告诉大家，要大刀阔斧地改革我们的管理体制，革新我们自己的理念，把笼子清干净。他还让刘怡告诉我爸爸，不要跟人家开大价钱，计较坛坛罐罐的得失，我们这次不单单是合作造车卖车，做"帮办"，我们要技术合作，做主人。何时好急切地盼着爸爸那儿有消息，刘怡的电话一响，他的眼睛就直了，总以为那是我爸爸打来的。

可我爸爸那儿还是没有确切消息。刘怡急呀，催我爸爸，能不能谈快一点。我爸爸说商务谈判不能着急，不到最后一刻都不能说成功，急了做不成事。我爸爸当时并不知道何时好病倒了，何时好不让刘怡说，怕我爸爸分神。

这一天，何时好忽然觉得人精神了许多，头也不那么晕了，还特别想说话，而且他还想吃东西。他告诉刘怡，他现在不知为什么忽然想吃德国猪手，他说那一次他们三个人在慕尼黑大学的草地上，一边喝着啤酒，一边啃德国猪手，他此刻想起来觉得是那么香。

刘怡看何时好精神好起来，心想是不是药物开始起作用了，也很开心。听说他想吃德国猪手，赶紧打电话给天罡："罡罡，你爸今天精神忽然好起来了，我估计是药效到了。他说他想吃德国猪手，对，要买好的，正宗的。我也不知道哪里有这个店，你四处找找，赶紧买了送过来，要快呀！"

何时好在一旁说："再带两罐啤酒来，要德国黑啤。"

刘怡说："你这会儿不能再喝酒了。"

何时好说："我不喝，一会我看着你和儿子喝，我陪着你们，闻闻酒香总可以吧。"

看着何时好精神好起来，刘怡高兴得眼泪汪汪的。何时好拉着刘怡的手："老婆大人，不要难过，能够娶到你，我这个备胎转正，已经很满意了，而且我还有了儿子，血脉也传下来了。"

刘怡含着眼泪使劲点点头："我也满意，你是一个好男人。你对我真好，我都记着呢。可是你看，这日子才好一点起来，你怎么就得了这个病呢。唉，平时我就让你少喝酒少喝酒，不说了，我不埋怨你。"刘怡打断自己的话，紧紧拉着何时好的手。

何时好故作轻松地说："我要是真走了，你不要难过，我原本就是个备胎，是个钵子，给你盛水的。"

"瞎说什么，你不准走，不准丢下我一个人走，你这个和事佬，你这个墙头草，我不准你一个人撒腿跑了。"刘怡说着说着眼圈就又红了。

"好好好，老婆大人放心，我这个和事佬，好人做到底，送佛送到西，在没有给你找好新备胎、新钵子之前，我保证坚决不走。"何时好装作一脸严肃，还举起手向刘怡敬了一个礼。

"去去去，到这会儿，谁还有心思跟你开玩笑。"刘怡哭着笑了，笑着又哭了。

"好啦，我还没走呢，就哭丧了？"何时好把刘怡搂过来靠在怀里，轻轻拍着她的肩膀，"别难过了，说点正经事，万一我死了，也先不要告诉老连，不要让老连分心，让他安心在外面给我们抓鸟。这个厂眼下能不能缓过气来，全指望他了，唉，我是使不上劲了。"何时好深深地叹了一口气，"唉，这一次厂里的事也怪我，我是你爱情的备胎，为什么就没想到产品也要做备胎呢，后悔呀。这些日子，我躺在病床上想明白了一件事，杨市长说得对呀，滚滚江水，是没有办法摸着石头过去的，后面厂里一定要成立自己的汽车研究院，你和老连挂帅，多招一些年轻人，以后每卖出一辆车就要拿出一些钱来做研究，我们要搞自己的汽车。抓来的鸟还是会飞掉，我们要有自己的鸟呀。"

后来的事实说明，何时好这个伟大的决策，救了这个厂，给了这个厂未来。外国来的鸟，是为了在中国这个市场上啄食，只有自己培育的鸟，才能变成金凤凰。

等何天罡满城区寻找，终于买到了德国猪手，拎着啤酒匆匆赶到医院，何时好已经带着遗憾离开了人世，离开了这个厂，离开了刘怡，离开了他心爱的儿子。而且最遗憾的是，在他生命最后回光返照的短暂瞬间，没能等到天罡把啤酒和德国猪手送到，和自己心爱的女人还有儿子一道，享受就着啤酒啃德国猪手的人生最后的美味大餐。

何天罡进门的时候看到的是心电监护仪上一条笔直的绿线，那是生命的地平线。他手中啤酒瓶在地面炸开，那喷涌而出的酒沫，仿佛是扑向地平线的海浪。

而就在给何时好送葬的路上，刘怡接到了我爸爸的电话，说他终于跟那家世界著名的汽车制造公司谈好了，对方准备全部收购，注入新的资金，上新的生产线，很快会来中国考察。

我爸爸在电话那头兴奋地喊："怡姐，快告诉老何，这回抓到大鸟了。"刘怡默默地把电话放在何时好的遗像前，泪如雨下。

"喂，喂！听到了没有？"我爸爸还在电话那头喊。

36

2013年4月28日是我奶奶的八十九岁生日，中国人讲究过九不过十，所以那天我们全家准备隆重地给我奶奶过九十大寿。

我奶奶老了，我爸爸妈妈也老了，我们长大了。

我奶奶他们那一代忙着生存，整天想着怎么能够活下去，可以说他们是求生一代。到我爸爸他们这一代，世界基本太平了，他们在为祖国做贡献的时候，同时也为小家积累财富，把日子过得更好一些。

而到了我们这一代，生活则是到了另外一个境界。

我已经大学毕业，出去工作，离家了。

圣训弟弟大学也要毕业了。

我和妹妹读大学，就离开了家，逢年过节才会回家看看，平时我们在外面租房子。妹妹和我都还利用空余时间打一份工，加上奖学金，我们基本上不让家里贴什么钱了。

妹妹读大学拿的是全额奖学金，几乎没有让家里花一分钱，还经常支援弟弟一点伙食费。妹妹是一个心思缜密，很细心读书的人，也很有钻研精神，目前正在读博士，她研究的领域我完全不懂。有时候她和我爸爸讨论几句，什么基因呀，遗传密码呀，DNA剪辑呀，生物治疗呀，在我听起来，太深奥了，但我觉得她将来会得诺贝尔奖。

而我读的是美国亚拉巴马州体育学院，选修的是体育教练专业。可是我的爱好却是极限运动，按我奶奶话说我就是一直在作死，奶奶就一直想不通，家里怎么出来一个我这爱作死的第三代。在大学里我就喜欢上了跳伞运动，现在我已经是Coach Examiner（教练考官），这是USPA教学评级里的最高级别了，在行业内我已经小有名气，还经常去参加各种跳伞大赛。除了跳伞，我还喜欢登山、攀岩、潜水，如我奶奶说的，凡是作死的事我都喜欢。

随着中国对外开放的程度越来越高，老百姓的生活水平越来越高，连我这个搞极限运动的在中国也有了市场。很多中国的跳伞运动俱乐部也和我们合作，举行各种比赛和培训。我竟然也跟爸爸一样，经常往中国跑了。

可弟弟这个大学读得可真不让家里省心。他自己特别选了一个离家近的大学，没事就在家里泡着，奶奶倒也乐得见他回来，整天心肝宝贝肉的，弄一堆好吃的给他。而他却在高中时就偷偷摸摸地抽烟，到大学就更是公开了。一开始还背着家里，后来索性就公开了，房间里弄得是乌烟瘴气。我奶奶实在看不下去了也会说他几句，可是他根本听不进去，后来我奶奶也就拿他没办法了。他读的是商科，书读得都不怎么样，女朋友倒是换了一个又一个，把我爸爸给气得咬牙切齿。妈妈更是三天两头撵他出门去，让他别在家里面住，说在美国没几个读大学的孩子还窝在家里的，为这事她没少跟我爸爸生气。可我爸爸也拿我弟弟没办法，上面有我奶奶护着他，说重了，奶奶还不高兴。奶奶总是说弟弟从小自理能力差，出去住，还不知道会弄成一个什么狗窝样，长大就会好的。

每年给奶奶过生日，在我们家都是一件大事。我爸爸是孝子，每到那天他再忙都会赶回来，而且也张罗着我们几个孩子全回去，那天也成了我们家必须要团圆的日子。

九十也算是大寿了，那天家里布置得真的很喜庆，很有生日的气氛。门上写着对联。上联：人增高寿天转阳和；下联：德为世重日月同光；横批：儿孙满堂。

对联是修容妹妹写的，在奶奶的教导下，妹妹的毛笔字写得出神入化，每到中国年，都有人上门来讨对联，有中国人，也有外国人。

屋里到处都飘着气球，桌上摆着寿桃。我爸爸在唐人街为我奶奶定做了一套寿福唐装。中国红的丝绸面料，上面印花是一个个大的镶金福和寿字，我奶奶穿上去显得特别精神。我爸爸也真是用心了，我奶奶过八十岁时，我爸爸托人从我奶奶老家保定买了一只青花瓷的茶碗，送给我奶奶。据说还是定窑的传承之作。定窑主要产地在河北省保定市曲阳县一带，唐宋时期那里属定州管辖，故名定窑。我奶奶说定窑是宋代六大名窑之首。这次我爸爸特地从广东中山运回来一把宽大的红木太师椅，给我奶奶作为生日礼物。那是一把透雕荷花太师椅，椅背上一个圆框内有莲花、荷叶、莲藕，合雕于一框，圆的下半部是波浪水纹。椅子搭脑两端下弯，端头上刀法娴熟地雕着云头如意，椅座下身腿足间券口牙子，平雕龙纹，与搭脑上下呼应。那椅背上的莲花荷叶，不仅寄托了我奶奶对家乡白洋淀的思念，如意龙纹更是对家族美好的祝愿。太师椅过去被称为官椅，后来虽然走入民间百姓家，但能在家中坐上这把椅子的，自然也是家中尊者。我奶奶十分开心，夸我爸爸孝顺。

妈妈忙了一大桌菜，开餐前，爸爸把那把红木太师椅放在客厅壁炉前，让奶奶在上面端坐，还特意把那串古莲项链给奶奶挂上，然后招呼大家来给奶奶磕头。磕一个头，奶奶就发一个红包。奶奶说要按照长子长孙的顺序来，先是我爸爸，再是我弟弟，然后才是我妈妈和我们两个女孩子。

大家磕头拿红包闹得都很开心。

弟弟故意显摆地问："奶奶，谁的红包最大呀？"

"你是老小，又是孙子，当然你的最大了。"奶奶那天的心情特别好。

"那奶奶，我能不能再给你磕一个头，你再发一个红包呀，小一点也没关系。"弟弟在闹。

"去去去，等你给我添个重孙子，我给你发更大的。"奶奶笑得合不拢嘴。提起这个话题，奶奶又有些不高兴，指着我们几个孩子说，"你看看，你们都老大不小了，到现在一个个都不结婚，我都这把年纪了，还能不能看到第四代呀？"

"能，一定能，奶奶高寿！"我们齐声说。

大家又围着奶奶吹蜡烛："奶奶许个愿吧。"

奶奶闭上眼睛，想了一会儿说："我今天就许一个明愿吧，祝连家早日再添丁，续香火！"

"好，好！"爸爸带头拍着手，让奶奶吹蜡烛，然后唱起了经典的生日快乐歌。

大家正闹得开心。忽然，一辆警车拉着警笛停在了我们家的门口，两个腰圆膀粗的警察汉子敲开了门。

全家人都愣住了，不知出了什么事。

爸爸走上前去问警察："我们在给我老妈过生日，难道骚扰邻居了吗？"

"No，No。"那警察摇手，眼睛朝屋里扫了一圈，"Who is Lian

Shengxun？"

弟弟战战兢兢地举起了手："我就是，怎么了？我可没有做什么错事呀。"

警察上前二话没说就用手铐把他给铐住了。

奶奶吓得站不起来："怎么回事，怎么回事？"

爸爸还算镇定："你们是不是抓错人了？"

我也觉得奇怪，弟弟虽然在外面有些随便，但还不至于做出什么违法的事来。

警察对着弟弟说："有一个女士举报，昨天晚上被你强奸了。"

弟弟一听直喊冤枉："什么女士啊？那是克里斯蒂娜，她是我女朋友。我要跟她分手，她才故意这么说的。她是诬告，诬告！"

警察说："对不起，我们要带你走。"

一个警察对我弟弟来了一段经典的"米兰达警告（Miranda Warning）"："你有权保持沉默。如果你不保持沉默，那么你所说的一切都能够用作为你的呈堂证供。你有权在受审时请一位律师，如果你付不起律师费的话，我们可以给你请一位。"

弟弟吓得不敢再开口说话了，拿眼睛看着奶奶，似乎奶奶这会儿有什么办法救他似的。别看弟弟平时在家里横，遇到事，真的就是六神无主。

就这样警察带走了圣训，在我奶奶九十大寿的那个晚上。

奶奶瘫坐在那儿，妈妈和我赶紧过去扶住她，一个抹胸口，一个捶背。

警车响着警笛，呼啸而去。而家里的空气完全凝固了，先前过生日时候的热闹喜庆立刻全无，全家人都惊慌失措。

大家都很紧张，要知道强奸罪在美国可是重罪。

奶奶说："你们快想想办法呀，快想想办法。不要管我，不要管我。"她推开我妈妈的手，朝我们每个人指指。

我理解奶奶，这是她第一次对弟弟的事显得那么无助，哪一次弟弟受一点什么委屈，她都可以护着，而这一次她却无能为力了。

爸爸说："现在唯一脱罪的可能就是那个女孩子撤诉。"

"对，让她撤诉，撤诉，要多少钱我们都给。"我奶奶说。

妈妈说："估计这个女孩肯定要敲一笔竹杠。"

奶奶说："都到这会儿了，还怕敲什么竹杠呀，就别管她怎么敲了，给钱，给钱。你们给我的零花钱，我都存着呢，都拿去，要多少给多少，救人要紧啊，那个监牢里日子好过呀？万一在里面被人打死了，这怎么得了呀，连家就没根了。"奶奶说得都快哭了，"这不是要断我们老连家的香火吗？"她把脖子上的那串古莲项链摘下来，在手里面紧紧地攥着。

爸爸安慰她："别着急，不会那样的。美国警察也是讲规矩的。"

"讲什么规矩啊，你没看到电视上整天放的，美国警察是会乱开枪的，打死的是白打死。那牢里面更乱着呢，人打人，黑吃黑，那些犯人都是大块头，身上都刺着乱七八糟的东西，圣训从小就身体不好，心脏有毛病，一惊一吓，再被人一打，一定要出事。当年我怀你的时候，在教堂，你爸爸和葛爷要不是担心日本鬼子把我抓进去，我受不了那个罪，会跟人家拼命吗？"

"哎呀，妈，你说的那是什么年代的事，这是两回事。"妈妈安慰奶奶。

安慰了奶奶，可大家对眼前的事还是一筹莫展。是啊，只有那个女孩撤诉，圣训的事才可能解决。

可是谁去找那个女孩？找那个女孩又怎么让她撤诉呢？

爸爸说："万一这女孩子拿了钱，也还是不撤诉怎么办？"

妹妹说："那就叫她先撤诉，后给钱。"

妈妈说："实在不行，那就让弟弟娶了她。"

奶奶说："你昏头了，这种女人能娶吗？"你别说我奶奶还真是大风大浪走过来的，在这个原则问题上，她倒是头脑清醒，一点不含糊。

爸爸也附和："是啊，这种女人怎么能娶？娶回来也是一个祸害。"

见我一句不吭声，我奶奶着急了："习德，你是老大，你在外头路子多，你想想办法呀，那是你弟弟呀，你要救他呀。"

我不疼不痒地说："我能有什么办法，不都是你们宠着惯着的吗？指望他传宗接代的呢。你们说说，他这几年女朋友换了多少个？换一个，你们高兴一次，换一个，奶奶就开心一次，好像马上就要有重孙子了。告诉你们，他没有一个是认真的。我才不管这个破事，让他坐牢好了。"

"哎呀，你这个作死的老大，怎么说话呢？"奶奶气哼哼地指着我。

爸爸瞪了我一眼："奶奶这会儿正难过呢，你别火上添油好吧？"

"好，我不火上添油，我走了，你们慢慢想主意吧。"我一甩手出了门。

妹妹赶紧追出来："姐，你真的不管呀？弟弟要是真坐牢了，那奶奶还不得急死啊？"

"管？怎么管？我们俩去警察局抢人去？"

"我们去找那个女的谈谈可以吗？"妹妹求我。

我说："我不正是准备去嘛，在家里面跟他们有什么好说的，东一句西一句的，一句都不在点子上，我听了都烦。"

妹妹一听我说这话，脸上露出了笑："就是嘛，我说姐会管的。来，我开车。"妹妹把我拽上了她的车，冲着追出来的爸爸妈妈喊了一句，"我和姐姐去想办法。一有消息就通知你们。"

"去警察局。"我气呼呼地说。

"不是去找那个女的吗？"

"不去警察局，哪知道那个女的在哪里呀。"

"对对，我也是急糊涂了，关键时候还是姐头脑清楚。"

"圣训都是被奶奶宠坏了。"我在车上气哼哼地对妹妹说。

"唉，其实爸妈也想管的，可是有奶奶在那儿压着，爸妈也管不了。"妹妹是个明白的人，别看她平时话不多。

"什么管不了，都是重男轻女。弟弟是连家的根，我们是什么？我们是连家的浮萍吗？"我心里是真的有气，"你看刚才磕头，哎呀，要先长子再要长孙。"

"其实啊，奶奶挺不容易的。她家和爷爷家，只剩下她一个活下来，好不容易把爸爸拉扯大了，她当然盼着连家能够香火旺盛代代相传。嗯，这个怎么说呢？应该是说奶奶有责任心吧，她背负着家族的使命。"

"难道我们就不是连家的后代吗？都什么年代了还这么封建。"不过我不得不佩服妹妹看得透彻。

"好啦，你就别埋怨了，你又不是看不出来，关键时候奶奶总是喊你这个老大出来。"妹妹哄我。

"算了吧，吃苦受累都是老大来，吃香的喝辣的都先给孙子。"我不屑一顾。

"行啦，我都看在眼里，往后我对你好一些不行吗？以后再吃苹果，奶奶再分配不公，给你小半的，我就，我就……"

"帮我把大的抢过来？"我开玩笑地说。

"不是，我就把我那一半给你。"妹妹朝我撒娇。

"就你会做好人。"我笑了。

其实你说弟弟的事，我能不着急吗？我只是恨铁不成钢，我奶奶宠他，他还就顺杆往上爬了。就他这样下去，还能指望他传承香火？不把家给败光就不错了。

37

　　活这么大，头一次上警察局，我心里也是毛毛的，没有退路，谁让我是老大，硬着头皮，带着妹妹壮着胆子走进去。

　　值班警察是一个帅气的小伙子，看样子应该是爱尔兰人，腰间别着手枪，英俊中透着几分威武。他以为我们是律师，来保释圣训的，但听说我们是他的姐姐，想找那个报案人了解情况，就伸出一个手指头一连摇了七八下，一气说了十几个"NO"，说这个不能透露给我，他们要保护报案人，让我们去找律师。

　　妹妹不死心，还在和那个警察求情，这个警察拿一支笔在桌上有节奏或无节奏地就这么敲着，坚决不松口。

　　正没辙时，我忽然发现这个警察桌上摆了一张他跳伞的照片，我指着照片问："这是你吗？喜欢跳伞？"

　　那警察见我说这个，来了劲，脸上露出十分骄傲的神情，炫耀地说："对，我已经拿到C证，现在正在冲D证，懂吗？C证是要跳满200次，D证是要跳……"

　　"跳满500次。"我接上他的话茬。

　　那警察眼睛一亮："你懂跳伞？"他上下打量了我一下，一耸肩，一撇嘴，"嗯哼，你喜欢跳伞吗？"

　　"喜欢。在大学时就喜欢了。"我故意睁大眼睛，装萌。我那张整天风吹日晒的小麦色脸和旁边我妹妹那张细皮嫩肉的娃娃脸，差别分明。我妹妹那个脸如果装个萌，还有一点青春可爱样，可我这一副和爸爸一样四方形的脸庞，留着男孩子的发型，此刻要装萌，连我自己都觉得好笑。

　　可那个爱尔兰裔警察，一听说我喜欢跳伞，炫耀的劲儿更足了，开始跟我吹嘘起来："跳伞可是一项让人陶醉的运动。你知道吧，离开飞机跳出去，你感觉自己就是一只鸟，在自由自在地飞，那个时候你没有烦恼，有烦恼也忘记了。跳伞那是勇敢者的运动，尤其是自由降落那一段，刺激惊险。没有这种体验的人，那绝对是人生的遗憾。跟你说你也不懂，也没感觉。"那警察本来说话动作和肢体动作就夸张，这会儿更是手舞足蹈，神采飞扬，还模拟起了跳伞动作。

看他那副样子我只想笑，但我还是继续装萌："听你这么一说，我也想去跳伞了。"

妹妹看我在逗他，忍不住在一旁偷着乐，我踹了妹妹一脚。

那警察冲着我妹妹说："你笑什么，一看就知道，你姐就比你勇敢。一看她那个皮肤颜色，就知道她喜欢运动。"他又转向我，"你想学跳伞吗？"

"想啊？"我装出一本正经的样子。

"这好办，我认识我跳伞的那家俱乐部的老板，我介绍你去，给你优惠价。"那警察伸出手掌，要和我击掌。

我伸出手掌和那位警察对击了一下，然后从口袋里掏出我的USPA发的跳伞高级教官证，装作毕恭毕敬地递给他："你看我有这个证，你们老板会不会给我多打点折呀？"

"这是什么？"那警察接过我的证件看了一下，简直不敢相信自己的眼睛，又拿去对着灯光正着斜着，正面，反面，看了又看，好像是要想辨别真假，"你是Coach Examiner？"他的脸上满是吃惊和不敢相信的神情，站起身，上上下下地打量我，嘴里发出一些怪七怪八的哼哼声。

"怎么，要去做鉴定吗？"我掏了一张我的名片递给他，上面有我们俱乐部的名字。

"连，习，德。"警察仔细看着那张证件上我的名字。一个字一个字地念着，忽然一下子想起了什么，一拍脑门，满脸惊讶，"哎呀，你就是那个'极限伞花'连教官呀，听说过，听说过，大名鼎鼎啊！"他立刻直起身朝我敬了一个礼，"连教官好！搞半天，你这是在逗我玩呀。"他抓住我的手，使劲握了几下，"哎呀，能见到你荣幸啊，荣幸啊。"

我得意地笑着点点头，我由于在一次国际女子高空跳伞大赛中获得了第一名，人送美誉"极限伞花"。所以我在跳伞界，也算是知名人士了。

妹妹在一旁逗警察："啊，你刚才说得挺好的，都说到我姐心里去了，下次你要是去考证，找我大姐。名师出高徒，你拜我姐为师吧。"

后面的事就好办了，我告诉那个警察，我弟弟是被冤枉的，他和那个报案人是男女朋友关系，后来我弟弟要和她分手，估计是闹了矛盾，她才这样告我弟弟的。我们找报案的姑娘，只是想跟她好好谈谈，了解一下情况。

那个警察逗极了，他不能直接告诉我那个女的住哪里，但朝我一挤眼，说，你们还没有吃饭吧，他知道有个地方，叫什么什么大道，那里有一座公寓，公寓楼下是汉堡店，那个汉堡，分量很足，味道也好，可以去试试。哈哈，鬼灵精。

我答应那个警察，下次去跳伞时到我们俱乐部去，我免费给他跳一次。把那警察乐得屁颠屁颠的，客客气气地送我们出门，还替我拉开车门，左一声"教官"右一声"教官"地叫着。

妹妹在旁边看得一愣一愣的，上了车对我直竖大拇指："姐姐你真厉害。"

我说："我这点算什么，你的书读得这么好，是我们家的骄傲。将来或许就你能接爸爸的班，做出一番事业来了。"

晚上，我和妹妹很顺利地找到了弟弟的那个所谓的女朋友克里斯蒂娜，她对我们这么快就能找到她，大吃一惊。尤其是听说我们是弟弟的两个姐姐，更感到意外。

克里斯蒂娜是一个西班牙裔的女孩子，估计也就是大学二年级的学生。说实话，身材挺不错，长得也挺可爱，一看就是那种挺纯情的女孩。

女孩租了一间单身公寓，就是一间房子，一张床，一个简易厨房的那种，屋子里也是乱糟糟的，按我奶奶的话就是属于狗窝型的。

见我们到来，克里斯蒂娜把沙发上的东西往地上一扔，给我们腾出坐的地方。

其实谈话很简单。

我问她："你喜欢我弟弟吗？"

她说："喜欢。"

"那你为什么要告他强奸？"

"因为他脚踩三只船，给我发现了。我让他把那两边断了，他嘴上说是断了，实际上还悄悄跟人家约会。"

我笑了笑："你既然知道他脚踩三只船，为什么还不离开他？"

"我就是喜欢他，我告他强奸，让他进去坐牢，他坐牢，我等着他。他在牢里面就老实嘛，不会再去和人家约会了。"

我真是哭笑不得："那你愿意和一个强奸犯过一辈子吗？他背着强奸犯的罪

名，还有和你生活的可能吗？就算你们在一起生活了，你们将来的孩子的父亲是个强奸犯，你不觉得这孩子将来在社会上也抬不起头吗？"

"这个……"那女孩子显然没有想过那么远的事。

"好吧，现在我来跟你说说我这个弟弟。"我把圣训从小在家娇生惯养，被我奶奶宠得没有了人形，完全没有生活自理能力，衣来伸手、饭来张口的情况都给她说了一遍，她听得眼睛瞪得好大，时不时地摇摇头。

最后我问她："这样的还不成熟的男人，你还愿意等他吗？"

那女孩子犹豫了。

妹妹在一旁一脸严肃地说："上了法庭，律师可不是像我姐这样问你，到时候你告他强奸罪还不一定能成立，万一你成了诬告，也是有罪的。"看到妹妹那个正儿八经样，我忍不住想笑。

"让我想想。"那女孩更犹豫了，点着了一支烟，抽了几口，然后吞吞吐吐地说，"好吧，你们的话我听明白了，我明天去撤诉，我也不想跟他再往来了。"

我说："别，你过两天再去，让他在里面蹲两天，也反思反思。"

那女孩子笑了，笑得真可爱，真是一个单纯的女孩，其实她和我弟弟一样，在这个时候都不适合"来真的"，更不能谈婚论嫁，他们真的都不成熟。

我快要走时，那个女孩忽然又不好意思地说，弟弟还欠他六千美金。我吃了一惊，六千美金在弟弟这个时候，可是一笔大钱。我弟弟怎么会欠你这么多钱？他拿钱干什么去了？那个女孩说他去赌场借钱赌，结果赌输了。赌场人追他要账，还不出来钱，要剁他的手指头，后来是她找家里借钱给他还债的。

我一听那个气啊，我开了张支票给克里斯蒂娜，恨得咬牙切齿，回家一五一十全都说了。

我爸爸吃惊。

我妈妈伤心。

我奶奶震惊，我看到她欲言又止，胸口起伏了几下，嘴唇还抖了几下。

我还想再说什么，我爸爸用眼神止住了我。

38

过了两天，那女孩子果然去警察局撤诉，我弟弟被放出来了。出警察局门，弟弟发现居然家里没有人去接他，满肚子不高兴，自己叫了一辆车回家了。

接到克里斯蒂娜去撤诉的消息，我们全家就在客厅齐刷刷地坐着了，一副三堂会审的架势，准备好好教训一下圣训弟弟。

爸爸把奶奶安放在那把红木太师椅上坐定，旁边的茶几上，妈妈用爸爸送给奶奶的八十大寿的礼物青花瓷茶碗，泡上了一袋八宝茶。那茶碗上面画着两片荷叶托着一朵盛开的荷花，杯体白里透蓝，蓝莹莹的画，十分恬静，仿佛是在说着一个古老的故事。茶碗上的荷叶荷花又让奶奶联想到老家广袤浩瀚的白洋淀，所以奶奶特别钟爱这只茶碗。

我们分坐在奶奶两侧的沙发上，爸妈坐右手边，我和修容妹妹坐左手边。

我说，一会儿圣训回来，大家态度要严肃，绝不能对他蹲了两天牢有丝毫的心疼。

爸爸见我说这话，抬头瞟了一眼奶奶。

奶奶端起茶碗，轻轻呷了一口，扫了我们大家一眼，把目光落在我爸爸身上，声音不高，但很威严："你不要看我，你是这个家当家的男人。"

妹妹听了奶奶的话扯了扯我的衣服，朝我撇嘴偷偷一笑，我知道她的意思，在这个家里我爸爸哪能说了算，大面上他要看我奶奶的脸色，私下里他要听我妈妈的吩咐。

坐在对面的妈妈看到了妹妹的表情，眼睛一瞪，手指头就戳过来了："二姑娘你笑什么，弟弟发展到今天这个程度，你难道就没关系？没责任？"

妈妈的话中有话谁都能听得出来，她这个责任是指的谁。其实奶奶也听出来了，她把手中的茶碗朝茶几上一蹾，那显然是用了力的："古言道，子之错，父之过。为人父母，你们的责任逃不掉。"

妈妈一听这话不高兴了，把嗓门稍稍提高了一些，眼睛直冲冲地看着奶奶："这孩子我从小就要严加管教，一管教你……"

"好啦好啦，你就省几句吧，今天不是我们谈管教的事，是讨论如何对待这臭小子今天回来的态度。"爸爸一手按住妈妈的手，一手指着我和妹妹，"奶奶说得对啊，子之错，父之过，大责任我来扛。从今以后，咱们家里要立个规矩，有些事绝不能迁就。其实你们的奶奶从来就是个是非分明的人，好坏清楚着呢。有些事奶奶不说透，是为了让我们自己反省出道理，对吧？巧云。"

爸爸在家里的这一套说话的艺术，从小到大，我们都已经全懂了，都领会深刻。妹妹拿手指头戳戳我，抿嘴又是一笑，妈妈在爸爸的腿上拧了一把，翻了一个白眼。但奶奶的脸色显然好看了一些。

说着话，圣训回来了，一进家门，看见我们都齐齐地在客厅里坐着，一副开堂问罪的架势，立刻就冲着我们全家发脾气："好嘛，你们居然都在家坐着，没有人去接我，你们也太不像家里人了吧。我是冤枉的，难道你们不知道吗？是那个婊子自己撤诉，我才出来的。"弟弟像是英雄一样站在客厅中央嚷嚷，见没人理他，他有点纳闷，不知我们都怎么了，"水，我要喝水。"他先转向奶奶，"奶奶，听见没有？我要喝水。"

别说，这一次奶奶听我说了弟弟的情况以后，确实受到了不小震动，她没想到这个宝贝孙子会是这样，是该好好管教管教了。尤其是居然借钱赌博，还差点被人剁了手指头。要是平时她听见弟弟要喊喝水，一定是指使别人去给他拿饮料了，可这会儿奶奶没有搭理，只是翻了他一眼。

"妈，妈，家里有可乐吗？"弟弟一看奶奶竟然没有搭理他，只好又冲着妈妈嚷嚷。

妈妈把头一扭。

弟弟又把头转向爸爸，爸爸拿眼睛狠狠地瞪着他。

弟弟有些胆怯了，自己跑到冰箱里摸了一罐可乐，继续发牢骚："哼，你们这都是怎么了？好像我是罪犯？好像我给家里丢脸了？居然，居然，你们都不去保释我，没有人去保释我，让我在拘留所里面受罪，可受罪了，我还挨了人家打。睡觉都不敢睡，你们看，你们看看我的后背。"他掀起衣服露出后背，有两处瘀青。他见奶奶朝着他的后背看过去，连忙走到奶奶跟前，冲着奶奶喊，"奶奶，奶奶，你看见没有？我都快疼死了。差点就丢了小命，没钱保释我吗？让你孙子那么受罪，你忍心吗？你平时最疼我爱我，这会儿就舍不得这一点点保释金？不就是2000美金吗？留着养老呀？怕我日后不孝敬您老？"

"住口！怎么跟奶奶说话呢？！"爸爸伸出手指头，狠狠指着弟弟。

奶奶挥了挥手："你，你，你太不像话了。"

"怎么回事？怎么回事？我说得不对吗？你们今天都是怎么了？"弟弟有些摸不着头脑，扫了一圈我们在座的人，眼光掠过了妹妹，最后落在我的脸上，"姐，大姐，你是老大，你评个理，我做错了什么？我什么也没做错呀，警察抓我是个误会，这不，我好好地回来了。"弟弟用手在身上拍拍，"警察说，连案底都不会留。"

我狠狠瞪了他一眼："我真希望你待在里面永远别出来。"

"哦，我明白了，一定是你的坏主意，你就看不得我好，整天就想教训我，你从小就欺负我，这家里谁对我都比你好。"弟弟一屁股坐在妈妈身边沙发上，从口袋里摸出烟来。

"没错？你没错？今天我要打得让你认错！"我妈妈起身拿起桌上的报纸卷起来，一把夺过弟弟手里的烟，扔地上，抢起报纸卷，冲着弟弟劈头盖脸就是一顿打，边打边嚷，"要不是你姐去救你，找到你那个所谓的女朋友，让她撤诉，你就在里面坐牢吧，判你个十年八年的。"

爸爸也跟着助威："狠狠地打，狠狠地打。敢赌博，还借钱赌，就应该让人家把你的手剁掉，赌博，万贯家产一夜都能输光，你将来就是一个败家子，连家能让你败光。你姐姐做得对，就是不能保释你，让你受两天罪。还受得少了，应该让你在那里面蹲个十天半个月的，你就长记性了。"

"妈，用这个打，那个不疼。"我拿起客厅墙上挂着的棒球棍递给妈妈。爸爸在德国读大学时，是学校的棒球队员，这个棒球棍是爸爸的纪念物。我们小时候爸爸常拿这个棒球棍吓唬我们，谁不听话，就拿这个打屁股。妈妈接过来我递过去的棍子，高高地举起来，又扔到了地下，气哼哼地坐在了沙发上。

我冷冷地一笑，又把棒球棍递给爸爸，爸爸接过棒球棍，朝地毯上一戳，叹了一口气，也往沙发上一瘫。

我看看妹妹，妹妹看看我，我们俩相视一笑，心里都明白，那棍子是打不下去的。

"怎么，你们两个人都打不下去？要我这个老太太来打吗？"奶奶的手气得直抖，指着爸爸和妈妈，"平日里你们说我惯着他，今天你们打他，我肯定不拉。在美国好东西不学，学赌钱。这些年我算看透了，这美国和中国旧社会差不多，吃喝嫖赌样样都有。这几天我回过神来了，咱们这个家，如果再没有点家规，这孩子就毁了。"

"这美国，好的东西多了去了，他就是不学好。"妈妈怼奶奶，"妈，你不要怪我这时候说你啊，这孩子平时就是给你宠坏了。"妈妈这会儿终于把前面憋着的话喷了出来。

"那你们今天就管呀，我肯定不拉你们。打呀，怎么不打了？"奶奶气鼓鼓地瞪着我们。

"妈，你别生气了，这管教也不是一天两天的事。"爸爸说。

"你不要和稀泥。"妈妈拍着沙发，"今天他要不好好认个错，就别想过我这关。"

爸爸过来照着弟弟踢了一脚："还不赶紧给奶奶、妈妈认个错。"

弟弟大概没有想到是我去找了克里斯蒂娜，让她撤诉，而且他借钱还赌债的事也露馅了，心里有些发虚，装模作样地弯了一下腰："奶奶，我错了。妈，我错了。"

"不行，这就想蒙混过关？"妈妈不依不饶，"跪下。"妈妈上前照着弟弟的屁股狠狠踢了一脚。

"好好，我跪下，把屁股撅起来给你打，给你们打好吧？"弟弟油嘴滑舌。

这场景我是看明白了，弟弟这件事，无论是对这个家，还是对弟弟，教训都远远不够。唉，我深深地叹了一口气，摇摇头。

弟弟跪在地上，侧脸看着我："姐，习德，是你救的我？你不是整天盼着我出事吗？"

"呸！我警告你，你再闯祸，我抽死你。"我狠狠地说着，上前实实在在地踹了他一脚，这一脚把他踹趴在了地上。

"哎哟哟，踢疼我了。"弟弟借我这一脚，故意趴到奶奶的脚下，装作可怜兮兮地看着奶奶。

"哼哼！"奶奶鼻子里哼了几声，估计她想站起来打圣训一巴掌，可是她已经是快九十岁的人了，气得连站都站不起来。她抓起手边的那只茶碗，朝弟弟摔过去，可是力道太小了，那只茶碗只是掉在了弟弟的面前，只有几滴甜茶溅在弟弟的脸上，可茶碗却摔成了两半。

爸爸看茶碗摔成两半，很是心疼，嘴里啧啧地直说可惜，上前拾起来："妈，你生那么大气干什么？你看这茶碗摔碎了多可惜。"

奶奶把头一扭："碎就碎了，没有什么可惜的。都说是我惯着他，我惯着他，就让你们是非不分了吗？我惯着他，就让你们都不敢当我面批评他吗？我惯着他，是让你们把连家的这根独苗给毁了吗？孩子出了事，都还成了我的错了？"奶奶越说越来气，手一扒拉，把那茶碗的底托也给扒拉到地上。那底托在地上滚着滚着就滚到了妈妈的脚前。

我有些吃惊地看着奶奶，奶奶这脾气发得有点大。我忽然觉得坐在太师椅上的人，表面上看德高望重，一呼百应，其实也有说不出来的苦衷。尤其是那太师椅，说不定也不是她想坐，而是别人端给她，硬让她坐上去的，只是一旦坐上去之后，自己和别人就觉得她身子贵了，神圣起来。其实奶奶固然是我们的一家之尊，但也不是不通情达理、不晓是非的，只是爸爸把奶奶总抬得那么高，大事小事都要听奶奶发话，看她脸色，以至于大家知道奶奶是不可冒犯的，有些时候明知奶奶有些话不对，但出于尊重，也就听从了。尤其是妈妈多少次想顶撞奶奶，但都忍住了。

弟弟一愣，他没想到奶奶今天好像还真的发火动气了，平时他犯点小错和奶奶撒撒娇，胡搅蛮缠一气就能混过去，今天好像这个气氛不大一样。

"好啦好啦，老大你也别再和弟弟斗嘴了，啊，这个，奶奶说得对，对圣训的教育，我和你妈都有责任，尤其是我承担主要责任。有时候对奶奶的意思没能够理解得透，奶奶有时候不是惯着他，是心疼他，哪个长辈对后代不心疼呢？但心疼和惯着是有区别的，我们以后要好好理解奶奶的意思，尤其是我。"我这个老爸总是恰到好处地出来圆场子。他用脚踢了一下弟弟，"你这浑小子起来，坐下。老大，你去给奶奶重新泡杯茶来。老二你过来给奶奶捶捶背。下面我有重要的事情要宣布。这两天我们跟奶奶一起商量了，做了一个大决定，今天和你们正式宣布一下。你们都大了，无论是按照美国的习俗，还是按照中国的习俗，你们都该自己独立了。老三，你大学也毕业了，就不要在家里住了，你奶奶也同意到老人院去住了，这个大房子呢，我们也准备卖掉，把那个出租的小房子收回来，我们去住那个小房子。那个小房子就三室二厅，我和你妈一个人住一间，那一间留着给奶奶偶尔回来住住，没你住的地方了。这个家呢，我和你妈妈守着，逢年过节的你们就回来看看，大家有时间经常去老人院看看奶奶，平时你们就各自单飞吧。尤其是你，圣训啊圣训，圣人之训，你一句话没记得住，白给你起这么一个名字了，希望你吸取这次的教训，好好做个人，再有下一次，这个家没有人会救你。"

奶奶同意去住老人院，这确实是我没有想到的事，估计这几天爸爸和妈妈也没少和奶奶商量。奶奶这一次可能也是从根本上感觉到她在家里，弟弟确实是没有办法管教，而且大房子不卖，弟弟总想着回家，卖了大房子，弟弟想赖在家里也没地方住了。

弟弟显然还有点不高兴，低声地嚷嚷："卖房子，卖房子，我知道你们这就是想撵走我，想把我和奶奶分开。"他一脸可怜兮兮的样子朝奶奶身边凑过去，奶奶拿拐杖挡了他一下，颤颤巍巍地从那把太师椅上站起来，挪开了身子，坐到了我的身边。

39

见气氛平和下来，一直没说话的修容妹妹，这会儿咳嗽了一声，以引起大家的注意："啊，各位都说完了吗？现在我有话要说了。"

说实话，我妹妹长得真的很好看，她继承了爸爸妈妈的所有优点，圆圆的脸，丹凤眼，眉毛细细的，皮肤也好，身材虽然像我妈妈矮小了一点，但真的长得很丰满，女人的韵味儿十足，该凸出来的地方凸出来，该凹下去的地方都凹下去，你要是不懂什么叫女人的线条，你看看我妹妹就明白了。在美国高中毕业的时候，有一个很重要的舞会，叫"Senior prom"，少男少女们都尽量把自己打扮得漂亮一些，有些女孩子提前几个月就做准备了，家庭条件好的就为了那天舞会，还专门去定制鞋子、衣服、帽子。而妹妹压根不费那个神，自信得很，那天就找了一件妈妈穿过的八成新旗袍就去了。结果震了，满场的"贼眼放光"，后来我妹妹就再也不肯穿旗袍出门了。而我不一样，我完全继承了爸爸，奶奶说我继承了爷爷，五大三粗的。

我妹妹不仅长得漂亮，而且是一个内敛而独立的女孩。妹妹平时在家话就不多，显得很斯文。在奶奶的调教下，她国学基础非常好，可谓琴棋书画样样拿得出手。我奶奶信佛，她也跟在后面念念叨叨。据奶奶说，她回家有时间还给奶奶讲佛教的《心经》《金刚经》《地藏经》《阿弥陀经》，一套一套的。她在家里一般很少有动静，进出都是悄无声息的，不像我，走路都拉着风，所以常常你会忘掉还有她这么一个人在那儿。我也得承认，妹妹修容真的是一个非常出色的女孩子，长得漂亮，心地也善，文才出众，我妈说她是文曲星下凡。我爸说什么下凡不下凡的，那都是奶奶指点得好，奶奶是高人。而奶奶只要一看到妹妹写字的样子，那个下巴就一会儿朝左一会儿朝右，满脸的得意样。

说实话，她要是一个男孩，奶奶不知该多高兴呢。奶奶常拿她教训弟弟，要他多学二姐。

一家人坐下来聊天，妹妹常常是一句话不说，属于录音机型的。所以这会儿她要说话，大家都觉得有些新鲜，连先前咋咋呼呼的弟弟也老老实实坐着。

妹妹扶了扶眼镜说："啊，也没什么，你们也不要大惊小怪的，我就是告诉家里一个关于我的消息，我已经订婚了，我很快要结婚了。"她说得很慢，一个字一个字说的。

这真是放了一个炸雷，把我们全都炸蒙了。这丫头不声不响的忽然爆出这么一个大雷子。

说真话，我并不觉得特别吃惊。妹妹从小到大，看起来温顺听话，其实从小到大，她对自己的事极有主见，大事小事她都是自己做主，小到小时候去买玩具，她从来都是要自己看上的玩具，不让别人帮着挑。大到读什么大学，选什么科，毕业以后找什么工作，从来不和家里商量，都是她定下来了以后，给家里通报一下而已。妈妈说她身上有美国孩子的独立性。而奶奶和爸爸私下谈起来，总觉得妹妹和家里不够"亲"，说什么事和家里商量商量有什么不好的，多一个人还多一个主意呢，更何况都是家里的人，只能是为她好。在这一点上，奶奶和爸爸都还表扬弟弟，说弟弟屁大点事都会和家里汇报商量，而妈妈则认为弟弟没出息。不管怎么说吧，家里都已经习惯了妹妹经常时不时地给家里炸一个雷，只是今天这个雷炸得有点大，炸得有点惊人，前面从来都没听说她交男朋友了，这说着就要结婚了。

奶奶一听可乐了，脸上表情立刻乌云开，见太阳，连声说："好好，快说说，快说说怎么回事。"

"你这孩子也是的，其他的事你不说就算了，这找男朋友了不和家里打招呼也就算了，订婚了，也不提前和家里说一声。"爸爸的口气里有些责怪。

妈妈不乐意爸爸的话："哎呀，你就别计较了，说不说都无所谓，将来日子是他们两个过，只要他们过得开心，过得好就行了。告诉你，你是反对呢，还是同意呢？"妈妈靠近妹妹身边拉着她的手，"男方是谁？"

"对，快说说，快说说。"我们都附和着妈妈。

妹妹的声调还是那么低，还是那么平稳："啊，其实很简单啦，他是我的导师拉贝先生，托马斯·拉贝，我们这些年一直在共同研究一个抗癌的课题，他是生命科学领域的专家，领军人物，对我帮助很大。我喜欢他，他也喜欢我。"

"多大了，比你大？比你小？"奶奶着急地问。

"嗯，比我大，大得不太多，大个十五岁吧。"

"大十五岁？还大得不太多？"爸爸似乎觉得岁数大了些。

"大什么，不大。"我妈妈把爸堵了回去，"老夫少妻，疼着呢。"

"啊，这个，是哪里人啊？"爸爸又问。

"他呢，是英国人。"妹妹还是那副慢慢吞吞的口气，"不过呢，他的妈妈是乌克兰人，他的爸爸才是英国人。"

"全是外国人呀？"奶奶的口气中显然带着一点不满意。

"外国人怎么了？在美国哪有什么外国人，移民国家，这到处都是外国人。"妈妈又回怼了奶奶一句。

"反正，反正圣训以后不准找外国人就是了。"奶奶嘟囔着。

我说："妹妹，恭喜你呀，打算啥时候结婚？"

"对对，准备什么时候办事呀？"奶奶急切切地问。

"过几个月吧，具体日子还没有定，快了，我一定下来就告诉你们。"妹妹不急不忙。

"我的二姑娘耶，你最好提前点把日子告诉我们，别明天办事，今天通知我们，让我们措手不及的。"爸爸显然为妹妹没有提前告知订婚这件事，有些不高兴。

"是的，你爸爸说得对，姑娘出嫁，是咱们家的大事。按照中国规矩要做不少准备工作的。"奶奶很严肃地说着，从我身边起身站起来，又坐回了太师椅上，还扭了扭身子，让自己坐得稳一些，用拐杖指了指大家，"这事不要弄得慌慌忙忙的，坏了规矩。"

"好啦好啦，我有数的。"妹妹应道。

妈妈高兴地两手一拍："太好了，我们家二姑娘要出嫁了，在台湾姑娘出嫁也是有很多规矩的，我们真得好好准备一下。"

弟弟也学妈妈拍了一下手："好了，二姐要出嫁了，我们家又少了一个负担。"

"谁是负担啦？你二姐读大学，我们家一分钱都没花。她可是全额奖学金。"听了弟弟的话，爸爸把脸拉长，"我们家负担就你一个，不争气的东西。"

花钱花得最多，书读得最差，还整天赖在家里。"平时我爸当着我奶奶的面从不敢多训弟弟，今天正好有这个机会，我爸可逮着了，一直没给弟弟好脸色看。

"就是的。"妈妈也附和着，"你说你，整天在外面鬼混，从上高中到现在，女朋友换了多少任了？就不能正经点，早点把个婚事定一下吗？奶奶都这么大岁数了，你要真对奶奶好，就正经点，做不成什么大事，早点结婚，有个一子半嗣的，也算你对家里的贡献了，也让奶奶能看到个重孙子。"

"你看看，你看看，怎么说着说着二姐的事，转头又冲着我来了，我今天是听不着好话了。好，我走，我走好吧。"弟弟一看大家又冲着他来，三十六计走为上，他站起身，一副不服气的样子，走出了家门。临出门前朝着妹妹嚷了一句，"二姐，祝你早得贵子，让奶奶高兴。"他又转头朝着奶奶，"奶奶你给二姐发一个红包，大一点的。"

门砰的一声响，圣训弟弟气呼呼地跑了，倒好像我们欠他的似的。

40

奶奶终于在情愿与半不情愿之中住进了老人院，不过住去了之后还挺开心的。首先是那里并没有人问她有儿子有孙子的，为什么要来住老人院，你别说，外国人这点不错，一般不打听人家的家事。原先奶奶总怕别人笑话她，可是她去了之后发现这里很多人和她一样，有儿有女，只是孩子们都大了，在家里待着寂寞，又缺少人照顾，又没人交流，所以才住进了这里。

而这个老人院又办得很好，有集中吃饭的地方，有亚洲餐，也有西方餐，有老人娱乐的地方，有看书阅读的地方，还有老人健身房。老人院还组织老人在一起打打牌，看看电影，聊聊天，做做游戏，在后院里弄弄花，弄弄草。还经常组织他们出去搞个小旅游，奶奶生活得挺开心的，再加上妈妈也在老人院上班，天天可以见着。自打妹妹宣布要准备结婚了，奶奶和妈妈一有空就商量着妹妹的婚事，掰着手指头算，什么时候可以生个小宝宝了。

妹妹也带着他那个未婚夫拉贝到老人院来见过面了，大家对他十分满意。奶奶更是关照让妹妹要在家里带个头，做个表率，早些让她看到第四代。

有一天我爸爸去老人院看奶奶，奶奶对我爸爸说："你回去把这些年小巴赫写给我的信都拿来。另外，老二要结婚的事，我要给小巴赫写封信去说说，你把我的那个笔墨也拿来，唉，快要写不动了。我也很久没有收到他的信了。也不知他现在心脏是不是好一些了？"这些年我奶奶只要家里有些什么大事，她总要给小巴赫写封信去说说。而且每一次写信，奶奶总是要把她那个墨疙瘩从箱底拿出来，轻轻地研磨，每一次都是那么神情专注，不让别人打搅。

小巴赫去世的事，我爸爸一直瞒着奶奶。奶奶每次给巴赫写信，都交给我爸爸寄出去，而我爸爸全都悄悄收了起来。怕放在家里，万一哪一天给奶奶翻着了会露馅，他在银行开了个保险箱，把奶奶写给小巴赫的信都放在保险箱里。然后，他按照奶奶写信的内容，又以小巴赫的名义写一封回信，签名是我爸爸模仿的巴赫的笔迹，模仿得真像。不过小巴赫的第一封"回信"却让奶奶有些怀疑。因为以前小巴赫给奶奶写信都是手写的，而爸爸没有办法模仿小巴赫的全部笔迹给奶奶回信，只能借助打印机，只是在最后模仿巴赫的笔迹签上名。

80年代中期，中文打字机才刚刚兴起，还不是很普及，每次给奶奶回信，爸爸都要找到一家有中文打字机的公司，请别人帮忙。爸爸替小巴赫写的第一封用中文打字机写的回信，奶奶看了以后很奇怪。问爸爸为什么小巴赫不用手写，要用打字机？爸爸解释，科技发展了，小巴赫用上了中文打字机也很正常，外国人写信不都是用打字机嘛，奶奶也就信以为真了。

爸爸把写好的信装在一个大信封里，寄到香港小巴赫的诊所去，里面放上要回邮的邮资费。小巴赫去世后，那个诊所他的徒弟在接着开，小巴赫的徒弟接到这封信后就会贴上邮票，再把这封信寄回美国，就这样奶奶一直以为小巴赫还活着。每次收到香港寄过来的信，奶奶都很开心。这个秘密爸爸只让我一个人知道，因为有一次爸爸不在家，奶奶要给巴赫寄信，就交给我办了。爸爸还说我是老大，家里面的事就应该多担当一些，以后他们老人走了，弟弟妹妹就由我来管着。

为了防止奶奶要和小巴赫通电话，爸爸还在一封回信里编造了小巴赫耳朵失聪的消息，可怜爸爸的一片孝心。

爸爸把小巴赫的"回信"都给奶奶抱了过去。奶奶是用一个装月饼的铁盒子仔细存着那些信，那铁盒子上面画了一个嫦娥奔月的图案，旁边还有一行小字：海内存知己，天涯若比邻。

老人院有一个活动叫情感分享，就是每一个老人把自己过去的情感、往事和大家分享，分享那段快乐的时光，也分享一些忧愁，分享一些悲伤，老人院希望通过这种分享活动，让老人们的感情能有一个宣泄的地方，彼此互动，也唤起大家彼此的关爱。

那天我奶奶主动说，她要给大家分享她和巴赫家的故事。

阳光下，后院的花丛间，一张小圆桌子围坐了十几位不同国家的老人，奶奶把她那个月饼盒子放在桌上，把巴赫的信一封一封地拿出来，给大家诉说她和巴赫家那些既遥远又好像近在咫尺的故事。

奶奶说起了她和爷爷的相识，说起了爷爷和葛爷的事，说起那个教堂惨案，说起了她是如何在巴赫家生下的孩子以及后来是如何找到葛巧云。美国老人院里的老人来自不同国家，语言沟通上是有障碍的，那天我奶奶说一段我妈妈就用英文翻译一段。无论是来自哪一个国家的老人，都被奶奶的故事深深感动，有人流泪，有人感慨。我妈妈也是第一次如此系统地听奶奶诉说过去的故事，也是一边翻译一边抹着眼泪，深深地感到奶奶这一路走来是多么艰辛，尤其听到奶奶坚守和葛爷之间的承诺，辗转万水千山找到她的过程，更是泣不成声。

1975年中秋节小巴赫给奶奶写过一封信，奶奶每次在看到这封信时，总是停留很久。

小巴赫1965年去广州迁坟，和我奶奶双双被打，十年后的中秋节，他给奶奶寄来一盒月饼，并附上了这封信。

中秋月圆，寄上月饼一盒，以表思念之情。光阴如梭，土地庙里，我拥着你瑟瑟发抖的身子，还有那深深的吻，一晃整整十年过去了，至今我还能感觉到我们抱团取暖时你的体温和你颤动的唇。今日月亮又圆，举头望明月，把酒问连妹，不知你我今生，何时月能圆？

月饼吃完了，奶奶就把月饼盒子一直留到了今天，用来放小巴赫给她的来信。

同样奶奶在这次情感分享活动上拿起这封信时，依旧是停留了很久，很久。那个风雨交加的夜晚的一切，都在她脑海里浮现，想到小巴赫抓住她的手，摁在他的胸口，想到小巴赫的那个吻，奶奶的手情不自禁地抖了一下。

"你不喜欢他吗？"有人问。

"喜欢。"奶奶肯定地说，"他为我付出得太多了。"

"那你爱他吗？"又有人问。

奶奶犹豫了一下，摇摇头，又点点头。

"那你为什么不答应嫁给他。"

奶奶笑笑没有回答。

"哦，我知道了。"有一个从荷兰来的老奶奶接上话，"我听说过你们中国贞节坊的故事。"

奶奶还是笑而未答。

其实这事一直也是我心里的一个疑惑，我曾经问过奶奶，这到底是为什么，而且巴赫一家对我们家有恩，奶奶是一个知恩图报的人，为什么对小巴赫的求亲，就一直这么拒绝？况且小巴赫又是那样真心爱着奶奶。可是奶奶一直也没有正面回答我，只是云里雾里地和我说了四个字："世事如梦。"

分享会的最后，奶奶拿出了那串古莲项链。那个美丽而动人的传说，更是让所有的人都唏嘘不已，大家传看着那串古莲项链，用手轻轻地抚摸着它，感叹它的神奇，让妈妈在四十六岁的高龄得子。

41

北京，一个七月里的周末，虽然已经在夏天了，但是跳伞基地却透着几分凉爽。

我的事业蒸蒸日上，我成了我们俱乐部的首席教官，还当上了俱乐部运营官首席助理，里里外外管一大堆的事，忙得也很少回家。尤其是从中国来了不少人到我们俱乐部学习跳伞。这几年中国变化很大，生活条件好了，像跳伞这种运动，也有越来越多的人参与，市场巨大。

我们俱乐部也和中国许多俱乐部建立了合作关系，我在中国也训练出许多优秀的跳伞运动员，帮中国在许多国际大赛中获得了名次。我的"极限伞花"称号，在中国跳伞界也已经是赫赫有名了，这也成了我的标签。说我的名字，或许没人知道，说"极限伞花"，圈内没有不知道的。

这次我们和国内的一家跳伞俱乐部联合在北京搞跳伞表演活动。其中有一个环节是让观众抽签，抽中的人可以由教练带着他们体验一次双人跳伞。那天一共有八个带跳教练，我也在其中。当然，每个人都希望抽到我去带跳，抽到由"极限伞花"带跳的人，绝对是这场活动的幸运儿。那么今天的幸运儿会是谁呢？

我们几个教练先表演了一轮跳伞之后，接下来观众开始抽签，现场的气氛简直是嗨极了。而我作为本场活动的主要特邀嘉宾，又是有名的"极限伞花"，我的号码是1号，所有人都希望能摇到1号。

抽签的办法是把参加者的电话号码输入电脑，然后电子摇号，先摇出中签的电话号码，再摇出带跳教练员的代码。每次中奖者电话号码显示后，全场就会齐声喊："1号，1号……"

摇啊摇，七个带跳教练员都被选走了，只剩下我还在教练席上坐着。

主持人也会搞气氛，这回反过来，先把我的代码打在屏幕上，再去摇中签的电话号码。场上的气氛到达高潮，音乐声，喊叫声震耳欲聋。屏幕上开始滚动电话号码，主持人很会煽情，大声说："大家跟我倒数五个数，5、4、3、2、1，停！"

场上瞬间安静，大家在东张西望地看谁是幸运儿。

"我中了！我中了！"只见一个大小伙子使劲地喊，兴奋地在人群里跳起来，先蹦到了面前的桌上，踩着桌子就向主席台奔过来，向我扑来。这是一个非常阳光帅气的小伙子，肩膀很宽阔，眼睛有一点凹，鼻梁很高，脸型轮廓分明，透着刚毅；皮肤黝黑，完全没有国内那些奶油小生的感觉；紫红色的T恤衫，黑色的牛仔裤和白色的运动鞋，干净利落。

他像一头小鹿一样地奔到我面前，举手向我行了一个军礼。

把我给逗乐了，我问："你叫什么名字？"

他挺直胸板大声回答："报告教官，我叫何天罡。"

说实话，我当时还真没有反应过来他是谁。

他又朝我大声说了一遍："我叫何天罡。"

我说："我听见了，跟我去试装备吧。"

见我还没反应过来，他贴在我耳边悄声说："作死的老大。"

听到他说起我的这个只有家人才知道的绰号，我愣住了，我停下脚步，仔细看着他："你是……"

"我是刘怡的儿子罡罡。"他诡秘一笑，露出雪白的牙。

这一下我才反应过来，爸爸从刘怡那儿回来，常常提到他的儿子，不过都叫他的小名罡罡。所以他先前说他叫何天罡，我还真没反应过来。一听说是他，我也挺意外，挺兴奋，挥拳朝着他的宽阔的胸口狠狠捶了一下："你这家伙既然来了，为什么不先来找我？"

"我想试试运气，看看和你到底有没有缘分。"天罡爽朗地笑着，"没想到还真被我抽中了！天助我也！不过我今天也想好了，即使没有抽中，我也得亮明身份，让你带我跳一次。你的大名太响了，极限伞花，多少人想你想疯了。"

"去去去，你就别捧我了。"我很奇怪地问，"你不是做公务员的吗？怎么跑来跳伞？也从来没有听说过你喜欢跳伞呀。"

天罡朝我神秘一笑，一字一顿地说："这是我人生最大的爱好，可是我妈妈全力反对，你爸爸也反对。所以他们在我们之间打了防火墙，不让我联系你。但他们没有想到你的名气太大了，百度上随便就可以搜到，我一看广告你要到北京来搞表演活动，就立刻从广州追过来了。告诉你，你必须收我为徒弟，我也要做跳伞教练。"

"你就别闹了，跳跳玩玩体验一下这种感觉就行了，我是我们家作死的老大，你家可没有老二，刘姨可指望你养老呢。"我明白，既然爸爸没告诉我他的事，显然是不想让我把他领上极限运动这条路。

"看你这话说的，好像跳伞就能跳死人，大惊小怪的，跳伞又不是跳楼。"天罡调皮地说。

"呸呸，别说这个霉嘴话。"我打断了他，让他拿上装备跟我上飞机。我一边领着他向飞机走去，一边问，"跳伞可是个花钱的事，你做公务员的哪来这些钱？"

"告诉你，我的全部积蓄都花在跳伞上了。"天罡两手一摊。

"唉，看来你也是一个败家子。"我又捶了他一下。

"所以我想当跳伞教练，又能享受我喜欢的这个运动，还能挣钱，我打听过了，这可比我干公务员挣钱多了去了。所以你一定要帮我，极限伞花大人。"天罡说的真是大实话，跳伞教练的收入确实不低，这也许是这项危险运动的风险补偿吧。

"什么大人大人的，咱俩到底谁大呀？"我问。

"上了飞机是你大，你是教官，你说啥都是大，到地面我大你二十五个月。我早就问过我妈了。"天罡是一个很可爱幽默的男生。

"贫嘴，油嘴滑舌的，赶紧去做准备。"我挺喜欢天罡这种开朗乐观的性格。

带我们升空的是新西兰进口P-750型飞机，这款机型非常适合跳伞，可以搭载十七名跳伞队员。随着飞机的轰鸣，约二十分钟，我们就到达了接近四千米的高度。

天罡以前也跳过伞，所以对跳伞的这套动作的程序还是很熟练的，只是说这次由我带他跳，他感到很兴奋，毕竟我是知名的跳伞教练，而且我们之间还有着这样特殊的关系。

跳伞的信号灯响起，我喊了一声"跳"，领着他双双跃出机舱门。开始享受每秒五十多米的自由落体下落，这是每一个跳伞体验者最享受的阶段，那种刺激，那种在空中的自由降落。那一刻，你仿佛变成了滑翔的老鹰，瞬间觉得你的灵魂在天空中自由地飘荡。同时在这种迅速地下降中，你也有着巨大的恐惧，巨大的风力和自由落体下降的巨大速度，让你的脸变形走样。耳边除了风声，听不到其他任何声音。这种兴奋紧张夹带恐惧的刺激，让每一个跳伞体验者只能用大声地喊叫去发泄。其实即使你跳过很多次伞，在这个自由落体的三五十秒里，你仍然会处于一种亢奋的刺激中。

说真话，天罡很有跳伞天赋，落下去时身体姿态非常好。身体反弓形，头后仰，双手自然张开，胯部向前挺，双腿并拢，双脚向后勾，胯部重心也维持得非常好。我在他上方，带跳也很轻松。刹那间，我真想鼓励他做专业跳伞，但瞬间就打消了这个年头。我这个连家作死的老大，不能把刘怡儿子变成"作死的独苗"。

每秒五十米的下落速度，相当于时速两百公里。几十秒的刺激过后，在一千五百米的高度，我打开了伞。我们双双开始享受那个缓缓降落、翱翔的感觉，这是和前面那个自由落体的刺激，完全不一样的体验。速度骤然放缓，你似乎被一种超自然的力量拽起来。这时你仿佛一朵云，在风的托举、抚摸之下，轻轻地飘着飘着。也仿佛一只大雁，张开双翅让风托着你，举着你，潇洒自由地翱翔。耳边的风不再那么猛烈地呼啸，世界仿佛立刻就变得安静下来，这一刻你可以轻松地俯瞰大地。这和坐在飞机的舷窗边向外看是完全不一样的感受，你是自己融入了这片自然。当你离地面越来越近时，你会忽然有一种想重新来过的感觉，还想再去体验那种刺激的自由落体的感受。于是你总想着那个自由落体的时间能不能长一些，再长一些，于是你就想飞得高一些，再高一些，三千米、五千米、六千米、八千米、一万米，极限，给你带来的感受就是那么奇妙。

几分钟之后我带着天罡落地了，脱下伞具后，天罡给了我一个拥抱，还在我的额头上使劲地吻了一下，然后又把我抱起来转了两圈，兴奋而大声地说："极限伞花，你是我的神。我太喜欢这项运动了，我一定要做跳伞教练。"

晚上，我和天罡坐在俱乐部酒店外面的吧桌旁，轻松地喝着咖啡，聊起了我们两家的事，说到了刘怡和我爸爸的那个没有终点的爱情。天罡说，刘怡和他爸爸也是一段美好的爱情，只可惜他爸爸走得早了一些。他说人生不能总背着包袱过日子，只要曾经拥有，不要在乎最后的结局。过程比结果重要，如同我们跳伞，最后的结局都是落地，但是那个过程却是千姿百态，享受那个千姿百态，落地就不会后悔。

"是的。"我说，"人的生命也是这样，最终总是要回归生命的原点，只要自己的生命历程有足够的精彩，当生命回归原点时，就不会后悔。"

我忽然觉得我和天罡的这个想法，要是让奶奶知道了，肯定不能理解，他们是追求生命的延续，而我们是在追求生命的精彩。

我问天罡："我奶奶的事你知道多少？"

天罡告诉我，在他妈妈刘怡嘴里，我奶奶就是一个圣人。

我问："圣人会怎么看待我们今天这一代年轻人。"

天罡回答："圣人会说，逝者如斯夫，不舍昼夜。我的翻译是，去他的吧，我们就要老了，想干什么就干什么吧。"

哈哈，哈哈，天罡把我逗乐了。可笑着笑着，我的心忽然沉了下来，奶奶和小巴赫，爸爸和刘怡，刘怡和天罡的爸爸，那么我们的未来呢？我们的过程和结果会是怎样？

那一晚北京的夜空特别漂亮，一眼望去，有许多星星在眨眼，时不时还有飞机从空中掠过，灯光一闪一闪的，好像在和星星对话。

偶尔还有流星划过。

42

圣训弟弟在一家珠宝行找到了一份做销售的工作,他也终于被逼搬出去,自己租房子住了。

整天和珠宝打交道,接触的也都是一些有钱人,珠宝气沾多了,有钱人见多了,圣训也学着把自己打扮得像有钱人,甚至有时候恍恍惚惚地也觉得自己就是有钱人。他整天梳着一个大背头,头发油亮得连苍蝇扶着拐杖都会跌跟头,皮鞋锃亮,西装笔挺,那化妆品不比女孩子的少。对了,还整天嫌腮帮上那个胎记难看,每天都要用粉厚厚地抹上一层遮住。去餐厅、酒吧,小费给得那是穷大方,不知道的人还以为他是有多么有钱的主。平时花销也特别大,喝酒,泡妹,开跑车,结交名人。

那年美国总统候选人、参议员布朗,来芝加哥搞竞选活动,搞了一个募资晚宴。吃顿饭,再跟他照个合影两千美元。弟弟东凑西借,又和奶奶软磨硬泡,凑齐了钱,蹭在布朗身边照了一张快照,就是那种咔嚓一下马上出照片的那种,看上去也不是很清楚。弟弟如获至宝,四处招摇,说他认识多少上流名人。

有一天回家,圣训弟弟又拿着他和那位布朗的合影,在家里给修容炫耀。

修容把那照片轻轻地往桌上一搁,轻声说:"这个人我见过。"

"见过有什么奇怪,布朗搞竞选到处办集会。"

"我和他吃过饭。"修容淡淡地说。

"什么?和他吃过饭?你也参加了他的竞选晚餐?你不是素来不问政治吗?"圣训有些吃惊地看着修容。

"什么竞选不竞选的,那些事,我不感兴趣。布朗请我去他家里吃过饭。"修容的口气还是那么平淡。

"不得了了,你去过他们家,他还……他还请你吃饭?"圣训惊讶得眼珠子都快掉下来了。

"你大惊小怪什么?这很正常嘛,他是拉贝的父亲,托马斯·布朗先生,我去他家吃顿饭,这奇怪吗?"修容还是那么不慌不忙。

"哎呀，我的天啊。"圣训仰天长叹，"我亲爱的二姐呀，这么大的事，你怎么不和家里说一下呢？你不和家里说，也得跟我说一下呀？"

"你也没问我呀？再说这也不是什么大事。"

"不得了，你还说这不是大事，这……这对我们家来说可是天大的事呀！"

圣训在家里大呼小叫，把爸爸、妈妈和奶奶都叫到客厅来，他正了正领带，整了整衣服，摆出一本正经的模样："你们听到没有，二姐未来的老公公，是下届美国总统的候选人，参议员啊，大人物。不得了，不得了，咱们家要发大财了。"

奶奶拿拐杖敲了敲圣训："你整天想发财，人家当总统，你发什么财？"

"就是，他是他，我是我，他爸爸是总统，他儿子又不是总统，我们自己过自己的小日子。"修容附和着奶奶的话。

"二姐呀，你就是一个书呆子。你想想，如果我们家里，爸爸现在是美国总统会怎么样？"圣训把妈妈扯到爸爸身边，"妈，你就是总统夫人，第一夫人，美国第一夫人。"

"呸，你这是白日做梦吧？"妈妈觉得很可笑，咯咯地笑弯了腰。

"你别笑呀，我这是说假设，假设是这样，我们家会怎么样？"

"假设你个大头梦啊，"爸爸照着弟弟的后脑勺拍了一巴掌，"你整天不好好地做事，就想着攀名流，走捷径。自己有几斤几两，不知道吗？二姐要不优秀，人家拉贝能看上她？你爸爸永远也成不了美国总统。"

"爸爸，你当不当总统无所谓，关键是你的女儿要成为美国总统的儿媳妇了，你仔细想想这有多大的商业价值？"

奶奶一开始没听明白，等她弄明白了问："他选上总统了？"

"还没有，但极有可能。"圣训信誓旦旦。

"阿弥陀佛，幸亏没有选上。"奶奶松了一口气，"当上美国总统，整天有人要去刺杀他，家里面人也会被牵连的。还是不当的好。"

妈妈又咯咯地笑了，说："奶奶最现实，平安比什么都好。儿子啊，我也同意奶奶的观点，他别选上总统，他选上了总统，你二姐日子也就过不安生了，将来女婿来我们家，说不定后面还要跟着保镖。这个总统亲家我们也攀不起。我们老百姓平安过日子就好，就你爸这样三天两头往中国跑，你知道吧，他的保险都比别人买得贵，保险公司说，他这叫空中飞人，危险性大。"

"妈，你就不懂了，如果布朗真的当了美国总统，爸爸的保险费，不用他自己出一分钱，就有人替他买好了。他再去中国的时候，中国政府会怎么样？是市长接见，还是省长接见？说不定国家领导人都要出来见他，那爸爸也就成了名人。"圣训又走到奶奶跟前，声情并茂，"奶奶，这个事对我们连家来说，可能是突破性的转折，是一个具有划时代意义的重要里程碑式。奶奶，你盼着的连家光宗耀祖的时刻就要到了。"

"呸，跟美国总统挂上，连家就光宗耀祖了？瞧你那点出息，一副洋奴样。"奶奶又用拐杖敲了他一下。

"奶奶，你这都是什么观点呀？你们想想啊，如果二姐成了美国总统的儿媳妇，那我们家就不愁钱了，中国政府会大把大把地送钱来。你看我要是去中国开个公司，那中国政府必须给我大优惠，咱都不用去跑买卖，那钱是天天有人送上门来。到时候我就在中国开一个商务咨询公司，专门做中美之间沟通的桥梁，对，好听一点，叫中美文化交流中心，高大上极了。哎呀妈呀，二姐，你这是哪一辈子修的福呀？"弟弟抓住二妹的手，使劲地摸着，好像要抹下来一点福气给自己。

修容打掉弟弟的手，伸手摸了摸他的额头："你没发烧吧？"

弟弟又一把抓过修容的手："二姐，你一定要帮我一个忙。"他把那张照片拿出来，"你看啊，那天我就想让布朗帮我在背后签个名，可被旁边的保镖拦住了，说我的钱只够照相的，不够签字，要签字还得加钱。现在好了，有二姐你这个关系，请这位布朗先生帮我签个名，应该不是个难事吧？"

"去去去，要签你自己找他签，我可不想多这个事。"修容一甩手。

可是你别说，我这个弟弟还真是有办法，他竟然真的跑到布朗的竞选办公室，生闯！硬是堵住了那位总统候选人布朗先生。

别说美国总统候选人在竞选的时候啊，倒也真的是身段子软，很愿意接触平民百姓。弟弟死皮赖脸地缠住了布朗先生，就在保镖要把他架开的刹那间，他大声喊："我的姐姐已经和托马斯·拉贝订婚了。"

布朗一听弟弟的嚷嚷，停住了脚步。布朗先生也真是精明，他弄清楚我弟弟的来意之后，觉得这是一个很好的争取华裔选票的好机会，立刻就对着旁边的记者们造起势来，说现在中美关系如何如何重要，他要是当选上一定会大力发展中美关系，提高亚裔的地位，而且毫不隐讳地说，他的儿子已经跟一个中国姑娘订婚了，就是这个小伙子的姐姐。说着还真的当着媒体镜头，在弟弟那张照片上潇洒地签了名，还拉着圣训在镜头前露出竞选的招牌微笑和手势。

　　第二天这消息就见报了，铺天盖地，不用说，自然为布朗先生争取到不少华裔社区的好感。

　　而我弟弟拿着那张照片，拎着一摞子那天的报纸，真的飞去中国开公司了。他在赌，布朗一定当选。

　　可是我们全家没有一人看好他，奶奶还警告他，不要把中国人的脸给丢光了。

43

我结束中国的旅行，刚刚回美国没几天，我妹妹这头出事了。

那天下午，我正在天空带学员跳伞，地面给我喊话，让我这趟下来赶紧给妹妹回个电话，妹妹有急事找。

妹妹一般情况下是不会找我的，她是一个静悄悄的读书人，自己的事自己做主，也从来不给家里添麻烦，几乎是没什么事找我。所以说有急事找我，我还真吓了一跳，担心是不是奶奶出事了。

我一落地赶紧拨通妹妹电话。

一贯冷静的妹妹，听到我的声音竟然就开始哭起来，她说："姐，你能陪我去见一趟奶奶吗？"

"什么情况？真是奶奶有事了？"我吓了一跳，奶奶岁数大了，是不是在老人院出什么事了，还是摔跟头跌倒了？

"不是，是我自己的事。"妹妹的哭声又变得大起来。

"你的？是你的什么事？你别哭嘛，有话好好说，什么事姐姐都为你做主。"

"姐，我不想在电话里跟你说，咱们去见了奶奶说好吗？"妹妹挂了电话。

我真奇了怪了，今天妹妹怎么回事呢？一个要准备结婚的人了，最近一直在忙着筹办婚事，挺开心的。坏了，不好，我一下子反应过来了，一定是和拉贝闹矛盾，说不定就是分手了。我赶紧驱车向奶奶的老人院奔去。我到的时候妹妹已经到了，眼圈红红的肿肿的，站在老人院外面等着我呢。

我说："你们是不是分手了？"

妹妹听我一说，立刻眼泪就掉了下来，看起来我猜得不错。

我说："分手就分手呗，你还年轻，还可以再找，不值得这么伤心。"

妹妹不回答我的话，只是拼命地掉眼泪。

推开奶奶的房门时，奶奶正在和人叨叨我妹妹结婚的事，看见我们吃了一惊："怎么，今天又不是休息日，你们怎么来了？"

妹妹扑通朝奶奶面前一跪，扑倒奶奶怀里，边哭边说："他死了，他死了。"

"谁死了？"奶奶吃惊问。

我心里咯噔了一下，但已经明白了几分，紧张地问："是拉贝吗？"

妹妹点点头，哭得更伤心了。奶奶也很惊讶，赶紧让我把妹妹搀起来，让她坐下慢慢说，我给妹妹倒上了一杯水，站在她的旁边，把她的头轻轻地靠在我怀里。

妹妹哭声呜呜地说了一大通，完全没有了平常的淡定。

原来她和拉贝准备结婚，他们想抓紧把手上的实验做完，好去忙婚事，再去度蜜月。他们计划好了，要做一个长长的旅行，要去中国看长城，要去埃及看金字塔，还要去非洲看动物迁徙。

他们昨晚在实验室加了一夜的班，今天早上实验基本结束了，他们正想走出实验室，可是万万没想到，迎面碰到一个拿枪的歹徒，大声喊着叫着，用枪把他们逼进了一间教室，教室里面还有几个女学生，全都成了歹徒的人质。歹徒用枪逼着大家蹲在一个角落。妹妹吓得缩在拉贝的怀里，那几个女学生则吓得哭起来。

拉贝还算冷静，他问歹徒："你是要钱吗？"

那歹徒挥着枪大声喊："我不是要钱，我要命。"

拉贝说："我们和你无冤无仇，要命你总要有个理由吧。"

那歹徒一把摘下了脸上的面罩，露出了还没有长成熟的大男孩的脸，一看就知道是一个正在读书的大学生。妹妹说他的年龄看上去就和弟弟差不多大。他拿枪点着拉贝的脸，大声吼："你以为你们就可以左右我们的命运，是吗？凭什么说我的论文是抄袭的，凭什么说我们来自南美，就是垃圾？凭什么我的奖学金就比别人少？"

拉贝明白了，这是美国最常见的种族歧视问题。他挥挥手示意他冷静下来，然后用商量的口气说："你看，你这是对学校，对老师的意见，旁边这几个人都是学生，你可不可以放他们走，我做你的人质。"

那歹徒还有点犹豫，拉贝接着又说："我是研究生命学的，没有什么比生命更重要的了。如果你是真的不想活下去，你完全可以用枪解决自己，要是想泄愤，进门你就把我们打死，然后自己再吞枪自尽。今天你拿枪到学校里面来，把我们变为人质，那说明你还是想解决问题，想活下去，对不对？"

那歹徒听了拉贝的话愣了一下，下意识点点头。

拉贝又接着说："如果你想解决问题，这里的人越少越好，万一通过我的努力，你的问题解决了，你今天闯的祸也可以从轻发落。这样吧，你留下我做人质，让这些学生走。"拉贝说完试着站起身，那个歹徒居然没有反对。

拉贝站起身迎着那个歹徒的枪口走去，示意大家赶紧离开。

那几个女学生赶紧开门跑了出去，妹妹还有点犹豫，拉贝着急了，朝我妹妹挥手，大声喊："你赶紧走，和她们一起走。"

妹妹这会儿骨子里面的那种自信又冒了出来，此刻她觉得她可以说服那个歹徒放下枪，当然她也不愿意让自己心爱的人一个人面对歹徒，她想着或许还能帮拉贝一把。她对着那个歹徒说："你可不可以把枪放下，有什么事我们来共同帮你，拉贝老师也是校委会的，一定会帮你的。"

"滚，你快滚。"那个歹徒朝我妹妹挥着枪，然后又拿枪朝着拉贝指指点点，那手枪在他手里就像个拨浪鼓似的直晃悠，"你真是校委会的？你能帮我说上话吗？你能让他们对我公平吗？"

"能，肯定能。"妹妹在一旁插话，"你把枪放下，好好说话。"

"放下个屁呀，fuck you！"那歹徒晃着枪指向我妹妹，"我和你说话了吗？我让你滚，你没听见吗？"

拉贝赶紧走到我妹妹前面，用身体护着她，对我妹妹说："你快走！"可就在这个时候砰的一声，歹徒手里的枪响了，那枪正好击中了拉贝的胸口，要不是拉贝挡着，这一枪应该是打在了我妹妹的身上。

那歹徒吓得把枪往地上一扔，大声喊："Fuck，是走火了，我是走火了。"

妹妹惊恐失色地扑到了拉贝身上，那血从拉贝的心脏部位呼呼地往外涌，妹妹用手使劲按着血，大声喊着拉贝的名字。然而，拉贝在妹妹的怀里就这么永久闭上了眼睛。

这真是太意外了，我能想到妹妹现在承受多大的打击。妹妹之前从来没有恋爱过，这是她的初恋。都准备结婚了，却出这样的意外，我的眼眶也湿了，陪着妹妹流泪。其实我听妹妹说下来，如果当时她听拉贝的话先走，或许那个歹徒还能静下心来和拉贝谈谈，我妹妹在那一掺和，反而把歹徒给激怒了。我真不知道该怎么安慰妹妹。

奶奶到底是经过大风大浪的人，镇静地拉过妹妹搂在怀里，抚摸着她的头，嘴里念着："阿弥陀佛，阿弥陀佛。万事随缘吧，这都是缘啊。孩子，别伤心，世事难料，唉，他家里父母亲要难过死了。"

"奶奶，我要把拉贝的孩子生下来。"妹妹忽然抬起头看着奶奶说。

"什么？！你怀上了？"我大惊失色。

奶奶也吃了一惊，盯着妹妹的眼睛："你是说你肚子里面有他的孩子了？"

"是的，已经怀上四个月了。"妹妹看看我，又看着奶奶，"奶奶，我要像你当年那样，把孩子生下来，一个人带大，我不会再嫁人了，拉贝是我的唯一。"她告诉奶奶今生已经不可能再有这份缘了。就像奶奶和爷爷那么两年的缘分，却是一辈子的眷恋。

我以为奶奶会责备妹妹未婚先孕，哪知奶奶把妹妹搂得更紧："生吧，生下来，我们全家帮你把孩子带大。"

我也鼓励妹妹："生下来吧，给你一个念想，给你一个拉贝的回忆。"

爸爸妈妈知道了拉贝的事也很伤心，不过都支持妹妹把孩子生下来。妈妈还悄悄地跟妹妹说："生下来，别和奶奶学，终身不再嫁，这是美国，到时候妈帮你张罗一个合适的。"

44

半年以后，我们连家的第一个第四代诞生了，是个男孩，混血儿长得就是漂亮。全家人别提多高兴了。最关键是修容，孩子的出生，极大地抚慰了拉贝的不幸给她带来的创伤，她给孩子起名叫拉贝连，她把全部的身心放在了照料孩子身上，凡事都要亲力亲为，不让别人插手。

妈妈把修容接回家里来，照顾她坐月子。奶奶也时常回来看看，那段时间，这个小家伙成了我们全家的中心，谁有空都往家里跑。

有一天孩子的爷爷奶奶布朗先生夫妇俩，要来我们家看孙子。

布朗先生最终还是没有能够竞选成功，尽管华裔给他投了不少票，而且他儿子遇刺身亡的消息也让他得到了不少同情票。但是，谋事在人，成事在天，最终他还是落选了。

参议员布朗要来我们家看望孙子的事，我们家自然很重视，爸爸妈妈和奶奶专门召开了"家庭政治局常委会"，后来又把修容拉进来，开成了"家庭政治局常委扩大会"。会议一致通过的第一条决议，竟然是奶奶提出的，此事不能让圣训弟弟知道，不让他加入这场会见。而我那时在中国，自然也不必专门赶回来参加。

圣训弟弟赌输了，先前他拎着那一摞子和总统候选人布朗先生合影的报纸飞去中国，开一个什么所谓的中美文化交流中心之后，满以为能够坐在那儿稳稳当当地等人给他送钞票，谁知中国人不买那个账，除了跟着几个小混混，骗了几个包工头几场酒之外，他几乎是一事无成。随着布朗先生的落选，那几张他和布朗先生笑眯眯合影的报纸更不起作用了，应该说他是灰溜溜地又回到了美国。

圣训弟弟这会儿又在美国别出心裁地办了一个电视台。其实在美国开一个电视台是很容易的事，和中国电视台概念完全不一样，准确地说应该是一个电视节目制作室。租一间房子，凑三五个人，搞一点设备，制作一点节目，拉几条广告，租一个频道选一个时间段播出，就算电视台了。至于想叫什么名号，就随你便了，叫多大都没人管你。弟弟的电视台名字就还挺大，叫作美国联邦经济台，号称是全美第一家专门播中国节目的英语电视台，受众是美国主流社会，办台的宗旨是要做连接中美经济的桥梁。那是有一天有一个人到弟弟店里来买珠宝，告诉他自己有一套电视制作旧设备要处理，三文不值两文。弟弟一听觉得大有商机，就找了几个在美国学习电影的中国留学生，免费拿到了中国政府宣传部门出的一档《中国在变化》的节目带（这个能不免费吗？），办起了这个电视台。他们把中国政府提供的节目翻译成英文，然后在社区里拉一些广告，租一个频道每周播出一次。弟弟原本是想借这个电视台和中国政府合作，或者是等着中国的电视台来收购，坐地起价，卖一个大价钱，在美国搞一个大名堂。那个时候中国也正在向海外开放，亟需占领美国的宣传阵地，他以为这是一个大好商机。也别说，确实有几家中国的电视台前来考察过，据说还有一家直辖市的电视台，可人家来一看，就知道这几个毛孩的几斤几两，成不了气候，掉头就走了。

奶奶不想让弟弟参加这个会见是有道理的，弟弟自然会嗅到这是一个"新闻"，扛枪弄炮地带着他那个所谓电视台的人来，这么一来折腾，奶奶说她那老脸丢不起。

打扫庭院，整理卫生，那是基本礼仪了，关键是怎么接待。奶奶说，中国古代有"五礼"之说，宾客之事为宾礼，人家来时，我们要按照中国的宾礼行事。

妈妈笑话奶奶："人家就是来看个孙子，你搞得好像是国与国之间的访问呢。"

奶奶不同意："圣训不是说他差点当上总统吗，我们这儿是中国人的家，代表中国，总统到这里来，那可不是国与国吗？"奶奶的话逗得大家哈哈大笑，奶奶还一本正经，"你们不要笑呀，中国是礼仪之邦，中国自古就有'礼仪三百，威仪三千'之说，咱可不能给中国人丢面子。"奶奶指派爸爸作为主要的主接待人，"你是男人，自然是一家之主。"

"家庭政治局常委扩大会"在奶奶的指导之下，做出了三条重要接待原则。第一，那天要充分展现我们家上有高堂，子孙满堂，四代同堂，中国人天伦之乐大家庭氛围。说实话，奶奶是很想让弟弟也参加，可实在是怕弟弟到时候弄出一个什么幺蛾子来，坏了礼数。第二，态度要不卑不亢，奶奶是长者，又是高龄，客人来时只可欠欠身，不可站起来。第三，所有的茶水糕点一定是要用中国的，而且要用广州的。

妈妈很快按照奶奶的布置，去唐人街把这一切全都备齐了。奶奶前后检查了一下，指派爸爸再去买一块红地毯来铺在门口。奶奶说，爷爷来看孙子，这也是喜庆的事，对人家来说，这可是传宗接代延续香火的大事，我们也得给人家搞得喜庆一些，可以按中国传统的喜礼来张罗。

爸爸又飞快地开车出去把红地毯买了回来。

修容只管自己的孩子，对奶奶他们的这些原则呀，布置呀只是笑笑，不发表一点意见。妈妈还怪她，说这都是给你做面子，别日后让人家瞧不起你。

布朗两口子是那天上午九点半到的，爸爸说，准确说是九点二十八分踏进家门。那天太阳很好，门口的枫树林里还有一点点雾气，袅袅绕绕，鸟儿叽叽喳喳。

爸爸在门口去迎接布朗两口子，而奶奶穿上了过九十大寿时的那件寿福唐装，中国红的丝绸面料，上面印花是一个个大的镶金福和寿字，还绣着中国龙。脖子上挂着那串古莲项链。

奶奶端坐在客厅那把红木椅太师椅上。布朗先生走进家门，显然一眼就看到了奶奶，奶奶欠了欠身，做了个要站起来的模样。布朗赶紧示意奶奶不用起身。他走上前，弯下腰，轻轻拿起奶奶的手，在奶奶手背上非常绅士地轻轻吻了一下。

看茶，让座，爸爸招呼布朗夫妇坐定，妈妈和修容上茶，上糕点，彬彬有礼，不卑不亢。

爸爸担任奶奶的翻译，奶奶先对拉贝的不幸，再次向布朗夫妇表示同情。本来按照彩排，奶奶只要礼节性地说一下就行了，可是奶奶谈到人家的儿子去世了，心情就激动，一激动话就多了，奶奶说她深知失去孩子的痛苦，当年邻居李嫂的两个儿子，都死在抗美援朝的战场上，她至今都替他们难过，希望中美之间不要再打仗。

爸爸说这一段话就不要翻译了吧，奶奶不同意，让他一字不差地告诉布朗先生，妈妈也赞成。没想到爸爸把这话翻译过去之后，布朗先生十分赞成地点点头说，希望中美之间永远不要战争。他说他的儿子虽然不是死于战争，那也是死于枪支泛滥，他一定会为美国禁枪努力。

奶奶让修容赶紧把孩子抱出来给爷爷看，拉贝连那天按照奶奶的吩咐，用一个红毯子裹着，毯子外面还扎着红绸缎子。看到孩子，布朗夫妇顿时就眼眶红了，布朗太太更是泪崩了。

奶奶也跟着激动，连声说恭喜你们啊，恭喜你们家有了孙子，有人传宗接代呀。中国人最讲究传宗接代了，奶奶把脖子上的那串古莲项链给布朗夫妇看，说这是传家宝，有了它，连家就能香火永传。

布朗夫妇似懂非懂，只是跟着点点头。临走布朗夫妇给了修容一张支票，那上面的数字很大。修容坚决不要，说她能够养得起孩子。

一个要给，一个不肯收，推让之中，各不肯罢。

奶奶出来解围，把那张支票拿过来交到布朗夫人手里说："中国人有规矩，长辈初见第三代，是要给红包的，你这个是支票，不是红包，所以不能收。"奶奶让妈妈去从屋内拿一个红包来，告诉他们这个是红包。

布朗夫人明白了，就把支票放进红包里。

奶奶笑笑，摇摇手，说红包要给现钱，否则不吉利。他让布朗先生往里面放一百美金，说这才叫红包。你别说，美国人身上不带大票子，备一点小票子，那都准备付小费的，那天布朗身上居然掏出了一百美金现金，也确实难得。

布朗夫人把红包很认真地放在孙子的褓褓里，眼里含着泪，两位老人依依不舍地离开。

事后当弟弟知道了布朗夫妇来访的事，气得直跺脚，说咱们家又失去了一次大好的商机。他的电视台原本是可以借这个事搞出动静，挣一把，说不定就翻身了。

45

　　修容把全部的心思放在了照顾拉贝连的身上，孩子的所有事她都要亲自过问。

　　也许是拉贝的事对她刺激太大，修容长期失眠，生完孩子以后，怕对孩子不好，又不敢吃安眠药。孩子生下来，她的奶水严重不足。奶奶和妈妈想出各种方子给她催奶，内地的方子，台湾的办法，都试过了，可是效果不明显。只好给孩子增加奶粉，妹妹为了让拉贝连能吃到合适的奶粉，前前后后买了几十种奶粉回来给孩子试。在美国能买到全世界各地的奶粉，我们家那一阵子几乎快成了国际奶粉博览会了。其实吃奶的孩子头上有些奶癣很正常，可妹妹觉得不得了，又是查书又是找资料，牛奶换羊奶，羊奶换驼奶地折腾。

　　有一阵子孩子拒绝吃母乳，妈妈说，孩子吃了奶粉之后，多数都不爱再吃母乳。可这又把妹妹给急坏了，又研究着如何把母乳和奶粉掺起来，掺的比例是多少孩子最爱吃？妹妹反反复复地试。有一次我回家看到她在那一遍一遍地试奶粉的比例，我开玩笑地说，妹妹这是把喂奶当成了科学实验搞配方了。我告诉她孩子要不愿意吃奶，你饿他一会儿，他肯定吃得香，没什么配方不配方，母乳不母乳的。修容瞪了我一眼，妈妈悄悄踢了我一脚，示意我不要多嘴。

　　妈妈怕修容晚上睡不好觉，也心疼她休息不好，建议妹妹夜里孩子那一顿奶，就不要亲自喂了，让她把孩子放在他们那边睡，夜里由他们用奶瓶去喂孩子。可妹妹坚决不同意，说夜里让孩子对着乳房吃奶，有助于培养将来母子的感情，也不知道她这是哪里来的一套理论。爸爸也说服不了妹妹，只能是给她买了一张专门喂奶时坐的椅子，让她喂孩子时，稍微舒适一些。看着她晚上起来，坐在椅上喂孩子，有时候喂着喂着就睡觉了，妈妈真是心疼。

　　照顾孩子的事，修容最多让妈妈帮着给孩子换尿不湿，其他的事她几乎不让别人插手。给孩子洗澡，更是成了她的专项，不过给孩子洗澡也成了妹妹最快活的时候。每到要给孩子洗澡的时候，她就指挥着爸爸妈妈，把盆啊，水啊，洗浴用品呀全部备好，然后她亲自动手给孩子慢慢地擦洗。看到孩子那肉乎乎的身体，妹妹的心都快化了，她一边擦洗着，嘴里还不停地唠叨着和孩子说话，拉贝连这个，拉贝连那个地说个不停。有时她还会傻傻地盯着孩子的脸，一看就是老半天，一会儿说鼻子长得像拉贝，一会儿说耳朵长得像拉贝。而常常这个时候妈妈就鼻子发酸，悄悄地揉眼睛。

老人家看见下一代，也真的打心里面喜欢，尤其是爸爸总想多抱抱他，可是爸爸抱抱就算了，他一高兴还喜欢做一个托举上天的动作，妹妹一看就紧张，生怕他失手孩子掉下来。

这孩子对修容妹妹的情感来说，实在是太重要了，孩子的每一声啼哭都让妹妹揪心，而孩子脸上每泛出一丝笑意，都让妹妹那心融化得像蜜糖般的甜。

其实我觉得妹妹那会儿，应该是有一些轻度的抑郁症，或者是心理障碍，但我不敢说。只是每次回去，我总是有意无意地引导她，相信妈妈是带孩子的高手，可以放心地让妈妈多管一些拉贝连的事。

然而苍天却故意和修容作对，几个月之后的一天，那是在连续下了很多天雨之后，忽然放晴了，但地上还是湿漉漉的。妹妹一看雨停了，就想推着拉贝连出去晒晒太阳，妈妈说路滑，等地上干些了再出去，妹妹说好多天没见太阳了，心里堵得慌。这么多年妈妈也已经习惯了，修容决定的事，反对也没用，她也没有再坚持。妹妹推着拉贝连出去了。不料过马路时，一辆小货车忽然轮胎爆了，那车失去控制，在湿漉漉的路面上，侧滑着朝他们撞了过来，撞飞了躺着拉贝连的婴儿车。后面的事我真不忍心再说，此处省略三千字。

这个打击把修容妹妹彻底地击垮了，她伤心欲绝，把自己关在屋里，躺在床上，不吃不喝，不见人。

家里人可急坏了，妈妈变着法子给妹妹做各种各样她平时喜爱吃的东西，妈妈一说要买什么，爸爸立刻就开车飞奔出去。可是妹妹坚决不吃一口，只喝一点点水。

奶奶也急坏了，说这孩子莫非是想死了？

我那几天也一直在家里陪着妹妹，可是我没有办法劝动她，她也不愿意跟我多说话，我也是急得屋里屋外团团转，毫无招法。

整整五天五夜，妹妹除了哭，就是睡。爸妈已经悄悄商量，给妹妹的水里放一点安眠药，趁她睡着了，把她弄到医院去输营养液。

没想到第六天早上，妹妹忽然说她要吃东西了，大家一听激动坏了，爸妈把早就准备好的西洋参桂圆汤、鸡汤蒸鸡蛋，好几种点心，还有牛奶、果汁、鲜水果，全给她端上了桌。

妹妹坐在长条桌的一边吃，我们就坐在长条桌另一边紧张地看着她，大气都不敢喘，更不敢多嘴，生怕一句话说不好，她就又不吃了。

妹妹吃了两口，对大家说，她在人世间的情缘已尽，此生没有牵挂，准备出家，去做僧尼了，她的语气坚决而淡定。

好家伙，修容妹妹憋了五天五夜，竟然炸出了这一个猛雷。

太出乎大家的意料了。

我大步跨过去，不管三七二十一，一把捧起妹妹的脸，盯着她的眼睛问："这可不是随随便便决定的事，你真的想好了？想透了？你决定了，当真？！"

妹妹这会儿眼睛里已经没有泪光，她坚定地点点头。

"可怜的孩子，唯有佛能度你。"奶奶听罢紧咬牙关，颤抖着擦去老泪。

我无语了，其实我能理解妹妹。这一切对她确实是太难了。上天给她安排了拉贝，就在他们要牵手的时候，命丧歹徒枪下。上帝又给了她拉贝连，而魔鬼又夺去了他。对于妹妹来说，这不是天意，又是什么？

咱家里那个小佛堂，整天是"南无阿弥陀佛"地放着佛家的曲调，我们是闻着那个檀香味道长大的，妹妹在受到这个打击以后，认为自己与世无缘，要出家，自然也是情理之中了。但我真的是觉得妹妹太可惜了，实在是太可惜了，让我无法用语言来形容对妹妹的惋惜。

听了妹妹的决定，爸妈更是震惊，两人你看看我，我看看你，不知说什么是好。

爸爸遇大事说话开头习惯来一句"啊，这个"，然后再出下文。可是那天，爸爸"啊，这个，啊，这个"几次后面就是没有下文。

妈妈紧紧地搂着妹妹，搂得太紧了，我看见妈妈的身子都在发抖。

妈妈看着我，我看出了眼睛里的哀求，是让我去劝妹妹，打消出家念头。

我太了解修容妹妹了，她不是一个浮躁的人，从小到大，她的事她做主，只要是她决定的事，九头牛也拉不回来。我无可奈何地摇摇头，摊开双手。

就这样，妹妹出家了，去了美国的一家佛教寺院，剃度做了僧尼，法号修空。

妹妹出家之后，我奶奶不知道为什么，有一天让我妈妈把那串古莲项链从家里的佛堂拿到了老人院交给她。从此她没事就在手上把玩着，一颗一颗地数，一遍又一遍数，没有再放回佛堂前。

我把妹妹的事告诉了弟弟，弟弟说，二姐不会真出家的。他说妹妹只是一时想不开罢了。感情这个东西，这边走，那边就会来的，他是最有体会的，他的女朋友已经换得数不清了。再说二姐还年轻，一切都还有变数。他说等过些日子，他要找几个帅哥去诱惑二姐，让她再回家。

呸！我真想揍扁他。

最令人意想不到的是，这个满眼都是商机的弟弟，竟然觉得他二姐这个题材很值得去深挖一下，他要把妹妹的事，编成纪录片一集一集地在电视上去播放，他相信这个故事既煽情，触动泪点，又有控枪的社会意义，还涉及中美关系，一定会轰动。这一把一定能够赚得盆满钵满。他越想越兴奋，还真的找人去写本子了。他那几个狐朋狗党一听，也觉得这个题材是棒爆了。剧本还没有写出来，他们就在那儿盘算着一集能卖多少钱？卖给谁？到中国去怎么卖？在国际市场怎么发行？说弄得好估计能赚个一个亿美金。

很快，弟弟他们那个洋洋二十多集的纪录片就编好了剧本，标题也十分劲爆，叫什么《一个美国僧尼的伤心泪》。不但要让二姐出镜，爸爸、妈妈、奶奶以及布朗夫妇都得出境。弟弟那天十分兴奋地回家来，宣布他宏伟的"一个美国僧尼的伤心泪"计划，结果可以料想，爸妈一听立刻就爆了，妈妈把他那个"一个美国僧尼的伤心泪"本子撕得粉碎，爸爸手里握着棒球棍，大声让他滚，奶奶气得老泪纵横。幸亏是那天我不在家，我要在家，肯定是实实在在地捶他一顿。什么"一个美国僧尼的伤心泪"，难道你嫌妹妹的事我们一家还不够伤心吗？还要再这么去揭伤疤，最后大家警告他不得为这个事去惊动他二姐，连提都不能提，否则全家跟他断绝关系。

弟弟失望极了，说我们这个家是没法兴旺了，白在美国生活了这么多年，完全没有一点点美国的味道。说看看人家克林顿和莱温斯基，白宫实习生莫尼卡·莱温斯基一本书就赚大发了。总统裤裆里的事都不怕，咱家这个事还怕啥？

"一个美国僧尼的伤心泪"没有出笼，弟弟的电视台也入不敷出，很快偃旗息鼓，关门大吉了。

46

按说圣训弟弟那份推销珠宝的工作提成也比较多,收入不错。弟弟那张嘴,死人都能被他说活了,业绩还是不错的,钱应当是够用的,但是他的手脚也实在是太大了,常常出现入不敷出的现象。没钱了就回来要,不是找奶奶,就是找爸爸妈妈要。一会儿是这个月业绩不好,没有奖金,房租付不出来了;一会儿是说交了一个女朋友,花销大了一些;一会又是开车违章了,警察开了罚单。有一次还找我救急,说是信用卡到期了,周转不灵还不上了,要借几千块钱给他还信用卡的账。但这都是一些小钱,解决不了他那个要摆阔成为富人的欲望。

奶奶住进老人院后,我爸爸就开始张罗着要把我们家那个大房子给卖了。为了能卖一个好价钱,爸爸没事就去折腾那个房子,这里修修,那里搞搞,有时候也把弟弟喊回来,帮个忙。

我们家那个大房子是个独门独院的别墅,有六千多平方英尺,将近六百平方米。三个车库,六个卧室,还带游泳池。我爸爸毕竟是受过德式训练、做事严谨的工程师,对家里的财政也是精打细算,很有计划性。年轻的时候他们买下了两处房产,一处是这个大的,还有一处是小的,只有三房两厅。小的房他们一直在出租,用租金去支付银行的贷款。在美国很多中产阶级都是按这个思路来打理他们的人生,最后再卖掉小房子,住进老人院。这个大的房子,我们一家人在住,几十年下来贷款也基本上还清了,随着物价的上涨,这个大房子现在还真能卖出不少钱来。

爸爸那会儿正遇到了何时好他们的汽车卖不出去那个坎,何时好和刘怡三天两头催着爸爸。

而家里这头,奶奶虽然住进了老人院,但身体越来越不好,尤其是受了修容事情的打击之后,精神也不好,就盼着其他的两个孩子,能够早点成家,要我爸爸不要老是往外跑了,有时间多管教管教弟弟,让他把婚结了。妈妈当然赞成,本来对爸爸往中国跑,和刘怡那边接触得多,妈妈心里就有一种说不出的滋味儿,正好借着奶奶的话,就时常拖着爸爸在家修修房子,盘算着如何把这个房子卖个好价钱。

弟弟这个学商业管理的，倒也真的没有"白学"，美国人讲提前消费，用信用卡去刷未来。而弟弟精明地把这个提前消费的概念发挥得淋漓尽致，他认为爸妈的遗产，也可以是他一份可提前消费的财富。

有一天他神神秘秘地给我打电话，问我这个大房子能卖多少钱。

我说："这是爸爸他们的事，你管这个干吗？"

他说："怎么能不管，我打听过了，这个房子能卖大几百万美金呢，可是一笔大钱。最重要的是，这很可能就是我们的遗产啊。如果是属于我们的遗产，姐，你说，咱可不可以提前消费呀？"

"呸！能不能说一点吉利的话。遗什么产，爹妈都还活着呢，奶奶还在呢，他们不要用钱吗？"

弟弟说，他算过了，家里现在用不了什么钱，不就是养一个奶奶吗？爸妈住到小房子里，那个房子银行的贷款早就付清了，将来卖出来的钱足够他们养老："二姐出家了，这点家产还不是咱俩分，咱心里要早有个数。"

"你是说二姐出家了，咱家少了一个分遗产的人，对吗？"我在挖苦他。

弟弟竟然没有听出来我是在挖苦他："是啊，出家人，还要这些家产干什么？这你还想不过来吗？"

圣训真是欠揍，我说："你这个坏小子，你以前不是说还要把你二姐勾引出来吗？"

"唉，我那就是说说而已。二姐这人你又不是不知道，她从小就很有主见，上大学，选科，找工作，找对象，哪件事跟家里商量过？再说，从财产管理学角度上讲，二姐出家当然对我俩是有好处啊。"弟弟竟然给我洗这个脑，我真不知道弟弟这个财产管理学是哪一个教授教出来的。

我说："按你这个观点，是不是你也盼着我早一点出个什么事，从空中跳下来摔死啊？我要是死了，你这遗产不就是又少一个人分了吗？"

"哎呀，大姐，这话可不是我说的，我可没有咒着你去死啊，我可不是这么没有人情味，你是我大姐，你活着好，你罩着我，你长命百岁，将来爹妈走了，我还就全指望你这个大姐照应呢。"他停顿了一下，然后又说，"不过呢，有一个情况也是明摆在那儿的，做你们这种危险运动的，早就买过保险了，对吧？这要是断个胳膊断条腿的，保险公司要赔你赔大发，你不会缺钱的。但是啊，万一，万一啊，你要是出一个什么意外，呸呸！算我没说。你说真到那个时候，你的保险受益人会是谁呀？所以大姐你的人寿保险是我悄悄帮你买的。大姐呀，我就觉得你们做体育的就是四肢发达，头脑简单，尤其是不懂经济，不懂财产管理。我们家就我是学商科的，爸爸他就是工程师、理工男。我得好好把家里的资产给盘算盘算，得帮家里理财呀，当然了，我不是咒着你死啊，但是你真的万一出什么意外，人寿险的受益人还不是咱们这个家吗？这都是咱家未来可能的财产呀。"

这就是我的弟弟，这也不单单是奶奶在惯着他，他在美国这个社会里，真的没有学到好的东西，那些负面的东西在他身上打下了不少烙印。听了他的话，我气不打一处来："你，你这个臭小子，你的心里面到底还有没有亲情，就是钱，钱，钱，连我的人寿险都看成是你未来的财富了。你也想得太远了吧，爸妈、奶奶都还健在，我也还没有摔死，你就想着要分遗产了，你也太超前了吧。"

"不超前，一点都不超前，要站在未来看现实，这房子真卖出去了，让爸妈他们先提前预支一点给我们不好吗？早晚不都是我们的钱吗。"

"呸！你就不要再做这个黄粱美梦了。"我气得挂断电话，心里堵得慌，你说我们家怎么会出这么一个孽障，《弟子规》难道他一个字没看进去吗？

不久我要去中国搞赛事活动，妹妹要去中国海南参加一个讲经会。那天我是约妹妹同一天乘飞机去中国的。我气呼呼地把弟弟那天跟我说话跟妹妹说了，希望妹妹也能够找机会开导开导弟弟，给他说一点佛道，不能这样整天钻在钱眼里，算计家里的那点财产，竟然还偷偷给我买人寿保险，算计着我要摔死是吧？真是气死我了。

可是妹妹现在真是一门心思在佛了，我给他说弟弟的事，气得跟什么似的，她听着却像没事人一样，没顺着我说弟弟一句不是，反过来还安慰我，不要太和弟弟计较："财富这个东西，有，就是无，无，就是有。"

太玄妙，听着一点不解气。

47

这一天圣训领着一个女孩子去老人院看奶奶，还特意买了奶奶爱吃的牛角包。

奶奶一看孙子来了也挺高兴："哎呀，我的大孙子啊，今天怎么有时间来看奶奶呀？最近在外面有没有不学好呀？"

弟弟先撕了一小块牛角包放进奶奶嘴里，让奶奶甜滋滋地笑着，然后在奶奶面前坐定，指着那位姑娘说，"奶奶，这是我的女朋友。"

"哦，又换了一个呀。"奶奶看了一眼那个姑娘，"怎么不说话呀？"

那姑娘见奶奶冲着她说话，欠欠身，朝奶奶点点头，笑笑："听不懂。"

"听不懂，不会说中国话？看你像中国人呀。"奶奶觉得奇怪。

"啊，是的，她是ABC，ABC，就是她从小在这儿长大，不会说中国话。"弟弟搪塞着。

"嗯，模样倒是蛮端正的。"奶奶问弟弟，"不会过几天又去警察局告你吧？"

"奶奶，看你说的，现在我学乖了，交人谨慎了。这个女朋友绝对不会告我的，她欠我情，对我可好了。"弟弟把握满满。

奶奶又仔仔细细上下看了看那个姑娘，问弟弟："她欠你什么情呀？"

"奶奶，你说爷爷是把你摸回去的，巧了，这个女孩也是我摸回去的。"弟弟一脸得意，做了一个摸的动作。

"瞎说，那个是在解放前，日本人要抓我，爷爷是保护我，什么摸不摸的。"

"奶奶，我也是要保护她，把她摸回了家。"弟弟绘声绘色地说，"那天我回家，在公寓楼下看见这个姑娘在路边趴着，估计是酒喝多了，醉得不省人事，有几个小流氓在调戏她。我一看哪行啊，冲上去三拳两脚，就把几个小流氓给打走了，我在她身边守一会儿，看她还不醒，心想不能把她一个人丢在这儿呀，万一再遇到坏人怎么办？所以我就干脆把她给抱上楼了，抱到了我的屋里。"

"哦，这么说你还是英雄救美了。"奶奶点了点头，"你呀，就是要多做点好事，积点德，将来才能生儿子。"

"是的是的，我就是继承和发扬了爷爷当年的英雄救美的精神。"见奶奶表扬，弟弟吹得更来劲了。

"去去去，什么救美不救美的，那年头，你爷爷是救抗日的女工，是救命。"

"对对，是救命，救命。反正，我把她摸回家也是救了她的命，你说当时我要是不管她，那后果是不堪设想呀。"弟弟转过头问那个姑娘，"你说，我是不是救了你一条命？"弟弟用英语跟那个小姑娘把和奶奶说的话简单重复了一遍，那个小姑娘直点头，对着奶奶用陌生的中文说："Yes，他救命，救命。"

奶奶满意地点点头："好，这么说你还是做了一件好事，奶奶给你发个红包。"

"奶奶，不要红包，我想让你搬回家，还住到咱的大房子里去。"

"干吗回家去啊？"奶奶有些警觉，"这挺好的，我现在住着挺习惯的，每天有这么多人在一起玩，说说笑笑，还有人照顾，回家又得给你妈添麻烦。你妈说得对，老人院挺好的，一点都不寂寞，再说你妈天天在这儿上班，你们也常来看我，我比在家住的好多了。在家里看着你不争气，我还生气。"

"奶奶，我不是这个意思，你看啊，你老人家在这住，再好，也是个老人院。你看，我很快就要跟她结婚了，给你生一个重孙子啊，生两个，不对，生三个，你看四世同堂，那多美呀。奶奶，你说咱家那大房子卖掉了多可惜，再说咱家又不缺那点钱，对不？四世同堂，那多开心啊，那在华人圈里是多显摆呀。"

奶奶显然是被弟弟这个"四世同堂"说得有一点动心，微微点了点下巴，叹了一口气："唉，四世同堂，你啥时候能够正经给我生一个重孙子就好了。"

弟弟一看奶奶有松口的迹象，立刻乘胜追击："奶奶，这么说吧，你只要愿意回家去住，别让爸爸他们把这大房子给卖了，这姑娘马上就能跟我结婚，明年就给你生两个双胞胎的大重孙子。哎呀，然后让你天天开心，天天高兴，让他们天天守在你脚下，爬过来爬过去。"弟弟说着还用手在奶奶的脚上腿上爬了两下。

"去去去，什么爬过来爬过去，你养的是狗还是猫呢？"奶奶话虽这么说，那脸上可笑得像一朵花，奶奶手里攥着那串古莲项链，嘴里念念叨叨，"咱连家到你这一代也是单传，你要能早点给我添个重孙子，让我在闭眼之前也能看到咱们年家的香火有延续了。"

弟弟脸上摆出一副苦相："我倒是想快点结呀，可是这房子……只要你表个态，愿意回家住大房子，我们就马上结婚，"他又把刚才跟奶奶讲这个话，叽里呱啦跟那个姑娘说了一遍，姑娘一听点点头："Yes，Yes。"

奶奶回过神来了："嗯哼，不对，我听出你这个话里的音来了，你的意思是说没有那个大房子，这姑娘就不肯嫁给你，是这意思吧？"

"哎呀，我说奶奶，要不都说你是我们家的神哪，你怎么就看得那么明明白白的，一眼就望穿到底了呢！"弟弟右手握拳朝左手掌里这么一砸，对奶奶作了个揖。

"没有房子就不结婚？孙子，她是嫁给你呢，还是嫁给这房子呢？"奶奶那个脸拉了下来。

"奶奶，咱得现实一些，人家想嫁给你，咱也得有个比较好的条件给人家，对吧？你说我现在在外面租那个破房子，人家姑娘愿意嫁过来吗？咱和二姐不一样，二姐天天念念经，诵诵佛就行了，咱那是要食人间烟火的。"

奶奶明白了："什么？Yes，yes。你就来哄我，说白了，你就是想要那大房子对吧？住那大房子气派。"

"奶奶，我这也不完全是为了住这个大房子，我就说呀，咱家里有些思路不对。你说我们家就我这么一个男孩，要结个婚，放着这个大房子，四世同堂不要，非要让我到外面租个房子，寒寒碜碜的。你说，这房子卖出钱来干吗呢？难道要提前给咱分遗产吗？"弟弟见奶奶没有打断他的话，又接着忽悠，"人要脸，树要皮，你说咱住回去，四世同堂，扬名芝加哥，那多风光呀。到时候我再给你找几个记者来，一采访，再这么一宣传，报纸、电视，那中国的孝道文化可是名扬海外了。那时候奶奶你就是明星，长寿明星。说不定我还能给你拉一点企业赞助，你就是广告代言人，再把你的那些故事一说，爷爷的，葛爷的，那家伙，你就是中国的伟大女性。"

"你就别在那儿吹了，我哪儿都不伟大。"奶奶话虽这么说，但眼下能够让孙子早一点成婚，为连家传宗接代，自然是好，"你这个臭小子，心眼多着呢，谁知你的葫芦里卖的什么药，你先去跟你爸爸谈去。"奶奶把脸转向那姑娘问，"叫什么名字啊？"

"噢，她叫安喜子。"弟弟见奶奶现在开始问这个姑娘的详细情况，知道奶奶有几分动心了，那心里是高兴呀，"安是安心的安，喜是喜欢的喜，子是重孙子的子，安心、欢喜地在家给你生重孙子。奶奶，你看这名字多吉利。"

"喜子，这个名字好。"奶奶脸上笑开了花，"做什么工作的呀？"

"在酒吧工作，是卖酒娘。"

"卖酒酿？现在美国酒吧也卖酒酿了？"

"不是酒酿，是酒娘，唉，奶奶跟你也说不明白，反正就是个卖酒的。"

奶奶拿起手上那串古莲项链在弟弟的头上轻轻砸了一下："我听不懂你说什么，酒酒酒，你给我少喝点酒。"奶奶又转头上下打量那姑娘，"外国人店里冷，你要多穿一些。"

那姑娘稀里糊涂地点点头，盯着奶奶手里的那串古莲项链，问弟弟："奶奶手上那串项链珠子，是什么材料？"

"哦，你是问那个项链呀。"弟弟从奶奶手上把那项链拿过来递给她，又吹了起来，"你绝对猜不到这是什么，这东西可值钱了，这是我们家的传家宝，传了几百年了。"

"几百年了？"那姑娘眼睛瞪得像铜铃。

"那是，这个东西是莲子做成的，这不是一般的莲子，这是千年的古莲。"弟弟用极其夸张的神情和语言，把这串古莲项链来历说了一遍，还特别找到了那个观音送子的像，显摆给那个姑娘看。

那姑娘听得"my god，my god"地不停发出尖叫声，问："这是不是很值钱呀？"

"值钱？"弟弟又摆出夸张的神情，"这可是无价之宝，不知道值多少钱呢。"

"将来这个传家宝会不会传给你呀？"那姑娘问。

"那是必须的，我是长孙呀。"弟弟一脸的得意样。

　　奶奶也听不懂他们在说什么，反正知道他们是在赞扬这串项链，也跟着在那点头微笑。弟弟这边是吹够了，然后把这串项链又还回给奶奶手中："奶奶我这就回家去和爸妈谈这事，你可得坚决支持我。"

48

爸爸和妈妈正在收拾那个大房子的院子，见圣训带了一个姑娘来，跟奶奶一样也没觉得奇怪，爸爸也只是随口问了一句："怎么这又换了一个女朋友啦？"

弟弟又如此这般地把他怎么和这个女孩相识，摸回去的故事又讲一遍。他说这个女孩已经跟他生活了有一个多月，他们彼此很喜欢，他简直是感觉到和她是天生的一对，他这一辈子等的就是她了。他说过去交了那么多女朋友，没有一个合适的，缘分来了挡都挡不住。

弟弟领着那个姑娘把咱家那个大房子里里外外前前后后参观了一遍，显然那姑娘对我们家这个房子十分满意。

不过爸妈可不是奶奶，没这么好糊弄，三句话两句话就问出来，原来这个姑娘是在酒吧里做酒娘和舞娘的，也就是说，是一个跳钢管舞和陪客人喝酒的。

爸爸极不乐意，怎么能找一个这份职业的人呢？爸爸用那种眼光上下看着那姑娘，姑娘被她看得直发毛，拽拽裙子，理理上衣，不知自己哪里打扮得不对。

妈妈倒想得开，说："在美国什么职业不职业的，只要是好好工作，不分贵贱高低。"

爸爸说："话虽然这么说，可是你不觉得我们家儿子找了个做这个的，让我回中国怎么跟别人去说？"

"干吗要去管别人怎么说？"妈妈不同意爸爸的观点，"你这人跟妈一样封建，你是觉得做这一行的不能够光宗耀祖，对吧？"

"好，我不跟你说。"爸爸把头扭向弟弟，"她这个情况，先前去奶奶那里，跟奶奶说了吗？"

"跟奶奶说了，不过奶奶没听明白。"弟弟回答。

"没听明白？是你没有解释明白吧？奶奶要知道你找这么一个职业的孙媳妇，肯定会反对。"

妈妈又插话："难道咱们家的道德规范标准就是奶奶她定的吗？她说对，就是对？她说错，就是错？这是在美国，没有那么多的规矩，关键要看人。"

"好好，咱们先不要谈道德标准问题，我们先把她的情况问清楚。"爸爸显然不想在外人面前跟妈妈开战，他又问安喜子是哪里人，结果三刨两刨，就见底了。根本不是什么ABC，ABC指的是华人的后代，出生在美国，不会说中文，不会听中文，只会说英语，而安喜子家是日本人。

爸爸一听是日本人的后代，那立刻摇头，对弟弟说，我们家人跟日本人是世仇，你怎么能找一个日本人的后代呢？

妈妈又不高兴了："日本人怎么了？你们这是狭隘的民族主义，中国现在和日本还建交了呢。再说了，当年小巴赫的妈妈不也是一个日本人吗。"

那个日本的安喜子姑娘也听不懂中国话，只看到我们家的人，你一句我一句地不知说什么，她也插不上话，只是傻乎乎地朝这个笑笑，朝那个笑笑。

弟弟一看妈妈支持他，立刻来了精神，有了底气，对爸爸说："爸，妈妈的思想就是比你跟得上时代，你的思想跟奶奶一样太古板了，这都什么年代了，还对日本人那样仇恨。是啊，日本人是杀过中国人，是欠中国人的血债，但是日本也有好人啊，奶奶要不是小巴赫的母亲把她救下来，能有你今天吗？"

"你你，话不能这么说。"爸爸一时找不到什么词来反驳，"反正这事你奶奶要知道了肯定也不同意，你肯定没有跟你奶奶说清楚。"

"爸，干吗要跟奶奶说那么清楚呢？奶奶年龄大了，我就是告诉奶奶，想给她添几个重孙子，咱家呢，四世同堂，让奶奶再住回这里来，奶奶一听就高兴了，让我回来和你们商量。"

"打住，打住。"妈妈拦住了弟弟的话，"你说什么？你和奶奶说，让奶奶再搬回这里来住，咱们家的大房子不用卖了，在这四世同堂，对吗？"

"反正奶奶没反对。"弟弟低声嘟囔着。

妈妈这会儿回过神来了："哦，好小子，我闹明白了，原来你说要结婚，要回来住，是想打这房子的主意是吧？那多耀武扬威啊，住着六千多平方英尺的大房，然后呢，奶奶归天了，我和你爸呢，将来老了去住老人院，这房子就归你了，是这个意思吧？"

"妈啊，这个话虽不能这么说，但你说的也有几分理。我给你推理一下：现在你们把这房子给卖了，是可以得一大笔钱。然后我说，爸妈，能不能提前给我们预支一点遗产用用，你们肯定要打我耳刮子，对吧？现在我这个建议多好呢，我在家里住，奶奶也回来住，咱在家里给奶奶养老送终，咱在这四世同堂，那可是扬名芝加哥华人圈。爸爸回国去，那也可以光宗耀祖地跟别人去吹。上一次布朗来咱们家，你们也不是秀过四世同堂了嘛，那多显摆咱中国文化呀。再说，你们那又有那个小房子，你们想在这儿住呢，就在这儿住，嫌我们烦，可以住到小房子去图清静。我来帮你们守着这个大房子，在这边我给你们养上一大堆的孙子孙女，你们多开心啊，奶奶保准乐死。"

"屁话。你那点鬼心思我可算看明白了，奶奶回来住，然后呢，我给你做用人，伺候奶奶归天，再帮你带孩子。孩子大了，等我们老了滚到老人院，这一切都归你了，对吧？"事到跟前妈妈看得是清清楚楚。

可是爸爸听弟弟那一番描述，还真有点动心了，尤其对弟弟描述的那种让奶奶在临终之前，能够享受几天那种四世同堂的天伦之乐场景，觉得还是有点意思。能让奶奶在临终之前，坐在家里高堂上，享受儿子、孙子、重孙子给她磕头的那个美景，他作为儿子也算是孝道一大件了。他问："你给奶奶说了，奶奶怎么说？"

"奶奶对四世同堂那可是一点意见都没有，听了我的话，她的下巴就不停地点，看得出来奶奶是真的渴望这种四世同堂的天伦之乐。"

妈妈对弟弟直摆手："随便你说什么，安喜子这个事，桥归桥，路归路。对她这个职业和国籍我没有意见。但是四世同堂，五世同堂的，那不是非要在一个屋檐下。我告诉你，大房子是一定要卖，我不可能做牛做马伺候你。"

"妈，我也没说要你伺候，我在这找个保姆也行啊。"弟弟软磨硬泡。

"你就出息点，可不可以？我把话挑明了，你根本就是想用这个方式来霸占这个房子，然后把我和你爸撵到那个小房子里去。你在这照顾奶奶？三天奶奶就得回去老人院。"

"妈，你别把我想得那么坏嘛。"他转脸看着爸爸，"你看我这也是顺着咱们奶奶，咱们中国人的习俗，讲究孝道嘛。"

"滚，我知道你葫芦里卖的什么药了，这是绝不可能。"妈妈提高了嗓门，"我跟你说清楚几个不可能，第一奶奶从老人院回来不可能，这么大岁数了，指望你照顾，那是痴人说梦。四世同堂想得美，怕是见不着同堂，就见了阎王。第二，如果这个安喜子说没有房子就不嫁，那就不嫁，我也不稀罕这样的儿媳妇。这第三，这房子坚决要卖，你也别想着卖了这个房子，还给你提前预支什么遗产，亏你想得出来。"妈妈指着爸爸，"你看看，看看，你是怎么教育的，怎么会说出这么大逆不道、满嘴不着调的屁话。"

爸爸似乎也悟出来一点什么，对弟弟说："你妈说得虽然直白，但也有几分道理哦，奶奶回来谁照顾呀？找个保姆照顾，那还不如在老人院。你照顾？可能吗？让你妈照顾，更不现实了，你妈岁数也大了，让我照顾？我也岁数大了，再说中国那边我还得时常回去给人家做做顾问。嗯，这事容我和你妈、你奶奶再考虑考虑。"爸爸说着给弟弟摆摆手，"你们先回吧，好好相处，不要净想着家里的这点财产，有本事自己出去挣。"

弟弟十分不满地带着那个他摸回来的安喜子姑娘走了，出门后，那安喜子问弟弟，你家人同意这房子给我们结婚了吗？弟弟安慰她说，别着急，再争取。

第二天爸爸赶到了老人院，见到奶奶，把昨天弟弟回来说的情况和奶奶一碰头，奶奶弄明白安喜子是个日本姑娘，又是做那个职业的，正如爸爸估计的，那是坚决反对。至于回大房子四世同堂，奶奶觉得，能有当然最好，不过住在老人院也有老人院的乐趣。每天有事做，还有这么多朋友。然而，话又说回来了，按照中国人的老规矩，能在家里驾鹤西去那是最好的了。

妈妈见奶奶坚决反对这门婚事，乐见其成，也就没再多说什么。

爸爸把这个事在电话里告诉弟弟之后，弟弟自然是不开心，埋怨他们都是只顾自己，不顾他，要扼杀他的美满婚姻。

49

"奶奶，恭喜你要添重孙子了。"弟弟手舞足蹈地跑到老人院，一见奶奶，那是眉飞色舞。

奶奶没听明白："慢点说，添什么？"

"安喜子怀上了，你这回又要有第四代了。"

"你是说你那个日本姑娘有了？"

"对呀，昨天去医院检查，怀上啦。"

"怀上了？"奶奶有点发愣，"就是那个日本姑娘？"

"什么日本姑娘日本姑娘的，那是你的孙媳妇。"

"我的孙媳妇是个日本人。"奶奶摇摇头，显然不开心。

"奶奶，上次妈妈都说了，时代早变了，你不能再对日本人有成见。"

"去去去，我说的是她的职业。"其实奶奶心里并非说日本人都不好，但是她内心倒真的希望连家的单传孙子，能延续中国的血统，娶一个中国人，所以她想用安喜子的职业来反对。

"奶奶，安喜子的职业也不是做妓女的，不就是跳跳舞，陪人喝喝酒吗，再说了，你要是不喜欢，让她改行不就得了吗？"

正说着，妈妈进来了。弟弟又把安喜子怀孕的事告诉了妈妈。

妈妈一听，倒是有几分高兴，不管怎么样，这孩子总算想结婚生子，成家过日子了，不在外面东一榔头西一棒的，整天没个正形了。妈妈问："那你们是不是该商量商量要结婚了？"

弟弟把妈妈和奶奶拉到一起，让她们坐下，尽量摆出诚恳的口吻："奶奶、妈，我们打算结婚了。"他拉起奶奶的手，撒着娇摇晃着，"奶奶，四世同堂你老人家很快就又能见着啦，你忘了那时候二姐有孩子的时候，那咱家多开心啊。那时还是外曾孙子，现在是你的曾孙子，你不高兴吗？"

"去去去，哪壶不开你提哪壶。你这会儿提修容的事干吗？"奶奶心里此刻也说不出来是什么滋味。和妈妈一样，见到孙子能够正儿八经地娶妻生子，给连家传宗接代，那当然是再高兴不过的事了。但是奶奶对孙子要娶一个外国人，特别又是日本人，还是做那么一个职业的，心里总觉得有些疙疙瘩瘩的不舒服。但是此刻人家又怀上了，这真是让奶奶有些为难，"待会你爸爸要来，你和你爸爸也说说。"

说曹操曹操到，爸爸来了。爸爸最近出差比较多，往中国跑得也很勤。何时好去世后，厂里成立了汽车研究院，刘怡做了院长，爸爸做了首席顾问，他们吸取了以往的教训，开始研发自己的汽车，爸爸利用他在国外的优势和各种资源，与刘怡配合研发新的产品。昨天才从中国回来，今天赶来看奶奶。

见爸爸来了，弟弟又把安喜子怀孕的事告诉了爸爸。

爸爸听完以后第一句话就问："真的假的？"

"真的，爸，这事我哪敢说假话呢？"说着从怀里掏出了医院的检查单递给爸爸。爸爸扶着他那个深度近视的眼镜，仔细地看了看，然后又递给了妈妈，妈妈看了一眼，又递给奶奶，奶奶根本看也没看，又把那个东西还给了妈妈，妈妈又还给了爸爸，爸爸又塞回到弟弟的手里。

爸爸问奶奶："妈，你看这事怎么弄？"

奶奶低声嘀咕着："怎么弄呢？生米已经做成熟饭，你们说吧。"

妈妈说："怀上了，怀上了就得认啊，早点把婚结了。"

爸爸问弟弟："你们结婚的事是怎么考虑的？"

弟弟说："万事俱备，只欠婚房，只要你们同意把大房子做婚房，我和安喜子马上就可以结婚。"

一听这话，妈妈立刻嗓门就高了起来："好嘛，你今天是拿怀孕来逼房子的吧？"

爸爸看了看奶奶，奶奶面无表情。

爸爸又看着妈妈，说："要不这样好不好？我来折中一下。大房子暂时先别卖，先把安喜子接回来临时先住着，把婚结了。等他们生了，把奶奶接回去开心两天，满足一下奶奶那个四世同堂的心愿，回头再让他们搬出去，奶奶再回到老人院来，那时我们再来处理这大房子。"

弟弟一看爸爸这么表态，立刻就蹦得老高："好呀，爸爸你到底是我的亲爸爸，这事咱就这么先定了，回头我就跟安喜子说，明天，哦，过两天也没关系，我就把安喜子接回家。"

"慢，打住，打住。"妈妈手一挥，"圣训我告诉你，安喜子的孩子我可以认，但大房子给你们住，这是绝对不可能的事，我绝对不——同——意！"

"妈，爸不是说了嘛，我们临时住，先把婚结了，生完孩子以后再说嘛。"弟弟是借着爸爸的杆就往上爬。

妈妈气呼呼地对爸爸说："什么临时不临时的，你不是不了解你这个儿子，你让他把安喜子接回来住，这房子就是他们的了。那安喜子没有大房子就不肯嫁，我就不高兴，图人还是图钱财？现在又搞个怀孕，这都是算计好的事。什么四世同堂，我告诉你，这都是他的幌子，想着法子就是来霸占这房子。"妈妈转向弟弟，一戳他脑门，"老娘我养了你，就要管教你，不能这样宠着惯着你，整天算计家里这一点财产，啃老，你看你这些年跟家里要了多少钱？咱这个家都快成你的银行了，没出息透了。"

妈妈把话说到这个份上，奶奶也就不再开口说什么了，她也确实觉得弟弟有些不争气。

"妈，你看你，像我亲妈说的话吗？不是我啃老，你们留这么多钱干吗呢？"弟弟着急了，"难道看到我这个儿子过得好一些，你就觉得不舒服吗？安喜子没房子不嫁是不对，但是现在事情已经到这个地步，肚子里都有了。这可是你们的孙子辈，这可是奶奶朝思暮想的第四代呀。"他转头对向奶奶，"奶奶你说，房子重要，还是第四代重要？"

没等奶奶说话，妈妈就把话又接了过来："你用不着这样逼奶奶表态。我先给你表个态，家产分配那就是要公平，你先头不是说遗产吗，那好，就算我们现在都已经死了，这房子你大姐和二姐，是不是愿意都给你？"妈妈掉过脸对爸爸说，"咱们要一碗水端平，三个孩子谁不是肉？没有什么男的女的，都一样。大房子让圣训占了，两个女儿就没意见吗？"

后来妈妈跟我说起这一天她力阻弟弟独占大房子的事，我真的很佩服。我完全能够想象出，当年在台湾胡将军死后，他的那一群姨太太争遗产的时候，我妈是如何据理力争的样子。

"有啥意见？"弟弟急了，"二姐都出家了，出家人是云游天下，四海为家。大姐，大姐是作死的命，整天东跳西跳，又是爬山又是下海的，还不知哪天会出啥事呢。再说了，女大当嫁嘛。"

"屁话！"妈妈照着弟弟头上就是一巴掌，"你这是咒着你大姐死，是吧？"

爸爸也踢了弟弟一脚："混球，有你这么说话的吗？"

妈妈说："这事如果非要这么搞，那就是全家表决。"

"哎呀，妈，这表决什么？二姐在中国云游着呢。大姐这会儿还不知在哪个天上飘着呢。咱这就定了，实在要表决，就咱四个表决。"他说着抓起了爸爸的手，硬拽着举上去，"爸爸是同意的。"然后他自己又举起手，"我肯定是同意的。"然后他问奶奶，"奶奶也肯定同意，对不？"他要把奶奶的手往上拉。

我奶奶把手一使劲往下一捣，不冷不热地说："我弃权。"

弟弟一看我奶奶弃权，急了："奶奶，我的亲奶奶呀，你是咱家的神，在这个关系到连家后代的大是大非面前，奶奶你怎么能说弃权呢？这可是四世同堂，有没有重孙子的大事呀？"

我奶奶翻了弟弟一眼："我管不了那么多，我老了。"

弟弟转过身对妈妈说："妈，奶奶就是弃权，咱今天也是二比一，你输了要认输，在美国可是绝对讲究民主的。"

"民主个屁，在美国这么多年，美国是啥民主还看不明白吗？反正这事一定要征求习德和修容的意见。"我妈妈说着掏出电话，转身就出门去了。

弟弟知道我妈妈很快就会给我和妹妹打电话，所以他见我妈妈出去，也赶紧溜出门到走廊，先给妹妹打了一个电话。

妹妹的表态正如弟弟所预估的那样，他听完了弟弟的那一番叙说之后，淡淡一笑，劝弟弟能则过，不要太计较虚荣，末了妹妹来了一句："人生一杯茶，空杯以对，空心相待，我乃是修空也。阿弥陀佛。善哉善哉。"她说她就不参与这个投票了，挂了电话。

弟弟放下妹妹的电话，乐颠乐颠地跑进奶奶的房间，对奶奶和爸爸说，二姐她不管，她说她是修空，算是弃权。弟弟对爸爸说："我马上再给大姐打电话，我来说服她，大不了我搬回大房子住以后，给她点钱呗，也不算亏待她，对吧？"

我爸爸说："你不用给你大姐打电话了，既然你奶奶弃权，我也就弃权了，你跟你妈一比一，平了。"

"爸爸，不带你这样赖皮的，你刚才可是举手同意了，不能反悔。"弟弟急得快要哭了。

"啊，这个，我刚刚那个手，是不是你拽着硬举上去的？那不是我真实意思的表达。"爸爸不慌不忙地说。

"你，你！"弟弟真的眼眶红了。

我妈妈正好进门，听说我爸爸也弃权了，立刻朝着我爸爸跷起了大拇指："你总算干了一件正确的事，要不你儿子就毁了。"

我爸爸说："是他奶奶正确，她弃权了。"我爸爸对弟弟说，"在美国民主再假，面子上也还是要讲的，既然现在家里的表态是一比一，那我们就先把这事搁下。要是问你大姐，她如果反对，那就可能是二比一，彻底否决了。你回去呢，也跟安喜子姑娘说说。没有大房子就不结婚，是不好。至于你们结婚的事，我们一定会办好。"

我妈妈也跟上一句："怀上了，头几个月特别重要，要保住，要多去医院检查。"

弟弟没有想到会是这个结局，又气又恼火，冲着妈妈吼："保什么保，你就保住你的大房子就行了。"说罢，气哼哼地一甩门走了。

"你这个臭小子，你给我回来。"妈妈在背后冲着弟弟喊。

"你不要喊我，我没你这个妈，我不是你的儿子。"弟弟头也不回地走了。

我妈妈气得直跺脚，朝着奶奶和爸爸发火："你看看，这都是你们娇惯的，将来他有苦头吃的。刚才我给习德也打电话了，老大这会儿在中国，她也说，绝不能惯着他。"

"谁惯着他了，你没见妈妈关键时候弃权了。"爸爸对奶奶跷起了大拇指。

我奶奶深深地叹了一口气，抓起她那串古莲项链，又在手上摸着，一颗一颗地数着。

50

"葛老师，你的信，中国寄来的。"早上，我妈妈才上班，就有人递给她一封信。

"我的信，中国的？"我妈妈很纳闷，她在单位一般不会收到中国的信件。她拿过信一看，还真是从中国广州寄来的，信封上特别注明要她亲自打开。我妈有点奇怪，看地址又不像是刘怡寄来的，而且刘怡寄信一般也都寄家里，写爸爸的名字。妈妈有些纳闷，疑惑地打开了信，顿时惊呆了，里面是两张一模一样的照片，照片上竟然是我爸爸和刘怡在亲密相拥接吻，背景是中国一个海滨公园沙滩上，他们的身旁还有一块大石头，那大石头上写着"海枯石烂心不变"。

这可把我妈妈吓得不轻，像抓到了烧红的煤球一样，瞬间把手松开，照片掉在了地上。她大口喘着气，连做了几个深呼吸，让自己平静下来，然后才又弯腰捡起地上的照片仔仔细细地看，戴上眼镜反反复复地看，最终确认无疑，这确实是我爸爸和刘怡。顿时妈妈心里就腾的一下升起了一团火，只觉得一股热血往脸上涌，涌得她头晕站不住脚，估计那一会儿血压是噌噌地往上跑，她在心里在骂："我早就知道要出这事，难怪老是往中国跑，整天怡姐长怡姐短的，我就知道他们在中国有名堂。"其实妈妈见爸爸在何时好去世后，往中国跑得比过去更勤了，心里早就有点"那个"，一直憋着一团说不清道不明的怨气，那莫名的火，想发又发不出来，此刻被眼前的照片一下子点燃了。

我妈妈本想直接拿照片给奶奶看，狠狠地告上我爸爸一状，可转而一想觉得应当先找爸爸，看他到底怎么解释。于是拿起照片，开车就往家里跑，那车开得那个急呀，几次差点跟别人撞上。

而爸爸又在收拾东西准备去中国了，他最近收集了一些国际上新能源车的最新资料，急着去广州跟刘怡商量。他预计新能源车在未来的市场上会有很好的表现，所以那两天心情特别好。妈妈回来时，他正在哼着小调，整理有关的资料。

妈妈气呼呼地冲进家门，把爸爸正在整理的资料，一把拽过来往地上一扔，大声说："别唱了，你老实交代，你在中国都干了一些什么好事？"

爸爸一愣，说："你这是怎么了？"

"怎么了？你自己心里有数。"妈妈那个时候的样子肯定像是河东狮吼。

"是啊，我是干了不少好事啊，我为怡姐他们厂可是立了大功啦，这一次新能源汽车要是搞成了，说不定，他们还要给我发一笔大奖金呢。"爸爸话里满是得意。

"恐怕还要给你发个大美人吧？可惜那个大美人老了一点。别再糊弄我了，整天往中国跑，什么研究这个，研究那个，我看就是人家老何死了以后，你去研究刘怡了吧。什么建这个生产线，建那个生产线，我看你就是去建情人线。你就是找个理由去中国找刘怡，和你那老情人再续前缘。还海枯石烂心不变。到底是你，还是刘怡，还是你们两个人良心都坏了，老何尸骨未寒，你们就这样？整天跟我怡姐长怡姐短的，我听着都腻歪，你们，你们太过分了。"我妈气呼呼指着我爸，那是劈头盖脸一顿数落。

"你这都是说什么啊？莫名其妙的。"我爸爸给弄蒙了。

"你别装糊涂了，你自己做的好事，你心里没有数？我给你们连家贡献完了是吧？我现在没用了。你要是不想过，可以跟我说，你要是嫌弃我，你也和我说，这是在美国，离婚没有什么了不起的事，可你别搞这个东宫西宫的，你把你自己当皇帝了，是吧？"

"什么东宫西宫的？"我爸爸更是糊涂。

"你不懂是吧？好，我给你解释。现在，现在你们这些做生意的乌七八糟的东西还少吗，广州都有二奶村了，你还瞒着我，以为我不知道？台商过去包二奶，华侨回去包二奶，外国人过去也学着包一个，你要真有本事，你也去包个二奶呀？可你倒好，没本事包二奶，却和刘怡搞一房，那是东宫。回美国我这还有一房，这里是西宫。这不是东宫和西宫是什么？"妈妈越说越来气，"你要是真想和刘怡续前情，我没意见，你跟我明说，我可以离开，给你腾出位置来，不要搞得这么偷偷摸摸的。你还不如你儿子，人家敢做敢当，想要大房子就直说。你倒好，偷偷摸摸的算什么？"

我爸爸一头雾水，连连摆摆手："我说今天你这是怎么了，哪吃错药了？这火从哪来呀？莫名其妙的，这房子的事不都过去好些日子了吗？我当时不也投了弃权票，把这事搁下了吗？现在，你拿怡姐说什么事啊。什么二奶村，东宫西宫的，乱七八糟的，我看你名堂也不少，都是从哪学来的？"我爸爸也火了。

"装，装，你再给我装，好吧，你自己看这是什么。"妈妈抽出那张照片往爸爸面前一拍，"你还真是不见棺材不掉泪啊，你自己看看，仔仔细细地看看，给我解释，你给我解释清楚。我看你是说不清楚了，我看你还怎么赖。"

我爸拿过那张照片一看也呆住了："嗯哼，啊，这个，这个是……是我吗？嗯哼，那个女的是怡姐吗？这也确实是我们俩呀，这是在哪儿照的呢？我怎么不记得了呢？"爸爸急得直拍脑袋。

"别怡姐长怡姐短地在那儿给我装模作样装糊涂了，听得我起鸡皮疙瘩。俗话说得好，若要人不知，除了己莫为，苍天有眼啊。老何要是在天有灵，不抽你们几个大耳光才怪呢。"我妈双手合十，对天长叹一声，"我琢磨着，这张照片十有八九是老何生前的好朋友偷拍寄来的。你去中国，跟刘怡偷偷摸摸的这些事，肯定早就被人家盯上了，有正义感的人多的是，人家一定是看不下去了，所以直接把照片寄给我了，这件事情是再清楚不过了。好吧，我会如你的愿，我和你离婚。"妈妈说罢，转身要出门。

爸爸拽住妈妈的膀子："唉，别别别，别别别，这照片上看是我们两个，可是我真的没有拍过这照片呀。我和怡姐就那张在老榕树下合影，稍微……稍微亲热了一些，可是你都知道呀，那是老何和我们逗乐子拍的呀。过去我们是要好过，可那都是几十年前的事了，而且确实我们早就把过去的事说开了，现在我们就是姐弟相处。"

我妈妈一甩手："好啦，别跟我再提姐弟的事了，你就喜欢姐弟。我不也是你姐吗？你这样做，怎么对得起我爸爸？我爸爸可算是为你们连家白死了。"

我妈妈说着眼圈就红了，瞬间眼泪夺眶而出，冲出门去。

其实我妈妈心里也知道，我爸爸对刘怡的那份感情确实是很重的，而当年跟她结婚，完全是属于要兑现爷爷和葛爷的那份承诺而已，要不是奶奶在那做这个主，我爸爸是无论如何也不会和她结婚的。所以爸爸和刘怡的那段往事，在妈妈的心里总是一个难解的结。虽然在一起生活了几十年，三个孩子也都这么大了，但是在妈妈的心里，刘怡仍然是她内心感情深处，那根最脆弱的神经。此刻这根最脆弱的神经，被这一张合影照片彻底地刺痛了，激活了。她忽然明白了自己的婚姻，完全就是一场没有感情的结合，她和我爸爸之间除了两家父辈的那一点点背景故事以外，我爸爸在内心深处只有刘怡，怎么可能会有她呢？报恩是一回事，婚姻这是另外一回事，她忽然觉得自己傻了几十年，今天才如梦初醒。

51

半夜，我正睡得蒙蒙眬眬，手机响了。

我在中国最怕的就是半夜接到家里的电话，我爸爸也这么说，他在中国出差时也是最怕半夜电话铃响，那准是家里有什么事。我以前没有这个体会，可是现在当我也往中国出差的时候，轮到我体会这个心情了。

电话铃响，一看是妈妈打来的，我头皮都快炸了，我就知道肯定不是好事。妈妈这人有个观点，有时候奶奶怪我们不打电话回家，妈妈就说，不打电话回来是好事，说明他们一切都平安，打电话回来肯定都是有事情。

我拿起电话，就听见我妈妈跟个炸雷似的吼："你爸现在是彻底变心了，难怪你弟弟在外面是左一个女朋友，右一个女朋友，都是遗传他的DNA。"然后我妈妈就把照片的事跟我噼里啪啦说了一通。

我一听就乐了，我说："妈，你是不是气昏头了，就冲我爸那点胆子，你就是再借给他一千个胆子，一万个胆子，他也不敢越雷池一步。我可以保证他和刘姨绝对没有那个事。你仔细想想爸爸那个老封建、老观念，和对奶奶的那个顺从，他哪敢在外面跟刘姨有这么一腿？若有，那我可要对爸爸高看一眼了。我告诉你至少是奶奶还活着的时候，爸爸他绝对不敢。"我真的完全相信爸爸，绝对不会和刘怡有这样的事，纸是包不住火的，如果爸爸真有这样的事，让奶奶知道了，奶奶真能气死的，那爸爸这个罪过就大了，他那个大孝子还怎么当呢？所以此事必有妖。

可我妈妈听不进去，事实在那摆着，证据在那放着呢。妈妈说她一定要和爸爸离婚，这日子没法再往一块过，她让爸爸骗了这么久，心里真是伤心透了，连死的念头都有了。

我劝我妈妈此事先不要这么着急地下定论，跟爸爸好好聊聊，看看背后到底是怎么回事。

我让我妈妈把那张照片拍个照传给我，我来仔细看看，不行我再从侧面找天罡打听打听。

我妈妈马上把照片传到我手机上，我一看，也愣住了，这照片确实拍得有模有样的，还挺清晰的，那两个人确实是我爸爸和刘怡呀。

　　我忽然觉得我前面对我爸爸的判断是不是错了，难道爸爸真的是对刘怡藕断丝连，背后有一些小动作，等何伯伯死了以后，小动作变大动作了？他们真想要再续前缘吗？若非是天意，何伯伯早逝，把刘怡又还给了爸爸，老天要成全那原本是属于他们俩的姻缘？事情可能不是那么简单，我劝妈妈无论如何先沉住气，即使爸爸有这样的行为，你想要离婚，那也得心平气和，别伤着了自己。

　　我挂了我妈妈的电话，心里也开始在那打鼓，嘀咕上了，我想马上找天罡问一问，可一想，这事怎么和天罡说呢？如果天罡不知道他妈妈和我爸爸的这段私情，我是不是有必要去揭穿呢？或许天罡知道，我爸爸和刘怡确实是有那么一段刻骨铭心的恋爱，何伯伯又离世了，他也主张他们再重新拾起那段过去的恋情？不要留下人生的遗憾？这还真让我有些左右为难了，不管怎么说天亮再说吧。可是我怎么能睡得着呢，我在手机上把那张照片放大了，扒了又扒，看了又看，想找出点其中的端倪来，然而一切无果。这照片应该是真的，我心里乱急了。其实这么多年，我还是很同情爸爸的，我很可怜他在奶奶面前整个就是一个愚孝，但是爸爸的人品、爸爸的才华、爸爸对家的关爱，我可是实实在在地感觉得到。他和刘怡的那段情确实是挺可惜的，硬是给奶奶拆散了，现在出了这样的事，我到底应该是什么态度？赞成？妈妈怎么办？反对？爸爸心里真的能放下刘怡吗？我到底应该怎么办呢？我心里是一团乱麻，理不出头绪。

　　再说我妈妈那一头，和我说完以后，就开车去了老人院找奶奶。她决心已定，进房门见着我奶奶，她就朝下一跪："妈，你说我这个儿媳妇孝还是不孝？"

　　我奶奶愣住了："这咋回事呢，云儿快起来呀，你可是个好儿媳妇，我啥时候说你不孝了，就是大房子的事，我也想开了，我不是弃权了吗？你说要民主，我也没反对呀。"

　　"妈，不是那个事，是你儿子的事。"

　　"他的事？怎么了？他做什么对不起你的事啦？"奶奶觉得很奇怪。

　　我妈妈把那张照片拿出来放在奶奶的面前说："你看看，他不但做了对不起我的事，也做了对不起妈妈你的事，更做了对不起这个家的事，还给孩子做了坏榜样。"说着又哭了起来。

我奶奶拿起照片，戴上老花镜，仔细地看了看，那心里也是一阵发凉，腿都晃悠："这这这，这这个是怎么回事啊？那个是你吗？"奶奶指了指那个女人，还有些怀疑。

"妈，那个是刘怡。"妈妈气哼哼地用手指头戳戳。

"啊，真是她？"奶奶的手抖了。

"那就是刘怡，我给你儿子看过了，他也承认那是刘怡。"妈妈又一把鼻涕一把眼泪，"妈，这事我没法容忍，这日子我确实不想过了。当年，我和你在这儿相认，你说你们连家不亏我，由我来表态，愿不愿意和你儿子结婚，我说愿意就愿意，我说不愿意就不愿意，这可是你说的话，此话现在还管用吗？"

奶奶拿着那个照片手在发抖："这这这是怎么回事，云儿，我一定会对你有个交代。"

"那就好，我要离婚。"妈妈斩钉截铁地说。

"离婚，唉，使不得，使不得呀。"奶奶直摇手。

"什么叫作使不得？妈，我可不能容忍像我继父那样七姨太八姨太的男人，我妈那会儿是被强迫的，那是被拿枪逼上床的，我绝对不会过那样的日子。他要和刘怡续前情，我能理解，我没意见。我可以走，家里的所有财产，我可以一分钱不要地走，我只要自己舒心就行。"

"云儿，这事再想想，再想想，不要这么急，不要这么急嘛，我来再问问他，这到底是怎么回事？是一时失足呢，还是真有那么回事了？"奶奶在着急地劝着我妈妈。

我妈就使劲在那哭，一边哭还一边叨唠着："这日子还怎么过呀？儿子，儿子不争气，二女儿嘛，出家了，老大嘛，又作死，现在倒好，老公嘛，又出轨了，你说说看，咱这家都成什么样了。"

52

我爸爸急匆匆地追到了奶奶这里。

奶奶一见我爸爸来了，立刻气不打一处来，歪歪斜斜地扶着床沿站起来，举起拐杖照着我爸爸打过去："你给我说清楚了，这到底是怎么回事？你怎么能干这样对不起云儿的事，对不起我的事，你到底还是不是我的儿子，我从小是怎么教育你的，太不像话，太不成体统了！拍一张照片还没完，还要站在这么一个石头旁边，还还还，海枯石烂不变心。今天我可是要替云儿讨一个理。跪下，你先给云儿认个错再说。"

我爸一甩手："跪什么，我也没错。"

"还说没错，人赃俱在，到这个份上你还嘴硬，人家要和你离婚，你也是活该。"奶奶气得嘴唇抖，手也抖，"你这是要把这个家毁了，要把我气死呀。"

"离啥婚呢？"我爸对我妈说，"你这都是哪码对哪码的事啊，你跟妈妈瞎说什么啊，你这是真要把妈妈气死呀？"

"不是我要把妈妈气死，是你要把妈妈和我都气死。"妈妈嚷着。

"跪下，跪下，你先给我跪下。"我奶奶上前揪住我爸的耳朵，又用拐杖敲我爸爸的腿弯，见爸爸还是不肯跪，奶奶急了，嗓门也大了，"连子，你这是要妈妈给你跪下吗？"

我爸犟不过我奶奶，也只好先顺从地跪下。

"认错！"奶奶说。

我爸说："没错，没法认。"

我妈见我爸死活不肯认错，那更是火上加油，气上加气："妈，你都看见了，他是见到棺材都不掉泪。我坚决和他离婚。"

奶奶流泪了："子儿，你要妈求你吗？你就不能给云儿认个错吗？这是你错了，你真的不想过日子吗？你真的想让老连家丢脸吗？离婚，离婚，你妈我一辈子都没有再嫁，这会儿你们要离婚，你们这是拿刀剜我的心啊。你让我死了以后怎么去面对连家的老祖宗啊？怎么去面对你爸和葛爷呀。"

妈妈这会儿是有点听明白了，其实奶奶最担心的还不是他儿子在外面出轨的事，是没有办法接受家庭有离婚的情况，都到这个份上了，奶奶关心的不是她心里的那份难过，而是三纲五常。

妈妈抹去眼泪，默默地站起身："你们母子俩好好谈谈吧，我要走了。"妈妈对爸爸说，"明天我会把离婚协议书给你，房子、财产我都不要，你们留着过日子，然后你们让圣训把他那个日本女人接进来，在大房子里面，四世同堂，繁衍后代，繁衍你们连家的后代。我算看透了，这个家其实有没有我都无所谓了，我就是一个摆设，你可以大大方方地把刘怡接到美国来了。"

妈妈说完，起身要走。爸爸一把抓住她，用从来没有过的大嗓门喊："你能不能不要那么冲动？你把这事搞得一团糟。一塌糊涂！我就知道你会到奶奶这儿来告状，这女人啊，女人啊，就是，就是情绪化的动物。"

"对，我是动物，就你是人，你最讲感情，你最有情义，所以刘怡理解你。我是动物，不懂感情。"妈妈语带讽刺。

爸爸说："你可不可以给我个机会把事说清楚了，我到现在连解释的机会都没有，还没容到我说话，你就已经搞得是满城风雨了，我估计这消息已经是漂洋过海，到了大陆了，还有什么地方没去啊，台湾漂去了没有？"

我妈说："好吧，你要解释是吧？行，当妈妈的面，你今天就解释，解释完了，分清是非，我们干干净净处理了，一拍两散，大雁东南飞，各奔前程。"

爸爸把奶奶和妈妈拉在桌前坐，然后从包里面拿出妈妈丢给他的那张照片，又把奶奶扔在地上的那张照片捡起来，通通放在桌上，然后从包里拿出了一个颇大的放大镜，那放大镜比爸爸的脑袋还大，放大镜的外圈还带着光。

爸爸用手指着那张照片的两个人脸说："你看看人脸，这是我和怡姐，不，是刘怡，这不错。但是你们看我穿的这个衣服，你看这个西装我有穿过吗？"爸爸问妈妈。

我妈说："你可以在中国买，买了就在中国穿。"

"好，我可以在中国买，在中国穿，你再看这皮鞋，皮鞋上这儿有一个标识是花花公子的，你看我穿过花花公子牌东西吗？我这一辈子最恨花花公子了。"

"这……"我妈有点语塞，我爸确实从来不买花花公子牌的衣服、鞋子，

"那也很难说，你过去不花，现在你可能花了呢，在美国不花，你到中国去花了呢。"不过妈妈的声音低了许多，"还有，老何在世时候你不花，这会儿老何走了，你，你就心里想花了。"

"好，就算你说的，我在美国不花，到中国去花，我过去不花，现在变花了。老何不在了，我就去跟刘怡再续前缘，对吧？好好，随便你怎么说。你们再看我的这个手指头，总应该认识吧。"

"手指头怎么了？"妈妈问。

爸爸拿着放大镜对着照片："仔细看看好了，我的右手食指和照片上的是不一样的。"爸爸说着就伸出了他的右手食指，"妈，你看，老婆，你也看好了，我的这个右手食指手指甲是短了一截的，对不？妈妈知道这是我小时候在码头打零工时被箱子砸伤的，指甲掉了。那天正好小巴赫来广州找我们，妈妈应该有印象吧？后来指甲就长不到原来的位置，短了一截。你再看照片里的这个食指，手指甲长得是那么饱满，还留着长长的指甲，我可真想有那么一个漂亮的手指甲呀。"

奶奶一看："对呀，你这个手指甲我是知道的呀，当时我可心疼了，家里又没有干净纱布，就弄了块破布扎了下，幸亏那天你巴赫伯伯来给包扎，最后长出来就这么短了半截指甲。"

妈妈一把夺过爸爸手里的放大镜去仔细看照片，看完了这张又看另一张，又把我爸爸的手指头捌过来仔细地看，看完了也觉得有点不大对劲，把放大镜朝桌子上一扔，不说话了，妈妈明白了，这张照片显然是造假了。

爸爸说："魔鬼在细节里，魔鬼在细节里呀。"我爸用放大镜敲着我妈的头，"女人啊，你就是情绪化的动……动，冲动，你让我怎么说你呢？离婚，你离呀，你离呀，你明天就走，不，你现在就走，我拉都不拉你。"

"哎哟，你敲疼我了。"妈妈揉着头，看着爸爸，"我走了，你真不拉我？"我妈眼圈又红了。

"我真不拉你，我真的不拉你，你走好了，气死我啦，气死我啦！"我爸站起身，气哼哼地在房间里来回走着，忽然走到我妈的背后，两手在她肩膀头上使劲一捏，嘴里还在哼哼叨叨，"就这么沉不住气，今天你要是把妈妈气出个三长两短的，怎么得了。"

"哎哟，你要掐死我呀。"妈妈把爸爸的手打开，然后又转向我奶奶问，"妈，你说如果真的他和刘怡好上了，我跟他离婚，你同意吗？"我妈还想较先前的那个劲。

奶奶说："你这孩子，妈就要说你两句了。都过了几十年了，你对子儿就这么不放心，离婚，离婚，八竿子都没有影的事，我表什么态呀？"

妈妈扑哧笑了，忽然想起什么，赶紧拿起电话打给我。

53

"老大呀，这不好意思啊，妈妈又吵你了，半夜三更的你也没睡着吧。那个事啊，那个照片的事，过去了，过去了，是假的，照片是假的，你别再问人家啊，别把刘姨给惊了，笑话我们。"

"假的？"我吃了一惊。

妈妈把爸爸的重要发现跟我从头至尾地说了一遍。

我说："如果照片真是假的，这个问题就来了，那么是谁造的假呢？"

"对呀，是谁在造这个假照片，想陷害我们呢？"妈妈回过神来，也纳闷了。

是的呀，设计这个陷阱的人，造这个假的人，他们想要达到什么目的呢？拆散这个家庭？逼着妈妈离婚？妈妈离婚了，造假的人能得什么好处呢？我一下子想到了圣训，恍然大悟，原来这一切可能都是冲着那个大房子来的，妈妈如果真的离婚了，而且妈妈的脾气是会不顾一切甩手就走，也绝对不会要家里的一分财产，这样，他和他那个日本安喜子想搬回大房子就没有反对的人了。我不寒而栗，如果真是那样，弟弟真的是没救了。

我对妈妈说，这事你们不用管了，交给我处理。

我拨通了弟弟的电话。

弟弟很惊讶："呀，大姐呀，你那里半夜三更的，怎么给我打电话呀？"

我说："圣训，你别跟我贫嘴，今天妈妈收到了一张假照片。"

"假照片？什么照片？"

"你别给我装糊涂，那照片是不是你搞的？"

"什么照片我搞的？我什么也没搞呀。"

"圣训，我可警告你，有些事是可做的，有些事是不可做的，照片这个事，你搞得动作太大了，这是犯罪，我绝不会饶你。"

"哎呀，大姐你把话说明白了，这是一张什么样的照片呀？"

"你的那个日本女人在旁边吗？"

"在，她刚刚在睡觉，被你的电话吵醒了。"

"好，我把这张照片发给你，你们俩仔细看。"

我把照片传了过去。

弟弟看了照片问："这照片是假的？"

"对，假的。我就不跟你说是什么地方假了，经过爸爸的鉴定，这是一张假照片，不过家里差点闹翻了天。"我改用英语一字一顿地说，"因为这张照片妈妈差点要和爸爸离婚，不过现在他们发现这是一张假照片，他们又和好了，婚不——离——了！感情还更好了。"

我清楚地知道后面会有什么结果，一切都被我料着了，过了没两天，弟弟哭哭啼啼地跑回家，跟爸妈说，安喜子姑娘跑了。

"跑了？怎么回事？"爸爸问，"她这还有着身孕，别跑出什么事来。"

"她把孩子打掉了。"弟弟拖着哭腔，"她留下了一张医院的堕胎证明和这封信。"弟弟把那封信递给爸爸。

那信就一句话：你根本就是一个没有钱的骗子。

爸爸问："奶奶知道这事了吗？"

"我还没敢跟奶奶说呢。"弟弟低声嘟囔着。

正说着呢，电话铃响了，奶奶急匆匆地打电话来对爸爸说，她的那串古莲项链找不着了。

"什么？！"爸爸一听就着急了，"仔细找了没有，我马上过来帮你找。"

一听说奶奶的古莲项链找不着了，这一下子大家都紧张起来，觉得这是一个严重的问题，三人立刻驱车赶到了老人院。

进门就看见奶奶正在那翻箱倒柜地找，看见爸爸他们来赶紧说："快来帮找找，快帮找找，是我老糊涂了，搁在哪儿了呢？就这么大点地方。"

"妈，你别着急，仔细想一下是什么时候发现丢的？"爸爸扶着奶奶坐下。

"我真是老糊涂了，越急越想不起来，是前天呢，还是大前天？哎呀，反正是想不起来，想不起来了。"奶奶使劲地摇摇手，拍着脑门。

妈妈说："你别着急，你想想这几天是不是给哪个人看过，忘了要回来了，还是掉外面了。"妈妈走到窗前，推开窗朝外面地上看看。

奶奶就在那儿一个劲地摇手叹气拍脑袋："哎呀，我真的是想不起来了，想不起来了呀。哎呀，你们就别问我了，四处找找，快四处找找。院子里，院子里也去找找嘛。"

爸爸、妈妈和弟弟屋里屋外，院子里头找了个遍，妈妈又去问了所有病房的老人和护士工作站，结果一无所获。

奶奶这个急呀，嘴里不停地念叨："这可是传家宝呀，这可是传家宝呀，这个东西是连家的命根子啊，怎么能丢掉呢？怎么能找不着呢？哎呀，就不应该拿到这儿来，还是应该在菩萨面前供着呀。哎呀，真后悔呀，后悔呀。"奶奶不停地责怪自己。

奶奶的古莲项链真的就找不着了，奶奶从那天起就开始时清醒时糊涂，清醒的时候就四处找古莲项链。妈妈说奶奶开始有阿尔兹海默病的症状了。

我心里有些什么预感，但是我不敢和家里说。

丢古莲项链的事，爸爸去报了警。警察问那东西值多少钱，爸爸说那是中国文物，价值连城。

最终家里的那个大房子还是卖掉了。

54

爸爸又去广州了。他要去和刘怡商量一些汽车升级定型的技术攻关问题。

过去爸爸去机场都是自己叫车过去，可那天妈妈说她一定要送爸爸去。妈妈也看出来，爸爸这一趟走得心事重重，家里的事让他烦心，尤其是奶奶的古莲项链丢了，那可是连家的命根子，弄得爸爸也是魂不守舍，丢三落四，出门的时候竟然把手机落在床头，把电视遥控器揣在了衣服口袋里，上了车都没有发现。妈妈把他的手机悄悄拿住，陪爸爸上了车。还有就是那场照片风波，弄得爸爸几天都不给妈妈好脸色。妈妈也意识到那天自己有点急火攻心，太冒失了，她心里想求爸爸原谅，给他道个歉，可是又死要面子，嘴上说不出口，她还怕爸爸这一趟回中国，会和刘怡说这事，数落自己。车子到了机场，就在爸爸拿着行李准备走的时候，妈妈拽住了他："那事，你去中国，想要和刘怡说，你就说吧，我是不在乎的。"

"那你在乎什么？"听到妈妈这会儿又提刘怡的事，爸爸有些不高兴。

"我在乎三个孩子，我在乎妈妈，我在乎古莲项链，这个家我什么都在乎，就是不在乎你，气死你！"妈妈掏出爸爸的手机，"把你口袋里的遥控器拿出来吧，昏头昏脑的，真让人不放心。"

爸爸一摸口袋才发现自己出了个差错，把遥控器当手机揣口袋里，不由得哈哈大笑。

"看你，急着要走的那个猴急样，是不是急着要见你怡姐，不抱一下我就别想走。"妈妈走近爸爸，把脸贴在爸爸的怀里，紧紧搂着爸爸的腰，悄声说，"心情好些了没有？"

刘怡去飞机场接的爸爸，爸爸看到刘怡人又瘦了一圈，奇怪地问："你怎么啦，最近瘦得这么厉害，减肥啦？"

刘怡伸伸胳臂："没事，最近攻一个技术关，比较辛苦，吃不好，睡不好的。今天又是老何的忌日，早上和天罡去上了个坟。"说着眼圈就红了。

"唉，节哀，节哀。你自己一定要保重。"爸爸本来想给刘怡一个安慰的拥抱，可大大展开的双臂，又迅速收了回来，只是在刘怡的肩膀上轻轻拍拍，他想起了那个照片上的场景。他决定，那个照片风波不和刘怡说。

倒是刘怡大大方方轻轻挽住爸爸的胳膊："没事，我能顶得住。我今天在老何的坟头前，我跟他说呀，咱们这研究院，这些年来，也确实有些成绩，但是离取得突破性的成果也还有距离呀。可我们也老了，时间不等人呀。"刘怡的语气有一些自责。

"放心怡姐，这一次我们在新能源汽车上，一定能搞出名堂来，我有这个信心，我准备了不少资料。"爸爸攥紧拳头挥了挥，又接着说，"还有啊，老何死于车祸的事，一直让我耿耿于怀，疲劳驾驶在交通事故中占比非常高，我一直想研究一套遇到物体时能够主动避让的系统。这次我注意到国外现在有一套汽车紧急自动避让系统，就是在汽车撞到其他物体的一瞬间，迅速让汽车能够自动紧急制动。你说如果汽车装上了这套系统，那老何当年是不是就不会死于车祸了？我们要率先在中国推广这套系统，用在我们的汽车上。唉，不能提老何，走得太早了，太可惜了。"爸爸拍了拍刘怡的手，"一是可惜他没能看到这个厂子翻身，二是把你丢下得太早了，妈妈也为你难过了好一阵子。"

刘怡没有接话，把爸爸的胳膊稍微用力夹了一下。

"有啥困难一定要和我说，你是姐，我是弟，我是你娘家的亲人啊。"爸爸也把刘怡的胳膊稍微用力夹了一下。

何伯伯的事，天罡早告诉我了，是死于肝癌。但是天罡告诉我，刘怡不想把何时好患病的实情告诉爸爸，不忍心向我爸爸描述老何走前的惨状，以及临终的那些话，不想让我爸爸为何时好难过。所以她告诉我爸爸，老何是死于一个意外车祸，出事的车子司机疲劳驾驶，没有及时刹车。

没想到我爸爸把这个事还记心上了，在国外还真找到了这么一套自动防撞的刹车系统，刘怡真是不知说什么是好。至于她个人的情感，何时好的离开对她的打击是不言而喻的，但是她很快就从这种伤心中跳出来，全身心地扑到了何时好临终前所要办的汽车研究院上来，她要用汽车研究院的成果，去告慰她心爱的丈夫，也安抚自己那颗悲伤的心。其他的，那就是儿子天罡了。

刘怡告诉爸爸，她现在生活上，就是盼着儿子何天罡早点成个家，添个孙子，可是他担心何天罡整天喜欢跳伞，不一定哪天也会出个什么岔子。而且天罡把他在中国找到我的事也跟她说了，刘怡更是担心，怕天罡和我一样去从事极限运动。而且更怕天罡和我之间磨出点什么火花，所以这次我爸爸回中国，刘怡把这事当个重要的事跟我爸爸说，让我爸爸一定劝劝天罡也劝我，让我不要带着天罡去做那些冒险的极限运动，她就全指望这一个儿子了。

我爸爸当然能理解，表示他一定会阻止我和天罡的事。

好在我对天罡没有那层意思。

其实，从这次假照片风波中，除了弟弟和家里的那出闹剧之外，我还看到了另外两场悲剧，那就是爸爸和刘怡的悲剧，以及妈妈和爸爸的悲剧。一对相爱的人最终没有能在一起，两个不相识的人，最终却因为一纸承诺而结了夫妻。表面上看是妈妈那根敏感而脆弱的神经在作祟，而实际上是爷爷奶奶辈留下来的那个"神经根"。既然当初他们没有反抗到底，那他们就只能接受终生的情感折磨。

刘怡向爸爸隐瞒了何时好去世的真正原因，是怕爸爸受刺激伤心。刘怡更不忍心告诉爸爸，何时好差两天就能够等到爸爸在欧洲抓到"大鸟"的消息，因为后来爸爸跟他说，其实他是可以早一周去跟对方签约的，但是他为了取得更好的价钱，有意识把对方晾了几天，而就是那几天，何时好带着遗憾离开了人世。刘怡不想把这些告诉爸爸，她怕看到爸爸自责的神情。

而爸爸向刘怡隐瞒了大洋彼岸那场雷大风大雨也大的假照片事件，也不让我把实情告诉刘怡，尤其是妈妈对刘怡的怀疑和误会，他也是怕伤了刘怡的心。

这一对曾经的恋人就在这悄悄的互相的呵护和爱护中，搀扶着，走在各自人生黄昏的路上。

可是，那句话怎么说的？夕阳无限好，只是近黄昏。

55

我骑着哈雷摩托车，一路拉风地往家赶去。身后抱着我腰坐着的是高鼻子、蓝眼睛、金头发带卷的法国帅小伙子西蒙。我的心情好极了，开着音乐，轰着马达，哈雷摩托车排气管发出的低沉咚咚声，在我听起来，像军鼓在急急地敲着，让人热血沸腾，似乎再一抖手腕，带一下油门，这车子就能伸出翅膀。

2019年4月28日，中国北京，世界园艺博览会在雄伟的长城脚下，美丽的妫水河畔隆重开幕，开幕式晚会是在晚上八点开始，是芝加哥时间4月27日的早上。

那天是奶奶的九十五岁生日，前一天爸爸就把奶奶从老人院接了回来。天刚亮，奶奶就坐在客厅里盯着电视在看了。

奶奶对中国的这些大型活动一直是有着十分浓厚的兴趣，无论是每年的春节晚会，还是中秋节的晚会，大凡是中国大型的活动和表演，她都是要尽量看直播，一场不缺。2008年北京奥运会那年，我不仅全程陪着奶奶看了奥运会开幕式，而且还给奶奶当了回体育解说员。

北京世界园艺博览会，也许对中国国内的人来说，不算是一个特别特别大的活动，但对在海外的华侨奶奶来说，就觉得特别兴奋，尤其是奶奶喜欢国学，园艺博览会开幕式里面的那些中国园艺元素，让奶奶如痴如醉。每回看中国的大型演出表演，爸爸都会特意给奶奶手里放一面中国的小国旗，奶奶看看笑笑，时不时地把旗子挥一挥。遗憾的是此刻的奶奶已经有典型的阿尔兹海默病的症状，前面说过的话，转念就忘记了。等爸爸妈妈去问她笑什么时，她又想不起来了。爸爸十分耐心地给奶奶讲着电视上那些开幕式的场景，开幕式上有一曲古筝表演，爸爸和奶奶两个人是摇头晃脑，击拍呼应，真是温馨极了。

妈妈一起床就开始忙碌着张罗午饭了，今天自然又是我们三个孩子回家团圆的日子。

奶奶老了，已经不再问我们在外面干什么了。我去看她时，清醒时她大多数问我："你又去哪里作死了？什么时候生个宝宝呀？"糊涂时就和你七岔八岔的，有一次竟然问我，巴赫他们去香港时我多大了？加上她耳朵也开始有一些背，和她说话已经很吃力了。

一大早爸爸的朋友吴先生就来给爸爸送红鸡蛋，说昨天晚上他儿子生了第二个儿子，他有两个孙子了。

妈妈把红鸡蛋供在送子观音菩萨面前。

妈妈和爸爸念叨："你看啊，老大三十好几了也不结婚。老二嘛是出家了，这个老三倒好，整天是浪荡，不过上次安喜子那个事，他受的打击也不小。"

"唉。"我爸爸叹了一口气，"那也是他自找的，不会看人。"

妈妈说："你也有责任。从小管他就迁就，在该狠狠训的时候你不训，整天碍着他奶奶的面子。中国人说棍棒底下出孝子，可这孩子你动过一个手指头吗？"

"我那是怕伤了妈妈的心。"爸爸很是委屈，"你难道没有责任吗？要真按妈妈那样教也好呀，最多就是中国传统的东西多一些，传统一些也没有什么不好，你看今天园艺博览会开幕式，满满的中国传统元素，要不是我们整天念叨这些中国东西，孩子们都看不懂这些中国文化了。可是你倒好，他奶奶让他们看《女儿经》读《三字经》，你就偷偷摸摸给他们看唐老鸭、《绿野仙踪》、《百变雄师》，你以为我不知道吗？老大爱作死，我看就和你小时候偷偷摸摸给她看蝙蝠侠有关。"

妈妈回怼："孩子生在美国，你让他们到学校去跟同学谈《女儿经》《三字经》，谈孔夫子？妈妈不懂这里的国情就算了，你可是留洋的人，尽是想入非非，做些不切实际的事。"

两个人就这么你一句我一句地斗着嘴，最后跟以前一样，还是爸爸先退下阵来。

"好了好了，我不跟你说了，都是你有道理。可现在现实看到了吗？谁更有道理？家门不幸啊，不孝有三，无后为大。"

"唉，也是呢，你说呀，老三上次那个日本姑娘，要是生下来也就算了，他奶奶都这么大岁数了，还不知能不能见着重孙子了。我当时是不是也太心狠了？"妈妈说。

爸爸说："不狠，幸亏没有让她的计谋得逞。那个日本姑娘就是一个祸水。"

"你现在反对了，当时呢，你不也是盼着她生下来，还想把大房子暂时给人家住，美着四世同堂呢。要不是奶奶弃权，你能弃权？"

爸妈正斗着嘴，我的哈雷在门前划出一个漂亮的圆弧停了下来。

今天我可是有特大的大事跟他们汇报，我要给奶奶献上一个大大的生日礼物，那就是我身后坐着的这个法国帅小伙子西蒙。

我从来没有带过男孩子回家吃饭，所以爸妈见我带了一个男孩子回来很惊诧，看着我的眼睛里面全是问号，我伸出舌头朝他们做了一个鬼脸，得意地说："爸，妈，这是我的未婚夫西蒙。"

"什么，什么？"爸妈听了我的话，竟然蒙圈似的站在那里，回不过神来，不敢应答。几年前妹妹的事，让他们心有余悸，后来又被弟弟那个日本姑娘弄得家里鸡飞狗跳，而且还把奶奶那个传家宝弄没了，到现在也没个着落。今天看我回来又扔这么一个"王炸"，他们心里自然是怕怕的。

半晌，妈妈把我拉在一边悄悄问："习德，你知道这两年咱家这些事闹的，你不要再来吓唬我们了，你这个作死的老大。"

爸爸也说："你这个作死的老大，要作你自己作，现在奶奶年龄可大了，你要是跟老二老三那样，再折腾一次，别说奶奶，我和你妈也扛不住的，你饶了我们吧，让我们多活几年。"

我坚定地点点头。这一次我把事情做得很稳妥，订婚都没有告诉家里。一年多前我和西蒙认识，他是我的学员。在空中我带他跳过几次伞，他说我带他跳伞的感觉特别的好，"电"到了他。我们相处了两年，很谈得来。

其实，在妹妹出家后不久，我也交了一个男朋友，我们是在夏威夷玩潜泳时认识的，我对他的感觉还不错，他叫费里克斯，是一个比利时小伙子，身高有一米九，人长得很帅气。费里克斯要向我求婚，我出了一个题目，我说我们去伯利兹蓝洞潜泳，自由潜的那种，如果你能潜得比我深，我就答应你的求婚。无装备的情况下人潜水最深纪录是113米。我大约可以潜到60米。我这个深度已经是女子世界靠前的排名了。费里克斯听我说要他能潜过我的深度，才肯答应求婚，就没有了下文。幸亏当时我没有和家里说，要不然肯定要给家里骂死。

而西蒙不一样，他是坚定的极限运动爱好者。我们还真去过伯利兹蓝洞，只是那回我没让他潜那么深，我一个人潜下去的，打破了我自己的个人纪录。我上浮上来时有一种重生的感觉，西蒙紧紧地抱着我，给我深深的吻。那种从生命极限的挑战归来，被爱人拥抱的感觉美妙极了。不经过"极限"的人，是没有体会的。我们共同的偶像是迪恩·波特，那是一个伟大的攀岩家、登山家及极限跳伞家，他一直不断地向人类的极限发起挑战，约塞米蒂国家公园、犹他沙漠走扁带，在巴塔哥尼亚及约塞米蒂速攀，处处留下了他勇敢的身影。不过西蒙也面临着家里巨大的压力，他的家人对他喜欢极限探险运动，一直是反对的。而且他的前女友，也一直没有放弃他，她出身豪门，父亲是石油商。不过西蒙说了，他不管他们，他爱我，我们有共同的语言、共同的理想和共同的追求，他要和我一道去挑战生命的极限，哪怕是死。我们是两个作死的人，可我们愿意。

按照奶奶的话说，这或许就是我的缘分来了。缘分来了是挡不住的，就如同爷爷把奶奶摸回去，就如同爸爸等到葛巧云。

既然我和西蒙的事就要瓜熟蒂落了，所以我决定，今天趁着奶奶过生日，我带他第一次上门，给家里一个惊喜。我怕再晚，奶奶可能病得更重了，我要在她还清醒的时候让她高兴。我的奶奶，我们家的神。我现在才有点理解爸爸，为什么爸爸越来越那么迁就奶奶，当你看到一个诞生自己生命的生命，渐渐地枯萎的时候，你还有什么不能迁就呢？我也想给这个家一个安慰，弟弟到现在不着调，我要先结婚，为家里添一代人。

得到我肯定的确认以后，爸妈立刻高兴疯了，他们把我和西蒙拉到奶奶面前："妈，你知道这是谁吗？"

奶奶确实有点糊涂了，盯着西蒙看了一会儿："孙子？你咋变了模样了呢？"

妈妈说："这不是圣训，这是老大的未婚夫，作死的老大的未婚夫，大喜事啊。"妈妈激动得在抹着眼泪。

奶奶终于弄明白了，笑了："来，让我仔细看看。"她把西蒙拉在身边，又对我妈说，"去给我包一个红包，大一点的。"

"哎，好嘞！"妈妈兴奋地答应。

爸爸紧紧握着西蒙的手问："你懂什么叫红包吗？"

西蒙一头雾水地摇摇头，看着我。

我说："就是money。"

西蒙乐了："money要，越多越好。"

哈哈哈，大家都笑了。

妈妈张罗着让大家在客厅坐下，她去厨房准备泡茶。路过佛堂时，我看见她双手合十，比画了几下。

爸爸则特意去内屋穿上了一件中山装，然后在沙发上正襟危坐，开始了他的"审讯"。

"叫什么名字？"

"Simon Richard。"

"Richard这个姓氏好呀，是从德语中衍生过去的，意思是指挥官、领头。"爸爸在摆弄他的知识渊博。

"家里都有什么人啊？"爸爸想刨人家祖宗三代。

"哎呀，你烦不烦呀，这是美国，他们两个人好就可以了，管他家里人干吗？"妈妈打断爸爸，她心里怕再来个什么议员呀总统候选人的，还是不问为好，问了有心理负担。

妈妈在我耳边悄声问："你们没有带什么小礼物来吗？"

我很奇怪："要带什么礼物？西蒙就是最大的礼物呀。"

"准女婿上门，头一次见岳父岳母大人，是要送点小礼物的。"妈妈怪我，"你看你也不事先跟我说，我可以悄悄帮你准备啊。"

我大大咧咧地说："啊，没关系的，外国人不一定非要按中国的规矩来，我知道我们家都喜欢吃赤烧，我买了一些。"

妈妈连忙就给我圆场了："哎呀，她奶奶，他爸，你看，这个外国女婿也挺懂中国礼节的啊。知道咱们家爱吃这个赤烧，还特别去买了。吃最实惠了，买那些看的东西都是摆设，花里胡哨的一点意思都没有。"

西蒙把赤烧拿出来，打开，那是大大的一包。

妈妈看呆了："你这孩子，买了多少呀？"

爸爸也大吃一惊："天啊，你这最起码有十斤。"

"不多，十二斤。我们两人今天把唐人街的赤烧全扫荡了。"我笑着说。

"十二斤？！"妈妈一脸责怪的表情，"这表示表示就行啊，这么多，太浪费了。"

不多，今天吃肉的人多。

话音未落，弟弟圣训的汽车就到了门口，妹妹也搭他的车回来了。

难得的一家人团聚，我又报了这么一个大喜，妈妈高兴坏了，赶紧招呼他们说："来来来，快来认识一下。"妈妈转身要去拉过西蒙介绍给他们。

弟弟拦住了："不用说，这就是西蒙吧，姐姐给我电话了，要不我今天就不回来了。"说着和西蒙来了一个熊抱，"怎么样，受得了我姐吗？她可是女汉子。"

西蒙憨厚地一笑："她是汉子，那我可是娇柔若水哦。"

妹妹朝西蒙和我，双手合十："恭喜你们，阿弥陀佛。"

奶奶自然是最高兴的，手里拿着那面小国旗就不停地摇啊摇啊，大家围着她合影照相。

西蒙在奶奶耳边用才学会的中文大声喊："奶奶，红包！"

妈妈赶紧把准备好的红包递给奶奶。

奶奶接过红包对西蒙说："你的红包我已经给过了，这个红包我替你留着，你生儿子的时候我给我重孙子。"

奶奶真是忘性大了，我心里有些难过。

奶奶糊涂得也挺可爱，饭吃一半，她把爸爸叫到身边，说她已经给小巴赫写过信了，已经告诉他这个好消息了。

爸爸也是酒喝多了，稀里糊涂地说："哦，你写过信了？那好，我再替他回封信。"

我使劲地踹了爸爸一脚，好在奶奶真的是没听清楚他说什么。或者听清楚了，也不明白他说什么，糊涂也有糊涂的好处。

妈妈问我婚礼准备什么时候举办。我说订婚的事，我自作主张了，结婚的时间由家里决定。爸爸很高兴，掐着手指头数了数说，就放在今年九月十三号，中国的中秋节。每年中秋节侨界都要组织团圆活动，爸爸的意思，不如今年的中秋节，大家就在我的婚礼上团圆一下。我说我跟西蒙商量了，我们要在跳伞俱乐部举办我们的婚礼，高空跳伞，自由降落，极限婚礼，空中互换戒指。

西蒙说，我们可能会创造一个双人自由落体的纪录。

圣训弟弟喝得醉醺醺的，把我和妹妹拉到一旁神秘地说："今天我也透露一个秘密啊。你知道咱们家车库里老爷子那辆奔驰车值多少钱吗？"

我说："你说的是爸爸当年从德国带回来的那辆破车吗？"

"对，就是那辆车，那可不是破车，那是德国公司的限量版。我查过了，现在价值百万美金呀。"

妹妹双手合十："你呀，就整天掉钱眼里了，其实，一切皆为虚幻。"

"怎么是虚幻呢？那可是实实在在的票子。在这个世界没有票子寸步难行。你以为你出家了，就不食人间烟火了？我告诉你，二姐，今天我要是不开车搭你过来，你就得花票子过来，懂吗？动一步都是要票子的，我看老爷子的车能变钱，这叫现实，你双手合十，这叫超现实。活在美国不能超现实，吃饭、喝酒、泡妞、买车、买房，哪一样不要票子？"

"生活可简单，可复杂，大凡能简单处，切不可复杂。阎浮众生，举心动念，无非是罪。"妹妹还想教训他两句。

"什么罪不罪的？没钱才会有罪，你看美国监狱里，有几个有钱人关进去的？"弟弟根本听不进去。

我踢了弟弟一脚："圣训，我告诉你，今天是好日子，我不跟你急，你找钱我不反对，你有本事出去找钱，你别盯在家里屋前屋后的。你上次弄的那个日本姑娘，把家里弄成乱的一锅粥，你还没闹够吗？"我一把把他推开，"滚，去陪老爸喝酒去，你就还有这点用。"

"看看，看看，大姐表扬我了吧，说我还是有用的，天生我材必有用。"弟弟脚底打晃地朝爸爸走过去，嘴里还嘟囔着，"老爸，来，我陪你喝酒，大姐说我就还有这点用了，有用总比没用好呀。"

那天是我们家很久以来，少有的融洽、快乐、开心的家宴。爸爸、弟弟，还有西蒙和我，我们比赛着喝酒吃肉。

妹妹依偎在奶奶身边陪着她看北京园艺博览会，不时地把着奶奶的手把那小国旗摇啊摇的。她用佛家的语言感慨，"园艺"和"缘宜"同音，今天是个好日子。

妈妈忙里忙外，满脸都是幸福的笑，一点都不觉得累。稍微一有空闲，她就偷偷盯着西蒙看，丈母娘看女婿，越看越欢喜，偷偷挤眉弄眼地笑。

56

婚礼前一周，刘怡带着天罡赶到了芝加哥。这是刘怡第一次来到芝加哥。

大家商定，这次一定要请刘怡和小顺子来参加我的婚礼，小顺子说来不了（后来才知道是李嫂过世了，他在服丧期），爸爸开玩笑说，那就让刘怡代表中国来参加我的婚礼。请刘怡来参加我的婚礼，我当然很乐意也很高兴。我们家在国内真的是没有亲戚了，如果没有刘怡和小顺子，我们家在中国就像断了根一样。

我和爸爸去芝加哥奥黑尔机场接他们。刘怡太有气质了，而且保养得很好，七十快过半了，看上去却像五十多岁，戴着一副金丝眼镜，典型的高知风范。头发盘得像宋庆龄似的，哦，长得也有几分像宋庆龄，白色的中式薄夹克衫，配一条黑色的中裤，优雅极了。

天罡在美国见到我也是十分开心，见面就给了我一个熊抱，在我耳边悄悄说，他这次陪他妈妈来芝加哥一是来参加我的婚礼，二是要去我们的俱乐部跳伞。

刘怡和奶奶见面的场景，太让我感动了。

汽车刚停下，刘怡就带着哭声喊着："妈妈，妈妈，我来看你了。"推开房门见奶奶在椅子上坐着，扑通一下双腿跪地，用膝盖在地毯上向前跪行，扑在奶奶的腿上。她把脸埋在奶奶的怀里，使劲抱着奶奶，那是一顿号哭啊，"妈妈。怡儿想你，好想你啊。这是多少年没有见你了呀？"

也很奇怪，奶奶那天十分清醒。她用干枯的手托起刘怡的脸："怡儿，怡儿，不要哭，妈妈也想你。每次啊，你拿那个手机跟我视频，我都摸你的脸。"

"妈，好好摸摸，好好摸摸，这是真的我。"刘怡的双手也在奶奶的脸上摸着，帮她理理那已经雪白的头发，还不时地在奶奶的面颊上，左亲一下，右亲一下。

她们俩就这样搂着摸着亲着，好一会儿，好一会儿，刘怡忽然站起身，对我奶奶说："不行，我得很正式地给你老人家磕几个头。"说罢，退后两步，整理衣服，理顺头发，用中国最传统的磕头姿势，给奶奶磕了三个响头，"妈，感谢你，感谢你的奶水抚养了我，你就是我的亲妈。"

奶奶示意刘怡坐下，问道："后来就一直没有找着他们？"

刘怡叹了一口气说："没找着，后来我也想通了，不找了。他们要不是特别困难，怎么会把亲生骨肉丢掉？如果真找到了他们，又能怎么样？不找了，你就是我的亲妈。"

"唉。"奶奶也跟着叹了一口气，"滴水之恩，涌泉相报。怡儿，我们都要感谢巴赫一家呀。"

"那是当然。"刘怡说，巴赫爸爸也时常提起妈妈呢，他呀，看样子能过百岁。刘怡出发之前，爸爸才把他这么多年冒充小巴赫给奶奶写信的事告诉刘怡。刘怡夸我爸爸做出了他这一辈子最伟大的一个决定，不愧是孝子。

"唉，我也很想他呀，上个月我和小巴赫还视频呢。"奶奶说。

"你们视频了？"刘怡吃了一惊，抬头看了看我爸，我爸也一脸纳闷。

"是啊，他在电视里讲话呢。"奶奶一本正经地说。

爸爸和刘怡都明白了，她也许是看到电视里的一个人，长得像小巴赫吧。

刘怡拉过天罡，让他给奶奶磕头请安。

天罡刚叫了一声"外婆"，就给刘怡拦住了："儿子，妈妈从来都叫我怡儿，是把我当儿子的，你就叫奶奶，你也是她的孙子。"

天罡听罢，大声喊了一声："奶奶，孙子罡罡祝您万寿无疆！"也给奶奶规规矩矩地磕了三个响头。

奶奶对我爸说："红包，红包拿来。"

我爸赶紧把准备好的红包递上。老人第一次见晚辈是一定要给红包的。爸爸早就备好了，根本不用奶奶吩咐。

天罡刚要收红包，奶奶又把红包收了回来说："噢，我忘记了，你的红包给过了，这个红包留给你的儿子。"

奶奶又糊涂了，大家含着泪在笑。

妈妈回来了，开心地和刘怡拥抱，妈妈仔细上下打量刘怡："怡姐呀，你比在手机里看着漂亮，年轻多了，难怪我们家老连常常往内地跑，原来是有美人啊。"

刘怡咯咯地笑着："你看上去像是比我小二十岁呀，连弟娶了你有福气啊，你看你们生了三个，多让人羡慕呀。"

妈妈也被刘怡夸得很开心，说她是喝日月潭的水长大的，皮肤嫩。

天罡像忽然发现了新内地似的，大声嚷嚷："哎，各位，各位，我发现呀，中国在这儿统一了！中国在这儿统一了！"

大家乐了，爸爸对刘怡说："你看罡罡到底是做公务员的，到美国来搞统一了。不过呀，我们这些华侨无论是内地来的还是台湾来的，最终都还是盼着两岸早点统一，落叶归根，我也想回去养老呢。"

妈妈说："罡罡说得对，咱家先统一。来，咱们去参观一下我们家老大的婚房，看看还有哪些地方不符合咱们中国的传统，台湾的内地的都要在这儿有体现。"

最近我们家很亢奋，爸妈和奶奶都说要给我办一个像样的婚礼。在美国办婚礼是女方的事，钱也都是女方出，我和家里说我自己出钱，他们帮着操办就行了。其实我原本都不想让他们操心，可是老人就是这样，你不让他们忙，他们反而不高兴，更何况我是我们家第一个正式要办婚礼的孩子。

置办我的婚事，成了他们的主要生活元素。我也不在家住，但他们非在家里给我布置一间新婚房，说婚后三天一定要过来回门。奶奶唠唠叨叨好几次，说我这个老大，在家挺顶事的，千万不能亏待了我，一切要按中国的老规矩来，像模像样地办一下，回过门，女儿才算真正嫁出去了。

就为那天的回门房，他们也不怕费事。爸爸妈妈把他们睡觉的主卧室腾出来了，能够想得到的，能够买得到的，所有关于婚房的概念，都在这间屋子里面折腾。

大红色的床单，绣着"吉祥如意"的抱枕，床上还要摆一对童男童女布娃娃，床头的墙上挂上一幅大大的富贵牡丹花。

奶奶说床上要放花生，放红枣，妈妈说要放桂圆，最后爸爸补上还要抓一把瓜子。

奶奶是河北保定的，那里的人擅长剪纸。奶奶说她要亲手给我剪喜字。可是她剪着剪着就忘了，不知道该怎么往下剪了，这个喜字就剪了一半一直放在那里了。奶奶真的老了，家里又不顺，很让我难受，希望我这个婚礼，能让奶奶高兴一下。

我说，我就在家里住一个晚上，你们提前两三天布置也来得及。可他们说不，从现在起就要忙，天天看着这间婚房多开心呀。

爸爸的主要工作是写请柬，虽然现在都时髦用电子请柬，爸爸说不行，要按老规矩，用纸质的。一定把请柬能送的送，能寄的寄。

刘怡的到来，让我这间只住一天的婚房又多了一个折腾的人。她带来了大大小小好多中国结，里里外外全挂上。大家七嘴八舌地讨论着内地和台湾的婚俗，谈古论今，连内地现在房价是由丈母娘炒上去的，都成了话题。

天罡则拉我到一边，眉飞色舞跟我说他一拿到跳伞教练证就准备辞了公务员，和我一样去做专职跳伞教练，吓了我一跳，我连声说不行。

我爸爸说要带刘怡去四处走走看看，刘怡不愿意，就要天天守着我奶奶，给她梳头、剪指甲、按摩，陪她聊天。这几天，一定要好好孝敬孝敬她老人家。我理解刘怡是想让奶奶在还清醒的时候多感受一些她的关爱。也真是难为了刘怡。

57

九月十三日，中国的中秋节，期待已久的我的结婚大典终于到来。

爸爸说中秋是一个团圆的日子，要办一个团圆的婚礼，婚礼上要有中国中秋节的元素和氛围。

场景还真是挺不错，在停机坪旁的一块草地上，椅子分开两边放，中间留个通道。通道进口搭了一个月亮拱门，出口也是一个月亮拱门，两个拱门上都是祥云绕月的图案。通道铺着红地毯，礼仪台也做成了一个圆圆的月亮形，背景墙上是嫦娥奔月的图案，上面用中文、英文和法文三种文字写着"2019中秋月圆，百年好合"。

在美国办婚礼一切都是要预定的，尤其是像我这样在跳伞俱乐部举办婚礼，那一切都得早早安排。爸爸坚持不要我管这些事，一切由他操办。订乐队，订自助餐，订主持人，订摄影师，联系牧师，爸爸忙得不亦乐乎，累得哼哼的，还咧着嘴笑。

芝加哥的时间比北京要晚十三个小时，爸爸说婚礼一定要在中国中秋节的时间内办，最后选定在芝加哥接近美国时间十四号中午时分。

爸爸把他在芝加哥当地认识的朋友几乎都邀请来了，爸爸在当地侨界也算是一个活跃人士，所以很多当地的侨领也都来了。大家都穿得很正式，还有不少人穿上了旗袍、马褂，胸前都挂着带"嘉宾"字样的小花，时逢中秋，满场的中国传统元素。大家彼此互相作揖问候，好像是一场唐人街的盛会，而且还有点民国时的味道。

爸爸今天穿了一身藏青色的中山装，他还特地问奶奶，他今天穿得和当年的爷爷是不是有点像？你别说，虽然我们没有见过爷爷在婚礼上那个打扮，但是通过奶奶的描述，爸爸今天这身打扮，还真有点爷爷当年的那个范儿。尤其是他鼻梁上那个厚厚的眼镜片，和奶奶的描述很是相似。爸爸今天自然也是主角，不时有人过来和他贺喜，他也不停地举手作揖："同喜，同喜。"

妈妈给奶奶穿上了一件新的唐装，中国红的。遗憾的是那一串古莲项链不在了，否则她一定是抓着那串古莲项链，不停地在手上摸着，还会炫耀一下。

妈妈和刘怡穿着红色的旗袍，像一对姐妹，开心地说说笑笑。

弟弟今天打扮得也格外鲜亮，他依旧是梳着鲜光的大背头，笔挺的西装，特别挑了一条红色的领带。

妹妹也来了，她虽然穿着袈裟，却是一脸喜庆，胸前也别着一朵花。

我们女宾家的这一半，乌泱泱坐了上百人。西蒙家男宾这一半还空着，约好了一会儿用大巴车统一接过来。

按说新娘今天是要穿婚纱，要化妆的，可我和西蒙约定，我们就穿跳伞服，我们天生就是这么野性，或者叫自由的率性。一会儿简单的仪式过后，我们将登上飞机去创造双人自由跳的纪录。

今天一大早我先带天罡去跳伞了。他下决心要做一名跳伞教练，他很羡慕西蒙能够和我共同享受那种极限运动的挑战乐趣，他说他将来也要找这样一个志同道合的人。我说你妈坚决反对你做这一行的，他说妈妈的工作慢慢做，总会做通的。

我先带着他跳了一个tandem skydive，双人跳伞，然后又让他跳了一次单人伞。他在国内已经拿到了USPA的A证，想要拿到B证就需要跳满五十次。他还差两次就到了，所以他想这次在芝加哥拿到B证。

今天的天气真好。芝加哥九月半的天已经有些凉意了，但今天却透着暖意，太阳被几朵云绕着，时有时无，不冷不热，微风和煦。都说春风拂面精神爽，其实在这样一种爽爽的秋风里，你想到即将到来的人生收获，用秋高气爽来形容是绝对不够的。

从空中往地面看，我们这个婚礼举办的场地，被爸爸用月饼礼盒配上花篮围合成一个心字状，这幅图案也只有在空中才能看到，这显然是为了我准备的。这让我很感动，爸爸为筹办今天的婚礼也真是煞费苦心。

我带天罡跳完伞，就急匆匆地朝着婚礼场地这儿走来。爸爸和妈妈坐在第一排，刘怡和外婆扶着奶奶坐在他们旁边。

妹妹一大早给我发了一条短信："世间一切事物，皆有缘而来，该去的就随风而去吧！幸福会如风和你们随行，祝你们蜜月旅行快乐！"是的，一切都是缘。我和西蒙今天也是有缘而来。然后我们要去高空跳伞，开始我们美满的婚姻，谢谢妹妹的祝福。

我走到家人面前，挨个给他们一个大大的拥抱，感谢他们的祝福。接着我又给各位来宾朋友道谢，问候大家中秋快乐。这也是爸爸的意思，借我的婚礼，让芝加哥的华人朋友们，在这儿过一个特殊的中秋节。

奶奶见我走过去满脸都是笑，拍拍刘怡："去把红包拿来给她。"

我说："奶奶，你早给过我红包了。"

奶奶说："哦，那就留给你儿子吧。"奶奶指着旁边的刘怡问我，"见过你刘姨吗？"

我说："早见过了。"

"哦，我怎么想不起来呢？"奶奶拍拍脑袋。

弟弟这会儿已经和天罡聊得像兄弟。

刘怡对我说："天罡就想到美国来跳几次伞，我呢也实在是没办法管他，玩玩就可以了，不能当个事做。你要帮我劝劝他。看你，今天结婚，我们大家都开心了，我也盼着他早点结婚呢。"

我说："刘姨放心，我都和天罡说了，让他早点娶个媳妇，给你生个孙子，让你高兴。"

"那就太好喽。"刘怡咯咯大笑，又给了我一个大拥抱。

司仪过来问我，男方的家人什么时候来？我看了看表，说快了，离约定的时间还差五分钟。跳伞的人时间观念太强了，那是按零点几秒来计算的。但是我心里这会儿也有点不高兴，今天这么大的事，他们就不能早点来吗？一大早我想给他打个电话提醒一下，居然说他的电话不在服务区，搞什么鬼？又想给我什么惊喜？

五分钟很快就到了，司仪有点着急了，又过来问我，正说着，只见两辆蓝色大巴朝机场这边疾驶而来。我松了一口气，这个西蒙真会掐时间。我兴奋地说："你们看，他们来了，西蒙家人来了。"

全场的人都很礼貌地站起来拍手。

看着两辆大巴越来越近，我忽然有些激动，脸上有点发烫发红，我就要做新娘了，这是真的吗？这也是奶奶和爸爸妈妈盼了很久的事呀。

两辆大巴很快停在人群旁边。第一辆大巴门开了，只走出一个穿着一件红裙子的年轻摩登女郎，从模样上看，应该是法国人，我猜应该是西蒙家的什么人吧。第二辆大巴门开了，却没有一个人走下来。这是怎么回事？这个西蒙搞什么鬼名堂？所有人都看着我。爸爸更是露出了惊诧的目光。

我迎着那个女郎走过去，问："这是怎么回事，人呢？西蒙呢？西蒙的家人呢？"我又朝车来的方向望望，没有看到其他的车子过来，心里很是纳闷，着急。

那个女郎也不搭理我的话，拨开我，径直走上司仪台，拿起话筒敲了几下："各位来参加婚礼的嘉宾，大家安静，安静，不好意思了，我代表西蒙的家人向你们抱歉地宣布，他们不能来参加这个婚礼了。"

什么？不能来参加婚礼了，台下一阵骚动，不知道发生了什么事。目光全朝我投来，我简直是蒙圈了，完全不知道这背后出了什么差错，只是呆呆地望着那个女郎发愣。

"大家静一静，大家静一静。"那个女郎挥手让大家安静下来，接着说，"因为西蒙的家人反对西蒙和这位连小姐的婚事。西蒙的家人不愿意西蒙的一生，伴随着这位小姐去挑战那些随时可能会危及生命的事。就比如说今天这场婚礼，他们还要挑战自由降落的极限，西蒙的家人很担心这个自由降落，可能就是一直自由降落到地面了。再说这位小姐的背景，也不是西蒙家族所希望的。我不想把话说得那么直白，你们应该明白我的意思了。"

我完全蒙住了，竟然一句话也说不出来，整个人就像被点了穴位一样，站在那里一动不动，身体全僵住了。

全场的人都惊呆了，鸦雀无声。

弟弟打破沉闷，大声冲着摩登女郎喊："你是谁呀？"

"哦，不好意思，各位嘉宾，忘了介绍我自己了。我叫露易斯，我是西蒙的前女友，我一直没有放弃对西蒙的追求。最后我十分高兴的是，他和他们家选择了我！这是命运的安排，这是上帝的安排，谢谢大家！给大家添不安了，这两辆大巴是西蒙家订来送各位回程的，再次谢谢大家！"

那位女郎优雅地做了个脱帽鞠躬的动作。

一切都明白了，此刻我恨不得有一个地缝钻下去。来参加婚礼的亲朋好友，也都惊慌失措地把我们围在中间，有的安慰，有的骂西蒙和他们家真不是东西，也有人在安慰我爸爸不要介意，就当今天我们大家在这儿过中秋节了，也挺好的。

弟弟和天罡要去找那个露易斯理论，被我拦住了。

我发现爸爸的脸色很难看，嘴角在抽。我上前想扶他，他一把推开我，点着我额头说了一句"作死的老大呀"，然后整个人就往地上瘫了下去，两眼翻白，口唇紧闭，脸上毫无血色。

"快快，爸爸不行了，赶紧送医院。"我喊着。跳伞俱乐部都有救护车应急，我赶紧用对讲机招来救护车。

奶奶见大家都起身了，乱糟糟的，看看周边的人，对着刘怡嘴里念念叨叨："结束啦，这么快就结束啦？喜糖发了没有啊？"

我的眼泪唰的一下就流了出来。

妹妹紧紧挽着我的胳臂，在我耳边悄声说："世间一切事物，皆有缘而来，该去的就随风而去吧！"

佛语真玄妙。是的，有缘没分。我相信西蒙最终还是没有顶住家里的压力。看起来，无论是在东方还是在西方，家庭，都不是你能够随便摆脱的。

我的结婚大典就这样悲惨地、丢人现眼地结束了。

58

芝加哥河是芝加哥的母亲河，我默默地在河畔漫无目的地走着，天罡非要陪着我，怕我想不开。

我确实很难过和内疚，本想给这个经历了许多烦人事的家添一点喜庆，尤其是想让奶奶高兴一下，可是最后闯这么大一个祸。

爸爸并无大恙，只是一时急火攻心，晕了过去，检查时发现有血尿，医生说可能尿路感染。妈妈说可能是操办婚礼有点累了，身体抵抗力差了，在医院吸了点氧气，休息一下也就缓过来了。他对妈妈说，把家里准备的婚房里面的那些东西全都扔了，他回去不想看到，心烦。

但是这祸由不得我呀，你们都有理由来骂我，指责我，可我心里的痛有谁知道？

天罡不时地劝我，人生哪可能没有闪失，关公还败走麦城，好汉不计较一城一地的得失，什么乱七八糟的，我知道他也是急不择言了。

其实，他多虑了。作为一个跳伞运动员和极限运动爱好者，我已经习惯一个人的孤军奋战。就拿跳伞来说，我们在天空其实是很孤独的，几千米的高空，巨大天地空间包围着你渺小的身躯，耳边只有风呼啸而过，就算有再多的人在地面为你喝彩或者是呐喊助威，你也听不见，看不见，绝对是一个人的战斗。即使是比赛，你也感觉不到对手的存在，在天空中，你永远是一个人，出现的任何状况，都需要你一个人去处理，你必须永远、始终去做正确的事，容不得你有一丝丝的失误，或者是一点点的走神。也许就是这些磨炼，形成了我坚毅的性格和常人无法比的承受力。

夜已经很深了，天罡陪着我沿着芝加哥河慢慢地走着。芝加哥河从郊区一直穿过市区，小时候爸爸带我们坐过芝加哥河上的游轮。那时我看到河边的建筑又高又大，两边的街道那么漂亮，我就想，从空中看芝加哥河一定更漂亮。可后来等我跳伞了，我在空中无数次地看到这条河，从空中看，其实这条河很小，远远比不上它旁边的密歇根湖，而密歇根湖，从更高的空中看，也不过就是一个蓝色的大斑块而已。仰望和俯视的感觉是不一样的,仰望时你会觉得什么都很大,俯视时候你会觉得什么都很小。其实我明白我和西蒙的婚事,从今天站在地面看我是失败者,他也是失败者。但是站在空中从未来看,在人生的长河中,这只是一个小小的斑点而已。或许是一件好事,如果在我们结合以后,他再退却,对我来讲岂不是打击更大。

天罡见我也不怎么说话,只是默默地走着走着,安慰我说:"习德,你也不要太难过,我看那个西蒙配不上你。"

我说不,我告诉天罡,西蒙和我还是很般配的,我们之间很谈得来,真的很谈得来,在一起很幸福。他前女友的事,他也早告诉了我,我相信最终不是西蒙选择了她,而是他家选择了她。

天罡很奇怪了,说:"中国传统保守,父母常常干涉子女的婚姻,都说西方年轻人独立,他又是法国人,法国人不都是很民主、浪漫的吗?他怎么也会摆脱不了家庭对他的束缚呢?"

我叹了口气,法国的历史上同样也有许许多多的美好爱情追求,因为违背了家庭意志而以悲剧结束。不信可以去读读《茶花女》。其实在这个世界上,家就像是一个巨大的磁铁,牢牢地吸附着你的一生,任何一个人都无法真正逃脱它的磁场。就如同我们跳伞,最终总是被地球引力所吸引,尽管你想飞得高一些,再高一些,哪怕你是飞到了外太空,最终你还是要回到这个引力所产生的怀抱里,这就是家的魅力。从古到今,有多少人为了摆脱这个家的引力而挣扎过,可是即使你割断了和这个家的所有联系,家那个无比大的磁场,仍然会留在你的心底。

"那么,极限伞花女神,你最终也会为这个家妥协吗?"天罡盯着我的眼睛问。

"不知道。"我避开了他的眼神,我还没有看到让我妥协的那个东西出现。我理解西蒙的妥协。也许他是不能为了自己的幸福,而让这个家永远不幸福吧。

不过我要承认,西蒙的叛婚,真的让我很痛苦、悲伤。奶奶这么大岁数了,时清醒时糊涂的,妹妹出家了,该死的弟弟也不争个气。我本想给这个家添一点喜庆,可结果把全家人的面子都丢光了。爸爸更要恨死我了,他这么要面子的一个人,怎么去面对他在芝加哥侨界的朋友。

"习德，这个事不能怪你，我相信大家都可以理解你的。"天罡安慰我，"慢慢都会过去的，你也别难过。这个世界上有很多事是身不由己的。反正我就觉得你挺了不起的，我挺佩服你。你要不要抽支烟？"

天罡点了一支给我，我深深地吸了一口，用吐出去的烟，把烟头的火光吹得更大，然后就把烟头掐灭了。

天罡说："那咱俩就喝一点啤酒吧。"说罢他又去买了一罐啤酒塞在我手里。

我说："有一首歌是这么唱的，点一支烟，喝一杯酒，醒来后依然是我。"我接过酒，却没有打开。

天罡急了："你这人有意思吗？我知道你心里很痛苦，你干吗要这么憋屈自己，什么也不说，什么也不讲的。你就不能放纵一下自己吗？你好好哭一哭也好呀。你真以为你是英雄啊，你以为你真的就是极限伞花，了不起了，钢铁一般的女人。你不觉得你自己这样活得很累吗？你为什么不骂骂西蒙是个王八蛋，他就是一个王八蛋，该骂！他要是在，我一拳干翻他！"

我看了看天罡，朝他笑了笑，我理解他的好意。我把那酒塞回天罡手里，说："天罡，谢谢你陪我走了这么多的路，我想一个人静一静，你看好吗？来，跟我抱一下，你就回去吧。"

天罡紧紧地抱着我，不想松手，我推开了他，他在我的背上使劲拍了几巴掌。

天罡被我撵走了，我继续沿着芝加哥河边，慢慢走着。我既然是一个作死的人，为何怕命运和我作对？我是一个要想挑战生命极限的人，我连死神都不怕，我还有什么可怕的？再说，我的这点事跟奶奶比起来，那还算什么？我们家的奶奶，我们家的神。我这会儿忽然觉得奶奶真的很伟大，她是怎么扛过爷爷死去的那个晚上的？她又是怎么把爸爸生下来，度过那个苦难的岁月的。我和奶奶比，婚礼的这点挫折，又能算什么呢？

我拿出手机，从通讯录里删掉了西蒙，删掉了所有和西蒙有关的信息。还是妹妹的那句话，该去的就随风而去吧。

可是，眼泪，不争气的眼泪，此刻滚落下来。这会儿我干脆任由眼泪在我脸上流淌着。我想象着我那眼泪流淌着，从我身上洒落到地上；然后从地上流淌到芝加哥河，再从芝加哥河汇入密西根湖；然后又从密歇根湖蒸发到天上，成为云，成为雨；然后又落下来打湿我的全身。

电话响了，是俱乐部里打来的，他们说，明天有一个大型的比赛活动，还有中国代表团来，问我能不能去主持？

我说："能！"

59

刘怡和天罡要回国了。

走之前，妈妈和刘怡他们把婚房里的那些东西一点一点地收拾好，然后收进了几个大箱子里。他们说不能丢掉，有一天一定还能用得到。看到奶奶那个没有剪完的喜字，他们相互望了一眼，一句话没有说。

天罡很满意，在我的帮助之下，他顺利拿到了B证，而且取得了初级教练员的资格。

刘怡临行前把我叫到奶奶那儿和我谈了一次心。

奶奶确实是病了，见到我去就咯咯地笑，对刘怡说："我们家的这个老大有出息，结婚了。"我生怕奶奶清醒过来，记得我的婚礼是一个悲伤、丢人的结局。

刘怡拉我坐下，深深地叹了一口气，劝我："西蒙这事你别太难过了，人生会有很多遗憾的事，就比如说我吧，到现在找不到亲生父母，估计这一辈子也就找不着了。可是找不着又能怎么样？找着了又能怎么样？再说你何伯伯，那么早就走了。那我该怎么办？日子总得要过的。"

我说："刘姨你放心，我这人想得开，要作死的人早有心理准备。"我故意装得大大咧咧。

"我今天就是跟你说说这个作死的事。"刘怡拉过我的手，在她手掌里摸着，"你奶奶和你爸爸这一代都是想方设法求生过来的，那时候求生好难好难。你不知道1962年我去你奶奶家时，家里一贫如洗，厨房里只有几片菜帮子和几个红薯土豆，你奶奶带着你爸爸熬过来是不容易啊。好不容易过上了好日子了，你说你为什么要去做那个危险的工作呢？你们家，我们家，跟别的人家不一样，我们两家度过了那些常人难以想象的苦难，现在就是想想好日子，就是想让香火传承，让家族兴旺。你说你做的这些事，天天让大人提心吊胆。你也别怪你爸爸说你，我也跟你妈妈说了，他们说劝不动你，刘姨我今天就来卖个老面子。"

刘怡拉着我的手，拍了又拍，语重心长："你看就比如我吧，何伯伯和我结婚时，也算是孤儿了，我和老何就天罡这么一个儿子，中国那个年头搞计划生育，我们也赶上了。你说如果天罡也干你这个工作，我这个当妈的那心里怎么放得下呀？他在国内喜欢去跳伞，我都没敢说你也是干跳伞的，要不他早就来找你了。我劝你们两个就不要再做这个事了，玩玩也玩过了，岁数大了，安安心心地过日子。你看你，三十好几了吧，女孩子这个岁数不算小了。我们家天罡也是，比你还大，也不想着成家结婚，一有时间不去搞对象，整天跑去跳伞，跳得我心烦。他去跳伞，我跳眼皮。来美国之前，我就给他安排了相亲，女方挺看好他的。回去我就让罡罡赶紧把这个亲给定了，房子我都替他们买好了。平心而论，爹妈的心都是肉长的，哪一个孩子父母心不疼啊？你也不能怪西蒙他爸爸妈妈，这是刘姨今天跟你掏心窝子讲这话，要是我们家天罡跟你，我，我也会反对的。"

我明白了，刘怡今天找我谈话的关键是后面这一句。

我本想对刘怡说，其实这个社会很有意思，很多人都喜欢去看那些挑战的东西，因为正是有这些挑战，人类社会才会有进步。他们可以把那些挑战的人称为英雄，他们也很尊重这些英雄，很敬佩这些英雄。但是如果让他们和这些英雄在一起生活，他们又觉得难以接受，是英雄就存在风险，所以敬而远之。

可是话到嘴边我没说出口，我不想去伤刘怡的心。但我在心里给自己画下了一条红线，我绝不能接受天罡。

可是，天罡回国后不久，给我发来一个微信，直接踩我的红线："习教官，我终于辞去了公务员，去当一个专职的跳伞教练了。妈妈很不开心，气得好几天不和我说话，但是没办法，我有我的追求，我不能总按照妈妈画的圈去生活。"

看到天罡发来的微信，我是高兴、担心、祈祷。高兴的是，他有勇气按照自己的理想去生活；担心的是刘怡肯定很难过；祈祷的是要他平平安安，千万别出事。

我给他回了一段话："天罡，很佩服你能按照自己的理想去选择自己的未来。但是别忘了我在芝加哥跟你说的话，跳伞的人是摆脱不了地球引力的，家永远是你的归宿，不要伤了刘姨的心，早点成个家。"

很快他就给我回话："连习德同志，我们作为志同道合的极限运动的同志，你讲的家的道理我也都懂，今天我很正式、很郑重地向习德教官建议：我们恋爱吧，我都三十大几了，我妈整天催着我要成家，我觉得你就是我未来那个巨大的摆脱不了的家的磁场。"

我的心抖了一下，准确地说是心房颤了一下。我发现我身上起了鸡皮疙瘩，我忽然觉得从内心里我是接受这个小伙子的，不，应该说是接受这个年近中年的男人的。可是，我瞬间就清醒过来，这是一个不可能的结局，我和他，我们又将面临多大的来自双方家庭的压力呀。刘怡是坚决反对的，我爸爸也是答应过刘怡不让我们走到一起。毕竟我们家有三个孩子，而刘怡只有一个儿子，天罡跟我在极限运动这个道上真要是出点什么事，那我们家对不起刘怡。而我作为一个多年的极限运动爱好者，深知这一行业的风险，有多少鲜活生命定格在那个勇敢追求的瞬间。我不想再重复刘怡和爸爸的爱情悲剧。

天罡见我半天没回他消息，立刻就打来了视频，我不想接，挂断了，他又打过来，我再挂断。他只好发来了几个字："挑战是什么？极限挑战，难道就是挑战天和地？挑战自然吗？挑战自己，才是最难的极限挑战。连视频都不敢接，算什么极限伞花。"然后他又打来了视频，烦人，我想我要是不接，他会一直这样打下去，我只好接了。

真的，那是一张非常可爱的男人的脸，我喜欢那种刚毅、成熟中还带着孩子气的脸。

他在那头做了个鬼脸，然后说："怎么着极限伞花，不愿意花落我这坨牛粪吗？"

我说："你开什么玩笑？"

"哎，现在我可不跟你开玩笑。"天罡一本正经地看着我，"要不要我正式把文字用口头再宣读一遍？或者给你发一个我签发的何天罡婚子一号红头文件？"

"去去去，尽异想天开。你妈在美国跟我谈过，我不能违背诺言，我爸也跟我说过，让我不能跟你有那层关系。我们俩的事不是关系我们两个人，是关系到我们两个家，特别是关系到你们家。"

"哎，我说我得跟你讨论一个事啊，都说你们在美国，在国外生长的孩子思想自由开放，现在感觉倒过来了，是不是中国这两年改革开放超过你们了？我现在发现我们国内的年轻人的思想，远远超过你们这些所谓的海外生长的中国血统的年轻人。"

"那说明你们忘本，忘根了。"

"什么叫忘本忘根呢？好的本，好的根当然不能忘。就像我们领导人说的，不忘初心、牢记使命。那初心是什么？那使命是什么？简单地说就是一句话，要过上好日子，那就是要有中国梦，要想到未来。你倒好，一天到晚就惦念着你家里的那点破事。结个婚吧，首先是想让家里人开心。你就说你爸和我妈，多好的一对，多可惜。"

"别跟我贫嘴，没有我爸和我妈，还有你和我吗？一切都是缘分，都是命运的安排。"

"看看，看看，又是那个修空法师的话来了，你是不是也想出家呀？"

"出家不好吗？心里安静。"我故意赌气怼他。

"得得得，连教官，习德妹子，极限伞花，不和你斗嘴了。现在我十分正经地和你说，我们恋爱吧，我们的婚姻将是我们两个人的故事，是咱俩的幸福。生命诚可贵，爱情价更高。现在我挂断电话跟你说拜拜。你明天给我一个交代。"说完他把电话挂了。

我不得不承认我给自己画的那道红线，此刻成了心弦，被他拨动了。说起来也是，为什么像我奶奶和爸爸妈妈他们这些在海外的老华侨，反而被中国传统的根文化束得更紧，似乎真有点赶不上国内的思想那么与时俱进了。难道正像有些人说的，一个民族文化的迭代升级，乃至于革命，必须来自于产生这个文化的土壤，一种文化一旦成为果实，被带离了那个土壤，就会失去更新的动能和力量。都说有时候在海外的华人，对中国的文化传承呵护得比国内更好，这到底该怎么评判？是好还是不好？

天罡又发过来几个字："那天，我绝不会叛逃。"

有些心烦。

60

2019年10月1日，是新中国成立七十周年。中国那一年国庆动静搞得很大，尤其是那个国庆阅兵，那真是威风凛凛，让国人震撼，让世界震惊。我爸爸也是芝加哥侨界活动的积极分子，那天参加完领馆的庆祝活动，喝了几口小酒，哼着《歌唱祖国》的小曲，高高兴兴地回家。

一推门见弟弟在客厅里坐着抽烟，喝着可乐，有些奇怪："啊，这个，你怎么回来了？你妈呢？"

"妈现在忙着奶奶，哪有空管我呀。"这可乐现在都不是我爱喝的牌子了。

"你这小子是无事不登三宝殿，说吧，这趟回来是什么事？"

"爸，能不能给我一点钱？"弟弟直截了当。

"要钱干什么？信用卡又还不上了？"爸爸的话带有一点讽刺。

"不是，我要买房，我打算要结婚。"

"你又要结婚了，上次弄个安喜子把家里害得够惨的。咱家可没大房子了，你该不会动我这小房子主意吧？"爸爸心有余悸。

"爸，别老揭伤疤呀，这回跟你说的是正经的，以前我想贪图那个大房子是不对，但现在我要结婚，家里总要帮我付个首付吧。"

"啊，这个，买房自己挣钱去。你以为这是中国呢？丈母娘是看房子嫁女儿的。"

"爸，你这回还真说对了，我还真看上了一个中国姑娘，研究生毕业，在这工作了，人妈说了，没房子不嫁。"

"她不嫁，你就不娶，还把中国的那一套带到美国来了。图着房子，图着钱财来的，将来能过好日子？那个安喜子的教训你还没有吸取吗？"

"爸，你也太偏心了吧，姐姐办婚事，钱都是你掏的，姐姐要出，你还不让。结果婚没有结成，订餐费、摄影费、场地费、自助餐，还有杂七杂八的开销，全泡汤了，你那一把，起码白白赔了三万多美金，别以为我算不过来账。"

"我说你这小子，就会算自己家的账。来，老爸教你怎么过日子。你爸那天是花了三万多美金，但是，啊，这个，我可是买了保险的，婚礼上新郎逃逸，有些情况是可以理赔的。"爸爸说。

"哎呀，我说你这个老爷子，门槛也太精了吧，这么说你不但没有赔，可能还会赚到？"弟弟有些意外，"你怎么想到要去买这个保险呀？难道你料到那天西蒙会逃婚？"

"呸！你那臭嘴。婚礼保险里面是可以理赔很多项目，也包含这一项。过日子不算计这些，老算计家里，那是败家子。"

"老爸，不是我想算计家里，你也是想不开，你说家里那点钱迟早不都是留给我们。你现在给，还落个好。等你以后死了，感谢你，你也听不着了。"他又开始忽悠他那个超现实前消费了。

"你这小子就是屎壳郎打喷嚏——满嘴喷粪，你咒着你爸死是吧？告诉你，我们就是打工的，家里没什么钱。啊，这个，一点积蓄，要养你奶奶，养你妈，养我自己。还要备着，万一将来你们要有个什么急事，也要给你们花呀。"

"爸，那我现在要买房子结婚，你说这事急还是不急？眼看奶奶越来越糊涂了，我是想给她添第四代人呢。大姐搞那么大动静，结果是放了一个哑炮，多丢人。"

"放哑炮也比你好！丢不丢人，我心里有数。添第四代人固然重要，但是老子要把你调教成人更重要。你大姐说得对，不能再这么宠着你，惯着你，否则将来你就成了败家子。"爸爸坚决地一挥手，"钱，没有。你去给我找一个不贪房子的姑娘。"

"爸，这种姑娘现在很难找，尤其是中国的女孩。再说了，爸，你别老说没钱，你那小密码箱我打开过了，家里的报税表我看过。咱家资产快八位数了。"弟弟一脸得意和神秘的样子。

"啊啊，这个，你开过我的箱子？"老爸大吃一惊，"你怎么知道那密码的？"

"爸，你那点密码也叫密码吗？不就是奶奶的生日吗？天下人都知道。"弟弟得意地晃着二郎腿。

"你、你还看到了什么？"爸爸有些紧张。

"啊，别紧张，不就是还有几张有小巴赫签名的空白信笺吗？"弟弟一脸诡谲。

"你？！"爸爸显然更紧张。

"爸，做人啦，要诚实，这是你教我的。你刚刚还在说，要教我成人呢，从小呢，我也是按奶奶和你的要求念着《弟子规》长大的。我就琢磨着那小巴赫早死了，你说奶奶要是知道你一直冒充小巴赫给她写信，奶奶会怎么样？"弟弟把那二郎腿还抖出节奏来了，那一副得意样。

"你，你，你这个浑小子。"爸爸又气又紧张。

"爸，你不要激动。"弟弟故意放慢声调，"不过呢，奶奶如果真知道这个事，会不会出什么意外，这我可不敢保证哦。"弟弟继续晃着二郎腿，喝了一口可乐。

"你，你这个混账。"爸爸气得又是急火攻心，"我，我打死你。"爸爸操起客厅那个棒球棍就朝弟弟打过去。

弟弟下意识地抓住打来的棒球棍一拽，再这么一推。爸爸是一个七十多岁的老人了，哪能抵得住小伙子这么一推一扯的，又是气堵心头，脚下一踉跄，就倒在了地毯上。

一看爸爸倒地上了，弟弟也有些紧张："哎，爸爸，老爷子，你别躺下呀。"他想上前扶起爸爸。

这时门开了，妈妈回来了，推门见这场景，顿时紧张："你们这是怎么啦？你怎么啦？"

"没什么，没什么，啊，就是爸爸想教训我一下，不小心脚下一滑摔倒了。"弟弟拔腿朝门口溜，临出门，又给爸爸甩过一句话，"爸，要不这样吧，那台破汽车，你整天摆着也没用，把那破汽车送我吧。"

"你你你，给我滚，我再不想看见你。"爸爸又追着弟弟的身影使劲地喊，"你要是胆敢到奶奶那边去胡说，我就写遗嘱，没你一分钱。"

弟弟一听这话又颠簸簸颠簸地转回来，朝着爸爸鞠躬作揖："老爷子，你千万别，千万别，我可是你的亲儿子，奶奶的唯一的孙子。"说罢开车子扬长而去，还故意使劲轰了两脚油门。

"他爸，这是怎么了？父子俩又闹哪一出啊？"妈妈问。

"他要钱买房子，还偷看了家里的税务报表，说我们的遗产晚给不如早给。"爸爸斜靠在沙发上，大口大口地喘着气。

"你那箱子不是有密码吗？"妈妈说，"你那密码连我都不知道。"

"唉，家贼难防啊，我的密码他猜都能猜出来。唉，我也是，整天把妈妈放在心里。那个密码他一猜就猜到了。"爸爸无可奈何地摇摇头。

"唉，这个老三啊，确实是出息不大。"妈妈也叹了一口气，给爸爸倒了一杯水，坐在爸爸身边轻轻拍打着爸爸的背，"不过呢，现在也是这个话，我们这点钱如果能剩一点，不给他们又给谁呢？迟的，早的，还不都是他们的，还不如现在给了，我们活着还能听到他们说我们一个好。上一次要大房子，咱没给，现在他真想买房子，咱给个首付，或者少给一点也可以呀。"

"你看你，你的原则哪里去了？"爸一听这话又上火了，"这臭小子是不是已经找你哼过了，说我惯孩子，你关键的时候比我更惯。上一次闹房子的时候你也说过，这不是钱的问题，这是让他做人的问题，一天到晚就知道扒家里那点钱，在外面哪能有出息呢？现在怎么立场软化了？"

"我可是一点都没软，教育归教育，上次要房子那个事他是太过分了，现在要钱买房子，咱稍微支持一下，也不为过嘛。"

"不行，你的观点绝对不行，你今天松一尺，他明天就和你要一丈，我可是想通了，绝不能给连家留一个根正但苗不红的小子。你瞧瞧今天中国国庆那阅兵，那场面多振奋人心呀！你说就老三这样，将来能给中国添什么？"

妈不冷不热地说："你儿子现在是美国国籍，你也是美国国籍，是美籍华人，是美国公民，中美两国能好好的，不打仗就是我们的福分啦，你还指望你的儿子能给中国做什么？"

"唉。"爸爸长长地叹了一口气，"这老三在美国就整天学着掉在钱眼里，好的没学着。在珠宝公司，混了一身铜臭气，没有一点亲情味，除了钱就根本不想到这个家，真后悔来美国。"

"后悔什么啊，这和美国有什么关系？美国优秀青年多了去了。好了，你别光跟老三怄气了。妈最近状态不是很好，晚上睡觉不踏实，常常半夜一个人在床上，一坐就是一两个小时，丢三落四的现象越来越严重了。有空多去看看妈妈，不能让她再受什么刺激了。"

听到妈妈这话，爸爸觉得有必要把"小巴赫回信"的事告诉她。爸爸端起杯子喝了一口水："今天我有一个秘密要老实和你坦白。"

"有秘密要坦白交代？"妈妈吃了一惊，"是不是你和刘怡真的有那事？"

"你看你这小鸡肚肠子，我一说秘密就是怡姐吗？"爸爸不高兴，轻轻揪了一下妈妈的耳朵，"是小巴赫回信的事。"

"这有啥秘密，信不都交给妈收着了吗？"

"小巴赫早死了，当年妈妈让我去请小巴赫过来参加咱俩的婚礼时，小巴赫就已经去世了，那天我正好赶上了葬礼。"

"什么？！那些信？"妈妈张大嘴巴用手捂着，吓得说不出话来。

"那些信都是我冒充小巴赫写给妈的。"爸爸平静地说。

"啊，你这胆子也太大了吧，这要让妈妈知道怎么得了。"

"当时我是怕妈知道小巴赫死了会伤心，她和小巴赫之间还真叫感情，所以我就瞒下来了。正好咱俩又要结婚，不想让妈不开心。后来吧，看到她对小巴赫的回信很上心，有一段时间没有信来就老是问，感觉到小巴赫成了妈妈的一种精神寄托了，所以就一直瞒下去了。再说妈都这么大岁数了，再瞒几年这事就过去了。"

"哎呀，没想到跟着你一辈子，你这人整天黏黏糊糊的，三拳打不出个闷屁来，原来还敢做这样的事。嗯，老实交代，你到底跟刘怡有过什么？我现在发现你胆子蛮大的嘛。"妈妈去揪爸爸的耳朵。

"好啦好啦，你就别闹了。"爸爸心烦。

"我这是跟你开玩笑呢，我知道你这人胆小，不对，现在看你胆子也不小，在这件事上，你可是胆大包天了。"妈妈用异样的眼光看着爸爸，"我说我有时候也纳闷呢，妈妈说要给小巴赫通电话，那小巴赫就耳朵聋了，接不了电话。这个弥天大谎撒得也够水平了。"

"那还不都是为了哄妈妈高兴，不让她伤心，让她心里多一份感情寄托的地方。"

"嗯，也真难为你这点孝子的心。这事还有谁知道？"

"怡姐知道，上次来的时候我才告诉她的，怕她和妈妈说漏嘴了，家里就老大知道。"

"啊，居然习德知道了，你都不告诉我？你对我就这么不信任？"妈妈又有些不高兴。

"不是不信任你，跟着你这么多年了，你那点毛病我还不知道吗？肚子里搁不住二两油。又整天跟妈妈在一起，万一哪天说漏了嘴就坏事了。让老大知道，是因为有一次我在中国时间长，让老大替我处理了一次信。"

"你不信任我，你不信任我，我捶死你。"妈妈撒娇地举起双拳，在爸爸肩头上一阵猛捶。

"好啦好啦，现在麻烦事来了，我在密码箱里放了两张签好小巴赫名的空白信笺，今天给老三发现了。"

接下去爸爸把今天弟弟和他说的那些话一五一十地告诉了妈妈。

妈妈大吃一惊："这个浑小子说不定真能去告诉妈妈。"

爸爸气哼哼说："是啊，这小子没有人情味，只认钱，他拿这事要挟我，要我把那车子给他，怎么在美国学成这样？"

"要不咱就给他点钱呗，这事可千万不能在妈妈那儿揭穿了，妈妈虽然时而清醒时而糊涂的，但是她这个病，对远期记忆清楚，刚做过的事反而记不住。再说这些钱，将来多多少少不都还有他的份吗？"

"不行，这小子现在变得越来越不像话了，绝不能惯着他，以前就算我教育失败了，现在我也得改。老大说得对，再这样下去他将来一定是个败家子，连家要败在他手上。我们要是给他开了这个先例，那就是被他劫持绑架了。"爸爸坚决不同意。

"那怎么办？要不就先少给他一点，稳住他。"妈妈有些着急。

爸爸没搭这话，想了想说："这些年呢，我一直有一个想法，现在中国发展得那么好，落叶总要归根。妈妈也总说想回保定老家看看。我上次回国时跟怡姐谈过，想把妈妈接回中国去住，将来要走，也走在中国。怡姐也很赞成我这个决定。不如我就趁早做这个安排吧，趁手上还有一点钱，在中国买个房子，我们老了也去中国养老。现在台湾人在内地的待遇高得很，又不是'文化大革命'那会儿，你那个背景回中国去会挨批挨斗的。现在我看中国比美国方便多了，特别是看病，那真叫方便。在美国看个病，要预约等多长时间，等约到了，病都好了，贵还贵得要死。"

妈妈也点头称赞："我也不想回台湾了，那儿也没什么亲人，将来去内地养老，我再回老家看看，说不定还能找到妈妈的一些亲戚。"

从那个晚上起，爸妈做了一个决定，要把奶奶接回中国去，让她将来在故乡归天。

此事宜早不宜迟，爸爸决定尽快安排动身回趟中国。

61

妈妈把奶奶推到了花园里，阳光很灿烂，光线透过树叶，在奶奶身上留下一个个光斑。奶奶虽然已经是九十多岁的老人了，可是妈妈把她打扮得整整齐齐、干干净净，银丝般的头发在头顶盘了一个发髻，显得十分精神。遗憾的是奶奶以前手上总是拿着那串古莲项链，现在也不知道报警以后，警察有没有找着项链的下落。

爸爸临行前约我一起去看了一下奶奶。他给奶奶炖了一碗燕窝带去，一边喂着奶奶，一边对着奶奶的耳朵大声说："我要去中国了。"

奶奶点点头，挥挥手："去吧。"

"我下次回来，接你回中国。"

奶奶笑笑："我这不是在中国吗。"

爸爸苦笑着摇摇头。

我问奶奶："奶奶，你是在中国哪里呀？"

奶奶想了想："广州。"

我说："奶奶，爸爸要带你去保定老家。"

"哦。"奶奶动情地看看爸爸，"儿啊，你去哪儿，妈去哪儿。妈老了，别把妈丢下就行，啊？保定远不远呀？"

我鼻头有些发酸，爸爸也抹了一下眼角，继续给奶奶喂汤。

妈妈叹气："唉，再过些日子，她就不认识我们了。"妈妈对爸爸说，"你快去快回，安排妈妈回国，住一天也是好的。我理解妈妈的心，落叶归根，她心里可能真以为她现在这会儿是在中国呢，他们这一代老人，这种传统观念根深蒂固在脑海里的。要是我妈妈还活着，也肯定张罗着让我带她回四川老家。"

那天和奶奶告辞，爸爸心情很沉重，走出老人院，爸爸对我说，他想去中国城喝酒。

我说："好，我陪你。"

芝加哥的中国城入口处，有一个十二生肖广场。每次去唐人街路过那里，爸爸都要问我："十二生肖你背得下来吗？"

今天路过那里，爸爸照样这样问我，我说背得下来，说着就给爸爸背了一遍："老鼠前面走，黄牛跟着走，老虎吼一吼，兔子抖三抖，龙在天上游，蛇在地上扭，小马跳山沟，遇见老羊头，猴子翻跟斗，金鸡喊加油，黄狗看门口，懒猪睡不够。"

爸爸笑了："你这老大要是不作死啊，连家可指望着你呢。"

我说："爸，你不要一天到晚说我作死作死的，我到现在不是还活得好好的吗，难道搞极限运动的人都是要早死吗？再说我刚开始跳伞的时候，你不是跟奶奶说你替我买了免死险了吗？"

"唉，你呀你呀，"爸爸点了点我鼻子，"你们这姐弟三个，我还真就指望你呢，你给我当心，那些危险太大的事就不要去弄了，毕竟你也三十好几了。"

我点了一盘赤烧和几个炒菜，要了一瓶广州佛山的"玉冰烧"，我爸爸就爱喝这酒，他说这酒是用猪肉泡出来的，喝起来既有米香，又有肉香。

我印象中这是爸爸第一次和我单独喝酒，陪爸爸喝酒的事从来都是属于弟弟的。他这次要回中国去，竟然没有和弟弟说，我觉得自己很受抬举。

我给爸爸先斟上一杯酒，然后再给自己倒上，我说："爸，这杯酒算女儿给你赔不是了，我的婚事没想到给家里惹那么大麻烦，还把你气晕了，给你丢面子了，女儿这里说声对不起。"

爸拦住了我："老大呀，不要这样说，你的心我都懂。其实你心里比我还要苦。我只是面子难看一些，你是面子、里子都难看啊。你出了那样的事，当爸也心痛啊，我是嘴上骂你，心里疼你。唉，来吧，今天咱父女共同喝了这杯酒，你也原谅爸爸说你的那些话重了些。"

我眼眶一下就红了，我没想到爸爸会给我道歉，我说："爸，要这么说，咱得喝三个。"

"三个就三个。"喝完三杯，爸爸说，"当时我就怕你也学你妹。"爸爸说到这儿，深深地叹了一口气，"唉，修容啊，我怎么说她呢，什么都好，就是太自我了一些。当然，遇到那么大的事，搁谁身上也受不了，我不是说出家不好，但是你看你奶奶，她这一辈子遇到的事还小吗？这不也扛下来了。"

我理解爸爸的想法，妹妹出家之后，其实妈妈嘴上虽说她接受西方人的观点多一些，只要修容自己舒坦，她也无所谓，但实际上，妈妈、爸爸和奶奶没少为这个事叹息。

我给爸爸把酒斟满："放心，我是作死的老大，像我这种整天上天入地的人，心理素质强着呢。我学的是奶奶，跟奶奶当年比，我这点事算什么？"

爸爸朝我伸出大拇指："其实三个孩子中我就信得过你，来，老爸敬你一杯，我和你妈岁数都大了，这个家你要多扛一些啦。"爸爸竟然要敬我酒，让我受宠若惊，吓得我赶紧站起身。

爸爸摆摆手示意我坐下："啊，这个，你弟弟回来跟我要钱的事，你知道了吧？"

我说："妈和我说了，他实际是要你那个汽车。"

"他哪是要我那个车呀？他要我的命。你说这孩子，他咋这么不懂事呢？这车子里有我多少设计，那是我的心血呀。就不能让我在死前一直看着它吗，我不就是再活个十年八年吗？这个，啊，这个孽子呀，竟然要去把它变卖了换钱。"

"我懂，这就好比那个奥运冠军，你让他把金牌卖了，那可不行。不过弟弟还不都是你们宠坏的。"我怼了爸爸一句。

"唉，说实在，我没宠他，只是奶奶宠他的时候，我反对得比较少而已，你妈也没想宠他。上次他回来闹腾大房子的事，你妈的态度可坚决了，绝不惯着他。可是，我也不知道怎么会出来这么一个孽子。"爸爸无可奈何地摇摇头。

我笑笑："对，你们都没想宠他，那天他回家闹完，妈还不是给他塞了一点钱。"

"唉。"爸爸又唉声叹气，"你知道他拿什么来威胁我吗？他发现了我模仿小巴赫的笔迹给奶奶写信的事了。他威胁我要去告诉奶奶。你妈那是给的封口费，唉。"

"这个该死的。"我气得一拍桌子，端起杯子，一饮而尽，"逮着机会，我非教训他！"

爸爸把那天弟弟和他吵架的事，以及弟弟是如何发现密码箱里面的秘密，又对我详细说了一遍，气得我真想立刻就把弟弟拎过来拳打脚踢揍一顿。

爸爸给自己倒满一杯酒，咕噜一口灌下去："我今天也告诉你一个秘密，我把那个汽车上的火花塞拆了一个下来，那个火花塞现在可是不好配了，那车现在就是一个摆设，开不动了。"爸说着从口袋里掏出那个火花塞，"这个我交给你，你留着，你看着办。"

我明白，火花塞放在爸妈那里，他们是经不住弟弟的软磨硬泡，只有我对弟弟狠得下心。我脑袋里忽然闪过一个念头，我可以拿这个火花塞去逼弟弟，不去跟奶奶说小巴赫信的事。

爸爸说还有一件事，也要给我提个醒，说刘怡发现天罡对我有好感，已经几次跟他说她不同意天罡和我的事。

天罡这段时间开始向我展开了猛烈的进攻，三天两头地给我发微信，话说得很直白，动不动就用所谓中年男人的成熟来跟我说事，说他这绝对不是冲动。其实我也是老大不小了，早已过了那种充满幻想浪漫的恋爱年龄。我内心对天罡的感觉，绝对不是年轻女孩子对男性魅力的那种简单吸引，而真的是感觉到他身上的那种朝气、活力，以及和我一样敢于挑战生命潜能的那种无畏追求和志向。他已经在一家俱乐部正式上任，当跳伞教练了。每当他和我分享他那些当教练的心得体会时，我的心都会怦怦地跳，我在分享他的快乐，在他身上我看见了自己。说实话要不是刘怡反对，我肯定就答应他了。

我告诉爸爸，让他转告刘怡放心，我知道该怎么和天罡相处。

那天我和爸爸都喝了很多酒，出门时都有点眩晕，我们父女俩互相搀扶着，脚下打晃着，又走到那个十二生肖广场。爸爸跟我说："我们父女在这儿照张相吧。"

"好！"我开心地借着酒劲儿说，"不过爸爸你得背着我照一张。我看过你背着妹妹和弟弟的照片，就没有背过我。"

"好嘛，你这个大丫头，竟然还记你爸的黑账。好，老爸今天豁出这个老腰背你一下，补你一个遗憾。"爸爸说着弯下腰，让我爬到他背上。

我哪敢真爬上去，装模作样地在爸爸背上趴一下，用手机拍了一个自拍，然后我转到爸爸前面一猫腰，把爸爸背了起来，还转了几圈，爸爸和我都开心地笑着。

说实话，我已经记不得上一次跟爸爸两个人单独照合影是什么时候了。我说，我还知道奶奶属鼠，你属鸡，妈妈属羊，我属牛，妹妹属龙，弟弟是属马。我拉着爸爸跟这几个属相都照了一张。

在跟奶奶的属相照相时，我问爸爸："你真想把奶奶接回中国去吗？"

爸爸坚定地点点头，说那是他对奶奶敬的大孝，他要让奶奶落叶归根，他还要带奶奶去保定，去白洋淀，去那古莲项链的地方。爸爸笑眯眯地扶着我，在奶奶的属相前照了一张相。

2019年末，爸爸回中国去了。

他这一趟任重道远。

62

2020年元旦一过，中国就开始报道有新冠肺炎疫情了，很快武汉封城了，跟着全球也都紧张起来。

很快美国也开始流行，美国有的老人院也开始有人感染了。妈妈一看情况不对，赶紧把奶奶接回家来。妈妈做了一件非常英明的事。后来证明美国第一批感染重灾区就是老人院，死人无数。

早春的芝加哥天气很冷，那年的雪又特别大，车库的门被雪封住了，妈妈正愁铲不了雪，汽车开不出去，弟弟回来了。

妈妈很高兴，大声招呼他："你回来得太及时了，赶紧帮着铲雪，要不然我连门都出不去了。"

弟弟很卖力地铲雪，不一会儿门前堆积的雪已经被清理一空。

妈妈让弟弟进屋里休息，又给他倒了一杯热茶。奶奶也起床了，看见弟弟，问妈妈："他是谁？"

妈妈说："圣训，你的孙子。"

"哦，"奶奶说，"快拿红包给他。"

弟弟逗奶奶说："给过了。"

奶奶说："那好，红包我就留着给你儿子。"

妈妈问弟弟："无事不登三宝殿，今天又是大雪天，你回来有什么事啊？是不是又来要钱呀？"

"妈，好像我整天眼睛就盯着钱，不要钱不回来，你们都把我想成什么人了？"弟弟对妈妈说，"今天我是想动一下爸爸那辆车，平时爸爸在家，这车我也开不走，他回中国去了，正好我开去让人估个价。"

妈妈笑了："你这点小心思，你爸早估计到了。那车是你爸的命根子，他不同意，谁也开不走。"

"爸不是回中国去了吗？我又不是把车开了就不还回来，我只是开出去估个价嘛。我都跟人家说好了，两个小时内我一定把车还回来。"

"估什么价？你爸这车肯定是不会卖的，你就不要费那个心思了。"

"我跟你说吧，爸就是一个典型的理工男，整天就钻在技术里，这技术不变现能值钱吗？这车子我拿去估个价，回头帮家里卖个好价钱，这不都是家里的财产吗？"

妈妈摆摆手："我跟你说，那个车你爸不同意开不走，有本事你就去开。"

"可是你说的呀，我不相信他那个老爷车还能认指纹。"弟弟钻进了车库，很快找到放在眼镜盒里的钥匙，他插上钥匙转了几下，车子没打着火，他觉得很奇怪。爸爸这台车子每星期都要开出去遛一两圈，保养得好着呢，怎么好好的就打不着火了呢？他打开前盖一看，原来是火花塞少了一个，顿时气不打一处来。他明白了妈妈说的没有爸爸同意，这车开不走的原因，他气冲冲地对妈妈吼，"妈，爸把火花塞给卸了，这是把我当贼防了，快告诉我他把火花塞放哪儿了？"

妈说："这我可不知道，你打电话去问你爸。"

"我去问他？他要是肯告诉我，就不会把火花塞藏起来了。"弟弟气哼哼的。

"那我就没有办法帮你了，要不你在这家里翻箱倒柜地找找。"妈妈故意调侃他。

"妈，你现在怎么了？来来来，今天我要和你谈谈心。"弟弟把妈妈摁在客厅的沙发上坐下，拉过一张椅子坐在妈妈的对面，那语气真是一副苦口婆心样，"老妈，我过去一直觉得你是挺现实的一个人，生活的磨难，坎坷的命运，让你做事看问题都是一眼到底，也让我佩服。前面安喜子，唉，我就不说了。那个时候你告诉我，爷爷是抗日烈士，而外公什么都不是，奶奶是抗日烈士遗孀，而外婆什么都不是，爸爸是抗日烈士后代，而你什么都不是，你看得是明明白白，这说明什么？同样的事，放在不同的地方，这结果是不一样的。就说老爸这辆车，放在家里就是一辆破车，搁到它散架了也不值一文钱，最后当废铁卖了，三文不值两文的。但经我手处理一下，就可能挣大钱，这个理你不明白吗？"

"打住，你扯两岔子去了，外公外婆他们那些事是属于咱家的政治，这台车子是咱家经济，你别把政治和经济扯到一起去了。咱家现在没有政治问题了，我和你刘姨之间的'政治'问题也都解决了。"妈妈笑嘻嘻的，还在逗着弟弟。

"好吧，我不扯到一起去，咱家现在没有政治问题了，咱家现在只有经济问题。而经济只能是一个结果，那就是钱，我挖空心思地为家里挣钱，总不是错吧？"

"你整天就是钱钱钱，这车不仅是钱，更是你爸的命，就像你奶奶的那个文房四宝，那是奶奶一生的收藏，你敢拿去卖了？这里有情感问题。"妈妈伸出一个手指头，使劲点了点弟弟的额头。

"哎哟，我的妈呀，情感问题，情感值几个钱呀？在美国最不值钱的就是情感。奶奶那个东西是中国文化，文化不是文物，文化值不了几个钱。"弟弟开始耍赖，"好吧，老妈既然讲情感，我就和你讲情感。我是你的亲儿子，又不是贼，也不是强盗，你们干吗要这么防着我？你看刚才雪都是我扫的。没有我，今天你们连门都出不了。我是你们的亲儿子，家里的秘密用不着防我。"

弟弟一下子忽然想起了什么，说："那火花塞，爸爸一定是放在他那个宝贝箱子里了。"他冲进爸爸的房间，在橱顶上找到那个箱子。可是爸爸已经把密码换了，他试了几次都没有打开。弟弟火更大了，出来问妈妈，"妈妈，这箱子密码是多少？你就快把密码告诉我吧，人家那还等着我呢，约好时间了，过时不候。"

妈说："这个密码我真的不知道，你爸又没有跟我说，他只是告诉我这个车没有他同意开不动。这个密码，别说我不知道，知道了也不会告诉你。"

奶奶这会儿有些清醒，看着弟弟这么里里外外地折腾，说："孙子啊，你这忙来忙去的，都闹些什么啊？过来坐坐，陪奶奶说说话。"

弟弟一指奶奶："奶奶，你现在就是一个老糊涂，我这是在闹吗？我是在帮着家里把财产卖大钱，可是爸妈全把我当贼防。"

"贼，有贼吗？"奶奶问。

妈妈火了："什么？你骂奶奶是老糊涂。唉，你这个数典忘祖，杀千刀的。"

弟弟指着箱子问妈妈："你真不告诉我密码？"

妈妈动火了："老娘今天还就不告诉你了。我看你能怎么样，有本事你把这房子全扒掉找。"

"你真不告诉我？我就把这箱子里的秘密告诉奶奶了。"

妈妈吃了一惊："你敢？"

"我还就敢了，是你们逼我的。"弟弟这会儿可真上劲了，他提着箱子，往奶奶面前一扔，"奶奶，你知道这里有什么吗？"

奶奶木然地看着弟弟，摇摇头。

妈妈一把拽过弟弟，抢过箱子："不准你跟奶奶胡说八道。"

弟弟又一把从妈妈手里抢过箱子，放到奶奶的腿上："奶奶这里面有小巴赫写给你的信。"

"信，有信来了？"奶奶脸上露出笑来，伸出枯瘦的手，眼神热切切地看着弟弟。

"没有信来了，小巴赫早死了。"弟弟气急败坏地说。

妈妈听了弟弟的话，大吃一惊，吓得捂着嘴巴。她使劲地把弟弟从奶奶身边推开："滚，你给我滚出去。"

"谁爸死了？"奶奶问。

妈妈一看，奶奶没有听明白，赶紧接话："是别人家的爸死了，跟咱家没关系，老三在这儿瞎说呢。"

妈妈把弟弟拽到一边："我告诉你，你今天要是把奶奶给气死了，这一家人都和你没完。你从此别想从家里拿到一分钱。我告诉你，这个火花塞你爸给你大姐了，有本事找你大姐要去，你现在给我滚。"妈妈说着就把弟弟朝门外推。

"气死我了，气死我了，你们这一家人合伙起来防我。一群蠢人，放着的钱不会挣，你们就是受穷的命，白在美国混了几十年。"弟弟咬牙切齿地甩门走了。

有惊无险，妈妈瘫坐在沙发上拍自己的胸口，大口喘着气，半天缓不过神来。她真没想到弟弟还真敢跟奶奶去说这些事，真是什么都不顾了，就想到钱了。

奶奶有些莫名其妙地问妈妈："我这耳朵背，你们闹的是哪一出呀？圣训又回来要钱了？"

"没有，妈，没事了，圣训走了，我给你炖汤去。"

不幸中的万幸，幸亏奶奶是时而清醒时而糊涂的，要真的是今天奶奶把这事弄明白了，那这个祸可就闯大了。妈妈越想越后怕，拿起电话给爸爸发了一条信息，让他赶紧在中国抓紧买房子，早点把奶奶接到中国去。

外面的雪又开始下起来，飘飘洒洒，才扫过的门前，一会儿又白了。地上几只松鼠在雪地里跳着，时而又蹿到树上东张西望。

妈妈小心地驾着车去采购东西，她知道天气冷了，疫情又严重，她必须把家里的东西置办得多多的，现在照顾奶奶的重任就落在了她一个人的身上。

辛苦受累的妈妈。我知道，妈妈心里一定在嘀咕，关键时候，三个孩子一个也指望不上。

63

夕阳西下，晚霞在珠江里拖着长长的尾巴，来往的船只掀起的尾浪，在这丝丝缕缕的霞光里，嵌上朵朵盛开的白浪花。售楼处门正对着珠江，从售楼处签约出来，我爸爸和刘怡都很高兴，沿着珠江边出门散步。

刘怡精心挑选了几个适合老年人居住的楼盘，最终他们选定了在珠江边的一个叫作"珠江夕阳红"的养老社区。

这个社区的设计，围绕着老人的生理、心理以及精神生活、物质生活的方方面面的需求，非常人性化。

很多地方都把老人养老社区，选择在风景优美的郊区。其实那就忽视了老人也是需要社交的，老人也是需要享受城市生活的，而且更渴望多跟家人在一起团聚。而那种养老院型的社区把老人和家庭割裂开来，就如同奶奶在美国，我们得去老人院看望她，而她却没法享受家庭生活的乐趣了。

这个养老社区的设计，把老人分为三个阶段。第一阶段是乐老阶段，这一阶段针对的是七十五岁以下的老年人，这个阶段的老人，身体好，又想跑，渴望社交。他们在社区开办了老年大学，琴棋书画，还常常组织跳舞唱歌，外出旅游。第二阶段是针对七十五岁到八十五岁这个年龄层的老人，社区服务就是以康养保健为主，提供各种个性化的养生膳食、中医疗养、推拿按摩等服务。那么对于八十五岁以上的老人是第三个阶段，他们称之为慰老阶段，社区提供贴身护理、医疗巡视，生了病还可以住进社区公寓式独立关怀病房。社区还提供二十四小时的保姆服务、医疗服务，还开设了互联网医院。

房子户型的设计也特别符合中国的传统习惯，提倡老人和家庭成员在一起居住。所以在户型设计中除了可以满足三代同堂的需求，还充分考虑老人的生理需求，做了很多适合老人的技术细节设计，比如方便轮椅和急救担架车上下，电梯、楼梯间做得很宽阔，走廊墙边都有扶手。卫生间的设计就更加考虑到了老人行动不方便的情况，坐浴凳、紧急呼叫等等一应俱全，连厨房的操作台设计也都考虑到了老人。吃饭的餐桌高低还可以随意调节。而且全都是精装修，拎包入住。

老人在这里从享受居家养老开始，到生了病以后进到独立的护理病房，完整的一条龙服务。这些细致入微的适合老年人心理和生理的设计，尤其是那个三代同堂的户型设计，既有年轻人的独立空间，又有和老人在一起的共享空间，让我爸爸看了以后大为感叹。就是在美国这个号称先进的国家，也没有见过这样的社区。奶奶在美国住的老人院已经算好的了，但是奶奶住进老人院，却割断与家庭团聚的乐趣。毕竟三代同堂、四代同堂，仍然是中国老人心中的愿望。我爸爸觉得后悔，应该早一点把妈妈接回来。

事不宜迟，我爸爸迅速决定在这里买房子，而且他想尽快回美国把奶奶接过来住。他对刘怡说，他稍微喘口气，就立刻飞回美国，安排奶奶回国来住的事。

刘怡也赞成，说现在新冠疫情越闹越厉害，不要被疫情耽误了行程。但她也心疼我爸爸，岁数大了，要这么来回飞很累了，劝他稍微多住几天。

路边有一个人在卖甘蔗，他们俩都下意识地停下了脚，看着卖甘蔗的人在飞快地刨甘蔗皮，他们两个人对视了一眼，心领神会地哈哈大笑。

我爸爸让卖甘蔗的人榨了一杯甘蔗汁，递给刘怡，说："我老了，牙口不行了，不能再为你咬下甘蔗头了。"

刘怡接过甘蔗汁，看了看，感叹地说："唉，这杯甘蔗汁已经不属于我了呀，太甜了，老了，不敢喝了。"

我爸爸听懂了刘怡的那个一语双关，抬头望望天，又看看滔滔的江水和那就要落进水里的夕阳，喃喃地说："其实啊，夕阳无限好，只是近黄昏啊。"

刘怡轻轻地舔了一口甘蔗汁，对我爸爸说："咱俩的故事啊，就算翻篇喽。今天啊，我要和你讲讲罡罡和习德的事。"

"我已经把你的意思和习德说过好几次了。"我爸爸知道刘怡的意思。

"最近罡罡在追习德，追得很紧，你知道吗？"

"哦，有这事？老大没有和我说呀。不过我出来时，老大给我表态，她不会同意的。"

刘怡说："那趟去美国，我们家罡罡中了习德的魔，回国后好好的公务员不干，非要辞职，当什么跳伞教练。原来偶尔去玩玩，我就不反对了，年轻人嘛，男孩子喜欢一个刺激。现在搞成专业的，你说我的心，天天就这么跟着他悬在空中。"

我爸爸说："现在的孩子真是没有办法管了，我承认我在教育孩子上是失败的，老二嘛出家了，老三也弄不明白他到底想干什么，还掉在了钱眼里。比起来，好歹老大还干的是一个正业。"

刘怡说："习德那个行业也能算正业？要是算正业，西蒙的爸妈能那么拼命反对吗？"

"哎呀，姐，你就别提那事了，老大爱作死就让她去作呗，这不，好在她命大，到现在也没死掉。"我爸爸的口气也是无可奈何。

"你还说呢，我在网上查过了，他们崇拜的那个什么明星，四十三岁死的，是跳伞时撞死的。"刘怡一副提心吊胆的样子，"你说罡罡现在也是天天这么跳跳跳，我哪一天不是心惊肉跳的，原来他看上的一个女孩，虽然是我逼着他相亲相的，他倒也满意。本打算给他们订婚了，结果听说罡罡不当公务员了，对方家长就有些不愿意了，再一听说罡罡去做跳伞那个危险运动了，干脆散了，真是跳散了。你看看咱这命，你说咱俩是不是都是喝的一个人的奶，连孩子的命也都是一样的。"

我爸爸没话可说，只能深深地叹了一口气，再叹一口气。

刘怡停下脚步望着珠江，手扶在岸边的栏杆上，那杯甘蔗汁她只是时不时地用舌头舔一舔："按说呀，我们俩的婚事是被妈妈反对掉的。尽管我后来和老何过得也很幸福，但我们应该吸取教训，不要再干预孩子的幸福，你说要是他们两个人真的心心相印，郎有情，妹有意的，和我们当年一样，我这样反对也不好，对吧？可是，我又不能不反对。我也要对得起老何家啊，老何离开德国的时候可是孤儿啊，他家到罡罡这一代也是单传，你让我怎么办？"

"唉，怡姐，我理解你的意思，谁想去妨碍儿女的幸福呢？你也是难呀，习德目前同意了没有？"

"听罡罡说习德至今没有松口，可是罡罡说他不会放弃，这不是要命嘛，他都奔四了。"刘怡很是着急，"你看我们都七十多了，将来他要生个孩子，我都带不动啊。"

听刘怡说我还没同意，我爸爸松了一口气："是啊是啊，我和你一样着急，我们岁数都大了，身体也都不好，这些孩子怎么都不为我们着想，他奶奶更着急，看着看着人就快糊涂了。"其实我爸爸是怕我的事再伤害了刘怡，他总觉得他这一辈子欠刘怡太多了。

"所以啊，我是想和你说，有机会你也跟罡罡谈谈，让他放弃了这个念头，我在美国临走时跟习德谈的那番话看来还是管用的，要不然说不定她现在就已经答应罡罡了。"

"好的，我一有机会就跟罡罡把这个事打开窗户明说，让他不要再想着追习德了。"

天渐渐黑了，那灿烂的夕阳终于把最后一丝光淹没在水里，珠江两岸亮灯了，微风习，水慢流，江面映出花千树，蓦然回首，谁还在那灯火阑珊处？

这个世界真有意思，做什么都有正确的理由。奶奶用一张神圣的纸，扼杀了我爸爸和刘怡的爱情，而现在，我爸爸和刘怡却又在我和天罡之间扎起了篱笆。

64

汽车研究院的新院长是小顺子的儿子李大顺（小顺子说他这一代是小顺，现在时代不一样了，他希望儿子这一代能够大顺），是刘怡和我爸爸说服小顺子把儿子送到德国，去我爸爸母校慕尼黑大学读书，也是学的汽车专业。我爸爸和刘怡资助了所有费用。人生就是这么奇怪，最后竟然是小顺子的儿子接了我爸爸和刘怡的事业。

刘怡早已从研究院的领导岗位上退了下来，现在她和我爸爸都是厂里汽车研究院的顾问和专家委员会成员。他们弄的新能源汽车，现在在国内销得很不错，而自动驾驶汽车的研制工作也在紧锣密鼓地进行。他们现在不仅是有船过了江，他们还在造大轮，准备出远海了。

李大顺院长在门口迎接两位前辈，我爸爸看着身材高大、威武英俊的大顺子，伸手在他的胸前捶了两下，对刘怡说："不管怎么样，我们的事业现在是有了接班人了，开句玩笑，用过去'文化大革命'的话，还是红五类的后代靠得住。"

"是啊是啊，咱们是臭老九。不过臭老九的后代也是人才济济，只是咱两家没有出臭老九了。"刘怡也打趣说。

"看你们两位长辈说的。"李大顺一手挽起刘怡，一手拉着我爸爸，"要不是你们这两个臭老九有远见，我爸爸才不想让我出国读书呢，他一辈子守着我奶奶，就忙着家里的二亩田，想让我接他的班，做烈士遗孤的平方。"

大顺的话，逗得刘怡和我爸爸哈哈大笑。

大顺领着他们参观，向他们介绍研究院这几年的成绩。

看着研究院那敞亮的大楼和一个个专利的产品证书，尤其是听到新能源汽车在国内和国际市场都有不错表现时，两位老人露出欣慰的微笑。

走到研究院历史陈列馆，看到研究院的名人墙上，何时好的照片高高地挂在第一个，我爸爸和刘怡凝神看着何时好那个圆圆脸、笑眯眯的眼睛，两位老人双手紧扣，眼里都泛着泪光。

我爸爸用手轻轻擦去刘怡眼角的泪，刘怡轻轻靠在我爸爸的肩膀上，闭上了眼睛。

名人墙的前面摆着一辆汽车，这是当年吴保长家的三公子，那位值得尊敬的杨副市长，用自己的积蓄买回去的那辆汽车，后来这辆汽车真的成了他们家里的摆设。杨市长去世之后，他的孩子们把那辆汽车捐给厂里，放在了这里。汽车的旁边竖了一个牌子，上面写着杨市长的那句至理名言"摸着石头是过不了大江的"，激励着厂里面的年轻人，要面向未来的惊涛骇浪。

大顺又亲自开着电瓶车，领着我爸爸和刘怡去了那山坡上的老榕树下，满山坡都是干干净净的，开着各式各样的花。

大顺告诉他们，这个纪念亭他爸爸每年都要来刷一次新漆，厂里要接手，他爸爸不愿意，说等他做不动了，这件事再交给厂里面办。

我爸爸说要赶紧趁奶奶还清醒的时候，把奶奶接回中国，上这儿来看一看。他告诉刘怡，他已经订好票了，可是受疫情的影响，航期一直定不下来。

刘怡忽然想起我爸爸的身体："哦，对了，你上次那个血尿，后来好了没有？"

"时有时无的，应该不碍大事。只是最近时常会觉得有些疲劳。"我爸爸认为那是年龄大了，经不得劳累，造成的尿路感染。

"那可不行，在中国看病检查方便，你抓紧去查一下。"刘怡对大顺说，"你马上联系个医生，要快，明天就查。"

很快大顺就给我爸爸联系了当地的一家医院，明天去做检查。

中国确实是方便，医生问了问我爸爸情况，抽了个血，医生一看有一项指标叫PSA，是前列腺肿瘤指标，正常值是小于4，而我爸爸已经是100多了，严重超标。医生皱起了眉头，立刻就安排做了核磁共振，结果核磁共振提示前列腺有异常信号。医生随即要求进行穿刺检查，进一步确诊。

这个也太突如其来了，我爸爸完全没有思想准备。刘怡也紧张了起来，她毕竟是家里有过癌症病人的，知道这个病太凶猛了。

我爸爸还有点犹豫，说能不能等把奶奶接回中国来，安顿好再做。刘怡不同意，坚持立刻穿刺进行确诊，其实刘怡心里很害怕，何时好如果当时早一些发现，或许还能让生命延续得久一些。

我爸爸拗不过刘怡，隔天上午就去医院做穿刺检查。

前列腺穿刺的确是很痛苦的一项检查，是从会阴部做穿刺，要连续扎十几针，麻药几乎不起作用，每一针都是钻心的疼痛。

我爸爸走出检查室时脸色苍白，弯着腰一步一步地挪着脚步，刘怡看了很心疼，她和天罡两个人赶紧扶着我爸爸坐下休息。

穿刺结果要到第二天才能出报告，而当天晚上我爸爸就开始出现严重的血尿，那是穿刺造成的，而且由于失血过多，还出现了头晕的现象，走路都有点踉跄。

到底是不是癌，我爸爸和刘怡反反复复地讨论，总觉得像又不像。

在手机的APP上就能查到结果，但等待检查报告是一个痛苦的心理煎熬过程。刘怡不让我爸爸自己去看结果，她安排我爸爸在屋里休息，而她自己却不时地偷偷在手机上一遍一遍地刷屏，等待报告的出现。刘怡心里紧张极了，按说她经历过何时好得癌症的那个过程，应当有一些心理承受力。可是正因为她经历过那个过程，她才懂得癌症的可怕。痛苦的治疗过程，痛苦的心理折磨，到后来，一圈折腾完，人还是走了。在刘怡的眼里，何时好是亲人，我爸爸也是她的亲人，如果两个亲人都得了这样的病走了，对她的打击实在是太大了。

而我爸爸始终觉得他不会得这个病，尤其是现在他想把奶奶接回中国来养老的这个关键时刻，他不能倒下，他不能出什么意外，太多的事情在等着他去安排。

等待结果，等待命运的判决。

在刘怡无数次的手机刷屏之后，那个报告终于出来了，刘怡看到那个报告如同五雷轰顶，果然是前列腺癌，已经是比较严重了。

我爸爸看到刘怡流着眼泪走进他的房间，就已经明白了一切。当他知道命运之神在跟他作对时，反而平静了。他拉着刘怡的手，让刘怡在床沿前坐下，问："死神离我还有多远？"

刘怡哭得像泪人，天罡在一旁埋怨她："妈，你就不要再哭了，连叔叔这会儿心里已经够难过了，你再这样子哭，不是更让人揪心吗。"天罡安慰我爸爸，

"前列腺癌只要发现得早，还是有治的，不要那么紧张，我这就给你去联系医生，找广州最好的医生做手术。"

当时疫情在全国已经很紧张了，很多医生都抽调去武汉支援了，所以医院的人手也很紧张。但天罡动用了他所有的关系，没两天就安排我爸爸住进了医院。

手术前的检查结果非常不妙，不仅是前列腺癌晚期，而且已经转移到肝脏和肺部，手术完还要做化疗。

我爸爸病情的严重性超出了刘怡的估计，她劝我爸爸，美国的医疗水平高一些，要不要回美国去治疗。其实刘怡的潜台词是我爸爸这个病很可能也拖不了多久了，还不如赶紧回美国，万一"那个"了，有家里人陪在身边。何时好那时不管怎么样，走的时候，她和天罡都在身边。

我爸爸摇了摇头："我相信中国。"我爸爸还故作轻松地说，"在这光荣了，也算是落叶归根，魂归故里了。"

我爸爸的意思是他得病的消息暂时不要告诉家里，告诉了家里，现在他们也没办法来中国，只能是干着急。

可刘怡觉得此事关系重大，不能不说。刘怡毕竟经过了何时好的病，知道这个病会发展得很快，万一几个月后人就没了，那还不后悔死。

我爸爸说："那就先告诉老大吧，让她把控着和家里说。"

刘怡拖着哭腔给我打电话，告诉了我爸爸的情况，我脑袋顿时就蒙了，手机都吓得掉在了地上，太突然了，完全没有心理准备。我真想立刻飞回中国去，可我是插翅难飞，中美之间已经停航了，只能拜托刘怡照顾好我爸爸。

刘怡把电话递给了我爸爸，听到我的声音，爸爸有些哽咽，他说："老大呀，我这事来得太突然了，我也不知道还有多久，好在奶奶的养老房已经买好了，也算了了我一个心事。我的病就不要告诉奶奶了，她年龄大了，受不了这个打击。疫情一过，你就替我把奶奶接到中国来。你也过来，多陪她住些日子。唉，奶奶也是过一天算一天的人了。"我听到了爸爸哽咽的抽泣声。

其实我们做极限运动的人，对死亡是有心理准备的，但那是对自己，面对死神来找到爸爸的时候，我的心实在是太沉重了。我知道爸爸这会儿需要安慰，所以我强忍着难过对他说："爸，你会没事的，我早就给你买过免死险了，就像你给我买过一样。"

我爸爸笑了一声："好吧，有你买的这个保险，我一定等到疫情过后，你们到中国来，大家团聚。"

我接着又拨通了天罡的电话，他正在忙着安排爸爸手术的事，我让他对我说实话，我爸爸这情况还能坚持多久？天罡安慰我，说我爸爸的情况应当比他爸爸那会儿好，应当能拖一段时间。我问，一段时间是多少？天罡说，说先看手术，手术完了以后再看化疗放疗的情况，先看一年吧，关键还要看他的身体基础和心理，千万不要再有什么事刺激他，让他心情好，这是最重要的。

我说："天罡，我又回不去，这事只能劳你的大驾了。"

天罡说："你就放宽心吧，连叔叔和我们家又不是一般的关系，妈和我自然会全力以赴照顾的。再说，说不定他还是我的岳父呢。"

我说："你这个家伙，到这会儿还要开玩笑。"

"谁和你开玩笑了，我这是正经话，你爸这会儿最想什么，我不说你也能猜得出来，你赶紧答应我吧，让你爸高兴一下，病就好了。"

我心里咯噔了一下。

祈求爸爸手术顺利。

65

我决定要召开一个家庭会议,很认真地通报和研究一下爸爸生病的情况。

我没有提前和妈妈打招呼,第二天下午把弟弟和妹妹全紧急召回家来。

妈妈看我们三个人不过年不过节的,全都回来了,也吓一跳,问我出了什么事。

我们三个先跟奶奶打招呼,然后让妈妈先把奶奶扶到屋里,让她看电视,还把电视机的声音开得很大,然后我招呼大家在客厅坐下。我通报了爸爸的病情。

妈妈一听就急软了身子,瘫在沙发上:"好好的,怎么说得病就得病了,会不会查错了。"

我告诉妈妈已经做过活检了,确认是前列腺癌,而且很可能已经是晚期,出现了转移征兆。刘怡和天罡已经在开始着手安排做手术了。

妈妈眼泪唰唰地掉,紧张地靠在沙发上,脸色发白。按说她是在老人院里面工作的人,见过太多的老人生病,也送走过太多的老人。但当听到自己亲人这个消息的时候,她还是忍受不了。我和妹妹又是掐人中又是抹胸口的,弟弟又倒水给她喝,半晌,她才缓过神来。

"不行,我要立刻去中国。"妈妈急切地说。

妹妹说:"去不了,中美之间的飞机都已经停飞了。"

弟弟问:"这事要不要告诉奶奶。"

我说:"废话,这事能告诉奶奶吗?爸爸千万关照,不能让奶奶知道,她那么大岁数了,万一要是弄清楚爸爸这会儿生了这么一个病,那还不急死啊。"

"那怎么办呀,他一个人在那,得这么大的病,身边没有一个亲人,那心里该多难受呀,还要做手术,又没人照顾,哎呀,这真是急死人啊。"妈妈急得直拍大腿。

"好在还有刘怡和天罡照顾爸爸,要不然真是难办。"我安慰妈妈。

"刘怡有什么用啊,到这个时候亲人最重要,我是他老婆。我在老人院不知道吗?到了这一会儿,有老伴的不能来,那心里别提多难过了,哎呀,你爸也真是命苦呀。"妈妈说着就拿起电话，"不行，我现在就要给你爸爸打电话去。"

妹妹说："妈，你先别着急，想好了再打，就你现在这个心情打电话给爸爸哭哭啼啼的，不就是增加他的心理负担吗？"

我说："既然我们都觉得爸爸现在身边最想有亲人，可是我们又都回不去，不如我们拍一个短视频，说一些鼓励他的话，给他发过去。"

妈妈一听，说："这个主意好，还是老大想得周到。"妈妈夸奖我。

妹妹双手合十："善哉，善哉。我再去写几个字，大家拿着在视频里展示。"

弟弟也觉得这是个好想法："大姐就是大姐，想什么事都比咱想得技高一筹。"

妹妹拿出纸墨，那纸是过年给别人写对联的纸。妹妹挥毫泼墨，写下了"我们爱你""战胜病魔""你是最棒的""我们等你回来"四张条幅。然后我们一人拿一张，先在屋外以我们家的房子为背景给爸爸录了一段视频，又在家里客厅里录了一段。我们原来商量大家一起只说这四句话，到最后妈妈还是忍不住补喊了一句"老公，我爱你"。一听妈妈多了一句话，我们也跟着喊："老爸，我们爱你！"

这个视频也确实给爸爸很大的精神鼓励，天罡说，爸爸在进手术室动手术之前，一遍又一遍地看，进手术室时还雄赳赳气昂昂地唱了几句："大刀向鬼子们的头上砍去。"

拍完了视频，大家的心情也平静了一些，坐下来开始商量爸爸的这个病，能不能在美国找一点治疗方案。

妹妹学的是生物医学专业，而且她的专攻方向是癌症。她当然知道这个病的厉害，尤其是听说已经出现肺和肝转移了，她心里比我们更着急，只可惜她已经离开科研岗位太久了，这会儿也想不出来其他的招。她说一会儿去找几个过去的同学和老师问问，看看现在美国有什么好的医疗方案，可以推荐给中国的医生。

弟弟问我："爸爸这病能拖多久？"

我有些沮丧地回答："不好说，几个月，半年，还是一年，现在都说不准。"

弟弟说："那我们得要抓紧把家里的事商量一下。"

我奇怪地问："家里有什么事商量？"

弟弟说："姐，我的意思是说，爸爸现在病得这么重，咱家有些事是不能回避的，比如说这个财产该怎么处理？"

我一听就火了，说："你这找打的家伙，现在不想着怎么想办法给爸爸治病，反而想着要处理家产了。你说什么浑话，爸爸还没死呢。"

"姐，我说的都是实话，等爸爸死了好多事情就来不及处理了，趁现在爸爸还清醒，有些事咱必须说说明白。"

"你这是什么意思呀？咱家还有哪些事要说明白的。"妈妈也挺生气的。

"什么意思？这不很明白啦，爸爸真要是一走，这家里就没有主心骨了，奶奶也老糊涂了，到底这个财产怎么分配？钱怎么分配？"弟弟说着又瞟了妈妈一眼，"爸爸这一趟去中国，是不是给奶奶买养老房去了？那房子放在谁的名下了？奶奶这么大岁数了，将来的房产怎么处理。如果将来奶奶也过世了，那房子卖了以后，钱又怎么拿回美国来？这些事爸爸是不是应该现在给我们说清楚？"

我瞪了妈妈一眼，看起来爸爸回国买房子的事，她又没有抵挡住弟弟的胡搅蛮缠，泄密了。

弟弟接着又对我把手一伸："还有你，赶紧把爸爸那个汽车火花塞给我，我得把爸爸的汽车开去估个价，趁爸爸还活着，看是估得高了，还是估得低了，爸爸可是行家。不要爸爸真走了，你们怪我把汽车卖得便宜了，我可担不起那个败家子的责任。"

我前面听弟弟唠叨时，就一直强压着怒火，几次想发作都忍住了，听到他竟然借机跟我要汽车火花塞，不知为什么，那火腾地一下就冲上了头，就仿佛那汽车被火花塞点着了火："你这个臭小子，这会儿说的还是人话吗？你就想到钱钱钱，财产，财产，财产，你怎么不想想，爸爸这个病怎么去治，跟你二姐一样去打听一下美国有什么好办法。"

我彻底爆发了。那天陪爸爸喝酒时，爸爸说他偷开密码箱的事，我就恨不得要揍他，后来他回来跟妈妈闹，又和奶奶说小巴赫回信的事，妈妈告诉我时，我恨不得捶扁了他。以前他搞那个"一个美国僧尼的伤心泪"时，我就想教训他，今天我回来跟他们讲爸爸生病的事，他居然在这个时候去关心爸爸死了，家里财产怎么分配，还借机跟我要汽车的火花塞。是可忍，孰不可忍，这个孽障，今天我非要捶他，否则他出门，下一个被雷劈死的就是他。

我抄起客厅的那个棒球棍，二话没说就朝他头上砸了过去："来，这就是火花塞，我给你！"

弟弟没想到我会有这么一招，爆发得这么激烈，虽然用手挡了一下，但还是没挡住，额头被我砸破了，鲜血直流。他捂着头，疼得嗷嗷叫，鲜血从指缝往下流。

妈妈和妹妹都吓坏了，拼命地拉住我。

我大声吼着："你们别拉着，今天我要打死他，大不了我去坐牢，枪毙我也认了。咱家不能留他这个不忠不孝的浑小子。"

弟弟从来没见过我这么凶，别看他人高马大的，这会儿也确实被我吓住了，捂着头在房间里乱窜，拼命地躲，喊妈妈救命。他看妈妈挡不住我，就推开奶奶的房门，冲进去，扑到奶奶怀里，大声喊："奶奶救我，姐要杀我。"

奶奶一看弟弟满脸是血，吓坏了，又看我拎着棒球棍在后面跟着，赶紧朝我抬起手："你这个作死的老大呀，这是闹什么啦？你要把你弟弟打死吗？"奶奶这一会儿是被吓的还是怎么的，显得特别清醒。

不知为什么，我一看到奶奶，顿时手就软了，扔了棒球棍，抱着奶奶号啕大哭："奶奶，爸爸生病了。"我也不知道我为什么会在这个时候冒出这句话。

"哦。"奶奶说，"又感冒啦？让他好好吃药，我等着他带我去保定府呢！"

奶奶的话把我们的眼泪全戳出来了，我们几个这会儿围着奶奶一把眼泪一把鼻涕地号啕大哭，怎么也忍不住，把奶奶给哭得莫名其妙。

弟弟借机逃脱了，捂着头开着车就跑了。

不一会儿，一辆警车开到我家门口，下来了两个警察："谁是连习德？"

"我是。"我估计到是什么情况了，迎着警察站起身，伸出双手，那意思很明确，把我铐起来吧。

"有人告你伤害罪，我们要带你走。你可以保持沉默。"那两个警察例行公事般地嘴里叽里咕噜地说着。

大家都没有想到，弟弟居然去警察局告了我。妈妈是又气又恨，她拦着警察，不让警察把我带走，然后给弟弟打电话，想让弟弟撤诉，可是弟弟电话已经关机了，妈妈气得把手机扔了。

妹妹也给弟弟打电话，电话还是关机的。

我说："你们不用给他打了，人是我打的，我一人做事一人当。"

眼睁睁看着警察把我塞进警车，妈妈又气又急，直跺脚。

我被扔进了警察局临时关押嫌疑人的铁笼子里，可是我心里一点都不怕，也不后悔，这个弟弟早就该教训了。爸妈就是下不了狠手，才有他今天这个模样。我想起上次弟弟被警察局抓进去放回来的时候，妈妈只是拿着一卷报纸在他头上不疼不痒地敲几下的情景，我把头靠在了铁笼子上，铁笼子的冰凉让我的心平静了一些。说真话，我这会儿稍微有一些后悔，爸爸出了这么大的事，家里现在把我当成主心骨了，我却一时冲动，自己蹲了监。万——时半刻出不去，爸爸要知道了，该多着急呀，想到这里我眼角流出了泪。

大约过了两个小时，值班的警官来找我了。

竟然还是那个喜欢跳伞的警官。

他一看到我就乐了："连教官，你说你们家的事真多呀。前面是人家告你弟弟强奸，你来救弟弟。后来你爸又来报案，说是家里的文物被人偷了。这一次是弟弟告姐姐故意伤害。有趣，真有趣。"那个警官，对我又是撇嘴，又是扭脖子，又是耸肩，最后朝我一摊手。

这个警官早已经是我的朋友了，他已经几次到我们俱乐部去跳伞，和我已经很熟了。

他拿出纸开始做询问："你为什么要打连圣训先生？"

我说："他说混账话。"

"嗯，说混账话是要打。"那警官笑了。

"你可知道打人不对？"

"我那弟弟该打。"

那警官摇摇头："No，No，这儿你要说打人不对。"

"好吧，打人不对。"我不情愿地说，"实在是太气人了。"我还想解释。

那警官摇摇手不让我解释："你是拿什么打他的？"

"棒球棍。"

"打他哪儿的？"

"打头。"

那警官摇摇头："不对，你打的是屁股。"

"我明明是打的头呀。"我纳闷地看着警官。

"据我们了解，你是打的他屁股，他跌倒了，头是撞在茶几玻璃上划破的。你妈妈为你做证，你妹妹也为你做证，你妹妹是出家人，不打诳语的。所以，你这个不属于故意伤害。"那警察朝着我挤挤眼。

我明白了，苦笑了一下。

"家务事以后别动不动就报警。"那警官打开我的手铐，"连教官，开春我就再去找你跳伞。"

走出警局，妈妈和妹妹在外面等我呢。

见我出来，妈妈上前一把把我紧紧抱在怀里，好像她一松手，我马上又会被警察抓回警局似的，她声音哽咽地在我耳边说："老大，这会儿家里不能没有你呀。"

妹妹朝那个警官双手合十："善哉善哉，阿弥陀佛！"

从此我们家和弟弟断了联系，妈妈再也没有给他打过电话，弟弟打过来，妈妈也不肯接。

估计弟弟也是恨死我了。

66

沈先生和我爸爸住一个病房。

沈先生和我爸爸是一样的病，都是前列腺肿瘤。他的岁数比我爸爸起码年轻十岁。可是他太有福气了，他有三个孩子，和我们家一样，头上生两个女儿，最后生了一个儿子。

沈太太是一个很能说又很会显摆的中国大妈。她颇为得意地给我爸爸炫耀，她这三个孩子有两个是超生的。为了能生一个儿子，当年他们在外面东躲西藏，到处流浪。就和电视里面演的那个小品《超生游击队》一样，两个人天南海北，躲躲藏藏，吃了不少苦头，不过现在来看，吃的那些苦都是太值得了。她听我爸爸说，我们家三个孩子都在美国，她显得不屑一顾。她说她身边有很多朋友挣点钱就把孩子送出国去。他们两口子坚决不让孩子出国，就让他们守在自己的身边。现在他们大女儿、大女婿都是中学教师；二女儿在一家科研院所，二女婿是公安；小儿子特别争气，在政府机关做公务员，已经做到科长了。大女儿和二女儿都有孩子了，小儿子恰好是在沈先生手术那天生了一个大胖小子。从手术室出来，麻醉退去，刀口很疼，可沈先生听说小儿子生了一个大胖小子，倍感安慰，高兴地向我爸爸跷大拇指，得意地夸奖儿子有用。

这次沈先生生病，他们一家是轮流过来伺候，除了儿媳妇在家坐月子，女儿女婿全上阵。全家是分工明确，轮流陪护，有买菜的，有烧菜的；有白天陪的，有晚上陪的。整天就听到沈太太拿着电话指挥这个，指挥那个，布置各种任务，俨然像是统帅着千军万马的将军。一会儿是"老大，你明天给你爸炖个鸽子汤"，一会儿是"老二，你明天烧条黑鱼汤来，黑鱼补伤口"。每天晚上谁来病房陪护，她也亲自排班。

沈太太倒也是个大方的人，见我爸爸只有刘怡和天罡在轮流陪伴，尤其是看到只有刘怡一个人天天辛辛苦苦地烧一点东西带过来，晚上都是天罡一个人在这儿陪床，也很心疼。她经常让家里也给我爸爸捎带一点点汤汤水水的东西过来，也关照他们家的孩子，晚上如果天罡太累了，换个尿袋、记个流量什么的这样简单的事，就不要叫醒他，带着做一下就可以了。

沈先生一家让我爸爸羡慕得流口水。其实沈先生一家的生活，正是我奶奶和我爸爸他们所向往的，我爸爸看到沈先生一家和谐幸福，想到自己家的事，难免心里有些苦楚。在医院除了生理上要承受病痛之外，还得承受沈先生一家给他带来的心理上的刺激。幸亏有刘怡和天罡陪着，要不然爸爸在病房里的日子真不知道该怎么度过。

刘怡也对沈先生一家羡慕得直咂嘴，时不时地训几句天罡，说："你看人家的儿子也干公务员，干得多好，都已经升科长了，可你好好公务员不干，非要跑去做那个冒险的事。"

我爸也借机劝天罡放弃那份冒险的事，赶紧找个人结婚，生个孩子，让刘怡也享享天伦之乐。

沈先生是搞工程的包工头，一聊起来还真是有缘分，当年建纪念陵园的那个乱坟岗，他在那里开挖掘机，背后的故事他也知道不少。听说我爸爸就是那个亭子里面死者的后人，那是唏嘘万分。两人越聊越近。沈先生是大老粗，没什么文化，说话也直来直去，口无遮拦。

沈先生对我爸爸说："按说那么多人保佑你，你应该命硬才对啊。你怎么也会得这个病呢？我呢，就不说了，这几年搞建设，扒人家坟头，挖人家祖坟多了，沾了不少阴气，哪能有好报？"

我爸爸笑笑："你就知福吧，看你这儿女成群的，都羡慕死我们了。"

有一天，趁着屋里没人，沈先生和我爸爸讨论，如果他们这个病没治了，没几天就死了，有什么后悔的。

爸爸说："你家里从上到下这么幸福圆满，应该没有什么可后悔的事了，你最多也是后悔少享受了几年天伦之乐而已。"

沈先生摇摇手，用手捂了半个嘴巴，神秘地对老爸说："我要是现在就走了，后悔性生活太少了，整天在外面东跑西颠的，忙挣钱养家糊口的，常常是半年才能有一两次。人家说得这个病，性生活少了是很重要的原因。"

我爸爸听了哈哈大笑。

沈先生一本正经地说："你别笑呀，你说要真是因为这个事少了，我才得了癌，你说我这男人做得是不是冤枉呀？你说挣钱为什么？"

我爸爸又哈哈大笑了。

沈先生说："你就别笑话我了，你有什么后悔事说出来我听听，说不定我也笑话你呢？"

是啊，人生有什么后悔的事呢，沈先生的话倒确实触动了我爸爸。要说后悔，他这一生确实有很多后悔的事，奶奶也许也有许多后悔的事，但是后悔又有什么用呢，人生不可能因为你后悔就可以让你重来。这几十年人生的一幕一幕，像快速回放的电影一样，在爸爸的脑海里迅速地过着，最终他想到了古莲项链，连家已经是三代单传了，还不知道在奶奶闭眼之前，能不能看到第四代。想到这里，他深深地叹了一口气："唉，我要是现在就死了，唯一后悔的就是我希望的那场婚礼没有能够到来。"

沈先生一听大笑起来："你看你，婚姻不如意？想老情人了。刚才还笑话我，根本上你还是想到那点事吧。只是我是粗人，说话直截了当，你是有文化的人，说话曲里拐弯而已了。彼此彼此，咱俩一样。"说吧，仰面大笑，笑得刀口疼，还用手摁着。

我爸爸说："我是后悔没有看到我孩子们的婚礼。"

沈先生和我爸爸的这段对话，正好被刘怡、天罡和沈太太在门外听到，他们原本要进屋来的，听到两个男人在里面谈后悔的事，沈太太就把他们拦在了门外，然后贴着耳朵去听沈先生说他后悔的事。

此刻沈太太气哼哼地走进病房，一手叉腰，一手戳着沈先生的脑门说："你就是个老不正经的，我给你生了三个孩子，家也没用你管一天。我在家里累死累活，像个老黄牛一样地伺候你们全家，你整天满世界地在外面跑，四处潇洒，还少了你？"

"那可不。"沈先生很认真地说，"我在外都是给你们挣钱的，规规矩矩的。"

"得了吧，要不是看你生病，我劈头盖脸就给你几巴掌。"沈太太手叉着腰，嗓门很大，还一脸委屈样。

而天罡这时把刘怡拉到走廊里，压低嗓门："妈，我刚从医生那里过来，连叔叔的病很重，肝上的肿瘤和肺部的肿瘤，目前都没有办法手术，后面的化疗人也会很痛苦，医生估计拖不了太久。"

刘怡一听立刻湿了眼睛："唉，这是怎么了，他和你爸怎么是一个命呢？是不是我克夫啊？"

"妈，你瞎说什么呢？"其实天罡听到刘怡说出"克夫"两个字，心里也是一颤，他深深地明白了我爸爸在刘怡心中的地位。

"你跟医生说，无论如何也要拖住，不能像你爸那样，三个月就没了，要拖到他家里的人从美国过来，千万不能他走的时候，连一个亲人都不在身边。这个疫情真是讨厌，早不发生，晚不发生，偏偏在这个时候，真让人着急啊。"刘怡急得在走廊里原地打转转。

"妈，有个事我想和你商量，你听到连叔叔刚刚的那番话了吗？听得让人心酸。是啊，人家沈先生家三个孩子个个都有了后代，整天在膝下绕着，连叔叔这个刺激不小呀。"

"可不是嘛，你说怎么会跟他们家住在一个病房，这个刺激连我也受不了。"

"妈，咱不能怪人家。我有个想法不知道对不对，我想趁连叔叔在世，我和习德把婚礼给办了。"

"你真的要和习德结婚？"刘怡吃了一惊，"这个不行，这个不行，这可是大事，原则问题。"

"妈，你不要着急嘛，你听我说，我们搞一个婚礼给连叔叔看，以后的事咱以后再说嘛。"

"哦，你是说搞一个假婚礼？"刘怡有些惊诧。

"那怎么办呢？你还在反对我和习德的事，等到我把你工作做通的时候，连叔叔可能早就撒手西去了，那时他真的会很后悔的。"

刘怡有点心动，但还是在犹豫中。

"妈，你就这么想，咱们这个婚礼啊，就算是给连叔叔治病，让他心情好，你又不是不知道，爸爸得病的时候医生就说过，癌病治疗最重要的就是心情要好，心情好了，就能增强抵抗力。"

刘怡听说就当作给我爸爸治病，有些松动，但还是没忘了给天罡敲警钟："孩子，不是妈一定要反对你们两个人的事，你看，你爸走得早，妈就一个人，如果你真的出了什么意外，你让妈还过不过了？你现在一个人就已经让妈提心吊胆的了，如果你再和习德两个人整天在天上跳过来跳过去的，你们跳得像大神，可妈这心早晚给你们跳残了。"

"好了，妈，那是后话，咱以后再说，先忙眼前的事好吗？"天罡打断了刘怡的叨叨。

走进病房，天罡摆出一脸高兴的样子对我爸爸说："连叔，我快要叫你岳父了。"

我爸爸很惊诧，看了看刘怡："你们这是演的哪一出戏呀？"

"不是演戏，告诉你，我妈同意我和习德的事了。"天罡说着还朝我爸爸得意地打了一个响指，"现在就看你的意见啦？能不能看得上我这个女婿呀？"

我爸爸又看了刘怡一眼："怡姐，你真的同意了吗？你是因为我的病才让步的吧？咱们不是说好了吗，不能答应他们的事。"

"是说好了，可是怎么办呢，事到如今，我也没法反对呀？要硬是拆散他们……唉，不说了。"刘怡的话是吞吞吐吐，欲言又止。

我爸爸拉起刘怡的手："怡姐，你真的是同意了吗？"

刘怡还想说什么，天罡在旁边捅她一下，刘怡只好赶紧点点头。

我爸爸虚弱的脸上露出了一丝微笑："怡姐啊，其实我内心也不反对他们的事，再说，罡罡是个好孩子，打着灯笼都难找啊。我生病这一段时间我可看出来了，我要是有这么一个女婿，梦里都能笑醒了。这样吧，我来跟老大说说，让她结婚以后就别跳了。"

刘怡一听我爸爸说这话，眼睛一亮，心里想，这倒还真是个思路。我爸爸这会儿得了这么大的病，我也许是会做一些退让的。想到这，刘怡来了精神："那好呀，要是这样，那真是我们两家的大幸啊！习德这孩子我原本就挺喜欢，就是爱冒险这事，让人不放心。"她转过身对天罡说，"罡罡，要真的是那样，咱们办一场隆重的婚礼，规模搞大一些，婚房我早就备好了。"

我爸爸使劲点点头："好的好的，就在中国办，把奶奶也接过来，所有的人都来，哎呀，真到那一天，我就是走了，也是笑着的。"

"你瞎说什么啊？"天罡对爸爸说，"医生说，你这个病，只要配合治疗，日子久着呢。"

刘怡也说："对，配合治疗，心情要好，这个病一定是要心情好。"

那个沈太太在一旁听到了他们的对话，也跟着开心，一扫脸上先前的不高兴，两手一拍，手舞足蹈："我早就看出苗头来了，你们两家孩子一定能成婚。"她拍拍天罡的肩膀，"这孩子能生儿子，你看他的身体，杠杠的，像头牛。"

沈先生踢了沈太太一脚："呸，你真不会看人，这孩子像牛吗？他分明就一匹汗血宝马。那马我在新疆见过，乌黑发亮，浑身都是肌肉疙瘩。跑起来嘚哒，嘚哒，嘚哒，那蹄子抬老高的。"

刘怡笑了："去去去，给你们这么一说，咱家这儿子也就是做牛做马的命啊。"

我爸爸和天罡也乐了，我爸爸伸出手和天罡击了一个掌，天罡说当时我爸爸眼里满是幸福的光。

67

那天我的电话快被打爆了。

先是天罡给我打过来，他把和刘怡商量的事告诉我，准备和我搞一场假婚礼，让爸爸开心，了却他一个心愿。

这有点出乎我意料，但是我很快就猜出来天罡的用意，我说："你是不是想假戏真做？"

天罡惊讶地说："你真是太聪明了，我就是那个意思，婚礼搞得热热闹闹的，到那个时候生米做成熟饭，满世界都知道我和你结婚了，妈想反对也不可能了。"天罡的语气里透着小聪明。

我说："那可不行，我们不能这样子骗你妈，她知道了，会很伤心的。"

天罡说："那如果办一场假婚礼，到后来，搞得满城风雨，最后婚礼过后，咱俩散了，到那时我妈在朋友中也是很丢面子的，是不是也会很伤心？"

是啊，所以我认为这场假婚礼就不能搞。

天罡见我反对，急了说："这事已经跟你爸爸说了，他也同意了，如果这会儿再说不搞婚礼了，那意思就是说我们俩不结婚了，那你爸爸听了会很难过呀。"

我有些不高兴，怪天罡做这么大的决定，也不先和我商量。

天罡急忙和我解释，特别是告诉我爸爸的病情和医生的判断。

听说爸爸的病情这么严重，我心里也真难过，但是我还是没有办法接受一场假婚礼，满足了爸爸，伤害了刘怡，我不愿意，我不能做这样的事，奶奶要是清醒的话，也一定会反对。

刚放下天罡的电话，爸爸的电话就进来了。

爸爸的语气虽然虚弱，但明显很开心。他告诉我手术很顺利，后面就要开始做化疗了。他跟我描述了同病房沈先生家的事，说这一家人真是过得太幸福了。不过我听得出他的口气，既羡慕又有些酸溜溜的。最后他开心地告诉我，刘怡不反对天罡和我的事了。

"刘姨为什么不反对了？"我故意问。

爸爸想了想说："你刘姨也不是一个那么封建古板的人，想开了呗，觉得不应该去反对儿女的婚事，让子女婚姻不幸福。其实我心里也是这么想的，但是呢，你做的这个职业，我也确实觉得有些冒险。所以你刘姨反对，我也就跟着反对了。现在她松口了，我还有什么反对的理由呢？再加上天罡这孩子这么优秀，这些日子照顾我，真是细心。看得出来他将来也会对你很好的，你们将来会很幸福的。"

我又故意问："爸，刘姨会不会是因为看着你生病了，才故意放我们一马，要满足你的心愿。"

"不是这样的，我问过她几次，她肯定说不反对你们，跟我生病无关。我估计，她就是琢磨着她和我当年没能到一起，是个遗憾，现在，她终于想开了，不想你们再有这个遗憾。当然了，你要说和我病一点关系都没有，也不可能。说不定呢，她也是看到了我生病，想到自己也老了，不要再做妨碍儿女幸福的事。"

"那刘姨对我就没有什么要求？"我问。

"刘怡真的什么要求都没有提。不过呢，爸爸对你有一个要求，既然你刘姨这么想得开，我们呢，也要为人家着想，她家就这么一个儿子，她自己的父母亲到现在也找不到，何伯伯又走了，何家到天罡这一代也是单传，你说你能不能就不要再跳了，好好过日子，也给人家生个胖儿子，现在政策好，中国可以生三个啦。"爸爸苦口婆心地对我说，一副要知"刘姨之恩"，图报何家恩的意思。

我真不知道该怎么回爸爸的话，是啊，要我放弃我一生的爱好、事业的追求，我心有不甘。可是爸爸现在这个状态，他的心愿我怎么违呀？

爸爸又使劲表扬天罡，说他这次生病全靠天罡忙前忙后的，特别是手术过后那几天，他天天在这值夜班，可真是把他累坏了。

我跟爸爸开玩笑："你是不是因为要感谢天罡照顾你，就要把我做礼物送个人情？"

"啊，这个，你这个作死的老大，净瞎说，沈先生家里的人都表扬他比儿子还亲啊。"爸爸说天罡是个可以托付的人，我嫁给他，将来一定有福享。

我跟爸爸说我要考虑一下，爸爸着急了："考虑什么啊，别考虑了，我还有几天时间等你考虑呀。"

放下爸爸的电话，刘怡电话又打过来了。她先告诉了我爸爸的病情很严重，可能时间拖不了太久，接下去她告诉我天罡要为爸爸办一场婚礼，她同意了。

我说："刘姨，你知道天罡要办的是一场假婚礼吗？"

刘怡说她知道，但是她同意了，是为了我爸爸的心愿。

我说："刘姨，我不能同意，这对你太不公平了。"

刘怡笑笑说："假婚礼是有点不好。不过，你爸说，要做做你的工作，让你不跳了，真那样，这个婚礼不就能成真的了吗？"

我大概有点闹明白了，刘怡开始是同意我和天罡办一个假的婚礼，让爸爸高兴，了一个心愿。而爸爸信以为真，感动刘怡让步，主动提出来做我的工作，让我放弃极限运动，刘怡乐见其成。如果我真的放弃了，刘怡自然就能够接受我，她原本也是喜欢我的，只是因为我的职业不如她的意。

可我要真放弃了，天罡怎么办？他喜欢我，是因为我和他有共同的志向。我怎么办？我喜欢天罡，也是因为天罡和我难得志同道合。结婚了，我们就都不跳了？

放下刘怡的电话，妈妈的电话又追过来了，我真的是受不了了。

妈妈说她刚刚给爸爸通了电话，爸爸这两天的情况还不错。爸爸很开心地告诉她，刘怡同意我和天罡的婚事啦，爸爸心情很好，还得到了医生的表扬，说正在和刘怡商量怎么去办这场婚礼呢。

妈妈说起话来，常常容不得别人插嘴，妈妈说："天罡这孩子我看着就喜欢，又是中国人，你奶奶肯定没有意见。再说你爸和刘姨没能成，现在他们的孩子能够成个亲，对奶奶，对他们也算是一个安慰吧。我和你爸观点一样，既然你刘姨同意了，你也就做点牺牲，不要再跳了。"

"妈，你能不能听我解释一下。"我想插话。

"解释什么？整个事情的来龙去脉我全清楚了，你那点心思我还能不知道？妈妈也妥协了一下，你要跳也可以，先给人家生一个小子，以后你再接着跳，也算对得起刘姨对你爸的这一片好心、一片好意了。你刘姨嘴上说不是为了你爸爸的病才同意的，其实还不就是因为看着你爸爸病重才松口的嘛。哎呀，她真是个好人啊，菩萨心肠。知恩图报，你就按妈妈的意思办吧。"

我还和妈妈怎么解释呢，妈妈连我的出路都给我想好了，先给人家传宗接代，过后想干什么，后面再说。

我到底是不是该妥协，我想起了那一次我和天罡说的话，有时候人为了这个家，是要做一些妥协的，西蒙就妥协了，难道现在也轮到我妥协了吗？

妹妹的电话又来了，我要崩溃了。

这个佛门子弟，今天居然也劝我退让一步，说现在唯有我退让一步，才能换来皆大欢喜的局面。还说，所谓缘，就是圆，圆了大家的意，也是随缘。

现在我到底该怎么办？

天罡希望弄假成真。

刘怡也希望弄假成真。

爸爸更是当真了。

妈妈叫我先还人家的情，给何家生个胖小子。

奶奶在有生之年能看到我结婚，或许还真能看到我生孩子。

妹妹叫我随缘。

天上的爷爷，你告诉我到底该怎么办？

天罡又来电话了，我真的要疯了。

他说这个婚礼现在不办是不行的，他妈妈和我爸爸两个人十分兴奋和开心地在商量婚礼的事。医生很开心，我爸爸能有一个好心情配合治疗，所以天罡也希望我妥协，同意搞这场婚礼。

妥协，什么叫妥协？所谓妥协，从字面上看，就是参加协商的各方，能获得一个妥当的结果。

属于我的妥当结果是什么？

从不吃安眠药的我，那一晚上我吃了两颗安眠药，仍然无眠。

68

我正在空中带跳伞，忽然对讲机传来营地塔台急促的呼叫，让我立刻下来去指挥室接圣训的电话，弟弟有万分紧急的事找我。

自从那次弟弟被我打之后，他再也没有回过家。家里也切断了和他的联系。妈妈的态度很坚决，他要是不痛改前非，绝不让他回家半步，我们家就算没他这个人了。这一次妈妈表现得很好，虽然偶尔也念叨几句，但熬住了，没有主动联系弟弟。有一次弟弟给妈妈打电话，妈妈硬咬着牙看着响铃没有接，等她想接时，那头弟弟也挂了。后来弟弟也没有再打过电话来，他仿佛是真的从我们这个家消失了。其实妈妈还经常和我说起他，不知道他现在在外面混成什么模样了。我让妈一定要熬住，不能给他有任何的念想，我就不信这个家，在他心里除了钱，就没有其他了。我看他能坚持多久，不主动回来找我们。我跟妈妈说，如果他有一天回来，再提到钱的事、车子的事、房子的事，你就坚决拿那个棒球棍把他的头再打破。妈妈虽然嘴上应着，可是我知道她心里还是搁不下弟弟。

这会儿弟弟突然急急忙忙地找我，难道是他出了什么事，会不会又要被人家剁手指了？我真不想接他的电话，可是没办法，什么叫血缘关系？就是剪不断，理还乱，打断骨头还连着筋。

我赶到指挥室，一进门，发现所有人脸上都是一副惊恐的表情，居然屏幕里全都是弟弟在抢救室里的镜头，这把我吓呆了。

屏幕那头弟弟脸上扣着氧气面罩，胸脯明显地在一起一伏，大口地呼吸，监视器上的波纹在胡乱地跳着，不时发出嘀嘀嘀的鸣叫。

弟弟显然看见我走进了镜头，呜呜不清地在喊，明显是带着哭腔："姐，大姐，我要死了，喘不上气，你能来看我一眼吗？"

我一看那边医护人员的穿戴，就知道弟弟得了新冠，那心一下子提到了嗓子眼，只觉得浑身发凉，头皮发麻。

护士把头伸进了镜头："你弟弟感染了新冠，还比较重，正在抢救，我们会努力，但结果怎么样不知道，你要让他配合。"

护士的话让我怕极了。美国的新冠现在真是闹得很厉害，死了太多太多的人。这会儿爸爸在中国患了绝症，弟弟在美国又得了新冠，你说我心里这个着急呀，心情真是无法形容，此处只能省略描写极顶糟糕心情的文字。我这会儿真的有在空中做自由落体，该到打开伞时，而伞没有打开，人直接砸向地面的那种恐惧感。得这个新冠肺炎说死就死的，有多少人在抢救室就归天了，弟弟这个样子要是救不过来，说不定还会走在爸爸的前头，别说对爸爸的打击，对我们这个家，对奶奶的打击绝对是不能承受的。

我对着麦克风使劲喊："圣训你要坚持住，坚持住啊，会没事的，会挺过去的！姐马上就到医院来看你。医生求求你们用最好的药，用最好的药，我们就是倾家荡产也得救他。"

弟弟听了我的话，朝我吃力地挥挥手，说话的声音已经不能连贯："姐，我学，学你，挑，挑，战生命极……极限。"然后胳膊无力地放下，胸口在使劲起伏着，我知道那会儿他正在拼尽全力跟死神搏斗。他要是一口气过不来，估计今天就是永别了。

学我，挑战生命极限。弟弟在与死神搏斗的关键时刻，竟然要学我，这出乎我意料，也让我立刻泪奔。原来我这个作死的老大，在弟弟的心里，竟然是生命垂危时候的支柱。

我驾车朝医院奔去，弟弟小时候的情景不停地在我脑海里闪过。我想起有一次我带着弟弟去荡一个圆形的托盘秋千，我站着，弟弟坐着。我把那秋千荡得很高，看上去几乎快和地面水平了。弟弟吓得一边紧紧抱着我的腿，一边傻笑，那真是吓得傻笑。我一边荡，还一边大声地念儿歌："小秋千，荡上天，摘星星，追月亮，嫦娥姐姐真漂亮。"奶奶看见了，赶紧让我停下来，她责怪了我后，又问弟弟，荡那么高，你不害怕吗？弟弟傻冒一样地看着我说，抱着姐姐的腿就不怕了。

医院已经封锁了，根本进不去。保安告诉我，死的人太多了，已经把冷冻货柜车都拖过来临时放死尸了。他和我说着话，还在胸口连画了两个十字。

这真是又一个突然袭来的打击，我真的蒙了，我该怎么办？弟弟感染新冠肺炎的事，我现在不敢告诉家里，现在就是把他们全都召唤来了，也进不了医院，见不着弟弟。我更不敢告诉远在中国的爸爸，也不敢离开医院。我就把车停在医院的停车场，日夜守着，默默地为弟弟祈祷。

医院里也忙疯了，病人的信息是混乱的。家属根本进不到医院里去，到处都是隔离，据说有的病人死了好几天家属才知道，竟然还有认错尸体的。我打了好几个电话也没查到弟弟究竟是住在哪一个病区，在哪一个抢救室，而且接电话的人都没心思跟你多说。真奇怪了，这还是美利坚合众国吗？这还是一个医疗发达的高科技超级大国吗？

我正急得抓耳挠腮，那个喜欢跳伞的警察局警官给我打来了电话，说有一段视频要发过来给我看。

我打开视频一看，是一段在拉斯维加斯赌场的一个艺术品拍卖会现场视频。那个拍卖师正拿着我们家的那串古莲项链，表情夸张地在大吹特吹，说这是来自中国北方一个古老大家族的传家宝，是几千年前的宝物，比美国的历史要长很多很多倍。还说这个项链的材料是中国的一种古老的化石级植物，虽不是宝石，但比宝石更加金贵，而且更有意义，即使千年也能开花结果。那个拍卖师，还特别指着那颗观音送子古莲子说，这上面的纹路是天然的，不是人工雕刻的，是上帝的杰作。说持有这个宝物的中国古老家族，正是因为拥有了这个法宝，所以无论遇到战争，还是灾害，还是贫穷，始终能传宗接代，儿孙不断。拍卖师的忽悠，让底下人不停地嗷嗷叫着鼓掌。接下去就开始了拍卖，从五万美金起价，迅速就飙到了五百多万美金。

要是在以前，哪怕是在两小时前，我看到这段视频，都会欣喜若狂，我们家的传家宝有着落了，可是我现在真的没有心思。

"连教官，那个是你们家丢失的东西吗？"那个警官问我。

我淡淡地说："是的，肯定是的。"

"哎哟，很值钱呀，你们家可发财了。"他的语气很夸张。

"唉，要钱有什么用，人都快死了。"我把爸爸得癌和弟弟得新冠的事告诉了他。

那警官一听，惊诧中夹着同情，尤其听说弟弟得了新冠，更是紧张，说美国已经死了几十万人了。他告诉我，那个项链警察局已经追回来了，过些日子就可以给我们送过来，还说那个项链太贵重了，警察局居然还买了保险。

我又深深地叹了一口气，什么贵重不贵重，保什么险，能有"免死险"吗？

我守在医院的停车场，晚上都是睡在汽车里，生怕医院里传来弟弟什么消息，我不能够及时赶到，尤其怕错过最后见一眼弟弟的机会。更重要的是心累，没有弟弟的消息，每天能做的事就是隔两小时给医院打一次电话询问死亡名单，每一通电话都是提心吊胆，生怕听到弟弟的名字，那真是一种煎熬和折磨。

整整守了五天，终于有医院的人主动给我电话。见是医院的电话，我立刻紧张得手都抖，想接又不敢接，这么多天了，我无法做好承受弟弟死亡的消息，如果这通电话是告诉我弟弟死了，我会怎么样？我不知道。我会不会疯了？我不知道。电话就这么响着，还震动着，不行，我必须要接，是死是活都要接。

"Hello，我是值班护士玛莉亚，你是连圣训的家人吗？"

"是的是的，我是他姐姐，亲姐姐，大姐姐，玛莉亚请先告诉我人是活着，还是死了，先说这个，其他事等等再说，拜托了。"我想好了，她要是告诉我说弟弟已经死了，我就把电话先扔了。

我着急的语气把玛莉亚护士给逗笑了，但是笑了两声，她的语气立刻就哽咽起来。我听出来她是一边哭着一边说的，她说圣训太不容易了，刚刚脱离危险，已经出了抢救室，现在转到病房了，医生说他能够挺过来，完全是一个奇迹，很多像他这样的都没有挺过来。

阿弥陀佛，呜——哇！我竟然忍不住放声号哭，双手握拳使劲地狠捶汽车方向盘。我忽然想起奶奶说的那时候她给爸爸和刘怡喊魂的事，我想，我现在也为弟弟喊一次魂吧！我双手使劲摁住汽车喇叭，让那长长的喇叭声，尽情地在空中鸣响，愿这亢奋嘹亮的喇叭声，让弟弟的魂早日归家，早日康复！

我迅速和弟弟视频通话，我急着想看看他。弟弟瘦了一大圈，脸上的颧骨都已经高高地凸出来了，眼眶深深地凹下去，头发也是乱糟糟的，我看了心里真的很难过。

弟弟看到我就哭了，说他刚刚从鬼门关回来，他现在最想的就是能见到家里的人，他说他想奶奶，想爸爸，想妈妈，想我，也想她二姐。他说他现在才理解爸爸生病，身边没有亲人是多么痛苦。快死的时候身边没有亲人，没有家人在身边，那个滋味太难受了。他那会儿最想要的就是像给爸爸录的视频那样，我们全家也给他录一段。所以那天进抢救室，他硬是跟医生闹着要和我视频，他原本想给妈妈打电话的，但是怕妈妈不接他的电话。打我的手机我正好在天上带飞，手机关机了。他以为我也是不想接他的电话，所以打到了俱乐部。他说那天如果打不通我的电话，见不到我，他可能就挺不过来了。是我的挑战极限精神，是家人，是亲情，给了他战胜死神的力量。他说，在他透不过来气，快要被憋死的那一会儿，他忽然觉得人要那么多钱干什么？有一口氧气就足够了。在抢救室里几天，他看到几个有钱的大佬，据说一个还是当红大明星，连名字都保密，结果一口气上不来，走了。他还说，警察局给他发信息了，古莲项链是安喜子偷的，变卖时被警察抓住了，他一出院就去取，拿回去交给奶奶。他要给奶奶谢罪，他要求得全家的原谅。

最后他眼泪汪汪地看着我："姐，我回家，你不要再打我了，不要再撵我出去了。"从死神身边回来的人，目光竟然会变得那么清澈、真诚。

我眼眶也湿了："弟，姐等你，姐接你回家。"

弟弟在电话那头哭，我在电话这头狠劲抹眼泪，边抹边骂："你这个臭小子，看回家姐怎么收拾你。"

我忽然发现我为什么那么念家，是因为我总在死亡的边缘挣扎，每一次极限的挑战，那就是一次濒死的体验，每一次从生命的极限归来，总觉得家和家人是那么可爱。

飞得再高也摆脱不了地球的引力，跑得再远也挣脱不了家的磁场。

我是不是该妥协？

69

2021年9月21日，中秋节。

中国张家界。

翼装飞行场地。

太阳初起。

我和天罡的婚礼在这儿举行。

我们全家该来的全来了。

小顺子和儿子大顺也来了，小顺子那天还抱着一只一点点大的小奶狗，不知道这是百顺的多少代了。

奶奶怀里抱着那个装着小巴赫信的铁盒子，坐在轮椅上，手里依旧在把弄着那串古莲项链。

昨天大家和奶奶去了老榕树下的纪念亭，奶奶用那干枯的手指轻轻划过那个大石碑上的名字，最后还在枝子的名字上轻轻点了几下。然后奶奶又转身看着那棵老榕树的根须，轻声念叨："精养灵根神守气，天然子母，子母……"显然奶奶想不起下文了。

修容悄悄接上："天然子母何曾离。"

奶奶转身问我们："小巴赫是昨天来了吧？"

我们告诉奶奶，该来的都来过了，以后我们每年都会来这里的。

弟弟推着奶奶的轮椅，旁边还有一个他已经订婚的女友，是中国人。弟弟脸上那个胎记没有了，新冠肺炎好了以后，他去美容院，把那个胎记给除掉了，他说他不想带着任何过去的印迹，他要重新做人。圣训现在是刘怡他们公司在北美的销售总代。

刘怡和妹妹一人一边扶着妈妈。

妈妈决定在中国常住了，她现在是爸爸给奶奶买的那个房子的社区里的老人护理顾问。

妈妈怀里抱着爸爸的遗像。

爸爸，亲爱的爸爸，他还是没有等到婚礼到来的这一天，由于疫情，中美之间一直不通航。等到可以有限制通航的时候，爸爸却等不及了。

爸爸是握着刘怡的手合上了眼睛。

在爸爸意识还清醒的时候，刘怡在爸爸耳边悄声说，美国那边飞机已经起飞了，我们带着奶奶在飞机上。其实那会儿我们都还在美国没有出发。刘怡还告诉爸爸，厂里的无人驾驶汽车已经开始上路测试了，大顺子说，我们的技术世界领先，这是真的。

爸爸安葬那天是天罡捧的骨灰盒。

沈先生一家都去了。

我们在美国以视频参加了葬礼。

妈妈哭得死去活来。

妈妈本不想告诉奶奶，我说奶奶是神，扛得住。奶奶费了很大的劲才弄明白，爸爸虽在中国，但无法带她回保定了。老人家竟然没有流泪，只是她颤抖着，吃力地把那串古莲项链挂在爸爸的遗像上，我们要帮奶奶，奶奶拒绝了。然后，奶奶想了一会儿对妈妈说，她要给爸爸喊魂，喊喊，爸爸的病就会好的。

此刻，我从妈妈手中接过爸爸的遗像，从相框里把相片拿出来，揣进我的怀里。再从奶奶手中接过那串古莲项链，用项链把我的手和天罡的手拴在一起，然后我们两个人就迎着太阳跳了下去。

我们跳下去的时候，旁边的人放飞了很多气球，五颜六色。

大喇叭在放着激昂的曲子。

我们像两只燕子在空中飞翔，在空中我们把那串古莲项链扯断，让那九十九颗莲子，撒向我们身下的那片土地。那莲子落进了森林，落进了河流湖泊，落进了田地，或许千年的古莲，还能再发芽。

我们跳下去之后，奶奶吃力地打开那个放着小巴赫信件的铁盒子，用颤抖的手抓起信，一把一把地向那空中撒去。那信，在风的吹动下，四处飘散，有的飘向空中，有的飘向那峭壁之下，有的在风的吹舞下，似乎要去追赶我和天罡的身影。

有两张信纸飘落在弟弟的面前，弟弟弯腰捡起，忽然发现，小巴赫的亲笔回信和爸爸替小巴赫回的信背面有些异样。小巴赫写的回信，不仅是手写的，关键是在每一封信背面右下角，都画了一个小小的戒指形的图案，那个图案就是比着小巴赫让我爸爸带回来的那个戒指画的。那是一个金戒指，戒指上面镶嵌着一朵盛开的金莲花。难怪奶奶当时拿着这个戒指久久不肯放下。而爸爸模仿小巴赫签字的回信背面，什么都没有，爸爸忽视了。其实不仅魔鬼在细节里，更多的时候眷恋也在细节里。爸爸毕竟不是小巴赫。

弟弟忽然明白了，奶奶可能早就知道爸爸交给她的这些小巴赫的回信是假的。

后来我们大家也明白了，当奶奶发现小巴赫的回信是假的时候，她不愿意说破，可能是因为她觉得既然是晚辈的一片孝心，那就假戏真做，悄悄地接受吧，不去说穿，让我们这些尽孝的人心里宽慰。而我奶奶自己在心里默默地承受失去小巴赫的痛苦，真不知道我奶奶是怎么做到的。后来我奶奶慢慢地老了，那份对小巴赫的深深眷恋，又让她觉得小巴赫还真的活着，爸爸替小巴赫写的回信真成了她心中的一份寄托。

我们家的奶奶，我们家的神。

妹妹双手合十，仰面朝天，语气沉稳，但却是那么动情："爸爸，我回家了，亲爱的爸爸，原谅我回来晚了。"

爸爸的去世，以及弟弟生病的事，对妹妹的触动实在是太大了，她从心里面觉得，她对不起这个家，她享受着这个家给她的无限的爱和关怀，但她太自我了，太顾及自己的感受，对这个家付出得太少太少了。她决定还俗回家，把她和拉贝没有完成的课题继续做下去，她要在抗癌的研究方面，去挑战人类生命科学的极限。尽管她回家了，爸爸已经不能再回家，但她仍然要给在天堂的爸爸一个安慰和交代。

我的好妹妹。

爷爷、爸爸、葛爷、小巴赫、老巴赫、枝子、吴保长、吴家二少爷、何伯伯、杨市长、李嫂……那些所有与我们家有关，而已经远在天堂的生命，今晚的月亮一定很圆。

秋风起，长空远，浮云虽淡，却世事难料。

但愿爱长久，天地共缠绵。

结语

据说中国政府引黄河之水北上近千里，进入白洋淀，每年补水一亿多立方入淀，自此，白洋淀将永不枯淀。水丰润，人富足，城辽阔，年年荷塘月色，莲花香，莲子甜，福甲一方，此处现号称"雄安"。

然而，没有枯淀，怎能忘记枯淀，那埋在淀底的千年故事又怎能被遗忘？那些五颜六色的传说，每年都随着盛开的荷花，浮出水面，传播四方。

万亩荷田，碧波荡漾，举目远望，水烟渺渺，悠悠岁月在其中，多少往事难诉说，悲欢离合都是情，魂牵梦萦几时了？

我从银行的保险柜里，取出我奶奶给小巴赫写的信，扛着半截秃桨，走向荷田深处，寻找我爷爷家那条承载着神奇古莲项链的小船……

那是一个雨天，后来雨停了，我却不想收起伞，心里满是对先前雨的怀念……可是那场雨来时，我为什么要撑起伞，难道是怕那雨再湿了我的心？

有歌飘来：白洋淀哟我的家，十八里水路有十八道弯，十八道弯里有十八个岔，娃娃哟，游子哟，你可知道回家的路，是在哪一道弯的哪一个岔？

初写定于2021年11月7日63岁生日那一天

后记

一个人这一生究竟会遇见谁？真是一个没有定数的事，仿佛一切都在冥冥之中，不由自己掌控，有人说是命所在，有人说是缘所至。其实命也好，缘也罢，只要你所遇见的人，能对你有所帮助，他们就是你的贵人，即使是这些帮助在历史的长河中只是一个瞬间的点滴，但仍然值得你一生的感恩和铭记。《古莲项链》在某种程度上也是诠释了这种对待命与缘的态度，都说恩情难忘，其实这个世界古往今来，最容易忘记的或许就是恩情。

十分感谢张国擎老师能拨冗为我这个文学素人的拙作写序。国擎老师是文学大家，迄今发表文学作品近2000万字，著书达50余部。长篇小说有《惊鸿照影》《贱民的圣歌》《摇摇摆摆的舞姿》《寻找支点》《古柳泽》《海陵女子》《我的命运我的神》《阴谋与友情》等，获奖无数。他还是一位文人书法家，作品曾多次参加香港、深圳、广州、南京等地名家书画拍卖。和国擎老师的相遇相识，纯属偶然，他能出手相扶，确实令人感动，不可简单套用"命缘"定律，此乃国擎老师的胸怀与格局，成书之日，特别鸣谢！

本书在创作过程中，得到了剧作家李罗庚老师、电影人王惠茹老师、军旅作家朱继忠大哥，以及小说爱好者美文老师等亲人和朋友的帮助与指导。尤其是在本书的出版中，又有缘结识百花洲文艺出版社文学编辑部胡青松主任，并亲自担任本书的责任编辑，对于本书的出版给予了极大的帮助。

《古莲项链》书中葛爷说"有缘千里来相会，无缘见面不相识"。人生得到这些有缘人的帮助，值得拿出一生去感恩！

2023年2月